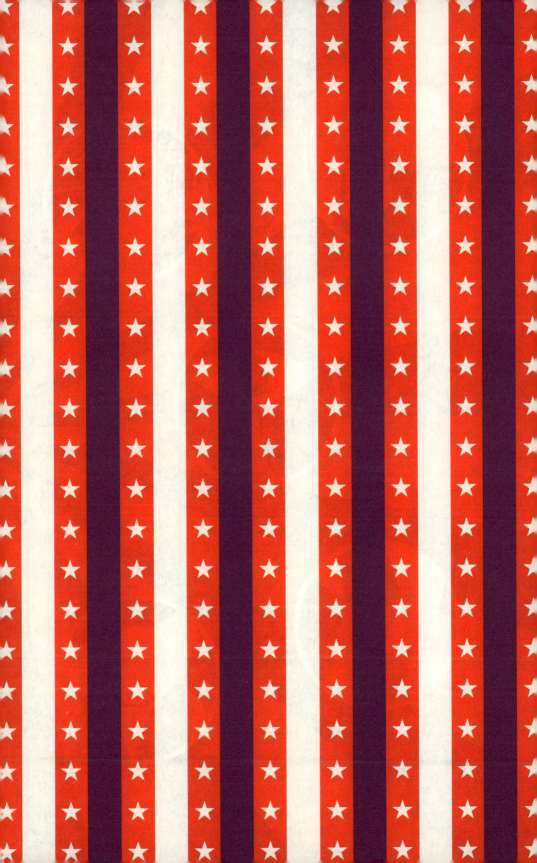

Copyright © Angela Carter, 1984
Todos os direitos reservados.

Introdução © Luci Collin, 2024
Ilustrações © Jennifer Dahbura, 2024

Tradução para a língua portuguesa
© Luci Collin, 2024

Diretor Editorial
Christiano Menezes

Diretor Comercial
Chico de Assis

Diretor de Novos Negócios
Marcel Souto Maior

Diretora de Estratégia Editorial
Raquel Moritz

Gerente Comercial
Fernando Madeira

Gerente de Marca
Arthur Moraes

Gerente Editorial
Marcia Heloisa

Editora
Nilsen Silva

Capa e Projeto Gráfico
Retina 78

Coordenador de Diagramação
Sergio Chaves

Preparação
José Francisco Botelho

Revisão
Isadora Torres
Jéssica Reinaldo
Retina Conteúdo

Finalização
Sandro Tagliamento

Marketing Estratégico
Ag. Mandíbula

Impressão e Acabamento
Ipsis Gráfica

DADOS INTERNACIONAIS DE CATALOGAÇÃO NA PUBLICAÇÃO (CIP)
Jéssica de Oliveira Molinari CRB-8/9852

Carter, Angela
  Noites no circo / Angela Carter ; tradução de Luci Collin. — Rio de
Janeiro : DarkSide Books, 2024.
  400 p.

  ISBN: 978-65-5598-392-0
  Título original: Nights at the Circus

  1. Ficção inglesa 2. Circo 3. Literatura fantástica
  I. Título II. Collin, Luci

24-1488   CDD 823.914

Índice para catálogo sistemático:
1. Ficção inglesa

[2024]
Todos os direitos desta edição reservados à
DarkSide® *Entretenimento* LTDA.
Rua General Roca, 935/504 — Tijuca
20521-071 — Rio de Janeiro — RJ — Brasil
www.darksidebooks.com

EDIÇÃO DEFINITIVA

NOITES NO CIRCO
ANGELA CARTER

Tradução
Luci Collin

DARKSIDE

INTRODUÇÃO

"Um livro é só o recipiente de uma ideia, como uma garrafa; o que está dentro do livro é o que importa."
Angela Carter[*]

Publicado em 1984, *Noites no Circo* é o oitavo e penúltimo romance escrito por Angela Carter, jornalista e escritora inglesa com uma obra ampla[**] e bastante encorpada (sim, feito um vinho) que rompeu muitas barreiras — não só das convenções literárias, mas, por extensão, também das convenções sociais —, ajudando a redefinir a presença e o papel da mulher na sociedade. Já de início, vale apontar que este livro não é um libelo de ideologias extremadas; longe disso, é uma obra que, explorando divertidamente a metaficcionalidade e os laivos ilusionistas do realismo mágico, reafirma o sério compromisso da autora com as condições existenciais das pessoas no mundo contemporâneo, particularizado pelas paradoxais relações com a tecnologia, a velocidade, o tempo, o excesso de consumo, a escassez e as diversas formas de violência e intolerância.

---

[*]   *Shaking a Leg: Collected Journalism and Writings*, 1997. (As notas são da tradutora.)
[**] Confira a cronologia dos eventos no fim desta edição.

Reconhecida e celebrada como uma das mais imaginativas escritoras britânicas pós-modernas, Angela Carter publicou romances, contos, obras de não ficção, poesia, teatro e literatura infantil; como jornalista, colaborou nos jornais *The Independent*, *New Statesman* e *The Guardian*, sendo também editora, tradutora e tendo adaptado alguns dos seus livros para o cinema. Ao longo de sua carreira, manteve a convicção de que aquele que simples e confortavelmente se ajusta aos padrões vigentes torna-se dominado por seu papel e renuncia à liberdade de ser. Explorando uma literatura (injustamente) considerada "menor" (terror gótico, ficção científica, conto de fadas) e investindo no fantástico e no surreal, Carter se destacou desafiadoramente enquanto voz avessa à mesmice do realismo convencional. Figura de comportamento disparatado e de ideias fluidas, nunca se permitia adotar atitudes previsíveis. Escreveu para revistas feministas ao mesmo tempo em que contribuíu com artigos e contos eróticos para revistas pornográficas; votava no Partido Trabalhista, detestava Margaret Thatcher, mas mantinha-se calada em reuniões de escritores e intelectuais de esquerda; recusou até mesmo a identificação com tendências literárias definidas[*] e, apesar de não se reconhecer como uma feminista da segunda onda, inclusive ironizando algumas perspectivas mais radicais do feminismo, foi uma autora que acabou mantendo uma crescente reputação como ícone feminista.

Ao rejeitar afiliações a alguma corrente de pensamento ou a alguma escola literária, Carter, em sua obra, atingiu uma estética transcendente que funde momentos vertiginosos, construindo cenas que acabam por impor não apenas uma suspensão dos conceitos sociais mais arraigados, mas até mesmo uma suspensão do tempo usual, tal como o concebemos no relógio. Os temas principais da obra de Carter, considerando seus nove romances e as três coletâneas de contos publicados em vida, incluem sexualidade e violência (sadomasoquismo, pornografia, tortura e assassinato), poder (a dinâmica de poder dentro da família nuclear patriarcal),

---

[*] Sempre negou pertencer à corrente do realismo mágico, por exemplo, argumentando que a definição não tinha sentido quando usada fora do contexto específico da literatura latino-americana.

feminilidade (considerada uma "ficção social", parte de uma performance "culturalmente coreografada" da individualidade), transformação (metamorfoses físicas ou transformações psicológicas) e a contingência da identidade pessoal (não somos nem falsos, nem verdadeiros, apenas exercemos papéis que dominamos ou pelos quais somos dominados).

Nascida Angela Olive Stalker em 7 de maio de 1940, em Eastbourne, Sussex, Inglaterra, era a filha caçula de Sophia Olive Farthing Stalker, caixa da loja Selfridges, e do jornalista Hugh Alexander Stalker. Teve apenas um irmão, William Hugh Stalker (Hughie), onze anos mais velho do que ela. Por conta da Segunda Guerra Mundial, pouco antes da Luftwaffe iniciar o devastador lançamento de bombas sobre a Grã-Bretanha, a família teve que se mudar para a casa da avó materna de Angela, em South Yorkshire, sul de Londres. Foi uma criança solitária; sua mãe, bastante controladora, a enchia de tanta comida que Angela recebeu o apelido de "Tubs" (barril); seu pai, homem pacato e reservado, era um conservador enrustido (isso ela descobriu, para sua surpresa, depois que ele morreu). A maior referência de figura materna que recebeu na infância foi a de sua avó, Jane Stones Farthing, lembrada pela neta como uma mulher de uma determinação contundente.

Aprovada no exame 11-plus — que determinaria sua elegibilidade para frequentar escolas gramáticas e escolas secundárias seletivas —, a adolescente Angela recebeu uma "bolsa direta" para estudar na Streatham and Clapham High School, passando longos períodos distante de casa e, assim, conseguindo firmar sua independência em relação à mãe autoritária. Aos 17 anos, deu início a uma grande mudança em sua vida: procurou auxílio de um médico para perder peso, submetendo-se a uma dieta rigorosa,** e, num ato de provocação aos pais conservadores, começou a falar palavrões, a fumar e a vestir roupas pretas justas (que eram sinônimo de conduta social depravada). Com esse novo comportamento, a adolescente tímida e reprimida cedeu lugar a uma jovem de personalidade resoluta e obstinada.

** Exagerando no desejo de emagrecer, acabou desenvolvendo um quadro de anorexia e teve que passar por um tratamento para recuperar o peso adequado.

Ao finalizar a escola preparatória, ajudada pelo pai, editor na Press Association, a jovem Angela conseguiu um emprego como repórter num jornal local do sul de Londres (uma profissão predominantemente masculina naquela época — estamos falando do ano de 1958). Entre as funções desempenhadas por ela estava escrever as resenhas musicais do jornal, e foi assim que conheceu Paul Carter, químico industrial de profissão, mas que também atuava como produtor e gravador de discos de música folk,* com quem, em 1960, perto de completar 20 anos, casou-se. Dois anos depois, iniciou o curso de Literatura Inglesa na Universidade de Bristol, onde se graduou em 1965.

No ano seguinte, lançou seu primeiro livro, o romance *Shadow Dance*, além de duas coletâneas de poesia, *Five Quiet Shouters* e *Unicorn*. A partir daí, sua carreira literária avançou com uma série de publicações e prêmios: o romance *The Magic Toyshop* (1967), pelo qual recebeu o Memorial John Llewellyn Rhys Prize, o romance *Several Perceptions* (1968) e o romance *Heroes and Villains* (1969). *Several Perceptions* lhe rendeu o prêmio Somerset Maugham, cujas regras estipulavam que o valor recebido deveria ser gasto em uma viagem ao exterior. Carter foi para o Japão, onde morou durante os dois anos seguintes. Nessa temporada em Tóquio, ela adquiriu um novo senso de independência pessoal e uma nova noção de liberdade artística. Ainda nesse ano de 1969, ocorreu a morte de sua mãe.

E temos mais uma sequência de publicações: dois livros infantis *Miss Z. The Dark Young Lady* e *The Donkey Prince* (1970) e os romances *Love* (1971) e *As Infernais Máquinas de Desejo do Dr. Hoffman* (1972). Sentindo que o marido, com tendências a manifestar um humor retraído, não apoiava sua carreira literária, Angela Carter se divorciou em 1972, mas manteve o sobrenome de casada, usado desde sua primeira publicação. Regressando a Londres, começou a se interessar pelo movimento de libertação das mulheres que desenvolvia-se cada vez mais. No entanto, nunca se

---

* Por meio de Paul, Angela Carter se envolveu no renascimento do folk inglês (escreveu notas de encarte para vários discos e chegou a dirigir um clube folk) e na Campanha pelo Desarmamento Nuclear.

engajou oficialmente em nenhuma linha ou programa partidário pró-feminista. Em 1974, lançou a antologia de contos *Fireworks: Nine Profane Pieces*. Publicou o romance *A Paixão da Nova Eva* em 1977, ano em que passou a morar com Mark Pearce, construtor, quinze anos mais jovem do que ela e com quem finalmente encontrou a felicidade conjugal.[**]

Em 1979, publicou o ensaio feminista *The Sadeian Woman: An Exercise in Cultural History,* o livro infantil *Comic and Curious Cats* e a antologia de contos *A Câmara Sangrenta e Outras Histórias.* No mesmo ano, também recebeu o The Cheltenham Festival of Literature Award. Em 1980, trabalhou como professora no programa de escrita criativa da Universidade Brown e publicou o livro infantil *The Music People*. Durante sua carreira, Carter participaria como escritora residente em diversas instituições como a Universidade de Sheffield, Universidade de Adelaide, Universidade de East Anglia, Universidade de Austin, além da Universidade de Iowa e da Universidade de Albany. A publicação da coleção de ensaios *Nothing Sacred: Selected Writings* e do livro infantil *Moonshadow* se dá em 1982, quando também recebeu o Kurt Maschler Award.

Aos 43 anos, em 1983, Angela Carter deu à luz seu único filho, Alexander Pearce; nesse mesmo ano publicou a coletânea de contos *The Bridegroom* e, no ano seguinte, o romance *Noites no Circo*, que recebeu o James Tait Black Memorial Award. A antologia de contos *Black Venus* foi publicada em 1985. Três anos depois, perdeu o pai. Seu último romance, *Wise Children,* foi publicado em 1991, ano em que, já doente, se casa com Mark Pearce para garantir que ele teria a custódia legal do filho do casal. Em 16 de fevereiro de 1992, aos 51 anos, vítima de um câncer no pulmão, a escritora morre em Londres.

Com *Noites no Circo*, temos Angela Carter abertamente dando as cartas em uma nova rodada para o fortalecimento da narrativa contemporânea. Operando saltos temporais e apresentando situações que se descolam do previsível, o livro susta a necessidade de verossimilhança e embaralha os procedimentos literários realistas. No melhor estilo

---

[**] Cf. *The Invention of Angela Carter: A Biography*, de Edmund Gordon. Editora Chatto & Windus, 2016; Editora Vintage, 2017.

picaresco, a história que você está prestes a ler gira em torno da incrível Sophie Fevvers,[*] uma mulher cockney nascida de um ovo e com asas, criada em um prostíbulo que, depois de uma série de percalços (estou evitando dar *spoilers*, mas bota "percalços" nisso!), é transformada em atração de circo.

Estamos em 1899 e, por meio de um narrador onisciente em terceira pessoa, numa estrutura narrativa direta e descomplicada, Fevvers, logo após realizar seu famoso número como trapezista no circo do Coronel Kearney, conta suas peripécias ao jornalista norte-americano Jack Walser. A princípio, Walser questiona a veracidade dos eventos narrados — afinal, Fevvers é fato ou é ficção? —, mas acabará se envolvendo irreversivelmente na trama toda. Embalados, quase hipnotizados pela história, nós leitores formamos, em paralelo ao sentimental Walser, a plateia de Fevvers e, assim, acompanhamos em detalhes como ela, com a ajuda de Lizzie, sua grande amiga e figura materna, se tornará um ídolo internacional, obtendo fama e lucros com sua destreza nos trapézios do mundo.

Entrevistada por Adam Mars-Jones[**] logo após o lançamento de *Noites no Circo*, Angela Carter revelou que sua personagem Fevvers "se relaciona diretamente à descrição da Nova Mulher de Apollinaire", referindo-se ao comentário que o escritor e crítico de arte Guillaume Apollinaire faz na introdução de *Juliette*, romance do Marquês de Sade,[***] em que descreve a personagem Juliette como representante da Nova Mulher, "um

---

[*] A tradução desse nome é um desafio. "Fevvers", que vem do Cockney, é a palavra para "feathers", referência às plumas que a protagonista do romance apresenta. Em vários idiomas (italiano, espanhol, finlandês, turco, romeno, alemão, polonês, português lusitano e francês, que pudemos verificar), a grafia permanece no original e desse jeito foi mantida na presente tradução. Em russo, "Феверс" corresponde a "Fevvers", o que nos leva à palavra inglesa "fever", em português "febre", o que não deixa de ser sugestivo em relação à personagem e suas aventuras febris.

[**] "Angela Carter with Adam Mars-Jones", *Writers in Conversation*. British Universities Film & Video Council.

[***] Coleção "Les Maitres de L'Amour": *L'Œuvre du Marquis de Sade – Zaloé – Justine – Juliette – La Philosophie dans le boudoir – Les Crimes de L'Amour – Aline et Valcour*, Introduction, Essai Bibliographique et Notes par Guillaume Apollinaire, Paris. Collection des Classiques Galants, MCMIX.

ser do qual ainda não temos ideia, que emerge da humanidade, que terá asas e que renovará o universo". **** Considerando essa metáfora reveladora, Carter começou a conjecturar sobre como seria uma pessoa real que tivesse asas. Acabou por criar Fevvers, a mulher-pássaro, cuja anomalia, as próprias asas, são também o mecanismo que a permitirá voar em direção à liberdade. A trapezista questiona o decoro social do final do século xix, tão marcado por ideias limitadas sobre gênero, sexo e identidade, como previa a cartilha vitoriana.

O conceito de Nova Mulher também é representado por outras personagens do romance, emancipadas profissional e emocionalmente e, por conseguinte, transgressoras do conceito vitoriano de feminilidade. Ma Nelson, Lizzie, Mignon, a Princesa Abissínia, Olga, Vera e outras mais reforçam a nova mulher que demanda liberdade, que denuncia a violência doméstica, que pratica sua sexualidade sem culpa — inclusive em relações homoafetivas —, que quer, enfim, dirigir sua própria vida. No livro, Carter também tematiza a transformação dos homens num mundo que passa a enxergar a mulher de modo diferente. O personagem Walser, por exemplo, não pode ser apreciado como um Novo Homem que emerge numa sociedade em plena transformação? Também uma redefinição da presença da mulher escritora na sociedade contemporânea se impõe com a ousadia literária de Carter: no início de *Noites no Circo*, a narrativa apresenta valores tradicionais (a importância do casamento no século xix, por exemplo, com os ecos dessa importância na década de 1980) e, num gesto retórico, a própria narrativa provoca a quebra desses valores. A Nova Mulher Escritora se insere no processo de desconstrução do que é "feminilidade" a partir de uma problematização de papéis tradicionais outrora validados e percebe-se capaz de "reescrever a realidade".

****   *Op. cit.* no original (p. 18): "Juliette, au contraire, représente la femme nouvelle qu'il entrevoyait, un être dont on n'a pas encore idée, qui se dégage de l'humanité, qui aura des ailes et qui renouvellera l'univers".

Processos de transformação são a tônica de *Noites no Circo*. Fevvers, meio-mulher e meio-fantasia, substancialmente conectada com a natureza por ter asas como um pássaro, nos faz perceber quanto a "anormalidade", o "ser diferente", é elemento propulsor para mudanças, podendo derrubar estruturas e reverter condenações impostas ao que é excêntrico: uma mulher com consciência de sua natureza e da natureza de seu corpo (fantástico, sim, mas nada "angelical"), numa sociedade materialista, pode construir e controlar sua autoimagem e simultaneamente se apresentar como um espetáculo para a admiração de todos.

Criatura que eclodiu de um ovo e que nunca teve vínculos com uma família nuclear (o mais próximo que chega de "lar" é o que viveu sendo criada num bordel por sua família adotiva constituída apenas de mulheres), Fevvers é exatamente a figura que, na ausência ou pela ausência, processa uma série de descobertas até tornar-se livre e autônoma. *Noites no Circo* apresenta uma heroína que frustra o estereótipo da fêmea que existe primacialmente para garantir prazer àquele que, de sua costela, possibilitou a existência da mulher e que tem, portanto, o direito a fetichizá-la e a submetê-la. Em uma entrevista, Carter diz que Fevvers é "uma criação muito literal. Ela é literalmente um espírito alado. Ela é literalmente a vitória alada, mas muito, muito literalmente. Como é inconveniente ter asas e, por extensão, como é muito, muito difícil nascer tão fora de sintonia com o mundo".[*] Fevvers, por conseguinte, inaugura uma nova versão de mulher apta a substituir a equivocada noção de identidade e de universo femininos e nos apresenta novos paradigmas de feminilidade: a mulher-pássaro, desejada por todos os homens, é livre e ataca justamente as noções de superioridade masculina. Ela não pertence a nenhuma família com posição social considerada relevante, comporta-se com autonomia, ri alto, fala o que quer e com grande convicção, come com voracidade, paga suas contas e seu próprio champanhe,

---

[*] "Conversation with Angela Carter", Anna Katsavos.
The Review of Contemporary Fiction, 1994.

voa publicamente para grandes plateias ou seja, a "Vênus Cockney" epitomiza a mulher não mais circunscrita ao ambiente doméstico imposto pelo patriarcado.

À medida que a narrativa de *Noites no Circo* vai se desenrolando, Fevvers, a "aberração" de voz estridente que usa as palavras distorcidas do cockney e de corpo igualmente deformado (mas hábil em portentosos voos e admitindo-se divino), numa franca proposta de abstração da realidade literal, vai criando espaços manifestos para a existência de tudo que é "estranho". Aliás, outra característica instigante deste romance é a profusão de cenários simbólicos que ele apresenta, numa dinâmica que investe nos espaços físicos tornados, muitas vezes, surreais: desde o exíguo camarim de Fevvers às ruas de Londres (com destaque para o Big Ben, que é quase um personagem do livro); o Circo Real de Petersburgo, que tão fortemente espelha nossa admiração pelo que é curioso, aberrante ou surpreendente; a desolada e infinita tundra da Sibéria; o espaço do lar — que ora é o Alhambra,** ora o Museu de Mulheres-Monstro.***

Num procedimento acentuadamente pós-moderno, criando toda uma rede de intertextualidades e bricolagens, *Noite no Circo* parodia, subverte e descontrói representações tradicionais e universais — masculinas, patriarcais, aristocráticas — de sujeitos femininos, os quais se tornaram modelos míticos de comportamento social. É bastante extensa a lista de alusões e referências evocadas no livro: Helena de Troia (a própria Fevvers é chamada de "Helena da Corda Bamba" e, como Helena, nasceu de um ovo); o ideal de amor platônico descrito em *Fedro* (para Platão, uma alma perfeita é alada e voa alto); a atmosfera dos contos de fadas (mas com personagens que, como a Bela Adormecida, do Museu de Mulheres-Monstro da Madame Schreck, fogem do padrão estereotípico de

---

** Baseado em um famoso music-hall na Londres do final do século XIX. Situado no coração do West End, na Leicester Square, o teatro de variedades Alhambra a princípio apresentava números de circo e musicais. Em 1868, tornou-se sede da gangue londrina "Blighters", que mantinha as apresentações públicas como fachada para suas atividades escusas. Funcionou até 1936 no local do atual cinema Odeon Luxe.

*** Típicos do *fin de siècle*, esses "museus" exibiam pessoas com anomalias (pequenez extrema, altura demasiada, obesidade, anomalias de gênero, defeitos congênitos e outras "aberrações").

frágil criatura esperando o Príncipe Encantado);[*] William Blake (alusão ao poema "London", de *Canções da Experiência*); a personagem Mignon, do romance *A Aprendizagem de Wilhelm Meister,* de Johann Wolfgang von Goethe (em *Noites no Circo*, Mignon é a esposa do Homem-Macaco); a atmosfera gótica de Edgar Allan Poe; *Moby Dick,* de Herman Melville; a personagem Nora, de Henrik Ibsen ("as portas das casas de boneca se abrirão"); Albert, marido da Rainha Vitória (o príncipe consorte aparece como Albert/Albertina); e, por fim, o romance *Orlando*, da escritora inglesa modernista Virginia Woolf,[**] que advoga presenças mais livres nos albores do século xx e serve de modelo temático e estrutural para *Noites no Circo* (Orlando e Fevvers, personagens transgênero, defendem a inclusão e servem a taça da liberdade).[***] Outro elemento merecedor de comentário é a canção "Um Pássaro numa Gaiola Dourada",[****] uma espécie de *leitmotiv* no romance: uma mulher que descobre seu poder de voar não deve se manter prisioneira em uma gaiola.

Caracterizado por transições narrativas do realismo ao surreal, apresentando boas doses de ironia, humor grotesco e erotismo, com uma inventividade no uso da linguagem que vai dos clichês à paródia, *Noites no Circo* evidencia como Carter é magistral no domínio da escrita. Contando uma história aparentemente absurda, o livro explora processos de redefinição das principais personagens que, a partir de traumas do passado, se transformam e celebram as reconfigurações de seus corpos

---

[*] Fascinada pelo gênero fantasia e por contos de fadas, Carter editou e traduziu histórias de Charles Perrault.

[**] Carter compôs um *libretto* intitulado *Orlando: Ou o Enigma dos Sexos*, em homenagem a *Orlando* (1928), de Virginia Woolf (DarkSide® Books, 2022). Ainda que inacabado, apareceu em uma coleção de textos dramáticos de Carter publicados postumamente, em 1996.

[***] Além das alusões literárias, também se pode mencionar as referências aos ícones culturais que Carter havia comentado anteriormente em seus escritos não ficcionais. Por exemplo, o fato de um dos seus personagens se tornar um homem-galinha por causa de seu amor por uma mulher que pertence a uma ordem diferente ecoa o professor Rath do filme *O Anjo Azul* (1930), estrelado por Marlene Dietrich como Lola, comentado por Carter em um de seus ensaios.

[****] Balada sentimental composta por Arthur J. Lamb e Harry Von Tilzer, uma das canções mais populares do início do século xx, que descreve a vida infeliz de uma linda mulher que se casou apenas por dinheiro.

e de suas experiências de vida. Tendo como exemplo a ambígua identidade de Fevvers, esta provoca a reflexão sobre a necessidade de desconstrução dos binários de gênero e nos apresenta toda uma trajetória de aceitação de um corpo incomum. Desde seu nascimento desligada da "convenção de humanidade", a protagonista alada nos disponibiliza outras rotas de voo a partir de um corpo que se exerce eticamente verdadeiro e que, dessa maneira, redefine a condição humana.

Escritora incrivelmente corajosa e inventiva, Angela Carter misturou elementos do gótico, de contos de fadas, do surrealismo e do realismo mágico; inspirou-se em fontes tão distintas quanto William Shakespeare e Jean-Luc Godard, Charles Baudelaire e Federico Fellini; atacou e subverteu estereótipos e convenções. Com sua obra — jocosa, sensual e incisiva —, sempre revelou uma inteligência aguçada e subversiva, além de um estilo de nítida beleza estética. Preocupada em desvendar os papéis e estruturas míticas que sustentam nossas existências, Carter é hoje reverenciada como um dos maiores nomes da literatura da segunda metade do século XX. Por tudo isso, *Noites no Circo*, um dos mais aclamados romances dessa extraordinária autora, é um grande convite não apenas para o prazer da leitura de uma narrativa vigorosa, mas para uma experiência de sutil degustação (sim, feito um vinho), numa celebração propiciada apenas por livros que superam a própria condição imediata da palavra, nos extasiando com ideias arrojadas e emoções intensas. Um brinde, portanto!

Luci Collin

I

LON
DRES

1

"Pelamor de Deus, senhor!", Fevvers berrou com uma voz que tilintou feito a tampa de um latão de lixo. "Quanto ao local do meu nascimento, ora, eu vi a luz do dia pela primeira vez bem aqui na velha e enfumaçada Londres, bem isso! Não é à toa que me chamam de 'Vênus Cockney', senhor, embora eles pudessem também ter me chamado de 'A Helena da Corda Bamba', dadas as circunstâncias incomuns em que desembarquei, porque jamais aportei por meio do que se pode chamar de *canais normais*, senhor, ah, céus, não mesmo. Mas, assim como Helena de Troia, fui *chocada*.

"Chocada de um ovo descomunal de grande enquanto os sinos da St. Mary-le-Bow bimbalhavam, como sói ocorrer!"

A loira gargalhou estrondosamente, deu um peteleco na coxa marmórea que aparecia pela fenda do penhoar e coriscou o par de enormes e despudorados olhos azuis para o jovem repórter com o bloco de notas aberto e o lápis em riste, como se o desafiasse: "Acredite se quiser!". Então, deu uma volta na banqueta giratória de seu toucador — era uma banqueta de piano sem encosto e forrada de pelúcia, surrupiada da sala de ensaios — e se deparou com um largo sorriso no espelho enquanto arrancava quinze centímetros de cílios postiços da pálpebra esquerda com um gesto incisivo e um sonzinho explosivo e rascante.

Fevvers, a trapezista mais famosa da época. Seu slogan era: "Ela é real ou é invenção?". E ela não deixava ninguém se esquecer disso, nem por um minuto. Essa pergunta, em francês e em letras garrafais, se sobressaía em um pôster do tamanho de uma parede, lembrança de seus triunfos parisienses dominando o camarim londrino. Algo frenético, algo convenientemente impetuoso e galante sobre aquele pôster, a representação absurda de uma jovem sendo disparada como um foguete, uau!, em uma explosão de serragem sacudida em direção a um trapézio invisível em algum lugar acima nos céus de madeira do Cirque d'Hiver. O artista tinha escolhido retratar a ascensão dela por trás. O traseiro para o alto, pode-se dizer. Lá vai ela para cima, em uma perspectiva esteatopígica, sacudindo à sua volta aquelas extraordinárias asas vermelhas e roxas, asas grandes o suficiente, poderosas o suficiente, para sustentar uma garota daquele tamanho. E que *tamanho*.

Evidentemente, essa Helena puxara seu suposto pai, o cisne, no que dizia respeito ao formato dos ombros.

Mas essas asas notórias e muito comentadas, fonte de sua fama, eram guardadas durante a noite sob o encardido acolchoamento de seu penhoar de cetim azul-bebê, onde formavam um par de protuberâncias de aparência desconfortável, por vezes fazendo estremecer a superfície do tecido esticado, como se desejassem se soltar. ("Como será que ela faz isso?", o repórter ficou imaginando.)

"Em Paris, me chamavam de *l'Ange Anglaise*, o Anjo Inglês, 'não inglês, mas um anjo', como disse o velho santo", ela contou ao repórter, balançando a cabeça para aquele cartaz predileto que, ela observou casualmente, havia sido esboçado na calçada por "algum anão francesinho que me pediu para mijar em seu coisinho antes que ele pegasse seus *crayons*, com o perdão da franqueza". Então — "um toquezinho de farsa?" — ela estourara, entre os dentes, a rolha de uma enorme garrafa de champanhe gelado. A sibilante *flûte* de uma champanhota estava ao lado de seu próprio cotovelo na penteadeira, a garrafa ainda crepitante alojando-se negligentemente em um jarro no toucador, envolvida em gelo que deve ter vindo de uma peixaria, já que uma ou duas escamas brilhantes haviam ficado presas dentro dos pedaços. E esse gelo reutilizado certamente devia ser a fonte do aroma marinho — algo suspeito sobre a Vênus Cockney — subjacente à combinação forte e picante de perfume, suor, maquiagem de teatro e vazamento de gás bruto que fazia você se sentir respirando aos espasmos no camarim de Fevvers.

Com cílios em um olho, o outro olho sem cílios, Fevvers se recostou para, com uma satisfação impessoal, esmiuçar o esplendor assimétrico refletido no espelho.

"E agora", disse ela, "depois das minhas conquistas no continente" (que ela pronunciou como "*congtineng*"), "aqui está a pródiga filha em casa novamente, em Londres, minha adorável Londres que eu tanto amo. Londres, como o bom e velho Dan Leno a chama, é 'um aldeiarejo junto ao Tâmisa cujos principais negócios são as salas de espetáculo e os contos do vigário'."

Ela deu uma longa piscada para o jovem repórter na ambiguidade do espelho e bruscamente tirou o outro par de cílios postiços.

A cidade natal acolhera seu retorno de maneira tão delirante que o *Illustrated London News* apelidou o fenômeno de "Fevvermania". Em todos os lugares só se via a foto dela; as lojas estavam abarrotadas de ligas, meias, leques, charutos e sabão de barbear "Fevvers". Ela até emprestou seu nome para uma marca de fermento em pó; se você adicionasse uma colher daquela coisa, seu pão de ló se empinava todo, como ela. Heroína do momento, objeto de discussão erudita e de suposição profana, essa Helena suscitava milhares de gracejos, principalmente de sentido lascivo. ("Ei, já ouviu aquela de como a Fevvers *empinou* pro caixeiro viajante?") Seu nome estava na boca de todos, da duquesa ao vendedor ambulante: "Você viu a Fevvers?". E depois: "Como é que ela faz isso?". E depois: "Você acha que ela é *real*?".

O jovem repórter, para manter a cabeça no lugar, fazia malabarismos com copo, bloco e lápis, procurando sorrateiramente um lugar para guardar o copo onde ela não conseguisse mais enchê-lo — talvez sobre a lareira de ferro, cujo canto brutal, que se projetava sobre seu poleiro no sofá de crina, prometia acertar sua cabeça se ele fizesse um movimento brusco. Sua própria presa o tinha encurralado. Suas tentativas de se livrar do maldito copo acabaram desalojando uma torrente barulhenta de *billets-doux* que trouxeram consigo, da cornija da lareira, um contorcido ninho de cobras de meias de seda — verdes, amarelas, cor-de-rosa, vermelhas, pretas — que acrescentaram uma poderosa nota de pés rançosos como ingrediente final àquele aroma altamente pessoal, a "essência de Fevvers", que congestionava o ambiente. Quando desejasse, ela bem poderia engarrafar o cheiro e vendê-lo. Nunca perdia uma boa oportunidade.

Fevvers ignorou o desconforto do repórter.

Talvez as meias tivessem caído para unir forças com as outras peças íntimas infestadas de fitas, cariadas de rendas e impregnadas de uso que ela, aparentemente ao acaso, arremessava por todos os cantos durante as muitas vezes em que precisava se trocar. Um grande par de calçolas com babados, obviamente caído no mesmo lugar onde havia sido atirado de forma despreocupada, cobria algo como um relógio, ou um busto de mármore, ou ainda uma urna funerária, enfim, podia ser qualquer coisa, já que o objeto em questão estava totalmente oculto. Um assombroso espartilho, do tipo chamado Dama de Ferro, despontava do balde de carvão vazio, como a casca cor-de-rosa de um camarão gigante emergindo de sua toca, arrastando longas rendas como vários conjuntos de pernas. O recinto era uma obra-prima da sordidez primorosamente feminina, que bastava, em seu jeito caseiro, para intimidar um jovem que houvesse levado uma vida menos resguardada do que aquele.

Seu nome era Jack Walser. Vinha da Califórnia, do outro lado de um mundo por cujos quatro cantos ele havia vagado sem rumo durante a maior parte de seus vinte e cinco verões — uma carreira picaresca que refinara suas rudes arestas. Agora ele ostenta as mais delicadas maneiras e em sua aparência você não perceberia nada do pirralho patife que, há muito tempo, viajara clandestinamente em um navio a vapor que saía de San Francisco com destino a Xangai. No decorrer de suas aventuras, descobriu em si mesmo um talento para as palavras e uma aptidão ainda maior para se encontrar no lugar certo na hora certa. Então acabou topando com sua profissão e, a essa altura da vida, como ganha-pão, ele escrevia matérias para um jornal de Nova York, de modo que podia viajar para onde quisesse, ao mesmo tempo em que mantinha a privilegiada irresponsabilidade de um jornalista, a necessidade profissional de ver tudo e não acreditar em nada, algo que, na personalidade de Walser, associava-se alegremente a uma típica generosidade norte-americana para com a mentira deslavada. Sua vocação combinava com ele da cabeça aos pés; pés estes que ele, com especial cuidado, mantinha bem fincados ao chão. Chame-o de Ismael; mas Ismael com uma ajuda de custo e, além disso, uma farta cabeleira loira e rebelde, um rosto corado, agradável, de queixo quadrado e olhos do cinzento frio do ceticismo.

No entanto, ainda havia nele algo um pouco inacabado. Era como uma bela casa que fora alugada com a mobília. Em sua personalidade quase não havia quaisquer daqueles pequenos traços que poderíamos chamar de *pessoais*, como se, nele, o hábito de suspender o juízo se estendesse até mesmo ao seu próprio ser. Digo que ele tinha uma propensão para "se encontrar no lugar certo na hora certa"; contudo, era quase como se ele próprio fosse um *objet trouvé*, pois, subjetivamente, nunca encontrou *a si mesmo*, pois não era o *si mesmo* que ele procurava.

Teria se denominado um "homem de ação". Sujeitava sua vida a uma série de choques cataclísmicos porque adorava ouvir seus ossos chocalharem. Era assim que ele se certificava de que estava vivo.

Foi assim que Walser sobreviveu à peste em Setzuan, às azagaias na África, a uma dose intensa de sodomia em uma tenda beduína perto da estrada de Damasco, e muito mais; porém, nada disso provocara uma transformação na criança invisível dentro do homem, que permaneceu o mesmo rapaz destemido que costumava frequentar o Cais do Pescador e olhava com avidez para as velas entrelaçadas sobre a água até que ele, por fim, também partiu com a maré em direção a uma promessa infinita. Walser não tinha experimentado sua experiência como uma experiência; por mais que ela pudesse ter lixado seu exteriores, sua interioridade se mantivera intacta. Durante toda a sua jovem vida, ele não havia sentido nem um único estremecimento de introspecção. Se não tinha medo de nada, não era porque se sentia corajoso. Como o menino do conto de fadas que não sabe tremer, Walser não sabia *como* ter medo. Seu desembaraço habitual sempre foi involuntário; não era resultado de julgamento, uma vez que o julgamento envolve os aspectos positivos e negativos da convicção.

Ele era um caleidoscópio dotado de consciência. Por essa razão, era um bom repórter. O caleidoscópio, contudo, estava ficando um pouco cansado de tanto girar; guerra e desastre não tinham conseguido cumprir aquela promessa que o futuro parecia assegurar e, no momento, ainda abalado por causa de uma luta recente contra a febre amarela, ele estava pegando mais leve, concentrando-se naqueles ângulos dos "interesses humanos" que, até então, lhe haviam escapado.

Como bom repórter, era conhecedor de histórias absurdas. Então, agora que se encontrava em Londres, foi conversar com Fevvers, para uma série de entrevistas provisoriamente intitulada: "Grandes Embusteiros do Mundo".

Sendo livres e simples, seus modos norte-americanos encontraram correspondência nos da *aerialista*, que agora passava de uma nádega para a outra e — "melhor fora do que dentro, senhor" — deixava um peido espetacular circular pelo recinto. Ela olhou de novo por cima do ombro para ver como ele reagiria àquilo. Sob o véu de sua *bonhomerie* — ou melhor, *bonnefemmerie?* —, ele notou que ela estava cautelosa e abriu um amplo sorriso todo branco dirigido a ela. Ele adorou *esta* missão!

Na turnê europeia de Fevvers, os parisienses arrebanhavam-se em multidões por causa dela. Não apenas Lautrec, mas *todos* os pós-impressionistas competiam entre si para pintá-la; Willy lhe ofereceu um jantar e ela deu a Colette alguns ótimos conselhos. Alfred Jarry lhe propôs casamento. Quando ela chegou à estação ferroviária de Colônia, um efusivo bando de estudantes desatrelou os cavalos e puxou sua carruagem até o hotel. Em Berlim, sua fotografia foi exibida em todos os lugares nas janelas das agências de notícias ao lado da fotografia do Kaiser. Em Viena, ela desfigurou os sonhos de toda uma geração que muito em breve se entregaria de coração à psicanálise. Em todos os lugares em que chegava, rios se abriam para ela, havia ameaças de guerras, sóis eram eclipsados, chuvas de sapos e de calçados eram divulgadas pela imprensa, e o Rei de Portugal lhe presenteou com uma corda de pular de pérolas em forma de ovo, que ela converteu em dinheiro vivo.

Agora toda Londres se encontra sob seus pés voadores. E, na manhã deste mesmo dia de outubro, neste mesmo camarim, aqui, no Salão de Espetáculos Alhambra, entre sua roupa íntima suja, não havia ela assinado um *contrato de seis dígitos* para uma Grande Turnê Imperial, na Rússia e depois no Japão, durante a qual ela deixará pasmo um par de imperadores? E, de Yokohama, ela embarcará para Seattle, para o início de uma Grande Turnê Democrática nos Estados Unidos da América.

Em toda a União, o público clama por sua chegada, que coincidirá com a do novo século.

Pois estamos no finalzinho, na ponta do charuto fumegante, de um século XIX que está prestes a ser esmagado no cinzeiro da história. É a estação final e minguante do ano de Nosso Senhorde 1899. E Fevvers tem todo o *éclat* de uma nova era prestes a decolar.

Walser ali está para propositadamente "inflá-la" e, se for humanamente possível, fazê-la explodir; ambas as coisas juntas, ou uma ou outra. Embora não creia que a revelação de que ela é uma farsa irá liquidá-la nos teatros. Longe disso. Se ela não é suspeita, onde está a controvérsia? Qual é a novidade?

"Pronto pra outra taça?" Ela puxou a garrafa gotejante do gelo escamoso.

Deve-se dizer que, de perto, ela mais parecia uma égua de puxar charrete do que um anjo. Com quase um metro e noventa, só de meias, ela teria que ceder alguns centímetros a Walser para que os dois ficassem com a mesma altura, e, embora dissessem que ela era "divinamente alta", não havia nela, fora do palco, muito de divino, a menos que, no céu, existissem palácios de gim onde ela pudesse imperar atrás do balcão do bar. Seu rosto, largo e oval como um prato de carne, fora moldado em uma roda comum de barro bruto; não havia nada de sutil sobre seu encanto, o que era ótimo, já que ela ia funcionar como a divindade democraticamente eleita do iminente século do Homem Comum.

Ela sacudiu convidativamente a garrafa até que um novo jato saísse. "Pra criar uns pelos no peito!" Walser, sorrindo, tapou o copo com a mão. "Já tenho pelos no peito, senhora."

Ela deu uma risadinha de apreço e serviu-se com uma mão tão pródiga que derramou espuma em sua caixinha de rouge seco, na qual o líquido pôs-se a assoviar e a borbulhar, formando uma fervura sangrenta. Era impossível imaginar algum gesto dela que não carregasse aquele tipo de generosidade grandiosa, vulgar e descuidada; havia o suficiente dela para dar e vender, e ainda sobrava. Seu desempenho era arbitrado com tamanho requinte que você não pensava em cálculo quando a via. Nunca se imaginaria que, à noite, ela sonhava com contas bancárias ou que, para ela, a música das esferas era o tilintar das caixas registradoras. Nem mesmo Walser conseguiu adivinhar isso.

"No que diz respeito ao seu nome...", insinuou Walser, com o lápis em punho.

Ela se fortaleceu com um gole de champanhe.

"Quando eu era bebê, dava para me reconhecer em uma multidão de enjeitados só pela penugem amarela que tenho nas costas, em cima das omoplatas. Era como a penugem de um passarinho. E aquela que me encontrou na escadaria de Wapping, eu no cesto de roupa suja em que *pessoas desconhecidas* me largaram, um bebezinho embrulhado em palha nova, dormindo docemente entre uma ninhada de cascas de ovos aos pedaços, ela que topou com tal pobre e abandonada criatura, naquele momento me apertou em seus braços, dada a bondade abundante de seu coração, e me acolheu.

"Dentro de casa, me desempacotando, desembrulhando meu xale, testemunhando os movimentos do filhotinho sonolento, leitoso e sedoso, todas as garotas disseram: 'Parece que essa criaturinha vai ter *fevvers** e voar!'. Não foi, Lizzie?", ela perguntou à camareira.

Até então, a mulher não havia participado da entrevista e se limitara a permanecer rígida ao lado do espelho, segurando uma taça de vinho como uma arma, observando Jack Walser tão escrupulosamente como se tentasse avaliar quanto dinheiro ele tinha na carteira, até o último tostão. Agora Lizzie entrava na conversa, com uma voz controlada e um sotaque estranho, quase desconhecido para Walser, que, caso de fato o conhecesse, saberia tratar-se do sotaque dos italianos nascidos em Londres, com seus ditongos imprecisos e suas oclusivas glotais.

---

* Corruptela de "feathers", que em inglês significa "penas", pronunciada como "fevvers".

"É verdade, senhor, pois não fui eu mesma quem a encontrou? 'Fevvers', nós a chamamos, e assim ela será até o final dos tempos, apesar de o vigário dizer, quando a levamos até a Clement Dane para batizá-la, que nunca tinha ouvido falar de um nome como 'Fevvers', então 'Sophie' foi suficiente como nome oficial.

"Vamos tirar a maquiagem, meu bem."

Lizzie era uma aparição minúscula, enrugada, semelhante a um gnomo, que poderia ter qualquer idade entre trinta e cinquenta; olhos pretos e coruscantes, pele descorada, bigode incipiente acima do lábio superior e um cabelo crespo, curto e tricolor — cinza brilhante na raíz, totalmente cinza no meio e queimado pelo uso de hena nas pontas. Os ombros de seu vestido preto, modesto e decente estavam brancos de caspa. Tinha um poderoso ar de criatura cerdosa, como uma cadela terrier. Seu corpo todo sugeria que havia sido prostituta. Desenterrando um pote de vidro dos escombros do toucador com sua garra retorcida, ela escavou um punhado de creme hidratante e emplastrou-o, ploft!, no rosto de Fevvers.

"Beba mais uma gota de vinho, querido, enquanto espera", ela ofereceu a Walser, limpando o creme com um chumaço de algodão. "Não *nos* custou nada. Algum tolo lhe deu, não foi? *Prontinho*, querida...", disse Lizzie, de repente um pouco desconcertada enquanto limpava o creme e enchia de ternura a trapezista com aquele gesto carinhoso.

"Foi aquele idiota francês", falou Fevvers, emergindo feito um bife vermelho e brilhante. "Só uma caixa, o desgraçado avarento. Tome mais uma gota, pelamor de Deus, camaradinha, estamos deixando você pra trás! Não se pode deixar as senhoras de porre sozinhas, pode? Que tipo de cavalheiro você é?"

Voz extraordinariamente rouca e metálica, o tilintar de latas de lixo contralto ou até mesmo barítono. Ela submergiu sob outro punhado de creme hidratante e houve uma longa pausa.

Curiosamente, apesar da bagunça, que lembrava o rescaldo de uma explosão no recinto de um *corsetière*, o camarim de Fevvers era notável por seu anonimato. Havia só o enorme cartaz com a mensagem rabiscada a carvão: *Toujours, Toulouse*. E isso era apenas autopropaganda, um lembrete ao visitante daquela parte de si mesma que, fora do palco, ela mantinha escondida. Fora isso, nem sequer uma fotografia emoldurada se destacava entre os unguentos sobre o toucador, só um ramo de violetas de Parma socado em um pote de geleia, presumivelmente um transbordamento floral como o da cornija da lareira. Sem mascotes benfazejos, sem gatos pretos de porcelana, sem vasos de urze branca. Sem luxos pessoais como poltronas ou tapetes. Nada que pudesse denunciá-la. O camarim de uma estrela, despojado como o sótão de uma copeira. Os únicos pedaços de si mesma que imprimira ao seu redor foram aqueles poucos cabelos loiros estriando o sabonete transparente Pears no pires rachado do lavatório.

A ponta rombuda de uma tina esmaltada para banhos de assento, cheia da espuma de abluções anteriores, destacava-se por trás de um biombo de lona sobre o qual fora jogada uma porção de oscilantes malhas cor-de-rosa, de modo que, à primeira vista, poderia-se pensar que Fevvers tinha acabado de retirar sua própria pele. Se o alto cocar de penas de avestruz tingidas fora, sem cerimônia, empurrado até a grade da lareira, Lizzie tratara com mais respeito a outra vestimenta em que sua patroa fizera sua primeira apresentação diante de seu público. Sacudira o manto de penas vermelhas e roxas, colocara-o em um cabide de madeira e o pendurara em um prego atrás da porta do camarim, onde suas franjas ciliadas tremiam continuamente no ar encanado que vinha das janelas mal-ajustadas.

No palco do Alhambra, quando a cortina subiu, lá estava ela, de bruços em uma pilha de plumas, com aquela mesma roupa, atrás das grades de ouropel, enquanto a orquestra, no fosso, serrava o ar e zurrava: "Apenas um pássaro numa gaiola dourada". Quão *kitsch*, quão adequada à melodia. Evidenciava o elemento ilusório do espetáculo, lembrando que, segundo rumores, a garota começara sua carreira em shows de horrores. (Checar isso, anotou Walser.) Enquanto a orquestra tocava lentamente, lentamente, ela se punha de joelhos, depois de pé, ainda envolta em sua volumosa capa, com um capacete com crista de plumas vermelhas e roxas sobre a cabeça. Em tom descuidado, começava a forçar as grades brilhantes de sua frágil gaiola, miando baixinho para que a soltassem.

Uma lufada do abafado ar noturno fez ondular a felpa da pelúcia vermelha das banquetas do Alhambra, acariciando as bochechas dos querubins de gesso que sustentavam as monumentais guirlandas acima do palco.

Lá do alto, baixaram os trapézios.

Como se um vislumbre das coisas lhe inspirasse uma nova onda de energia, ela agarrou as barras com firmeza e, sob o acompanhamento de um rufar de tambores, separou-as. Passou pela brecha com uma delicadeza elaborada e atípica. A gaiola dourada se moveu rapidamente em direção ao espaço acima do proscênio, emaranhando-se por um momento com o trapézio.

Ela tirou a capa e a jogou de lado. Lá estava ela.

Na malha rosada, seu esterno se projetava como a proa de um navio; a Dama de Ferro expandia o peito enquanto comprimia a cintura até quase nada, então parecia que, ao menor descuido nos movimentos, poderia se partir em duas. O *collant* era adornado com lantejoulas e mais lantejoulas na virilha e nos mamilos, nada mais. O cabelo dela estava escondido sob as plumas tingidas que adicionavam uns bons trinta centímetros à sua altura já imensa. Nas costas, carregava um leve fardo de plumagem enrolada, tão espalhafatoso quanto a de uma cacatua brasileira. Na boca rubra havia um sorriso artificial.

Olhem para mim! Com uma graça imponente, orgulhosa e irônica, ela se exibia aos olhos do público como se fosse um presente maravilhoso, tão bom que era proibido brincar com ele. Olhar, não tocar.

Ela era feita de eternidade e tão claramente finita quanto qualquer objeto que se destina a ser visto, não manuseado. Olhem! Tirem as mãos!

OLHEM PARA MIM!

Ela se levantou na ponta dos pés e girou lentamente, dando aos espectadores uma visão abrangente de suas costas. Ver é crer. Então abriu os soberbos e pesados braços em um gesto de bênção voltado para trás e, ao fazê-lo, as asas também se abriram, um desdobramento policromático em um total de mais de um metro e oitenta centímetros de uma ponta à outra, envergadura de uma águia, um condor, um albatroz alimentado em excesso na mesma dieta que deixa os flamingos rosados.

Oooooooh! Os suspiros dos espectadores produziram uma lufada de espanto que ondulou pelo teatro.

Mas Walser, por capricho, pensou de si para si o seguinte: ora, as asas dos pássaros nada mais são do que as patas dianteiras ou, como diríamos, os braços; e a estrutura de uma asa de fato apresenta cotovelos, pulsos e dedos, tudo completo. Assim sendo, se essa adorável senhora é, como sua publicidade alega, uma fabulosa mulher-pássaro, então ela, por todas as leis da evolução e da razão humana, não deveria possuir nenhum braço, pois seus braços é que deveriam ser suas asas!

Dito em outras palavras: você acreditaria em uma mulher com quatro braços, todos perfeitos, como uma deusa hindu, articulados naqueles ombros de voluptuosa estivadora? Porque, falando sério, *essa* é a verdadeira natureza da anomalia fisiológica sobre a qual a senhorita Fevvers está nos pedindo para suspender a descrença.

Ora, asas *sem* braços é uma coisa impossível, mas asas *com* braços é o impossível tornado duplamente improvável — o impossível ao quadrado. Sim, senhor!

Em seu camarote de imprensa, de pelúcia vermelha, observando-a através de binóculos, ele se lembrou das dançarinas que tinha visto em Bangkok, que, com suas superfícies emplumadas, douradas, espelhadas e angulares, apresentavam-se com movimentos hieráticos, com ilusões infinitamente mais persuasivas da criação aérea do que esta garçonete diante dele. "Ela se esforça demais", ele rabiscou em seu bloco de notas.

Ele se lembrou do truque da corda indiana, o menino subindo com os calcanhares em uma corda no mercado de Calcutá e depois desaparecendo por completo, deixando apenas seu grito desolado flutuando no céu sem nuvens. De como a multidão vestida de branco rugiu quando a cesta do mágico começou a balançar e balançar no chão até que o menino pulou fora dele, todo sorrisos! "Histeria em massa e a ilusão de multidões... Um pouco de tecnologia primitiva e uma grande dose de vontade de acreditar." Em Katmandu, ele viu o faquir sobre uma cama de pregos, todos inteiros, levitar até alcançar os demônios pintados nos beirais das casas de madeira. Qual, disse o velho, fortemente subornado, seria o propósito da ilusão se ela *parecesse* uma ilusão? Pois, opinou o velho charlatão a Walser, com a solenidade de uma cara séria, não é nosso mundo inteiro uma ilusão? E, no entanto, engana a todos nós.

Naquele momento, a orquestra no fosso parou e farfalhou suas partituras. Após um momento de desarmonia comparável a se limpar a garganta, começou a serrar o melhor que podia — adivinhem — "A Cavalgada das Valquírias". Ah, a gritante incapacidade daqueles músicos! A insensibilidade desafinada de sua execução! Walser recostou-se com um sorriso de satisfação nos lábios; o gorduroso e inescapável cheiro de magia do palco que permeara o ato de Fevvers manifestou-se abundantemente em sua escolha da música.

Ela se recompôs, levantou-se na ponta dos pés e fez um vigoroso movimento com os ombros a fim de levantá-los. Então baixou os cotovelos, de modo que as finas pontas das penas de cada asa se encontraram no espaço acima de seu cocar. No primeiro *crescendo*, ela saltou.

Sim, saltou. Saltou para pegar o trapézio pendurado, saltou cerca de nove metros em um salto único e pesado, trespassando ao mesmo tempo a espada branca e arqueada do centro das luzes da ribalta. O fio invisível que deve tê-la puxado para cima permaneceu invisível. Ela agarrou o trapézio com uma das mãos. As asas latejavam, pulsavam, depois zumbiam, zuniam e, por fim, começaram a bater firmemente no ar de modo tão intenso que o bloco de notas de Walser se bagunçou todo e ele perdeu a página, teve que lutar para encontrá-lo novamente; quase perdeu a compostura, mas conseguiu controlar seu ceticismo no exato momento em que estava prestes a explodir na borda do camarote da imprensa.

Primeira impressão: desajeitamento físico. Que idiota isso parece! Mas logo, muito em breve, uma graça adquirida se afirma, provável resultado de exercícios extenuantes. (Verificar se ela tem treinamento como dançarina.)

Nossa, como seu corpete se estica! Você chegaria a pensar que os peitos dela iriam saltar e aparecer. Que furor *isso* causaria; é de se admirar que ela não tenha pensado em incorporar isso em seu ato. O desajeitamento físico no voo talvez causado pela ausência de *cauda*, o leme do pássaro voador — me pergunto por que ela não prende um rabo atrás do seu tapa-sexo. Isso acrescentaria verossimilhança e talvez melhorasse o desempenho.

O que a tornou notável como *aerialista*, no entanto, foi a velocidade — ou melhor, a falta dela — com que realizava até mesmo a culminante cambalhota mortal tripla. Quando um trapezista da variedade comum, ou seja, sem asas, executa a tripla cambalhota, ele ou ela viaja pelo ar chegando a uns cem quilômetros por hora; Fevvers, no entanto, planejou contemplativos e prazerosos quarenta quilômetros para que o teatro lotado pudesse apreciar, em câmera lenta, o espetáculo dos músculos retesados em sua figura rubenesca. A música ia muito mais rápida do que ela; ela se demorava. De fato, desafiava as leis dos projéteis, porque um projétil não pode *vagar* ao longo de sua trajetória; se diminui a velocidade em pleno ar, ele cai. Mas Fevvers aparentemente perambulava ao longo do invisível passadiço entre seus trapézios com a dignidade corpulenta de um pombo da Trafalgar Square voando de um punhado de milho a outro, e então ela virou de cabeça para baixo três vezes de forma tão lânguida que chegou a mostrar a fenda em seu bumbum.

(Mas com certeza, ponderou Walser, antes de mais nada, um pássaro *de verdade* teria demasiado bom senso para pensar em dar uma cambalhota tripla).

No entanto, salvo esse pacto desconcertante com a gravidade, que certamente ela fez da mesma forma que o faquir nepalês fizera o seu, Walser observou que a moça não ia além de qualquer outro trapezista. Ela não tentava nem conseguia nenhuma coisa que um bípede sem asas não pudesse ter realizado, embora ela o tenha feito de uma maneira diferente e, à medida que as Valquírias se aproximavam do Valhalla pela última vez, ele ficou surpreso ao descobrir que foram as próprias limitações do número realizado por ela que o fizeram vislumbrar o inimaginável, ou seja, a absoluta suspensão da descrença.

Pois, para ganhar a vida, não poderia uma verdadeira mulher-pássaro — no caso implausível de que tal coisa existisse — ter que fingir que era artificial?

Ele sorriu para si mesmo com o paradoxo: em uma era secular, um milagre autêntico deve fingir que é uma farsa a fim de ganhar crédito no mundo. Mas — e Walser sorriu para si mesmo novamente enquanto se lembrava de sua convicção de que ver era crer — e o *umbigo* dela? Não tinha ela naquele mesmo minuto me dito que nascera de um *ovo*, que não fora gestada *in utero*? As espécies ovíparas não são, por definição, nutridas pela placenta; portanto, não têm necessidade do cordão umbilical... e, portanto, não apresentam a cicatriz de sua perda! Por que Londres não se pôs a perguntar: a Fevvers tem umbigo?

Era impossível descobrir se tinha ou não umbigo durante sua apresentação; da barriga dela Walser só conseguia se lembrar de uma extensão rosada e inexpressiva de meia-calça. O que quer que fossem as asas, sua nudez era uma ilusão de palco.

Depois que ela deu a cambalhota tripla, a orquestra realizou o *coup de grâce* em Wagner e parou. Fevvers ficou pendurada em uma mão, acenando e soprando beijos com a outra, aquelas suas famosas asas agora ajeitadas às suas costas. Então ela pulou direto para o chão, apenas caiu, simplesmente despencou, atingindo o palco em cheio com seus pés enormes, provocando um baque demasiado humano, apenas parcialmente abafado pelo rugido de aplausos e vivas.

Buquês abarrotam o palco. Como não existe mercado de flores de segunda mão, ela não liga para elas. Seu rosto, revestido de rouge e de pó de arroz para que se possa ver como ela é linda da última fila da galeria, exibe sorrisos triunfantes; seus dentes brancos são grandes e carnívoros como os da avó de Chapeuzinho Vermelho.

Com a mão livre, ela lança beijos a todos. Dobra as tremelicantes asas com uma série de arrepios, amuos e caretas, como se estivesse guardando um livro malicioso. Algum menino do coro vai aos tropeços e entrega a ela sua capa emplumada que é tão frágil e exuberante quanto as que os nativos da Flórida costumavam fazer. Com gigantesca desenvoltura, Fevvers faz uma mesura para o maestro e continua mandando beijos sob os aplausos tumultuosos enquanto a cortina desce e a orquestra toca "Deus Salve a Rainha". Deus salve a mãe do principelho obeso e barbudo que vem ocupando seu lugar no camarote real duas vezes por noite desde a estreia de Fevvers no Alhambra, acariciando a barba e meditando sobre as possibilidades eróticas implícitas na capacidade dela de pairar e sobre a problemática de seu próprio barrigão no que diz respeito à posição papai-mamãe.

A maquiagem escorreu do rosto de Fevvers enquanto Lizzie removia o creme hidratante com um algodão, jogando as bolas sujas descuidadamente pelo chão. Corada, Fevvers reapareceu para se olhar vorazmente no espelho, como se estivesse satisfeita e surpresa ao descobrir a si própria outra vez, com as bochechas tão rosadas e os olhos tão brilhantes. Walser ficou surpreso com a aparência saudável dela. Era como um milharal de Iowa.

Lizzie mergulhou uma esponja de veludo em uma caixa de pó de arroz de tom pêssego-intenso e passou-a no rosto da moça para tirar o brilho. Pegou uma escova de cabelo de metal amarelo.

"Não posso te contar quem que deu isso pra ela", anunciou Lizzie, agitando a escova para que as pedrinhas com o qual ela fora incrustada (no formato das plumas do príncipe de Gales) difundissem prismas de luz. "Protocolo do palácio. Informação confidencial. Pente e espelho combinando. Maciços. Que choque que eu tive quando mandei avaliar o preço! O tolo e seu dinheiro logo se separam. Vai direto para o banco amanhã de manhã. *Ela* não é tola. Mesmo assim, não conseguiu resistir a usá-la esta noite."

Havia um toque de censura na voz de Lizzie, como se não existisse nada que ela achasse irresistível, mas Fevvers admirou sua escova de cabelo com um ar complacente e possessivo. Por apenas um momento, pareceu menos generosa.

"Claro", disse Fevvers, "*ele* nunca chegou a lugar nenhum."

Sua inacessibilidade também era lendária, ainda que, como Walser já havia anotado em seu bloco, ela estivesse preparada para fazer certas exceções a exigentes anões franceses. A camareira desamarrou a fita azul que mantinha o controle da trilha pululante do cabelo da jovem, que ela colocou sobre o braço esquerdo como se estivesse exibindo um pedaço de tapete e começou a atacá-lo vigorosamente. Era uma cabeleira bastante surpreendente, amarela e inexaurível como areia, grossa como creme, crepitante e sussurrante sob a escova. A cabeça de Fevvers voltou-se para trás, os olhos semicerrados, ela suspirou de prazer. Lizzie poderia estar escovando um cavalo palomino; contudo, Fevvers era um cavalo corcunda.

Aquele penhoar imundo, horrivelmente empastado de maquiagem de teatro em volta do pescoço... quando Lizzie levantou a braçada de cabelo, dava para ver, sob a seda puída e rançosa, as corcundas, as protuberâncias, grandes como se ela tivesse um seio na frente e atrás, sua deformidade evidente, as colinas gêmeas da tumescência que ela mantinha presa ao longo daquelas horas que devia passar à luz do dia ou à luz da lâmpada, fora dos holofotes. Então, na rua, nas festas noturnas, almoçando em restaurantes caros com duques, príncipes, líderes da indústria e apostadores do mesmo feitio, ela era sempre a aleijada, mesmo que sempre chamasse a atenção e as pessoas subissem nas cadeiras para vê-la.

"Quem confecciona suas roupas?", o lado repórter de Walser perguntou perceptivamente. Lizzie parou no meio de uma escovada; seus olhos de dona se arregalaram — uiaaaa! como guarda-chuvas azuis.

"Ninguém. Euzinha mesma", disse Fevvers bruscamente. "A Liz ajuda."

"Mas ozchapéu dela nós compramos das melhores modistas", afirmou Lizzie delicadamente. "Nós conseguimos algunzchapéus adoráveis em Paris, não foi, querida? Aquele florentino, com as onze-horas..."

"Estou vendo que o copo dele está vazio."

Walser se permitiu ser reabastecido antes que Lizzie enchesse a boca com grampos de tartaruga e passasse a usar as duas mãos na tarefa de edificar o coque de Fevvers. O barulho da casa de espetáculos na hora de fechar retinia e ecoava ao redor deles, o gorgolejo de água em um cano, as coristas distribuindo seus boas-noites enquanto corriam escadas abaixo até os cabriolés que as esperavam na saídas dos artistas e, em algum lugar, o matraquear de um piano desafinado. As lâmpadas em volta do espelho de Fevvers lançaram uma luz direta e indelicada em seu rosto, mas não conseguiam revelar nenhuma falha no conjunto clássico de suas feições, a menos que seu próprio tamanho fosse uma falha por si, o defeito que a tornava vulgar.

Demorou muito para que aqueles dois metros de cabelo dourado fossem empilhados. No momento em que o último grampo entrou, o silêncio da noite já havia caído sobre todo o edifício.

Fevvers deu um tapinha em seu coque com ar satisfeito. Lizzie sacudiu a garrafa de champanhe, descobriu que estava vazia, jogou-a em um canto, pegou outra de uma caixa guardada atrás do biombo, abriu-a, e encheu todos os copos de novo. Fevvers sorveu e estremeceu.

"Quente."

Lizzie espiou dentro do jarro do toucador e derrubou o conteúdo derretido na água da banheira.

"Chega de gelo", ela disse a Walser em tom acusatório, como se fosse culpa dele.

Talvez, talvez... meu cérebro já esteja virando bolhas, pensou Walser, mas quase posso jurar que vi um peixe, um peixinho, um arenque, uma espadilha, bem miúdo, mas se contorcendo, vivo, entrar na banheira quando ela derrubou o jarro. Mas ele não teve tempo de pensar na ilusão produzida por seus próprios olhos, pois, nesse momento, Fevvers retomou com solenidade a entrevista em um ponto imediatamente anterior àquele em que havia parado.

"Chocada", disse ela.

"Chocada; por quem, não sei. Quem me *botou* é um mistério para mim, senhor, tanto quanto a natureza da minha concepção, meu pai e minha mãe, ambos totalmente desconhecidos para mim, e, diriam alguns, desconhecidos para a natureza, além do mais. Mas consegui sair do ovo e fui colocada naquela cesta de cascas rompidas e palha em Whitechapel na porta de uma certa *casa*, se é que me entende?"

Quando ela esticou o braço para pegar a taça, a manga encardida de cetim desceu de um braço tão finamente torneado quanto a perna do sofá em que Walser se encontrava sentado. Sua mão tremia ligeiramente, como se de uma contida emoção.

"E, como eu disse a você, não foi outra senão minha Lizzie ali que, ao acompanhar algum cliente até a saída do local, tropeçou no pedacinho piador de vida que, no caso, era eu, e ela me trouxe para dentro e lá fui criada por esse tipo de mulheres como se eu fosse uma filha comum de meia dúzia de mães. E essa é toda a verdade e nada mais, senhor."

"E nunca contei isso a um homem vivo anteriormente."

Enquanto Walser ia escrevinhando, Fevvers olhou de esguelha para o reflexo do caderninho no espelho, como se tentasse interpretar a taquigrafia do repórter por meios mágicos. Seu autocontrole parecia um pouco abalado pelo silêncio dele.

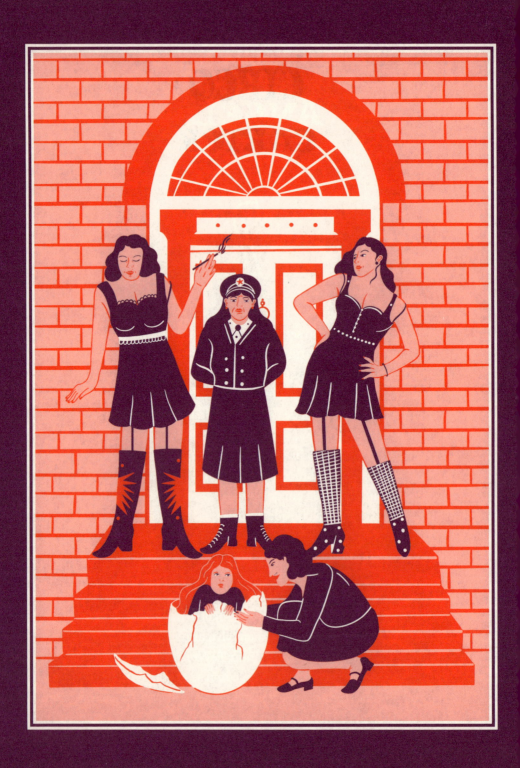

"Ora, ora, meu senhor, e eles vão deixar você publicar *isso* no seu jornal? Pois essas mulheres eram da *pior classe* e *maculadas*."

"Os costumes no Novo Mundo são consideravelmente mais elásticos do que eram no passado, como terá o prazer de descobrir, senhorita", disse Walser calmamente. "E eu mesmo conheci algumas lindas prostitutas decentes, algumas mulheres ótimas, de fato, com quem qualquer homem teria ficado orgulhoso de se casar."

"Casamento? Bah!", disparou Lizzie mal-humorada. "Sair da frigideira direto pro fogo! O que é o casamento senão prostituição para um único homem em vez de muitos? Não é diferente! Você acha que uma puta decente ia ficar orgulhosa de se casar com você, meu jovem? Hein?"

"Deixa pra lá, Lizzie, ele teve boas intenções. Será que aquele rapaz ainda está por aí? Estou morrendo de fome e empenharia minha escova de cabelo de ouro por alguma torta salgada e uma salsicha bem temperada." Ela se virou para Walser com uma enorme coqueteria. "Gostaria de uma torta salgada de enguia e um pouco de purê de batatas, senhor?"

Tocaram a campainha para chamar o contrarregra, que ainda estava de serviço, e ele foi instantaneamente despachado para a loja de salgados na Strand por uma Lizzie que ainda se mantinha rígida com a afronta. Mas sua ira logo foi apaziguada pela lauta refeição que chegou, em uma cesta coberta, uns dez minutos depois — tortas quentinhas de carne com uma viscosa conchada de molho de enguia em cada uma; um Monte Fuji de purê de batata; um pântano de ervilhas secas recozidas e servidas nadando em um caldo esverdeado. Fevvers pagou o rapaz, esperou pelo troco e deu uma gorjeta a ele com um beijo em sua bochecha cor de pêssego e imberbe, deixando-a corada e meio gordurosa. As mulheres investiram sobre a comida, com uma algazarra de talheres, mas o próprio Walser optou por outro copo de champanhe morno.

"Comida inglesa... bommm, acho que é um gosto adquirido; eu reputo sua culinária nativa como sendo a oitava maravilha do mundo, senhorita."

Ela lançou-lhe um olhar estranho, como se suspeitasse que ele a estava provocando e, mais cedo ou mais tarde, ela se lembraria de lhe pagar na mesma moeda por aquilo, mas sua boca estava cheia demais para uma resposta inteligente, pois, com um deleite colossal, se empanzinava com o mais vulgar e mais trivial de todos os pratos de cocheiro. Ela se empanturrava, ela se fartava, ela derramava molho em si mesma, chupava as ervilhas da faca; tinha uma goela que combinava com seu tamanho e modos à mesa do tipo elisabetano. Impressionado, Walser esperou, com a teimosa docilidade de sua profissão, até que finalmente o enorme apetite dela fosse satisfeito. Ela limpou a boca na manga e arrotou. Lançou-lhe outro olhar esquisito, como se tivesse esperado que o espetáculo de sua gula o afastasse, mas, vendo que ele permanecia ali, bloco de notas no joelho, lápis na mão, sentado no sofá, ela suspirou, arrotou novamente e continuou:

"Criada em um bordel, senhor, e orgulhosa disso, se é pra falar diretamente, pois nunca recebi um xingamento ou uma grosseria de minhas mães, ao contrário, me foi dado o melhor de tudo e sempre me aconchegavam na minha caminha no sótão às oito horas da noite antes da chegada dos grandes esbanjadores que quebravam copos.

"Então lá estava eu..."

"... lá estava ela, a pequena inocente, com suas tranças loiras que eu costumava amarrar com fitas azuis, para combinar com seus grandes olhos azuis..."

"... lá estava eu e então cresci, e os botõezinhos penugentos nos meus ombros cresceram comigo, até que um dia, quando eu tinha sete anos anos, a Nelson..."

"Nelson?", indagou Walser.

Fevvers e Lizzie levantaram os olhos reverentemente em uníssono para o teto.

"Nelson, descanse em paz, sim. Se ela não era a madame! E sempre se chamou Nelson, por conta de seu único olho, um marinheiro tinha arrancado o outro com uma garrafa quebrada no ano da Grande Exposição, pobre coitada. A Nelson dirigia corretamente uma casa decente e nunca pensou em me colocar no negócio enquanto eu ainda usasse anáguas curtas, como outras poderiam ter feito. Mas, uma noite, quando ela e minha Lizzie estavam me dando banho na frente do fogo, enquanto ensaboava meus botõezinhos de penas com muita ternura, ela gritou: 'Cupido! Ora, aqui está nosso próprio Cupido em carne e osso!'. E foi assim que descolei minha primeira renda, pois minha Lizzie me fez uma pequena coroa de rosas de algodão, a colocou na minha cabeça e me deu um arco e flecha de brinquedo..."

"... que eu dourei para ela", disse Lizzie. "Folheado de ouro de verdade, era mesmo. Você coloca a folha na palma da mão. Então você assopra bem de leve na superfície de tudo que você quiser que fique dourado. Tem que fazer de um jeito delicado. Soprar. Jezuis, foi uma trabalheira."

"Então, com a minha coroa de rosas, meu dourado e ardente arquinho do amor e minhas flechas de desejo inexplorado, meu trabalho era sentar-me à alcova da sala de visitas em que as senhoras se apresentavam aos cavalheiros. O Cupido, isso que eu era."

"Com suas asinhas de bebê. Reinando sobre todos."

As mulheres trocaram um sorriso nostálgico. Lizzie esticou o braço por detrás do biombo para alcançar outra garrafa.

"Vamos brindar à pequena Cupida."

"Não direi não", disse Fevvers, estendendo-lhe o copo.

"Então lá estava eu", prosseguiu ela, depois de um gole revigorante, "eu era um *tableau vivant* desde os sete anos de idade. Lá estava eu sentada acima do pessoal..."

"... como se ela fosse o querubim guardião da casa..."

"... e por sete longos anos, senhor, eu não fui nadinha além do *símbolo* do amor, pintado e dourado e, pode-se dizer, que foi assim que fiz meu aprendizado de *ser olhada* — ser o objeto aos olhos do observador. Até que chegou a hora em que meu, perdoe-me, sangramento de mulher começou, junto ao início de grandes acontecimentos, como se poderia dizer, no departamento peitoral. Mas, contudo, como qualquer garota, eu fiquei muito encantada com o maravilhoso desabrochar da minha até então reticente e condescendente carne..."

"... reta como uma tábua de passar, dos dois lados, até uns treze, treze e meio, senhor..."

"... mas, assustada como eu estava com *tudo aquilo*, eu estava ainda mais comovida e estranhamente intrigada com o que, a princípio, se manifestou como não mais do que uma coceira infernal nas minhas costas.

"A princípio, nada mais do que, na verdade, uma irritaçãozinha quase prazerosa, uma espécie de zumbido físico, senhor, e daí eu esfregava minhas costas contra as pernas das cadeiras, como os gatos fazem, ou então eu pedia pra minha Lizzie ou pra alguma outra das meninas que esfregasse minhas costas com uma pedra-pomes ou com uma escovinha de unhas quando eu estava na banheira, pois a coceira se localizava no mais inconveniente dos lugares, bem entre minhas omoplatas, e eu não conseguia alcançar lá com os dedos, de jeito nenhum.

"E a coceira aumentou. Se começava de um jeito discreto, logo era como se minhas costas inteiras estivessem pegando fogo, e elas me cobriram com loções calmantes e refrescantes e eu me deitava para dormir com uma bolsa de gelo nas costas, mas ainda assim nada conseguia acalmar a terrível tempestade na minha pele em erupção.

"Mas tudo isso foi apenas o arauto do rompimento das minha asas, sabe; embora naquele momento eu não soubesse disso.

"Pois, à medida que meus peitinhos inchavam na frente, esses meus apêndices penugentos inchavam atrás, até que, uma manhã no meu décimo quarto ano, levantando-me da minha bicama com rodinhas no sótão, quando o som amigável dos sinos da St. Mary-le-Bow entrava pela janela, enquanto o sol de inverno brilhava friamente naquela grande cidade lá fora, que, mal poderia eu imaginar, um dia estaria aos meus pés..."

"Ela espraiou", disse Lizzie.

"Eu espraiei as asas", disse Fevvers. "Eu tinha retirado minha camisolinha branca para realizar minhas abluções matinais em minha pequena penteadeira quando houve um grande rasgo na parte de trás da minha camisola e, tudo contra minha vontade, de maneira imprevista e involuntária, de repente irrompeu minha peculiar herança — estas minhas asas! Ainda adolescentes, naquele momento não tinham nem metade do seu tamanho adulto, e eram úmidas, pegajosas, como folhagem recém-aberta numa árvore de abril. Mas, ainda assim, asas.

"Não. Não houve dor. Apenas perplexidade."

"Ela soltou um grito agudo e longo", disse Lizzie, "que me arrancou dum sonho — pois eu dividia o sótão com ela, senhor — e ali ela ficou, dura como uma pedra, com a camisola rasgada em volta dos tornozelos, e eu achei que ainda estava sonhando ou então que eu tinha morrido e ido pro céu, e que agora estava entre os anjos abençoados; ou, que ela era a Anunciação da minha menopausa."

"Que choque!", disse Fevvers modestamente. Puxou um tufo de cabelo de seu coque e o enrolou no dedo, torcendo-o e mordendo-o pensativamente; então, de súbito, ela corrupiou para longe do espelho em seu banquinho giratório e se inclinou, confidencialmente, na direção de Walser.

"Agora, senhor, vou deixá-lo penetrar em um grande segredo, só para os seus ouvidos e não para publicação, porque eu fui com a sua cara, senhor." Dizendo isso, deu uma piscada de olhos como que em um flerte. Baixou a voz até um sussurro, de forma que se fez necessário que Walser se inclinasse para a frente a fim de ouvi-la; seu hálito, aromatizado com o champanhe, aqueceu a bochecha dele.

"Eu *tinjo*, senhor!"

"O que?"

"Minhas penas, senhor! Eu as tinjo! Não pense que eu apresentei tantas cores berrantes desde a puberdade! Comecei a tingir minhas penas no início da minha carreira pública no trapézio, para simular mais perfeitamente o pássaro tropical. Na minha inocente infância e nos primeiros anos, mantive minha cor natural. Que é uma espécie de loiro, só um pouco mais escuro que o cabelo da minha cabeça, puxando mais para a cor daquilo nas minhas partes, hum, íntimas.

"Então, esse é meu terrível segredo, sr. Walser, e, para lhe contar toda a verdade e nada mais, o único embuste que eu pratico com o público!"

Para enfatizar o detalhe, ela baixou o copo vazio com tamanho estrondo sobre o toucador que os potes de cremes e loções saltaram e chocalharam, expelindo cortantes rajadas de perfume barato, e uma nuvem de pó se levantou no ar, a partir de uma caixa emborcada, que grudou dolorosamente na garganta de Walser, provocando um acesso de tosse. Lizzie deu uns tapas nas costas do repórter. Fevvers não deu a menor atenção a esses procedimentos.

"Lizzie, diante daquela aparição inesperada, desceu gritando pelas escadas, de camisola mesmo...

"E ela disse: 'Nelson, Ma Nelson, venha rápido; nosso passarinho está prestes a voar para longe!'. A boa mulher subiu os degraus de dois em dois e, ao ver o que tinha acontecido a seu filhote de estimação, se pôs a rir de puro prazer.

"'E pensar que, sem saber, hospedamos um anjo!', ela disse.

"'Ah, minha pequena, acho que você deve ser a filha imaculada do século, aquela que agora mesmo está esperando para alçar voo, a Nova Era em que nenhuma mulher será amarrada ao chão'. E, então, ela chorou. Naquela noite, jogamos fora o arco e a flecha, e eu posei, pela primeira vez, como a Vitória Alada de Samotrácia, pois, como pode ver, fui projetada em grande escala e, mesmo nos meus catorze anos, dava pra fazer duas Lizzies de mim.

"Ah, senhor, deixe-me satisfazer meu coração por alguns instantes e lhe descrever aquela amada casa que, embora de má fama, me protegeu por tanto tempo das tempestades do infortúnio e evitou que minhas asas juvenis se arrastassem na lama.

"Era uma daquelas casas antigas, quadradas, de tijolos vermelhos com um fachada simples e sóbria, uma graciosa claraboia em forma de concha sobre a porta da frente, daquelas que você ainda pode encontrar em alguns lugares de Londres, tão afastadas das marés da moda que nunca foram varridas por suas ondas. Era impossível olhar pra casa da Mãe Nelson sem pensar o seguinte: foi a Era da Razão que construiu essa casa; e então a gente sentia vontade de chorar, pensando que a Era da Razão tinha acabado antes de ter propriamente começado, e aquela relíquia harmoniosa permanecera escondida por trás da balbúrdia da rodovia Ratcliffe, como o germe do bom senso deixado na mente de um bêbado.

"Um pequeno lance de escadas levava até a porta de entrada, degraus que a Lizzie, fiel como qualquer dona de casa em Londres, esfregava e branqueava todas as manhãs. Um ar de retidão e de compostura envolvia o local, com suas altas janelas, cujas persianas brancas sempre ficavam baixas, como se a casa estivesse com os olhos fechados, sonhando seu próprio sonho, ou como se, ao passar pelos frontões lisos e bem proporcionados da porta, a gente entrasse num lugar que, ao exemplo de sua dona, preferisse manter os olhos cerrados ante os horrores do lado de fora, pois o interior da casa era um lugar de privilégios, e quem o visitava podia ampliar os limites de sua experiência por uma soma nada exorbitante. Era um lugar onde os desejos racionais podiam ser racionalmente satisfeitos; era uma casa à moda antiga, tanto que, naqueles anos, tinha um jeito de parecer quase *moderna* demais para seu próprio bem, como o passado costuma fazer quando ultrapassa o presente.

"Quanto à sala de visitas, na qual eu fizera o papel de estátua viva toda a minha infância, ficava no primeiro andar e a gente chegava lá por uma poderosa escadaria de mármore que subia com um floreio que parecia, com vosso perdão, a bunda duma puta. Essa escada tinha um maravilhoso balaústre de ferro forjado, todo em forma de guirlandas de frutas, flores e cabeças de sátiros, com um corrimão de mármore maravilhosamente escorregadio pelo qual, em minha alegre infância, eu estava acostumada a deslizar, com as tranças balançando atrás de mim. Mas essas brincadeiras eu fazia só antes do horário de abertura, porque não há nada que afaste mais os clientes respeitáveis, como aqueles que a Nelson preferia, quanto a visão de uma criança num bordel.

"A sala de visitas era dominada por uma bela lareira que deve ter sido construída com o mesmo mestre em mármores que ergueu a escada. Um par de deusas rechonchudas e sorridentes sustentava a cornija dessa lareira nas palmas das mãos erguidas, assim como nós, mulheres, sustentamos o mundo inteiro, no fim das contas. Aquela lareira pode ter servido aos romanos como um altar, ou uma tumba, e era nosso próprio templo doméstico para Vesta, pois, todas as tardes, Lizzie acendia ali um fogo de lenha perfumada cujos aromas naturais ela estava acostumada a incrementar com perfumes ardentes da melhor qualidade."

"Quanto a mim", interveio Lizzie, "nunca fui muito estonteante como prostituta, devido a um hábito inconveniente que eu tinha de *rezar,* que recebi da minha família e do qual nunca consegui me livrar."

Isso era patentemente inacreditável, e Walser permaneceu incrédulo, embora os olhos pretos e coruscantes de Lizzie desafiassem sua descrença.

"Depois de eu converter uma ou duas dezenas de clientes regulares à Igreja de Roma, a Ma Nelson me chamou no seu escritório uma tarde e me disse:

"'Querida Liz, isso não está dando certo! Você deixará as nossas pobres garotas desempregadas se continuar assim!'. Ela me tirou das obrigações regulares e me colocou pra trabalhar como governanta, o que me convinha muito bem, pois as meninas prosseguiram cuidando do serviço e eu recebia minha parte das gorjetas. E, todas as noites, quando escurecia, eu acendia o fogo e cuidava dele até que, por volta das oito ou nove da noite, a sala de visitas ficava confortável como uma virilha..."

"... e doce como a sala onde arde a pira do Pássaro árabe, doce e malva de fumaça como a própria alucinação, senhor.

"Então, sr. Walser, no dia em que me espraiei pela primeira vez, eu me encontrava, como era de se esperar, muito perplexa em relação à minha própria natureza. A Ma Nelson me envolveu em um xale de caxemira, que ela tirou das próprias costas, já que eu tinha arrebentado a camisola, e Lizzie teve de pôr mãos à obra com a agulha pra alterar meu vestido e amoldá-lo à minha figura alterada. Enquanto esperava a peça de roupa ficar pronta, me sentei na cama no sótão e me pus a contemplar o mistério dessas intumescências macias e emplumadas que já estavam puxando meus ombros pra trás com o peso e a urgência de um amante invisível. Além da janela, na fresca luz do sol, vi flutuarem nas correntes do ar, como espíritos do vento, as barulhentas gaivotas que seguiam o curso serpeante do poderoso Tâmisa, e, desse modo, me ocorreu o seguinte: se eu tenho asas, então eu devo voar!

"Era quase o início da tarde e estava tudo quieto na casa, cada mulher em seu próprio quarto envolvida com os vários passatempos com que se ocupavam antes de seu trabalho começar. Joguei fora aquele xale de caxemira e, abrindo minhas asas recém-brotadas, pulei no ar, upa.

"Mas aquilo não deu em nada, senhor, nem mesmo uma *pairada*, pois eu não tinha pegado o jeito da coisa, de maneira nenhuma, não sabia nada da teoria do voo, nem da arremetida, nem do pouso. Eu pulei... e vim abaixo. Baque. E foi isso.

"Então pensei: lá embaixo tem aquela lareira de mármore, com uma cornija de cerca de um metro e oitenta de altura, sustentada de ambos os lados pelo esforço das cariátides de mármore! E, de imediato, lá pra baixo do salão eu trotei suavemente, pois pensei, se eu pulasse da lareira com as asas totalmente abertas, senhor, o ar que eu segurava com as minhas penas me sustentaria acima do chão.

"À primeira vista, você poderia pensar que essa sala de visitas era o salão de fumantes de um clube de cavalheiros do mais alto nível de exclusividade, pois a Nelson encorajava, num grau quase lúgubre, o bom comportamento masculino entre seus clientes. Apostava em poltronas de couro e mesas com o *The Times* sobre elas que a Liz passava a ferro todas as manhãs, e as paredes, cobertas com damasco estampado cor de vinho, eram decoradas com quadros a óleo com temas mitológicos, tão incrustados pelo tempo que as cenas das pinturas, envolvidas pelas pesadas molduras douradas, pareciam cheias do mel da antiga luz do sol que tinha se cristalizado para formar uma casca açucarada. Todas essas pinturas, algumas da escola veneziana e, sem dúvida, muito bem escolhidas, foram destruídas há muito tempo, juntamente com a própria casa da Ma Nelson, mas havia um quadro do qual eu sempre me lembrarei, pois é como se estivesse gravado em meu coração. Estava pendurado acima da lareira e nem preciso lhe dizer que seu tema era Leda e o Cisne.

"Todos aqueles que viam a galeria de quadros a óleo ficavam imaginando se um dia ela mandaria limpar as pinturas, mas Nelson jamais faria isso. Ela sempre dizia, não dizia, Liz? que o próprio Tempo, o pai das transfigurações, era o maior dos artistas, e sua invisível mão deve ser respeitada a todo custo, já que estava em anônima cumplicidade com a mão de todo pintor humano, então eu sempre via, como se através de um vidro, de um jeito embaçado, o que poderia ter sido minha própria cena primordial, minha própria concepção, o pássaro celestial em uma majestade de penas alvas investindo com desejo imperioso sobre a garota meio atordoada e, ainda assim, apaixonada.

"Quando perguntei a Ma Nelson o que aquela pintura significava, ela me disse que era uma demonstração do acesso ofuscante da graça da carne."

Com essa declaração notável, ela lançou a Walser um astuto olhar lateral, sob os cílios um pouco mais escuros do que seu cabelo.

Cada vez mais curioso, pensou Walser; uma madame caolha e metafísica, em Whitechapel, em posse de um Ticiano? Devo acreditar nisso? Devo fingir que acredito?

"Algum cara cujo nome eu não lembro direito deu pra ela os quadros", disse Lizzie. "Ele gostava dela por causa de como ela raspava o púbis."

Fevvers lançou um olhar de desaprovação a Lizzie, mas estragou o efeito dando uma risada. Lizzie agora se encontrava agachada aos pés de Fevvers usando sua própria bolsa como apoio para os pés, sua bolsa enorme, um negócio de couro rachado com fechos de latão descolorido. O queixo adunco repousava sobre os joelhos, que ela abraçava com mãos cheias de manchas hepáticas. Ela estalava baixinho com sua própria estática; não perdia nada. O cão de guarda. Ou... seria possível, poderia ser... E Walser se pegou perguntando a si mesmo: são elas, na realidade, mãe e filha?

No entanto, se assim fosse, que gigante nórdico tinha emplumado uma sobre a outra, negra e minúscula? E, no meio de toda essa confusão, quem era e onde estava o Svengali que fizera daquela garota um artifício, uma máquina maravilhosa, equipando-a com sua história? Será que a prostituta caolha, se é que existiu, tinha sido a primeira gerente de negócios dessas estranhas cúmplices?

Ele virou uma página em seu bloco de anotações.

"Tente me imaginar, senhor, sem nada além do xale da Ma Nelson, me dirigindo aos pulos para aquela sala de visitas onde as venezianas estavam firmemente cerradas, as cortinas de veludo carmesim fechadas, tudo ainda simulando a noite escura do prazer, embora as velas já estivessem apagadas nas arandelas de cristal. O fogo perfumado da noite anterior agora se reduzia a uns gravetos carbonizados na lareira, e os copos, que só continham os rasos resíduos da dissipação, jaziam no mesmo lugar onde haviam sido deixados, sobre o tapete Bokhara. A luz tênue da pequena vela que eu carregava tocou a majestade do deus cisne na parede e me fez sonhar, sonhar e ousar.

"Embora eu fosse bem crescida, ainda assim tive que puxar uma cadeira até a lareira pra subir e retirar o relógio dourado francês que ficava ali em um estojo de vidro. Esse relógio era, pode-se dizer, o símbolo, ou a expressão do pequeno reino íntimo da Ma Nelson. Tinha uma figura do Pai Tempo com uma foice em um mão e um crânio na outra, acima de um mostrador em que os ponteiros marcavam sempre meia-noite ou meio-dia, o ponteiro dos minutos e o ponteiro das horas perpetuamente juntos, como se estivessem fazendo uma prece, pois a Ma Nelson dizia que o relógio em sua sala de recepção devia mostrar o ponto morto do dia ou da noite, a hora sem sombra, a hora da visão e da revelação, a hora silenciosa no centro da tempestade do tempo.

"Ela era estranha, a Ma Nelson."

Walser conseguia imaginar isso muito bem.

"Querendo abrir espaço para me mover, peguei o velho relógio e o botei no chão, com todo o cuidado, ao pé da desordenada lareira. Quando fiz isso, o mecanismo antigo e extinto soltou um som fraco e melodioso, como se ressoasse com um encorajamento mecânico. Então subi, parei no ponto onde antes estivera o Pai Tempo e, como um homem prestes a se enforcar, chutei a cadeira pra longe, de modo que eu não ficasse tentada a pular sobre ela.

"Como o chão parecia distante! Era apenas um metro e meio abaixo, entende, não é uma grande distância em si — ainda assim, se abria diante de mim como um precipício, e, de fato, pode-se dizer que esse precipício representava o grande abismo, o pungente marco divisório que doravante me separaria da humanidade comum."

Dito isso, ela voltou seus imensos olhos para ele, aqueles olhos "feitos para o palco", cujas mensagens podiam ser lidas dos lugares mais distantes nas galerias do teatro. A noite lhes havia escurecido a cor; suas íris agora eram roxas, combinando com as violetas de Parma em frente ao espelho, e as pupilas estavam tão enfaradas de escuridão que o camarim e todos os seus ocupantes poderiam ter desaparecido sem deixar vestígios dentro daquelas persuasivas vacuidades. Walser experimentou a mais estranha das sensações, como se os olhos da *aerialista* fossem um par de conjuntos de caixas chinesas, cada um se abrindo para revelar outro mundo e mais outro mundo e mais outro mundo, uma infinita pluralidade de mundos, e essas profundidades inimagináveis exerciam a atração mais forte possível, de modo que ele se sentiu tremer, como se também estivesse em um limiar desconhecido.

Surpreso com a própria confusão, ele deu uma chacoalhada nas ideias para refrescar seu pragmatismo. Baixou as pálpebras, como se soubesse que já era o momento de parar, e tomou um gole do agora insípido champanhe antes de prosseguir. Os olhos dela retornaram à simples condição de um par de olhos azuis.

"Fiquei de pé sobre a cornija da lareira e estremeci um pouco, pois fazia um frio de matar ali antes de a Lizzie acender o fogo, e o tapete parecia mais longe do que nunca. Mas então eu pensei: quem não arrisca não petisca. E atrás de mim, é verdade, senhor, na parede, eu poderia jurar que ouvi, preso na teia do tempo, e mesmo assim audível, o bater extenuante de grandes asas brancas. Então eu as abri. E, fechando os olhos, me precipitei pra frente, me jogando no chão, totalmente à mercê da gravidade."

Ela ficou em silêncio por um momento e, com a unha, fez sulcos no sujo cetim esticado sobre os joelhos.

"E, senhor... eu caí.

"Como Lúcifer, eu caí. Despenquei, despenquei, despenquei, bati com estrondo no tapete persa, estatelei o rosto naquelas flores e animais que nunca enfeitaram nenhuma floresta de verdade, aquelas criaturas de sonho e fantasia não muito diferentes de mim mesma, sr. Walser. E então eu soube que ainda não estava pronta pra carregar nas minhas costas o grande fardo da minha anomalia."

Pausou por precisamente três batimentos cardíacos.

"Caí... e dei uma tremenda pancada com o nariz na grade de ferro da lareira..."

"... e então eu a encontrei quando entrei pra acender o fogo, e lá estava ela com o traseiro no ar e as asinhas loiras adejando, pobre passarinho, e embora ela tivesse levado um tombo daqueles e quase partido o nariz no meio e ah! como estava sangrando, ela não deu um pio, nenhum, criaturinha corajosa que ela era; e ela não derramou uma única lágrima."

"O que me importava se meu nariz estava sangrando, senhor?", exclamou Fevvers toda inflamada. "Pois, por um breve momento, um lapso ou vacilo de tempo tão fugaz que o velho relógio francês, se estivesse em movimento, nunca poderia tê-lo registrado em suas engrenagens e molas desajeitadas, pelo menor dos instantes, não mais do que o mais breve bater de asas de uma borboleta... eu tinha flutuado.

"Sim. Flutuado. Mas por tão pouco tempo que eu quase cheguei a pensar que estava imaginando coisas, pois era aquela sensação que às vezes nos vem à beira do sono... e no entanto, senhor, por um curto período de tempo, o ar se erguera sob minha asas adolescentes e se recusara a me entregar à atração do grande e redondo mundo, ao qual, até então, todas as coisas humanas obrigatoriamente tinham se agarrado."

"Como eu era a governanta", interveio Lizzie, "felizmente carregava todas as chaves da casa num aro no meu cinto e, quando entrei tilintando na sala, com a minha braçada de sândalo, já tinha em mãos um remédio para nariz sangrando, apertei a chave da porta da frente no meio das asas, a chave tinha uns trinta centímetros de comprimento e era bem gelada, sim, senhor. O choque estancou o sangue. Então eu enxuguei ela com o meu avental e levei ela pra cozinha, pro calor, enrolei ela num cobertor e ungi os machucado dela com Germoline, colei uns esparadrapo aqui e ali e, quando ela estava novinha outra vez, ela contou pra Lizzie tudo sobre as sensações diferentes que tinha sentido quando se atirou lá da lareira.

"E eu fiquei maravilhada, senhor."

"Mas, embora agora eu soubesse que podia montar no lombo do ar, e que o ar me deixaria cavalgá-lo, o método para exectuar o próprio ato de voar era desconhecido pra mim. Como os bebês precisam aprender a andar, eu também precisava aprender a conquistar o elemento desconhecido e eu não só precisava conhecer os poderes das limitações dos meus membros emplumados, mas devia estudar, também, o meio aéreo que, doravante, passaria a ser minha segunda casa, como aquele que vai se tornar um marinheiro precisa interpretar as poderosas correntes, as marés e os redemoinhos, todos os caprichos, humores e temperamentos conflituosos das partes aquosas do mundo.

"Aprendi, primeiro, como os pássaros aprendem, ou seja, com os próprios pássaros.

"Tudo isso aconteceu na primeira parte da primavera, quase chegando no final do mês de fevereiro, quando as aves estavam só acordando da sua letargia de inverno. Do mesmo modo que a primavera fez brotar os botões dos narcisos em nossos vasos da janela, também os pombos de Londres começaram a fazer a corte, o macho estufando o peito e se pavoneando atrás da fêmea com aquele jeito cômico. E aconteceu que os pombos construíram um ninho do lado de fora do frontão da nossa janela do sótão e depositaram seus ovos ali. Quando os pombicos saíram da casca, a Lizzie e eu ficamos observando com mais cuidado do que se pode imaginar. Nós vimos como a mãe pomba ensinava seus bebês a cambalear ao longo da borda da parede, observamos nos mínimos detalhes como ela dava instruções mudas para que usassem seus *braços aéreos*, suas articulações, seus pulsos, seus cotovelos, para que imitassem as ações dela, que eram, de fato, como percebi, não muito diferentes dos movimentos de um nadador humano. Mas não pense que eu realizei esses estudos por conta própria; embora não pudesse voar, minha Lizzie assumiu, ela própria, o papel de mãe-pássaro.

"Naquelas horas tranquilas da noite, enquanto as amigas e irmãs com quem vivíamos se curvavam sobre seus livros, a Lizzie montou um gráfico em papel quadriculado para explicar a grande diferença de peso entre uma fêmea humana bem desenvolvida, já em seu décimo quarto ano, e um pombinho, de modo que pudéssemos compreender a que altura eu podia voar sem me arriscar ao destino de Ícaro. Todo esse tempo, à medida que os meses passavam, eu ia ficando cada vez maior e mais forte, até que a Liz foi forçada a abandonar sua matemática e preparar um novo conjunto de vestidos que acomodassem o notável desenvolvimento da parte superior do meu corpo."

"Um coisa tem que ser dita sobre a Ma Nelson: ela pagou todas as despesas do próprio bolso sem reclamar, por puro amor à nossa criancinha e, além do mais, foi ela que planejou o esquema, a ideia de espalhar aos quatro ventos que ela era corcunda. Isso aí."

"Sim, de fato, senhor. Todas as noites, eu imitava a Vitória Aleda no nicho da sala de visitas, e era o fulcro de todos os olhares, mas a Nelson espalhava que aquelas minhas asas douradas e brilhantes estavam presas numa corcova com um adesivo bem forte e não me pertenciam, e assim fui poupada da indignidade da curiosidade. E embora eu então começasse a receber muitas e muitas ofertas para a primeira mordida na cereja, ofertas em quatro dígitos, senhor, a Nelson recusava todas elas por medo de, sem querer, acabar revelando nosso segredo."

"Ela era uma dama de verdade", disse Lizzie. "A Nelson era boa demais, se não era!"

"Era sim", concordou Fevvers. "Tinha uma peculiaridade, senhor; devido à sua alcunha, ou apelido, ela sempre se vestia com um uniforme de gala completo de almirante de Frota. Nunca perdia um chiste, pois seu olho único era afiado como uma agulha, e ela sempre costumava dizer: 'Eu mantenho firme um naviozinho'. Seu navio, seu navio de batalha, embora às vezes ela risse e dissesse: 'Era um navio pirata, e navegava sob falsa bandeira', sua barca de prazer que, dentre todos os lugares mais improváveis, estava atracada logo no vagaroso Tâmisa."

Lizzie fitou Walser com seu olho brilhante e deteve a narrativa entre os dentes.

"Foi da, por assim dizer, vela da gávea ou do cesto de vigia dessa barcaça que minha garota fez sua primeira subida. E foi assim que isso aconteceu:

"Imagine minha surpresa quando, numa brilhante manhã de junho, enquanto eu observava minha família de pombos com a diligência habitual, notei que uma das criaturinhas oscilava à beira do frontão, olhando para todo o mundo como um nadador que ponderasse consigo mesmo se a água estava quente o suficiente — e, bem, enquanto ele hesitava, sua mãe amorosa veio por trás e o empurrou borda afora!

"Primeiro ele caiu como uma pedra, de modo que meu coração afundou junto e eu soltei um grito de tristeza, mas, quase antes que o grito saísse dos meus lábios, todas as lições recebidas devem ter voltado pra cabecinha dele numa só vez, porque, de repente, ele subiu em direção ao sol com um lampejo de asa branca e aberta e nunca mais foi visto.

"Então eu disse pra Fevvers: 'Não vai ter outro jeito, minha querida, mas sua Liz vai ter que empurrar você pra fora do telhado'."

"Para mim", disse Fevvers, "pareceu que a Lizzie, ao propor me arremessar no livre abraço do ar rodopiante, estava arranjando meu casamento com o próprio vento."

Ela se virou em seu banquinho de piano e apresentou a Walser um rosto de tal esplendor nupcial que ele até pestanejou.

"Sim! Eu tinha que ser a noiva daquele andarilho selvagem, sem visão e sem carne, ou então eu não poderia existir, senhor.

"A casa da Nelson tinha uns cinco andares, e havia uma jardinzinho muito bem cuidado nos fundos, que descia até o rio. Tinha um alçapão que dava para um desvão no teto do nosso sótão, e outro alçapão no teto do sótão que dava diretamente no próprio telhado. Assim, numa noite de junho, ou melhor, numa madrugada, por volta das quatro ou cinco, uma noite sem lua — pois, como feiticeiras, exigimos escuridão e privacidade para nossos afazeres —, sobre as telhas rastejam Lizzie e sua aprendiz."

"Solstício de verão", disse Lizzie. "Ou Noite do Solstício de Verão, ou senão, bem cedinho na manhã do Solstício de Verão. Você não lembra, querida?"

"Solstício de Verão, sim. O ponto de virada do ano. Sim, Liz, eu me lembro."

Pausa de um único batimento cardíaco.

"As atividades da casa tinham encerrado. O último carro de praça tinha ido embora com o último cliente pobre demais para passar a noite, e tudo atrás das cortinas cerradas estava finalmente dormindo. Até aqueles ladrões, assassinos e larápios noturnos que espreitavam as ruas mais pobres ao nosso redor tinham ido pra casa, pras suas camas, alguns satisfeitos com suas presas, outros não, dependendo da sua sorte.

"Parecia que um silêncio de expectativa enchia a cidade, que tudo estava esperando, numa sofisticada tensão de silêncio, por algum evento incomparável."

"Ela, embora fosse uma noite fria, não tinha nada que a cobrisse pois temíamos que qualquer peça de roupa pudesse impedir o movimento vivo do corpo. Para o telhado nós rastejamos e o vento fraco que vive nos lugares altos veio e rodeou as chaminés; o clima estava ameno e fresco, e minha linda saiu arrepiada, não é mesmo, toda tremendo. O telhado tinha apenas um declive suave, então rastejamos pra baixo até a calha, do lado da casa em que podíamos ver o Velho Pai Tâmisa, brilhando como um oleado preto onde quer que o balanço das luzes de amarração dos barqueiros o tocassem."

"Então era chegado o momento e fui tomada por um grande medo, não apenas um medo de que pudéssemos descobrir, da maneira mais dura, que minhas asas eram como as da galinha, ou como os apêndices vestigiais do avestruz, que essas asas eram em si mesmas uma espécie de enganação física, destinadas à exibição e não ao uso, como a beleza em algumas mulheres, senhor. Não; eu não estava com medo apenas porque a luz da manhã, que já apontava na borda do céu, e cujos dedos logo fariam cócegas na casa, muito em breve poderia me encontrar atirada no jardim de Ma Nelson, como um saco de ossos quebrados. Misturado com o simples medo de danos físicos, havia um terror estranho em meu peito, que me fez agarrar, no último suspiro de tempo, as saias da Lizzie e implorar que abandonasse nosso projeto — pois sofri o maior terror concebível da *diferença* irreparável com o qual o sucesso na tentativa me marcaria.

"Eu temia uma ferida não no corpo, mas na alma, senhor, uma divisão irreconciliável entre mim e o resto da humanidade.

"Eu temia a prova da minha própria singularidade."

"No entanto, se conseguisse falar, qualquer criança prudente gritaria lá do ventre: 'Mantenha-me na escuridão aqui! Mantenha-me aquecida! mantenha-me em espera!'. Mas a natureza não será contrariada. Então esta jovem criatura gritava pra mim que não queria ser aquilo em que tinha de se transformar, e, embora sua súplica tivesse me comovido até as lágrimas cegarem meus próprios olhos, eu sabia que o que será deve ser, e então... eu empurrei."

"Os braços transparentes do vento receberam a virgem.

"Ao ultrapassar as janelas do sótão no qual eu tinha passado aquelas preciosas e inocentes noites da infância, o vento soprou sob minhas asas abertas e, com um solavanco, me vi pairando no ar, e olhei o jardim lá embaixo, como o tabuleiro de um jogo maravilhoso, e *o chão continuou exatamente onde estava*. A terra *não* se levantou para me encontrar. Eu estava segura nos braços do meu amante invisível!

"Mas o vento não apreciou minha inatividade por muito tempo. Lentamente, lentamente, enquanto eu nele me encontrava suspensa, entorpecida de espanto, o vento, como que afrontado por minha passividade, começou a me deixar escorregar por entre seus dedos, e eu iniciei, mais uma vez, a terrível queda... até que minhas lições retornaram à minha memória! E eu dei chutes com os calcanhares, os quais eu aprendera com os pássaros a manter bem juntos e formar um leme para este barquinho, meu corpo, esse barquinho que podia lançar a âncora nas nuvens.

"Então chutei com os meus calcanhares e, como se fosse uma nadadora, ergui sobre a cabeça as penas mais compridas e mais flexíveis da ponta da minha asa; então, com batidas longas e cada vez mais confiantes,

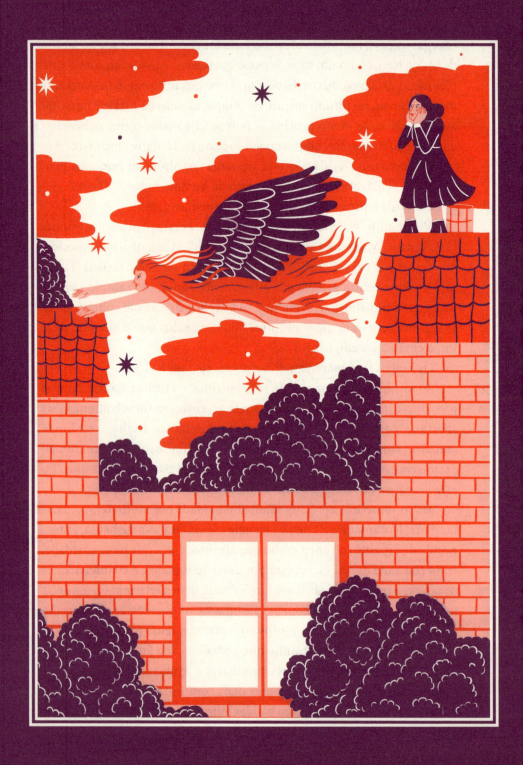

eu as separei e voltei a reuni-las — sim! agora estava fazendo do jeito certo! Sim! Bati as pontas das asas de novo, e de novo, e de novo, e o vento adorou aquilo e me apertou contra seu peito mais uma vez, e assim descobri que poderia progredir em conjunto com ele da maneira que quisesse, abrindo um corredor através da liquidez invisível do ar.

"Sobrou mais alguma garrafa, Lizzie?"

Lizzie escavou o balde brilhante e encheu todos os copos. Fevvers bebeu avidamente e serviu-se outra vez com uma mão já não totalmente firme.

"Não se empolgue demais, moça", disse Lizzie gentilmente. O queixo de Fevvers se ergueu com o comentário, em uma quase irritação.

"Ah, Lizzie, o cavalheiro deve saber a verdade!"

E ela fitou Walser com um olhar penetrante e crítico, como que para verificar o quão longe poderia ir com ele. O rosto dela, em sua simetria de habitante de Brobdingnag, podia ter sido esculpido em madeira e pintado com cores vivas por aqueles artistas que constroem bonecas de carnaval para feiras ou aquelas figuras de proa para veleiros. Algo passou pela cabeça dele: seria ela, na verdade, um homem?

Um rangido e um chiado do lado de fora precederam uma batida na porta — o velho vigia noturno em sua capa de couro.

"Puxa, ainda tá aqui, srta. Fevvers? Me desculpe... vi a luz pela fresta, vi..."

"Estamos recebendo a visita da imprensa", disse Fevvers. "Não vai demorar muito, meu velho amigo. Tome uma gota de espumante."

Ela fez transbordar seu próprio copo e o empurrou para ele; ele bebeu de um só gole e estalou os lábios.

"Apenas o trabalho. Vocês sabem onde me encontrar se houver algum problema, senhorita..."

Por debaixo dos cílios, Fevvers disparou um olhar irônico para Walser e sorriu para o vigia que partia como se dissesse: "Você não acha que eu seria um par perfeito pra ele?".

Lizzie continuou:

"Imagine com que alegria, orgulho e maravilhamento eu assisti minha querida, nua como uma estrela, desaparecer pela esquina da casa! E, pra dizer a verdade, também fiquei profundamente aliviada, pois, em nossos corações, nós duas sabíamos que era uma tentativa de vida ou morte".

"Mas eu me arriscara e triunfara, senhor!", Fevvers interrompeu. "Nesse meu primeiro voo, nada mais fiz além de contornar a casa a uma altura que ultrapassou a cerejeira no jardim da Nelson, que tinha perto de uns nove metros de altura. E, apesar da grande perturbação dos meus sentidos e do excesso de concentração mental exigida pela prática da minha habilidade recém-descoberta, não deixei de colher para a minha Lizzie um punhado daquelas frutas, que haviam acabado de atingir a maturidade perfeita nos ramos mais altos, frutas que habitualmente éramos obrigadas a deixar como um pequeno tributo aos melros. Ninguém na rua deserta para me ver ou pensar que eu era alguma alucinação, sonho acordado ou fantasma das emanações de algum bar. Fiz, com sucesso, a circunavegação da casa e então, radiante de triunfo, voei para o telhado novamente para me juntar à minha amiga.

"Mas, agora, desacostumadas como estavam a tanto exercício, minhas asas começaram... ah, Deus!, a falhar! Pois subir envolve um conjunto de engrenagens e polias totalmente diferente do que se usa para *descer*, senhor, embora eu não soubesse disso na época. Nossos estudos de fisiologia comparativa ainda estavam por vir.

"Então eu pulei, meio como um golfinho pula — o que agora eu sei que *não* é a coisa certa a se fazer —, e, em primeiro lugar, já tinha calculado mal o quão alto eu deveria pular, minhas asas cansadas já se vergando sob mim. Meu coração fraqueja. Acho que meu primeiro voo será meu último e que pagarei com a minha vida o preço da minha arrogância.

"Espalhando as cerejas que eu tinha colhido feito um granizo macio e escuro sobre o jardim, agarrei-me à calha e — ah! e, ui! a calha cedeu abaixo de mim! Com um gemido plangente, o chumbo velho se separou do beiral e lá fiquei eu pendurada, toda mulher novamente, minhas asas paralisadas no perfeito terror de um destino humano..."

" ... mas eu estendi a mão e agarrei ela pelos braços. Apenas o amor, um amor imenso, poderia ter me dado tal força, senhor, para me permitir puxar ela pro telhado contra a força da gravidade, como você consegue puxar, contra a maré, uma pessoa que está se afogando."

"E lá nos aconchegamos no telhado nos braços uma da outra, soluçando juntas com uma mistura de alegria e alívio, enquanto o amanhecer surgia sobre Londres e dourava a grande cúpula da Catedral de São Paulo até torná-la semelhante à teta divina desta cidade que, por falta de alternativa, devo chamar de minha mãe natural.

"Londres, com um só seio, a rainha amazona."

Ela ficou em silêncio. Algum objeto dentro da sala, talvez o encanamento de água quente, emitiu um tilintar metálico. Lizzie, sobre sua bolsa rangente, passou de uma nádega para a outra e tossiu. Fevvers permaneceu afundada em introspecção por um tempo, e o vento soprou o Big Ben, marcando meia-noite, um som tão extraviado, tão solitário, que Walser teve a impressão de que o relógio poderia estar batendo em uma cidade deserta, onde eles eram os únicos habitantes vivos. Embora não fosse um homem imaginativo, até ele era sensível àquela horrível hora da noite, quando a escuridão nos minimiza.

A reverberação final dos sinos morreu. Fevvers soltou um suspiro que balançou a superfície do peitilho de cetim, e saiu daquele hiato de vivacidade.

"Deixe-me contar um pouco mais sobre minha vida profissional naquela época — o que eu fazia quando *não* estava esvoaçando no céu como um morcego, senhor! Deve se lembrar de como eu representava a Vitória de Samotrácia todas as noites na sala de visitas, e pode ter se perguntado como isso seria possível, já que eu tenho braços", e ela os estendeu, abrangendo metade do camarim no processo, "enquanto a Vitória de Samotrácia não tem braço nenhum.

"Bem, a Ma Nelson propunha que eu era a perfeição, o original, o próprio modelo para aquela estátua que, em seu estado roto e incompleto, tem provocado a imaginação de um par de milênios com sua promessa de beleza ativa e perfeita que foi, por assim dizer, mutilada pela história. A Ma Nelson, contemplando a existência dos meus dois braços, ambos completos, pôs a cabeça para funcionar e se perguntou: o que a Vitória de Samotrácia poderia estar segurando nos braços quando o mestre esquecido a libertou pela primeira vez do mármore que contivera seu espírito inesgotável? E a Ma Nelson logo veio com a resposta: *uma espada*.

"Então ela me equipou com a própria espada cerimonial muito dourada que vinha com seu uniforme de Almirante, que ela trazia na ilharga, e às vezes usava como um bastão para conduzir as festas — sua varinha, como a de Próspero. E eu segurei aquela espada na mão direita, com a ponta pra baixo, pra mostrar que não queria causar nenhum estrago, a menos que fosse provocada, enquanto minha mão esquerda pendia frouxamente ao meu lado, o punho cerrado.

"Que indumentária eu usava para assumir aquele papel? Meu cabelo era empoado de branco, com giz, e amarrado com uma fita, e minhas asas também eram empoadas de brancos, de modo que eu soltava uma baforada de pó se tocassem em mim. Meu rosto e a metade superior do meu corpo eram besuntados com a base úmida branca que os palhaços usam no circo, e eu tinha drapejados brancos do meu umbigo até o joelho, mas minhas canelas e os pés eram mergulhados em branco molhado também."

"E ela ficava muito adorável", exclamou a leal Lizzie. Fevvers baixou modestamente os cílios.

"Adorável ou não, a Ma Nelson sempre expressou completa satisfação com a minha participação e logo começou a me chamar, não sua 'Vitória Alada', mas sua 'Vitória com Asas', a capitânia espiritual de sua frota, como se uma virgem com uma arma fosse o anjo da guarda mais adequado para uma casa cheia de prostitutas. No entanto, pode ser que uma *mulher grande* com uma *espada* não fosse a melhor propaganda para um bordel. Pois, de um modo gradual mas regular, o comércio passou a despencar a partir do meu décimo quarto aniversário.

"Não tanto em relação aos nossos clientes mais fiéis, aqueles velhos libertinos que, talvez, a própria Ma Nelson tivesse iniciado nos longínquos dias de sua juventude imberbe e precipitadamente ejaculatória, e outros que talvez possam ter desenvolvido apegos particulares com a Annie ou a Grace que você poderia até falar de um tipo de casamento, lá. Não. Esses cavalheiros não poderiam mudar os hábitos de uma vida. A Ma Nelson os havia viciado naquelas horas sem sombra do meio-dia e da meia-noite, a claridade do *prazer pago*, a simplicidade do contrato como era celebrado em seu salão aromático.

"Esses eram os velhos gentis que ofereciam uma indulgência de pai na forma de meia-libra de troco ou de um colar de pérolas falsas à meia--mulher, meia-estátua que tinham conhecido naqueles primeiros dias quando ela representava o Cupido e, às vezes, por diversão infantil, soltava suas flechas de brinquedo entre eles, atingindo, de brincadeira, ora uma orelha, ora uma nádega, às vezes um testículo.

"Mas com seus filhos e netos, era outro assunto. Quando chegava a hora de conhecerem La Nelson e suas meninas, eles trotavam para dentro, tímidos, mas desafiadores, corando no topo de seus colarinhos da Eton, tremendo com nervosa expectativa e pavor, e então seus olhos caíam sobre a espada que eu segurava, e Louisa ou Emily teriam o trabalho do diabo com eles, depois disso.

"Atribuo isso à influência de *Baudelaire*, senhor."

"Como assim?", exclamou Walser, surpreso o bastante para abrandar a insensibilidade profissional.

"O poeta francês, senhor; um pobre sujeito que amava prostitutas não pelo prazer que lhe proporcionavam, mas, como ele percebeu, pelo *horror* da situação, como se fôssemos, não mulheres trabalhadoras fazendo a coisa por dinheiro, mas *almas condenadas* que faziam a coisa apenas pra atrair os homens às suas desgraças, como se não tivéssemos nada melhor a fazer... No entanto, éramos todas sufragistas naquela casa; ah, a Nelson era um das que apoiavam 'Votos para Mulheres', posso lhe garantir!"

"Isso parece estranho para você? Que o pássaro engaiolado devesse querer ver o fim das jaulas, senhor?", indagou Lizzie, com um tom de aço na voz.

"Deixe-me dizer que aquele era um mundo totalmente feminino dentro da porta da Ma Nelson. Até o cachorro que o guardava era uma cadela e todos os gatos eram fêmeas, algumas delas sempre com filhotes pequenos ou recém-nascidos, de modo que um subtexto de fertilidade subscrevia a brilhante esterilidade do prazer da carne disponível na academia. A vida dentro daquelas paredes era governada por uma razão doce e amorosa. Nunca vi um único golpe trocado entre as integrantes da irmandade que me criou, nem ouvi uma palavra de rancor ou uma voz levantada com raiva. Até as oito horas, quando o trabalho começava e a Lizzie estacionava atrás do olho mágico na porta da frente, as meninas ficavam em seus quartos e o silêncio benigno só poderia ser interrompido pelo matraquear staccato da máquina de escrever, quando a Grace praticava estenografia, ou pela ondulação lírica da flauta, em cuja melodia a Esmeralda estava se revelando uma espécie de virtuose.

"Mas o que ocorria após guardarem os livros era apenas meninas pobres ganhando a vida, pois, embora alguns dos clientes pudessem jurar que as prostitutas fazem isso por prazer, isso é só para aliviar suas próprias consciências, a fim de que se sintam menos tolos quando desembolsam dinheiro vivo por um prazer que não tem existência real, a menos que seja dado livremente — ah, de fato! nós sabíamos que só vendíamos *simulacros*. Nenhuma mulher viraria a barriga para o comércio, a menos que fosse forçada pela necessidade econômica, senhor.

"Quanto a mim, paguei minha passagem no navio da Ma Nelson como estátua viva e, durante meus anos de florescimento, dos catorze aos dezessete, existi apenas como um objeto aos olhos dos homens depois que começavam as batidas noturnas na porta. Tal foi meu aprendizado para a vida, pois não é à mercê da mirada alheia que empreendemos nossa viagem pelo mundo? Eu estava como que fechada em uma concha, pois a base branca e úmida iria endurecer no meu rosto e no meu torso como uma máscara mortuária que me cobrisse por inteiro, mas, dentro dessa aparência de mármore, nada poderia ser mais vibrante e cheio de potencialidades do que eu! Fechada nesse ovo artificial, nesse sarcófago de beleza, esperei, esperei... embora eu nem conseguisse lhe contar pelo que eu esperava. Exceto, garanto a você, não esperar o beijo de um príncipe mágico, senhor! Com os meus dois olhos, todas as noites eu via como tal beijo me fecharia em minha *aparência* para sempre!

"No entanto, eu estava possuída pela ideia de que tinha sido emplumada para algum destino especial, embora não pudesse imaginar exatamente o que fosse. Então esperei, com paciência lítica, até que aquele destino se manifestasse por si.

"Bem como espero agora, senhor", ela disse diretamente a Walser, dando um giro na direção dele, "enquanto as últimas teias de aranha do velho século são sopradas pelo vento."

Então ela se voltou para o espelho e, pensativa, escondeu um cacho solto.

"No entanto, até Liz a abrir a porta e deixar os homens entrarem, quando todas nós, garotas, devíamos dar um salto e, alertas, assumirmos o comportamento de mulheres, pode-se dizer que, em nossa bem ordenada habitação, tudo era *'luxe, calme et volupté'*, embora não exatamente como o poeta imaginou. Todas nós nos dedicamos às nossas..."

Aqui Lizzie tossiu.

"... atividades intelectuais, artísticas ou políticas, e, quanto a mim, aquelas longas horas de lazer que eu dedicava ao estudo da aerodinâmica e da fisiologia do voo, na biblioteca da Ma Nelson, de cujo abundante acervo de livros captei o pequeno acervo de conhecimento que possuo, seja lá qual for, senhor."

Dizendo isso, ela piscou para Walser no espelho. Pelo comprimento descorado daqueles cílios, uns bons sete centímetros, ele até poderia achar que ela não havia tirado os cílios falsos, se não os visse balançando, peludos como groselhas, dentre os formidáveis resíduos do toucador. Ele continuava a tomar notas de um jeito mecânico, mas, à medida que as mulheres revelavam juntas as convoluções de suas histórias, ele se sentia cada vez mais como um gatinho emaranhado em um bola de lã que, antes de mais nada, nunca tinha pretendido desvendar; ou um sultão diante não de uma, mas de duas Xerazades, ambas com a intenção de impingir mil histórias em uma única noite.

"Biblioteca?", ele indagou incansavelmente, embora um pouco cansado.

"*Ele* que deixou pra ela", disse Lizzie.

"Quem deixou o que para quem?"

"Aquele velhote. Deixou pra Nelson a biblioteca dele. Porque ela era a única mulher em Londres que conseguia fazer que subisse o..."

"*Lizzie*! Você sabe que eu abomino linguagem grosseira!"

"... e isso apesar de, ou, talvez, por causa do tapa-olho dela e de ela se *travestir*. Ah, as coxinhas gordinhas dela parecidas com costeletas de frango naquelas calças culote de camurça! Ela era uma figura tão pitoresca! Ele era um cavalheiro escocês com uma grande barba. Eu me lembro bem dele. Nunca disse seu nome, é claro. Deixou pra ela sua biblioteca. A nossa Fevvers estava sempre fuçando nas estantes, com o nariz enfiado num livro e chupando bala, era isso."

Enganações, anotou Walser com renovado entusiasmo. Na Inglaterra, balas e guloseimas; na América pode ter outro sentido...

"Quanto ao meu voo", continuou Fevvers inexoravelmente, "você deve perceber que meu tamanho, peso e compleição geral não são ideais para quem deseje sair voando com facilidade, embora haja amplo espaço em meu peito para pulmões do tamanho necessário. Mas os ossos dos pássaros estão cheios de ar, e meus estão cheios de sólido tutano e, se o notável desenvolvimento do meu tórax forma o mesmo tipo de quebra-vento que o de um pombo, a semelhança para abruptamente aí, e os problemas de equilíbrio e de negociações elementares com o vento — que é um amante inconstante — me absorveram por bastante tempo.

"Observou minhas pernas, senhor?"

Ela esticou a perna direita pela fenda do penhoar. Seu pé usava um chinelo de veludo cor-de-rosa com salto baixo enfeitado com encardidas penas de cisne. A própria perna, perfeitamente nua, era admiravelmente longa e magra.

"Minhas pernas não combinam com a parte superior do meu corpo, do ponto de vista da estética pura, entende? Se eu fosse a verdadeira cópia da Vênus, construída na *minha* escala, deveria ter pernas como troncos de árvores, senhor; essas minhas pequenas e frágeis fundações mais de uma vez se envergaram sob a distribuição desproporcional de peso do meu torso, me desequilibraram com um solavanco e me deixaram escarrapachada no chão. Eu não estou lá no *topo* como exemplo no que concerne o caminhar, senhor, estou mais para *tombo*. Qualquer pássaro com as minhas dimensões teria perninhas curtas, as quais ele poderia dobrar sob si mesmo, transformando-se numa cunha voadora para perfurar o ar, mas a velha perna-de-palito não está ajustada nem como pássaro, nem como mulher lá embaixo.

"Discutindo esse problema com a Lizzie..."

"... eu sugeri um passeio no domingo à tarde ao Jardim Zoológico, onde vimos as cegonhas, os grous e os flamingos ..."

"... e essas criaturas pernaltas me ofertaram a vertiginosa promessa de voo prolongado, que eu pensei que me seria negado. Pois os grous cruzam continentes, não é? Eles passam o inverno na África e o verão no Báltico! Eu jurei que aprenderia a mergulhar e voar, a finalmente emular o albatroz e planar com deleite sobre os Quarenta Rugidores e Cinquenta Furiosos, aqueles ventos como o sopro do inferno que guardam o branco Polo Sul! Pois, à medida que minhas pernas cresciam, também crescia a envergadura das minhas asas; e minha ambição aumentou de forma correspondente. Eu nunca deveria me contentar com saltos curtos até Hackney Marshes. Eu podia ser um pardal cockney por nascimento, mas não por inclinação. Eu me vi no futuro cruzando o globo, pois então eu não sabia nada sobre as restrições que o mundo impõe; só sabia que meu corpo era a morada da liberdade ilimitada.

"Pois, no início, é preciso que nos contentemos com passos modestos, senhor. Subir no telhado em noites de lua nova, sem ninguém para nos ver, e alçar voos secretos sobre a cidade sonolenta. Descobrimos que podíamos realizar alguns testes iniciais na nossa própria sala da frente, como a decolagem vertical."

Lizzie repetiu, como se fosse uma lição de livro: "Quando o pássaro quer ascender bruscamente, abaixa os cotovelos depois que já produziu o impulso...".

Fevvers empurrou a cadeira para trás, ficou na ponta dos pés e levantou em direção ao teto um rosto que, de repente, assumiu uma expressão da maior beatitude celestial, a face de um anjo em uma imagem de livro de escola dominical, uma transformação impressionante. Cruzou os braços sobre o busto enorme, e a protuberância na parte de trás de seu penhoar de cetim começou a se erguer e a borbulhar. Fendas apareceram no cetim já puído. Tudo parecia estar prestes a explodir e decolar. Mas os cachos soltos tremendo em cima de seu coque alto já estavam roçando uma teia à deriva no teto descolorido pela fumaça, e Lizzie avisou:

"Não tem espaço suficiente aqui, meu bem. Você vai ter que deixar isso aí pra imaginação dele. A sala de visitas da Nelson era duas vez mais alta que este sótão podre, e nossa garotinha não tinha metade da altura que tem agora; espichou um bocado quando tinha dezessete anos, não é mesmo, querida?". Ah, quanto carinho naquela voz!

Fevvers relutantemente retornou ao banquinho, e uma taciturna sombra cruzou seu semblante.

"Quando eu tinha dezessete anos, nossos anos ruins começaram, nossos anos no deserto." Ela soltou outro suspiro vulcânico. "Sobrou alguma bebida, Liz?"

Lizzie espiou atrás do biombo.

"Acredite, nós bebemos tudo que tinha."

Garrafas abandonadas rolando sob os pés, entre as fétidas lingeries, conferiam ao ambiente um ar de depravação.

"Bem, então, faz uma xícara de chá pra nós, amor de pessoa."

Lizzie se escondeu atrás do biombo e emergiu com uma chaleira de metal: "Vou dar uma saidinha e encher ela na torneira do corredor."

Sozinho com a gigante maravilhosa, Walser sentiu vir à tona a corrente oculta de suspeita em relação a ele que tinha parcialmente escondido durante a entrevista. Sua jovialidade evaporou; sob os grossos e descorados cílios, ela semicerrou os olhos quase que com hostilidade, parecendo pouco à vontade, depois apanhou um ramo de violetas e começou a brincar com ele de um jeito entediado. Alguma coisa, em algum lugar, talvez a tampa de metal da chaleira, chocalhou e retiniu. Ela inclinou a cabeça. Em seguida, as badaladas do Big Ben vieram flutuando de novo até eles através da noite silenciosa, e de repente ela se mostrou imbuída de vivacidade.

"Doze horas já! Como o tempo voa quando se está tagarelando sobre si mesma!"

Pela primeira vez naquela noite, Walser ficou realmente desconcertado.

"Ei, espere um pouco! Aquele relógio não tinha batido meia-noite há um instante, depois que o vigia noturno apareceu?"

"Bateu mesmo, senhor? Como poderia, senhor? Ah, céus, não, senhor! Não está batendo — dez, onze, doze — neste exato minuto? Nós estávamos ambos sentados aqui e ouvindo isso? Olhe seu próprio relógio, senhor, se não acredita em mim."

Walser verificou, obediente, o relógio de bolso; feito mãos entrelaçadas, seus ponteiros aferravam-se um ao outro na altura da meia-noite. Encostou o aparelho ao ouvido e confirmou que tiquetaqueava com diligência, à maneira usual. Lizzie voltou trazendo uma chaleira tão cheia que gotejava.

O camarim estava totalmente equipado para fazer chá; havia um fogareiro de latão a álcool no guarda-louças, ao lado da lareira, e uma bandeja japonesa habitada por um bule castanho, rechonchudo e moreno, com canecas grossas e brancas. Lizzie riscou um fósforo para acender a pequena chama e enfiou a mão no armário novamente para pegar um saco azul de açúcar e o leite.

"Estragado, de novo", ela observou, olhando dentro do jarro.

"Teremos que tomar chá preto, então."

"Beeeeeem, talvez meus ouvidos tenham me enganado", Walser murmurou enquanto voltava a enfiar a corrente no bolso do paletó.

"Que que foi?", perguntou Lizzie, de ouvidos aguçados.

"Ele acha que atrasamos o Big Ben em uma hora", disse Fevvers com uma cara séria.

"É bem provável", disse Lizzie com desdém. "Ah, bem mesmo."

Fevvers tinha uma forte queda por doces. Dispensou as medidas e derramou o açúcar na caneca fumegante, direto do saco, em uma torrente. Aquecendo as mãos na lateral da caneca — pois, fosse qual fosse a hora certa, estava de noite e fazia frio —, Fevvers começou de novo.

Aquela voz. Era como se Walser tivesse se tornado prisioneiro daquela voz, cavernosa e sombria, uma voz feita para suplantar a tempestade, a voz da uma peixeira celestial. Embora fosse estranhamente melodiosa, não era boa para cantar; abrangia dissonâncias, era uma escala de doze tons. Aquela voz, com as distorcidas e rústicas vogais do cockney, pontuada por aspirações aleatórias. Aquela voz opaca, corroída, profunda, arrebatadora, e imperiosa como a de uma sereia.

No entanto, tal voz quase que poderia ter sua origem, não dentro daquela garganta, mas em alguma espécie de mecanismo engenhoso atrás do biombo de lona, a voz de um falso médium em uma sessão espírita.

"A Ma Nelson encontrou seu fim com uma terrível rapidez, pois, tendo escorregado em algum corpo estranho, casca de fruta ou cocô de cachorro, ao atravessar a rua Whitechapel High a caminho da Blooms para nos trazer sanduíches de carne salgada, ela caiu e foi atropelada pelos cascos e pelas rodas de uma carroça de cervejeiro em alta velocidade, e num instante foi reduzida a uma polpa."

"Morta ao chegar no hospital, coitada", repicou Lizzie como um sino quebrado. "Sem chance nem mesmo de um 'Me beije, Hardy', nem afetuosas palavras finais como essas. Nós lhe demos um belo funeral

— plumas pretas e acompanhantes de cartola de chiffon, senhor; Whitechapel nunca tinha visto uma coisa assim nem antes nem depois! O *cortège* seguido por bandos de putas de luto."

"Mas, enquanto repartíamos um ou dois pastelões fúnebres na sala de visitas, logo após nossa velha e boa menina ser legada ao descanso eterno, eis que ouvimos uma estrondosa batida na porta como se fosse o Juízo Final."

"E virou mesmo o Juízo Final, senhor; pois quem que eu tive que deixar entrar senão um clérigo discordante, com a coleira erguida até o pescoço e ele rangendo os dentes e gritando: 'Que os proventos do pecado paguem a obra do Bom Deus!'."

"Ora, ocorre que a Nelson, extraída tão abruptamente de nosso convívio quando estava no auge da vida — não muito mais velha do que minha Lizzie é agora —, jamais pensara em fazer um testamento, pois, embora nos considerasse suas filhas adotivas, também não conseguia suportar o pensamento de sua própria morte. Então, tendo ela morrido sem testamento, todos os seus bens foram, pelo devido processo legal, para seus parentes vivos. Para — ah, que ironia do destino! — aquele severíssimo irmão mais velho, homem de coração de pedra que a expulsou do lar, quando era menina, por ter ela escorregado pela primeira vez, e assim ele garantiu, em certo sentido, a ruína da própria irmã, embora em outro sentido tenha propiciado sua fortuna.

"Não há justiça nem na terra nem no céu? Parece que não. Pois esse mesmo irmão, cruel e desnaturado, agora vinha legalmente autorizado a mendigar postumamente a riqueza da irmã, e, se já não tivéssemos pagado pela lápide com o dinheiro do caixa..."

"... escolhemos 'Porto Seguro' pro epitáfio ..."

"... ele teria providenciado para que aquela mulher boa, gentil e decente retornasse à terra da qual havia sido formada sem sequer uma *pedrinha* para marcar sua passagem.

"Ele não suportava nos ver ali sentadas, comendo a comida que ele achava que pertencia a ele. Jogou no chão os pastelões de carne de porco e derramou nos tapetes todo o excelente vinho do Porto da Ma Nelson, que havíamos aberto. Anuncia ele que nosso tempo acabou; dá-nos até nove horas da manhã seguinte, tal era a bondade de seu coração, para empacotar nossas coisas, malas e bagagens, e sumir dali. Deixar a única casa que conhecíamos e ir para a rua. Dessa forma, ele planejava 'purificar o templo dos ímpios', embora tenha sido gentil o suficiente para insinuar que seu Deus poderia sorrir para qualquer uma de nós que quisesse se arrepender e permanecer, pois, com uma justiça poética singular, pretendia fazer de sua herança um albergue para garotas decaídas, e concluiu que uma ou duas prostitutas arrependidas viriam a calhar no local, um caçador ilegal que virou guarda-caça, pode-se dizer."

"Mas nenhuma de nós aceitaria o posto de carcereira que ele ofereceu. Não, muito obrigada!"

"Depois que ele partiu em uma carruagem de volta para sua mansão em Deptford, realizamos um conselho para falar de nossos respectivos futuros, os quais prevíamos que não seguiriam um curso conjunto. Embora estivéssemos tristes pelo que tinha de acontecer, a mesma necessidade que nos uniu agora devia nos separar, e assim nos curvamos à necessidade, como todos devemos fazer, embora os invisíveis laços de afeto sempre haveriam de nos unir, por onde quer que nós vagássemos.

"Mas o fato inesperado não encontrou nossas amigas completamente despreparadas. Como o senhor deve lembrar, Ma Nelson sabia que os dias do grande e velho bordel estavam contados e sempre exortava as integrantes de sua academia a se prepararem para um mundo mais amplo.

"Louisa e Emily tinham desenvolvido aquele tipo de mútuo apego íntimo que tantas vezes reconcilia as mulheres da profissão aos seus rigores e, muito antes da Ma Nelson falecer, tinham decidido se aposentar mais cedo, depois de terem economizado o suficiente para estabelecer uma pequena pensão em Brighton. Acalentaram esse plano por longo tempo e, muitas vezes, passavam as horas de labuta, enquanto algum sujeito sujo as cutucava com seu instrumento incompetente, planejando se suas fronhas deviam ser deixadas lisas ou se deviam ter bordas rendadas, e que papel de parede colocariam nas salas de jantar. Embora a rescisão repentina de nossos contratos tenha forçado essas garotas engenhosas a começarem sua aventura com um pouco menos de capital do que desejavam, elas imediatamente consultaram suas cadernetas bancárias e juraram: quem não arrisca não petisca; e subiram imediatamente para ajeitar seus baús de pertences, dispostas a partir no dia seguinte para o Litoral Sul e iniciar sua busca por uma propriedade modesta adequada.

"Annie e Grace também tinham estabelecido uma certa reserva de dinheiro que decidiram investir para iniciar uma pequena agência de datilografia e serviços de escritório, pois a Grace conseguia fazer matraquear as teclas de sua máquina como a melhor das castanholas, e a Annie tinha uma cabeça tão boa pra números que, por anos, manteve em dia as contas da Ma Nelson. Então elas também empacotaram suas coisas e, no dia seguinte, se mudariam para alojamentos e tratariam de encontrar instalações adequadas. Fico feliz em contar que essas meninas prosperaram também, senhor, à força de trabalho árduo e um bom gerenciamento."

"Mas, quanto à nossa Jenny, embora fosse a mais bonita e a prostituta de melhor coração que já pisou em Piccadilly, não tinha nenhum talento especial que pudesse usar em seu próprio benefício e jamais economizara um centavo, pois doava tudo aos mendigos. Seu único capital era sua pele e, seja por causa do enterro, seja por causa do aviso de despejo e por uma gota a mais do Porto da Ma Nelson, ela caiu em prantos: 'O que será de mim?'. Pois não tinha coragem de trabalhar sozinha, depois da segurança e da companhia da Academia. Enquanto a confortávamos e enxugávamos seus olhos, veio um tá-tá-tá-tá na aldrava da porta, e eis que era o menino do telégrafo.

"E o que os fios vibrantes trouxeram pra ela? Pois bem, um marido! Porque a mensagem dizia: 'Uma morte traz outra, ou assim dizem, e minha esposa acabou de ancorar no mesmo porto da Almirante. (Ele sempre chamava a Ma Nelson de 'a Almirante'.) Gentil Jennifer, seja minha diante de Deus e dos Homens! Assinado, Senhor...'."

"Estrume", interpolou Lizzie, com uma discrição plúmbea e irônica.

"Lorde Estrume", concordou Fevvers, pensativa. "Então vamos chamá-lo assim, pois ficaria muito surpreso, senhor, se eu lhe contasse o verdadeiro nome e se o procurasse no *Burke's Peerage*. Agora, como dizem, não há duas mortes sem uma terceira. Bem, eles se casaram e foi um acontecimento muito refinado, na igreja de St. John, na Smith Square, mas o vestido dela não era totalmente branco, pois o esposo divulgara a informação de que sua noiva era uma viúva provinciana. E, depois, na recepção, que foi realizada no Hotel Savoy, nada menos que o melhor..."

"... ele morreu engasgado com uma *bombe surprise*", disse Lizzie, e soltou uma gargalhada repentina e feroz, pelo que Fevvers a repreendeu com um olhar.

"E, como resultado desse negócio, ela herdou trinta mil por ano, um imóvel em Yorkshire, outro na Escócia, e uma casa muito bonita em Eaton Square. E assim nossa amiga ficou bem de vida, exceto pelo fato de ser uma alma sentimental, o que a fez chorar muito pelo falecido, já que, sempre otimista, havia contado com uma vida longa e feliz junto ao velho desgraçado."

"Só uma puta", opinou Lizzie com um súbito ímpeto, "poderia esperar tanto do casamento."

"O preto caiu bem pra nossa Jenny, já que ela é ruiva, e, em seu luto, decidiu partir para Monte Carlo, para se divertir um pouco nas mesas de cartas, pois era novembro, o clima na Inglaterra andava péssimo e, se ela tinha uma fraqueza, era a jogatina. Então, lá está ela, sentada em frente à mesa de jogo, num vestido preto feito por Worth, usando apenas o mais reticentemente enviuvado de seus diamantes..."

"... quando ela chama a atenção de um cavalheiro de Chicago que faz máquinas de costura..."

"... você não está se referindo a...", interveio Walser.

"Esse mesmo."

Com a ponta do lápis, Walser deu umas batidinhas nos dentes, diante do dilema do primeiro fato verificável que elas ofereciam e a impossibilidade de verificá-lo. Telegrafar à Sra.— III e perguntar se ela já trabalhara em um bordel administrado por uma prostituta caolha chamada Nelson? Contratos foram desfeitos por muito menos!

Fevvers e Lizzie agora suspiravam em uníssono.

"Mas, pelo que sei, esse Marido Número Dois não anda muito animado, ultimamente. Pobre menina, é de se imaginar", Lizzie entoou, sem demonstrar emoções, "se todos os milhões dele vão consolar ela por sua perda."

Fevvers deixou a pálpebra esquerda cair sobre o olho esquerdo.

"Quanto a Esmeralda", retomou Fevvers, "ela tocava aquela flauta com tal habilidade que um dos frequentadores da Ma Nelson, um cavalheiro da classe teatral que ela conhecia bem, escolheu logo aquele momento tão propício para enviar um mensageiro especial, dizendo ter arranjado um trabalho para ela, um número teatral em que ela devia encantar uma serpente fazendo-a sair de um cesto de roupa, e a serpente acaba se revelando um rapaz de bela aparência e sobrenatural agilidade física, conhecido profissionalmente como o Homem-Enguia. A Esmeralda aparece vestida com pele de tigre e sandálias gregas para esse número. Então sua flauta acabou se revelando uma *flauta mágica*, e essa apresentação muito artística percorreu a Grã-Bretanha e a Europa granjeando grandes aplausos.

"E o Homem-Enguia logo consegue abrir um serpeante caminho até atingir o âmago das afeições de Esmeralda, de tal forma que agora eles têm um par de enguiazinhas, abençoados sejam seus corações, das quais a Liz e eu fomos madrinhas, senhor."

"Nós duas também não ficamos desabrigadas. Ao longo dos anos, a Fevvers e eu investimos todos os nossos ganhos e nossas gorjetas nos negócios da minha irmã, e havia um quarto pronto e esperando por nós lá com ela. Então nós decidimos nos retirar, pra onde pudéssemos 'recuar pra saltar melhor', como dizem os franceses. Minha irmã, Isotta. Melhor sorvete de Londres, senhor. Melhor cassata fora da Sicília. Antiga receita de família. *Il mio papa* trouxe com ele. Quanto à nossa *bombe surprise...*"

"Então, todas nós, as garotas, tínhamos dado um jeito na vida, e nenhuma de nós conseguiu pregar o olho naquela noite, já que estávamos todas ocupadas com planejamentos e empacotando pertences. Assim que nossas coisas terminaram de ser guardadas, nós nos reunimos na sala para esvaziar a última garrafa de Porto da Ma Nelson, que a Esmeralda, com todo cuidado, escondera atrás da grade da lareira durante a invasão daquele sacerdote ensandecido. Quão tristes estávamos por termos de dizer adeus umas às outras e àquela sala, repositório de tantas lembranças agridoces e humilhações e camaradagem, de prostituição e irmandade. E, quanto a mim, aquela sala será sempre sagrada em minha mente, uma vez que foi ali que eu me libertei da gravidade pela primeira vez na vida. Cada uma de nós pegou uma pequena lembrança para que sempre nos recordássemos da intrépida Nelson."

"Eu mesma", disse Lizzie, "peguei o relógio francês que sempre mostrava meia-noite ou meio-dia..."

"... pois não é uma prova viva de que o tempo permanece parado, senhor?"

E Fevvers voltou a abrir seus grandes olhos para ele, com tamanho farfalhar de cílios que as páginas do caderninho farfalharam com a brisa, ainda que, devido ao adiantado da hora, o espesso e brilhante branco daqueles olhos agora estivessem levemente entremeados de vermelho.

"Esse tal relógio... você o encontrará bem ali, na lareira, pois nunca nos movemos uma polegada sem ele. Ora, essa! Eu devo ter jogado minha calçola sobre ele, na pressa de me vestir para o espetáculo desta noite, pois está bem escondido!"

Ela esticou um longo braço pelo camarim e varreu as volumosas calçolas para longe do lindo e antigo relógio que tinha descrito, com o Pai Tempo no topo e as mãos presas no doze por toda a eternidade. Em seguida, deixou cair as calças em uma pilha de peças rendadas no colo de Walser. As mulheres deram um risinho enquanto ele estrategicamente as removia com o polegar e as pontas dos dedos e as punha no sofá atrás dele.

"Mas, quanto a mim", disse ela, "peguei minha espada, a espada da Vitória, a espada que tinha começado sua vida na coxa da Nelson."

Enfiou a mão no penhoar e retirou uma espada dourada, que em seguida brandiu acima da cabeça. Embora fosse apenas a espadinha do traje de gala de um Almirante, brilhava e reluzia tão fortemente, na exausta luz, que Walser deu um pulo.

"Minha espada. Eu a carrego o tempo todo, por razões tanto sentimentais quanto de autoproteção."

Quando se certificou de que ele havia notado o gume da espada, ela a recolocou no peito.

"No final da noite, lá estávamos nós, apinhadas naquele salão, como pássaros tristes, e bebíamos nosso Porto e mordiscávamos um pouco de bolo de frutas que a Lizzie tinha reservado pro Natal, mas já não fazia sentido guardá-lo para depois. Que triste, que fria aquela sala! Nós nem sequer nos preocupamos em acender o fogo depois do enterro, então havia apenas umas poucas cinzas nostálgicas do sândalo de dias anteriores na lareira. Era só: 'Lembra disso?' e 'Lembra daquilo?', até que a nossa Jenny disse: 'Quer saber, por que não abrimos as cortinas e deixamos entrar um pouco de luz, já que esta é a última vez que veremos esse cômodo?'.

"E as cortinas nunca tinham sido abertas em toda a minha lembrança do lugar, e nenhuma das outras meninas conseguia se lembrar quando essas cortinas tinham sido abertas pela última vez, pois com aqueles drapeados tinha sido instaurada a noite artificial de prazer que era a estação perene do salão. Mas agora, com a Senhora dos Festejos tendo partido pra escuridão, parecia certo e apropriado que devolvêssemos tudo à luz natural do dia.

"Então abrimos as cortinas e as venezianas também, e depois a janela alta que dava para o rio melancólico, de onde vinha um vento frio, mas revigorante.

"Era a luz fria do amanhecer, e quão triste, quão sobriamente ela iluminou aquela sala que as velas enganosas tinham tornado tão maravilhosa! Então vimos o que nunca tínhamos visto antes; que as traças tinham destruído o estofamento, os ratos tinham roído os tapetes persas, e a poeira se encrostara em todas as cornijas. O luxo daquele lugar não passava de ilusão, criada pelas velas da meia-noite, e, ao amanhecer, tudo era murcho e desgastado, pura decadência. Vimos as manchas de umidade e mofo nos tetos e nas paredes adamascadas; o dourado nos espelhos estava totalmente manchado e uma camada de poeira obscurecia o vidro, de modo que, ao olharmos nossos reflexos, vimos não o frescor das jovens mulheres que éramos, mas as bruxas que nos tornaríamos, e soubemos que também nós, assim como os prazeres, éramos mortais.

"Então compreendemos que a casa tinha servido sua cota a todas nós, pois a própria sala de visitas começou a vacilar e se dissolver diante dos nossos muitos olhos. Até a solidez dos sofás parecia duvidosa, pois tanto eles quanto as pesadas poltronas de couro agora tinham o ar incerto de móveis esculpidos em fumaça.

"A Esmeralda, que nunca se lamentava, gritou para todas nós: 'Olhem só! Que acham de darmos à boa velhinha uma pira funerária como a reis pagãos de antigamente e, ainda por cima, privar o reverendo de sua herança?'.

"Lá foi ela correndo à cozinha e voltou com uma lata de querosene. Todas nos apressamos em levar nossas tralhas para fora, para o gramado, para longe da conflagração, e então ungimos com óleo, ritualmente, as paredes e os portais da antiga casa, senhor. Com todo o cuidado, ensopamos os porões, encharcamos as malditas camas, alagamos os tapetes.

"A Lizzie, que tinha sido a governanta, encarregou-se de completar a faxina final — acendeu o fósforo."

"Eu chorei", disse Lizzie.

"Nós, as meninas, ficamos no gramado, e o vento da manhã, que vinha do rio, chicoteava nossas saias, sacudindo-as. Tremíamos de frio, de ansiedade, de tristeza ao perceber que uma parte de nossas vidas se encerrava, e de entusiasmo ao pressentir um recomeço. Quando o fogo já estava bem forte, lá fomos nós, em fila indiana, segurando nossos fardos, pelo caminho que margeia o canal, até chegarmos à estrada principal e encontrarmos uma fileira de cocheiros sonolentos sob a Torre, todos muito satisfeitos em ver passageiras àquela hora da manhã. Beijamos umas às outras, nos separamos e seguimos caminhos distintos. E assim o primeiro capítulo da minha virou chamas e cinzas, senhor."

"Que longa viagem até Battersea! Mas uma acolhida incrível quando chegamos lá, as sobrinhas e sobrinhos pequenos pulando da mesa do café da manhã para nos abraçar, Isotta correndo para servir café fresquinho! Uma vida familiar à moda antiga não era inadequada para nenhuma de nós, depois de tanto tempo na vida de outro tipo, e nós ajudaríamos na loja; eu giraria a manivela da máquina de sorvete pela manhã enquanto Fevvers, discretamente envolta em um xale, cuidaria do balcão."

"Montes de sorvete baratinho vem provar!"

"Quanto mais tomar, mais vai gostar..."

"Adoro estar entre as criancinhas, senhor! Como eu amo ouvir sua tagarelice e suas vozinhas ceceando alegres rimas! Ah, senhor! Consegue pensar numa maneira mais inocente de ganhar a vida do que vender bons sorvetes a preços módicos para criancinhas, depois de tantos anos vendendo ilusões a velhos sujos? Ora, cada dia naquele cômodo branco, bem esfregado e brilhante era uma purificação positiva! Não acha, senhor, que no céu *todos* nós comeremos apenas sorvete?" Fevvers sorriu beatificamente, arrotou e interrompeu a si mesma: "Escute, Liz... sobrou algo para comer por aqui? Eu estou morta de fome, de novo. Todo esse falatório sobre mim, senhor; por Deus, isso deixa a gente sem forças...".

Lizzie olhou sob o guardanapo da cesta, mas não descobriu nada a não ser louça suja.

"Sabe de uma coisa, querida?", ela disse, "eu vou dar um pulo até o ponto de coches de aluguel em Piccadilly para comprar um sanduíche de bacon, posso? Não, meu senhor! Guarde esse seu dinheiro. É nosso convidado."

Lizzie rapidamente deslizou sobre o vestido uma jaqueta cinza, de uma pele perturbadoramente anônima, e espetou, com um grampo selvagem, um estranho chapeuzinho, preto e redondo, nos cabelos cortados bem curtos. Ainda esbanjava energia. Lançou a Walser um olhar gratuitamente irônico enquanto se esquivava para fora da porta.

Agora Walser estava sozinho com a giganta.

Que ficou em silêncio, como tinha feito na primeira vez que Lizzie os deixara juntos, e virou-se para o mundo invertido de seu espelho, no qual alisou uma das sobrancelhas como se fosse imperativo para sua paz de espírito que ela colocasse os pelos em perfeita ordem. Então, talvez esperando que seu perfume a refrescasse, ela puxou suas violetas gotejantes do pote de geleia e enterrou o rosto nelas. Talvez estivesse cansada? Depois de ter absorvido qualquer que fosse a virtude extraída das violetas, ela bocejou.

Mas não como uma garota cansada boceja. Fevvers bocejou com prodigiosa energia, abrindo uma bocarra carmesim tão grande como a de um tubarão dos mares do norte, inspirando ar suficiente para erguer um Montgolfier, e então ela se espreguiçou em um repentino e enorme esticar de braços, alongando cada músculo como faz um gato, até que pareceu que ela pretendia cobrir todo o espelho, todo o camarim com seu volume. Quando ela ergueu os braços, Walser, confrontado com axilas por fazer e densamente empoadas, sentiu-se enfraquecer; por Deus! ela poderia facilmente esmagá-lo até a morte em seus braços imensos, embora ele fosse um homem grande, com a força do sol californiano destilada em seus membros. Uma perturbação erótica sísmica o convulsionou — a menos que fosse aquele maldito champanhe que lhe serviram. Ele se levantou com dificuldade, em súbito pânico, espalhando as roupas íntimas, roçando dolorosamente o couro cabeludo na cornija da lareira.

"Ai... desculpe-me, senhora; o chamado da natureza..."

Se ele saísse daquele lugar por um momento apenas, se lhe fosse permitido, embora brevemente, ficar sozinho no frio e sujo corredor longe de sua presença, se ele pudesse encher os pulmões apenas a única vez com ar que não estivesse carregado pela "essência de Fevvers", então poderia recuperar seu senso de proporção.

"Mije no penico atrás do biombo, meu bem. Vamos lá. Aqui nós não fazemos cerimônia."

"Mas..."

"VALMOS LÁ."

Parecia que ele não podia sair da sala até que ela e sua amiga o tivessem liquidado. Então ele humildemente deu um passo para trás do biombo para direcionar o arco amarelado do excesso do champanhe, conforme sugerido, no penico de porcelana branca. O ato de se entregar a essa atividade tão humana devolveu-o à realidade, pois não há nenhum elemento da metafísica sobre mijar, não, pelo menos, na *nossa* cultura. Enquanto ele abotoava a braguilha, o terreno reafirmou-se ao seu redor. O camarim de repente chiou com o aroma saboroso e salgado de bacon frito, e uma mão segurando o bule marrom apontou na orla do biombo e despejou o conteúdo frio na água suja da banheira de Fevvers, em cuja superfície cinzenta e espumosa já flutuava o último depósito de folhas de chá. Quando ele emergiu de trás do biombo, a porta do corredor permaneceu aberta e uma muito bem-vinda lufada de ar refrescou a atmosfera viciada. A sala ecoou com a melodia da água corrente e o barulho do encanamento enquanto Lizzie enchia a chaleira na torneira do corredor. Walser suspirou com segurança.

"Ouça!", disse Fevvers, com a mão levantada.

Pelo ar silencioso da noite chegou a reverberação do Big Ben. Lizzie bateu a porta ao voltar à sala, logo depondo a chaleira no fogão sibilante; as chamas malva e alaranjadas diminuíram e oscilaram.

O Big Ben completou a sequência inicial de notas ascendentes, repicou — e continuou repicando.

Walser recaiu sobre o sofá, desalojando não apenas uma massa de sedosas roupas íntimas, mas também a camada oculta de panfletos e jornais que se encontravam debaixo deles. Resmungando pedidos de desculpas, juntou as roupas almiscaradas, mas Lizzie, gorjeando de raiva, arrancou os papéis das mãos dele e enfiou-os no armário do canto. Estranho, aquilo — isso de ela não querer que ele examinasse seus jornais velhos.

Mas, mais estranho ainda — o Big Ben mais uma vez bateu meia-noite. O tempo lá fora ainda correspondia àquele registrado pelo relógio dourado, com seus ponteiros imóveis, aqui dentro. Dentro e fora combinavam perfeitamente, mas ambos estavam muito errados.

Hum.

Ele rejeitou um sanduíche de bacon; as tiras de carne sebenta prensadas entre as fatias de pão branco lhe pareciam servir apenas em casos extremos de fome, mas Fevvers fartou-se com prazer, com a mastigação vigorosa de dentes grandes, o estalar de lábios carnudos bezuntados de gordura. Lizzie passou uma caneca de chá preto fresquinho para ele esquentar a goela. Tudo ocorria de maneira agressivamente normal, exceto pela hora.

A comida trouxe um novo ânimo à *aerialista*. Sua coluna se empertigou e ela começou a brilhar, novamente, intensamente, enquanto limpava a boca mais uma vez na manga, deixando vestígios brilhantes de gordura de bacon no cetim encardido.

"Como eu estava dizendo", ela retomou a conversa, "vivemos por um tempo com a Isotta, em Battersea, em meio a todas as alegrias de um lar. E, uma alegria especial — estávamos apenas a um salto triplo de distância do bom Old Vic em Waterloo, onde, a preços bastante razoáveis, nos empoleirávamos nas galerias do teatro e chorávamos por Romeu e Julieta, vaiávamos e rosnávamos para o Corcunda Dick, e ríamos feito tolas das meias amarelas de Malvólio..."

"Nós amamos muito o Bardo, senhor", disse Lizzie energicamente. "Que sustento espiritual que ele oferece!"

"E também ouvíamos um pouco de ópera — nossas favoritas, senhor? Ora..."

"*As Bodas de Fígaro*, pela análise de classes", opinou Lizzie, impassível. A gargalhada de Fevvers não escondeu completamente sua irritação.

"Ah, Liz, você é única! Quanto a mim, senhor, tenho uma especial predileção pela *Carmen*, de Bizet, devido ao espírito da heroína."

Ela submeteu Walser ao bombardeio azul de seus olhos, ao mesmo tempo um desafio e um ataque, antes de retomar a narrativa.

"Então, lá estávamos nós, em Battersea; dias felizes!, mas um medonho inverno gelado chegou com pouquíssimos pedidos de sorvete e Gianni..."

"... marido da Isotta, meu cunhado ..."

"... Gianni ficou muito mal do peito. Eles com os cinco pequenos e um ainda usando o penico, com os negócios indo tão mal, só lhe conto que estávamos com dificuldade em nos arranjar. Então o bebê adoeceu, não comia nada e nos vimos todos enlouquecidos de tanta preocupação."

"Certa manhã, os meninos mais velhos na escola, o Gianni na rua tratando de negócios na neblina congelante de novembro, pobre alma, com aquela tosse, a Isotta lá em cima sofrendo com o bebê, eu na cozinha cortando cascas de frutas cristalizadas, a Fevvers na sala atrás da loja ensinando as letras pra menina de quatro anos..."

"Embora eu soubesse que não deveria ter favoritos entre eles, e de verdade, eu amo a todos eles como se fossem meus filhos, bem, minha Violetta ..."

Ela estendeu a mão para acariciar o ramo de violetas de Parma sobre o toucador, com um sorriso que, pela primeira vez, não tinha a intenção de ser visto por Walser.

"Violetta estava sentada nos meus joelhos, e explorávamos juntas as aventuras de A e B e C, quando veio o tilintar na campainha e, lá na loja, apareceu a velhinha mais estranha que já vi, vestida a rigor com as roupas de sua juventude, ou seja, de cerca de uns cinquenta anos atrás, um vestido de chiffon preto que parecia um monte de trapos pendurados sobre tamanho amontoado de anáguas de tafetá que, a princípio, não se notava o quão magra ela era, e ela era uma dama só pele e osso. Na cabeça usava um gorro muito antiquado de cetim preto fosco com ornamentos azeviche em ambos os lados e, na frente, um véu preto pintalgado, tão grosso que não dava para ver o rosto dela.

"'Deixe-me entrar na sala dos fundos, Vitória Alada', ela disse com uma voz como o vento nos fios do telégrafo.

"A Violetta começou a chorar ao ver minha visitante e eu a carreguei para a cozinha para que ganhasse nozes e cidra da Lizzie, mas eu estava bastante desconcertada com essa aparição também, e a instalei perto do fogo, na melhor cadeira, pois se poderia afirmar que era uma perfeita dama — meio gaga e com tiques nervosos, bem diferente de mim. Ela estendeu a mão na direção das chamas; estava vestindo aquelas luvas de renda preta de tia-avó, que não vão além da primeira junta dos dedos e dos polegares, então tudo que se podia ver das mãos dela eram ossos e unhas.

"Ela disse: 'Imagino que você esteja passando por momentos difíceis desde que a Nelson se foi'.

"'Não vou dizer que as coisas estejam cor-de-rosa', respondi, embora a presença dela me fizesse estremecer e, ao longo de nossa conversa, ela nunca levantou o véu.

"'Bem, Fevvers', ela disse, 'tenho uma proposta para você.' E, com isso, mencionou um valor que me tirou o fôlego.

"'E jamais terá a necessidade de fazer a coisa, ah, fique tranquila!', ela me disse. 'Não até que você queira, é isso.' Então compreendi que tinha ouvido tudo sobre mim, que eu era a nau-principal da Ma Nelson, mas que eu sempre me mantivera fora da batalha, que a Nelson nunca tinha me exposto, de modo que eu era conhecida em todos os subúrbios de Londres como a Puta Virgem.

"'Eu quero você no meu museu de mulheres-monstro', ela disse. 'Considere a proposta com calma antes de se decidir.' Levantando-se, deixou um cartão sobre a cornija da lareira e saiu; ao acompanhá-la até a porta da loja, vi sua pequena e antiquada carruagem, toda fechada, puxada por um pequeno pônei preto e, na boleia, um homem negro com esta triste peculiaridade: havia nascido sem boca. Então a névoa acre e escura que subia do Tâmisa os engoliu, mas ouvi o cascos trotando em direção à Ponte Chelsea, embora não conseguisse ouvir as rodas direito porque eram de borracha maciça."

"Era a famosa Madame Schreck", disse Lizzie sem muita emoção, como se a menção do nome fosse uma má notícia por si só.

Famosa, de fato; Walser já ouvira falar dela, vagos rumores em clubes masculinos, entre conhaques e charutos, o nome nunca seguido de gargalhadas, nem olhares maliciosos, nem cutucadas nas costelas, mas por discretos sussurros que insinuavam algo profundamente estranho, curiosas revelações que se apresentavam por detrás das portas de tripla fechadura de Nossa Senhora do Terror, portas que se abriam com relutância, com um grande estrondo de ferrolhos e correntes, e então eram cerradas com um longo gemido, como se fosse de desespero.

"Madame Schreck", escreveu Walser. A história estava prestes a dar uma guinada terrível.

"Ah, minha pobre menina!", exclamou Lizzie com um suspiro. "Se ao menos... se ao menos o bebê não tivesse piorado; ah, e se ao menos a tosse do Gianni não tivesse se tornado séptica, de tal sorte que ele teve que ficar acamado; se ao menos a Isotta nunca tivesse tido aquela queda das escadas, tão grave que o médico decretou que ela devia passar os últimos três meses de seu tempo deitada de costas no sofá da cozinha... Ah, sr. Walser, a dolorosa ladainha dos infortúnios do pobre é uma sequência de 'se ao menos'."

"Se as contas do médico, naquele inverno, não tivessem engolido todas as nossas economias e, quanto às atividades da Divisão Especial..."

Dessa vez, foi Lizzie quem chutou furiosamente o tornozelo de Fevvers, e a jovem não perdeu o ritmo de sua narrativa, mas prosseguiu com toda tranquilidade por um rumo diferente.

"E os pequeninos encarando a fome; ah! se a nossa família não tivesse sido sobrecarregada por um acúmulo daquelas catástrofes imprevisíveis que precipitam os pobres como nós ao abismo da pobreza sem que sejam os culpados por isso..."

"'Não faça isso, Fevvers', nosso Gianni implorou a ela, mas então ele tossiu sangue."

"Então, levantando-se cedo uma manhã, antes que a casa despertasse, quando ninguém poderia me impedir, deixando a Lizzie dormindo em nossa cama, arrumei apressadamente algumas coisas em uma maleta de viagem e, sem me esquecer do meu talismã de estimação, a espada de brinquedo da Ma Nelson, para me dar coragem, deixei uma mensagem rabiscada na mesa da cozinha e atravessei a Ponte Chelsea no momento em que a lua estava se pondo. Estava um frio de amargar, e nem mesmo no funeral da Nelson meu coração estivera tão pesado. Ao chegar ao último poste de luz da ponte, ele fraquejou e se apagou, e eu perdi Battersea de vista na escuridão antes do amanhecer."

"Você já encheu todo esse seu bloco de notas", observou Lizzie. Walser inverteu o caderninho para obter um novo conjunto de páginas em branco. Apontou o lápis com a lâmina de barbear, que sempre carregava em um bolso interno para esse fim. Flexionou o pulso dolorido. Lizzie, como que a recompensá-lo por essas atividades, encheu a caneca do repórter, e Fevvers estendeu a caneca querendo mais chá também. "Trabalho que dá sede, esta autobiografia", disse ela. Seus cabelos exuberantes começavam a escapar dos grampos de cabelo que Lizzie lhe pusera e a fazer traquinagens aqui e ali ao longo de sua nuca alta.

"Sr. Walser", ela continuou seriamente, girando em seu banquinho em direção a ele. "Você deve entender uma coisa: a Academia da Nelson abrigava aqueles que estavam perturbados no corpo e desejavam comprovar que, por mais errôneos, por mais que custassem caro, os prazeres da carne eram, no fundo, esplêndidos. Mas, quanto a Madame Schreck, ela atendia aqueles que eram perturbados na... alma."

Sombria, por um momento ela voltou a atenção para seu doce chá.

"Era uma construção soturna, em Kensington, numa praça com um jardim melancólico, com o centro cheio de grama gasta e de árvores sem folhas. A fachada da casa estava escurecida pela fuligem de Londres, como se o próprio estuque estivesse enlutado. Um lúgubre pórtico sobre a porta de entrada, senhor, e todas as persianas internas totalmente cheias de grades. E a aldrava da porta ameaçadoramente enfaixada em crepe.

"Aquele mesmo sujeito sem boca, pobre coitado, abre a porta para mim depois de muitas manobras para destrancá-la por dentro, e me convida a entrar com gestos eloquentes das mãos. Eu nunca vi olhos tão cheios de tristeza como os dele, tristeza do exílio e do abandono; seus olhos diziam de modo tão claro quanto seus lábios podiam ter dito: 'Ah, garota! Vá para casa! Salve-se enquanto ainda há tempo!', no momento mesmo em que ele apanha meu chapéu e meu xale, mas sou, como ele, uma pobre serva da necessidade, e, assim como ele precisa ficar, também eu preciso.

"Ainda era muito cedo para uma casa de prazeres — não eram nem sete horas —, Madame Schreck, ao que parece, já estava bem acordada, mas permanecia na cama, tomando seu chocolate. Ela me fez sentar e tomar uma xícara com ela, o que fiz de bom grado, apesar da minha apreensão, pois aquela longa caminhada havia esgotado minhas forças e eu estava morrendo de fome. As janelas venezianas estavam abertas, as persianas internas baixadas, as pesadas cortinas cerradas e a única iluminação naquele quarto era uma lamparina noturna ou mortuária, acesa sobre a cornija da lareira, então era difícil ver que caldo de bruxa era aquele na minha xícara, e ela estava deitada sobre uma cama de dossel muito antiga, com os rebuscados reposteiros quase totalmente fechados, de modo que eu não conseguia distinguir nem o rosto e nem a forma dela, e fazia um frio dos diabos.

"'Estou feliz em ver *você*, Fevvers', ela disse, e sua voz era como o vento nos cemitérios. 'O Toussaint irá lhe mostrar seus aposentos, agora mesmo, e você pode descansar até a hora do jantar, após o que tiraremos suas medidas para que seu traje seja feito.' Do jeito que ela disse aquilo, dava para se pensar que aquele tal traje seria uma mortalha.

"Conforme meus olhos iam se acostumando à penumbra, vi que a única mobília do quarto, além da cama dela e da minha cadeira, era um cofre do tamanho de um guarda-roupa com a maior fechadura de combinação de metal que eu já vi, e uma escrivaninha com tampo de correr totalmente trancada.

"Isso foi tudo que ela me disse. Apressei-me a terminar meu chocolate, lhe digo. Então o criado, o Toussaint, com um gesto muito terno, tapou meus olhos com a mão e, ao destapá-los, a Madame Schreck estava de pé, vestida e parada ali diante de mim em seu vestido preto, com um véu grosso como o de uma viúva espanhola, daqueles que caem até os joelhos, e com suas luvas, tudo completo.

"Agora, sr. Walser, não pense que sou uma mulher covarde, mas embora eu soubesse muito bem que tudo aquilo fazia parte do espetáculo, a carruagem preta, o mudo, o frio da prisão, ainda assim tinha alguma característica misteriosa, algo que ia além da ilusão, então de fato a gente pensava que, sob aquelas roupas lúgubres, talvez houvesse apenas algum tipo de marionete perversa que puxava seus próprios cordões.

"'Já pode se retirar!', ela disse. Mas lembrei de meus pequenos sobrinhos e sobrinhas que, naquele instante, decerto estavam atormentando a Lizzie, pedindo uma coisinha pra comer no café da manhã, embora houvéssemos compartilhado no jantar da noite passada o último naco disponível na casa, e pedi com voz firme: 'Que tal um pequeno adiantamento, Madame Schreck? Ou então, eu saio voando direto pela chaminé e não me verão mais'. E eu me desloquei para a lareira, que nunca tinha visto um tronco queimando na vida, e empurrei para o lado o guarda-fogo, pronta a fazer valer minha promessa.

"'Toussaint!', ela disse. 'Encontre um homem para bloquear todas as chaminés imediatamente!' Mas quando comecei a sacudir furiosamente as ferragens, ela disse com relutância: 'Ah, muito bem', procurou uma chave sob o travesseiro, posicionou-se com todo cuidado exatamente entre mim e o cofre, de modo que eu não conseguisse ver a combinação, e, num minutinho, a porta se abriu. Caverna de Aladim, por dentro! o conteúdo brilhava com sua própria luz, pilhas sobre pilhas de soberanos de ouro, colares de diamantes, pérolas, rubis e esmeraldas em quantidade suficiente para pagar o resgate de uma rainha, tudo empilhado entre títulos de banqueiros, letras de câmbio, hipotecas executadas etc. etc. etc. Demonstrando a maior das relutâncias, selecionou cinco soberanos, contou-os novamente e, com a mesma hesitação dolorosa, como se fossem gotas de sangue do seu querido coração, me entregou as moedas.

"Que choque eu levei ao sentir a aspereza de sua pele na palma da minha mão, pois as pontas de seus dedos eram realmente duras, como se ali não houvesse carne. Tempos depois, após recobrar minha liberdade, o velho esposo da Esmeralda, o Homem-Enguia, me contou como essa Madame Schreck, como ela chamava a si mesma, de fato tinha começado a vida como Esqueleto Vivo, em turnê por espetáculos secundários, e sempre foi uma mulher ossuda.

"Ao sair do quarto, olhei por cima do ombro, para ver o que a velha bruxa estaria fazendo, e diabos me mordam se ela não tinha se lançado fisicamente para dentro do cofre, pondo-se a abraçar as riquezas ali contidas, agarrando tudo junto ao peito magro, na mais veemente mostra de paixão, ao mesmo tempo em que emitia gemidos débeis, semelhantes a relinchos.

"Confiei a Toussaint, por quem senti um afeto imediato, a incumbência de levar aqueles soberanos direto para Battersea, depois pus a cabeça no meu travesseiro chato e duro, e me refugiei imediatamente no sono, para acordar horas depois, ao anoitecer. Era o quarto mais vazio e simples que já se viu, com uma pequena cama com estrado de ferro, um lavatório de madeira e grades de ferro na janela, de onde se podia ver as árvores estéreis no jardim deserto e algumas luzes nas casas sobre a praça. Ver aquelas luzes em lares felizes me trouxe lágrimas aos olhos, senhor, pois eu estava numa casa que não mostrava nenhuma luz, nenhuma.

"Então me ocorreu que eu poderia nunca mais deixar aquele lugar, agora que viera parar ali por vontade própria; que eu tinha me encarcerado voluntariamente entre os condenados, por causa de dinheiro, mesmo que pelo melhor dos motivos; que a desgraça recaíra sobre mim.

"Nesse momento apocalíptico, a porta se abre, vejo uma sombra por trás de uma lâmpada de querosene, me levanto da cama, gritando — e a sombra fala, em nítido Yorkshire: 'É só a insignificante e velha Fanny, querida, não se sinta amedrontada!'.

"E eu vou encontrar na companhia dos condenados meu único consolo.

"Quem trabalhava para Madame Schreck, senhor? Bem, prodígios da natureza como eu. A querida e velha Fanny Quatro-Olhos, a Bela Adormecida, a Maravilha de Wiltshire, que não tinha nem um metro de altura, o Albert/Albertina, que era bipartida, ou seja, meio a meio e nenhum dos dois, e a garota a quem chamávamos Teias de Aranha. Durante o tempo em que estive na casa de Madame Schreck, tal era o conjunto completo, e embora ela implorasse a Toussaint para que participasse de alguns dos *tableaux vivants*, ele nunca aceitaria, sendo um homem de grande dignidade. Tudo que ele fazia era tocar órgão.

"E havia uma cozinheira bêbada no porão, mas nunca a víamos muito."

"Este Toussaint", disse Walser, batendo com o lápis na dentes. "Como é que ele..."

"Comia, senhor? Através de um tubo enfiado no nariz, senhor. Só líquidos, mas o suficiente para sustentar a vida. Fico feliz em dizer que, desde que comecei a prosperar nos salões e passei a frequentar a companhia de homens da ciência, consegui despertar o interesse de Sir S. J. pelo caso do Toussaint, e ele foi operado com sucesso no Hospital de São Bartolomeu, cirurgia que completou dois anos fevereiro passado. E agora o Toussaint tem uma boca tão boa quanto a sua ou a minha! Pode encontrar um relato completo da operação no *The Lancet* de junho, 1898, meu senhor."

Forneceu-lhe essa comprovação científica da existência de Toussaint com um sorriso encantador.

Era verdade que Fevvers havia conquistado a amizade de muitos homens da ciência. Walser lembrou-se de que a jovem cativara a curiosidade de todo o Colégio Real de Cirurgiões ao longo de três horas sem sequer desabotoar o corpete, e discutira a navegação dos pássaros em uma reunião da Real Sociedade com segurança tão infernal e uma riqueza tão grande de terminologia científica que nem um único professor se atreveu a ser rude o suficiente para questioná-la sobre o extensão de sua experiência pessoal.

"Ah, aquele Toussaint!", disse Lizzie. "Como ele consegue comover uma multidão! Que eloquência tem aquele homem! Ah, se todos aqueles com tais coisas pra dizer tivessem boca! E, no entanto, o destino daqueles que labutam e sofrem é serem mudos. Mas considere a dialética disso, senhor", ela continuou com um vigor recém-crepitante, "como foi, por assim dizer, a *mão branca* do *opressor* que escavou e abriu o orifício da fala numa garganta que, poderíamos dizer, essa mesma mão havia tornado muda, e..."

Fevvers lançou a Lizzie um olhar vidrado de tamanha fúria que a bruxa silenciou de forma tão repentina quanto havia começado. Walser ergueu as sobrancelhas mentais. Tinha mais coisa naquela acompanhante do que ela aparentava! Mas Fevvers o laçou com sua narrativa e puxou-o de arrasto antes que ele tivesse a chance de perguntar a Lizzie se...

"Antes de ter encontrado a Madame Schreck, senhor, o Toussaint costumava trabalhar nos espetáculos de feiras, tipo de evento que, lá nas suas bandas, do seu lado do Atlântico, chamam Dez-em-Um, senhor. Então ele era um conhecedor da degradação e sempre declarou que eram aqueles finos cavalheiros que gastavam seus soberanos para nos bisbilhotar e que eram eles os antinaturais, e não nós. Pois o que é 'natural' e 'antinatural', senhor? O molde em que se produz a forma humana é extremamente frágil. Dê-lhe a menor batidinha com os dedos e ele se quebra. E só Deus sabe o porquê, sr. Walser, mas os homens que frequentavam a casa da Madame Schreck eram todos notáveis por sua feiura; seus rostos sugeriam que aquele que moldou a forma humana não estava prestando muita atenção no trabalho.

"O Toussaint podia *nos* ouvir perfeitamente bem, é claro, e muitas vezes anotava palavras encorajadoras e, às vezes, pequenas máximas no bloco que ele sempre carregava consigo, e era um enorme conforto e inspiração para nós em nosso confinamento, como agora ele será para um mundo ainda maior."

Lizzie assentiu enfaticamente. Fevvers avançou com facilidade.

"Madame Schreck organizou seu museu da seguinte forma: no térreo, no que antes fora a adega, construiu uma espécie de abóbada ou cripta, com vigas bichadas na parte de cima e desagradáveis lajes úmidas sob os pés; esse lugar era conhecido como 'Lá Embaixo', ou então 'O Abismo'. Todas as meninas tinham que ficar em nichos de pedra, abertos nas paredes viscosas, exceto a Bela Adormecida, que permanecia prostrada, já que prostração era sua especialidade. Havia pequenas cortinas na frente e, diante das cortinas, uma lamparina acesa. Esses eram os 'altares profanos', como ela costumava chamá-los.

"Algum cavalheiro batia à porta da frente, tumtumtum, um trovejar letal e suave, devido àquele abafador de crepe na aldrava. O Toussaint destrancava a porta para deixá-lo entrar, libertava-o do sobretudo e da cartola e o conduzia à saleta da recepção, onde o cliente examinava as vestimentas do grande guarda-roupa e se vestia com uma batina ou com uma roupa de bailarino, ou com o que quer que ele mais gostasse. Mas o traje que eu menos gostava era o capuz de carrasco; tinha um juiz que ia lá regularmente que sempre usava esse capuz. No entanto, tudo que ele sempre queria ter era uma garota chorando que cuspisse nele. E ele pagaria uns cem guinéus pelo privilégio! Exceto nos dias em que ele mesmo colocava o capuz preto, então ia lá pra cima, para o que Madame Schreck chamava de 'Teatro Sombrio', e lá, Albert/Albertina punha uma corda de forca em volta do próprio pescoço e a puxava um pouco, mas não o suficiente para ferir-se, ao que ele ejaculava e lhe dava uma bela duma gorjeta, mas La Schreck sempre se encarregava do destino *disso*.

"Quando o cliente já tinha vestido as roupas de sua escolha, as luzes diminuíam. O Toussaint corria para baixo e tomava seu lugar no harmônio, que ficava escondido atrás de um biombo gótico vazado. Começava a bombear alguma melodia animadora, como um bom *Kyrie* de algum réquiem. Essa era a deixa para retirarmos os xales e jaquetas em que nos empacotávamos para nos proteger do frio, e abandonarmos os jogos de bezique ou de gamão com que passávamos o tempo, e subirmos em nossos pedestais e fecharmos as cortinas. Então, a própria velha bruxa entrava cambaleando na adega, como Lady Macbeth, conduzindo o cliente feliz. Sempre havia muito barulho de correntes, com as várias portas para serem abertas, e tudo ficava escuro, exceto por sua lamparina, que era uma vela de um centavo num crânio.

"Então, todos nós ficávamos em posição de sentido em nossos postos e, assim que a última porta se abria, ela entrava como Virgílio no Inferno, com seu pequeno Dante trotando atrás, relinchando para si mesmo com uma expectativa deliciosamente afofada, e a vela lançando toda sorte de sombras nas paredes suadas.

"Ela parava, ao acaso, na frente de um ou de outro nicho, e dizia: 'Devo abrir a cortina? Quem sabe que espetaculares aberrações e anormalidades se escondem lá atrás!'. E eles respondiam: 'sim' ou 'não', dependendo se já haviam ido ali antes, pois se já tivessem ido antes, teriam escolhido suas fantasias. E se era 'sim', ela puxava a cortina enquanto o Toussaint fazia sibilar um chocante som dissonante no velho harmônio.

"E lá estaria ela.

"Custava mais cem guinéus para a Maravilha de Wiltshire chupar você, e uns belos duns duzento e cinquenta para levar Albert/Albertina lá pra cima, porque ele/a equivalia a um exemplar de cada sexo e ainda tinha um bônus, mas a tarifa subia a limites vertiginosos se você quisesse algo fora do comum. Mas, pra mim e para a Bela Adormecida, era: 'olhe, não toque', já que a Madame Schreck decidiu nos usar em uma série de *tableaux*.

"Depois que a porta se fechava de novo, eu ia e acendia a luz, jogava um cobertor sobre a Bela Adormecida, tirava a Maravilha do poleiro, que era muito alto pra ela pular, e o Toussaint nos trazia um bule de café quente com um pouco de conhaque, ou chá com rum, pois era de matar lá embaixo. Ah, era um trabalho fácil, tudo bem, principalmente para mim e para Bela. Mas ao que eu nunca consegui me acostumar era a visão dos olhos deles, pois não havia terror na casa dos nossos clientes que eles não trouxessem consigo mesmos.

"Nós *devíamos* receber dez libras por semana cada uma, o fixo, com bônus por truque, para aquelas que os faziam, mas, fora isso, ela guardava cinco libras de cada uma para o nosso sustento, que era bem escasso, carne cozida e cenoura, e para nossa higiene; e, quanto ao resto, que correspondia a uma riqueza além dos sonhos da maioria das garotas trabalhadoras, ora, nós nunca vimos um centavo. Ela 'guardava para nós em seu cofre', ha! ha! Que piada. Aqueles cinco soberanos que tirei dela no dia em que cheguei à casa foi o único dinheiro vivo que consegui na minha mão durante todo o tempo em que trabalhei lá.

"Pois, a partir do momento em que a porta se fechava, você era prisioneira da casa; na verdade, você era uma escrava."

Lizzie, mais uma vez agachada aos pés de Fevvers, puxou a bainha do penhoar da *aerialista*.

"Conte sobre a Bela Adormecida", ela pediu.

"Ah, que caso mais trágico, senhor! Ela era filha de um cura do interior; era brilhante e alegre como um grilo, até que, certa manhã, em seu décimo quarto ano de vida, no mesmo dia em que sua menstruação começou a descer, ela demorou a acordar e ficou deitada até o meio-dia; e no dia seguinte, só acordou à hora do chá; e no dia seguinte, com os pais aflitos, aguardando e orando junto à cama, ela abriu os olhos na hora do jantar e disse: 'Acho que eu gostaria de uma tigelinha de pão e leite'.

"Então soergueram seu corpo e apoiaram suas costas nos travesseiros e a alimentaram com uma colher, e, após comer tudo, ela disse: 'Por mais que tente, não consigo manter os olhos abertos', e voltou a dormir. E assim a coisa continuou. Depois de uma semana, depois um mês, depois um ano, a Madame Schreck, ao ouvir falar dessa grande maravilha, foi até aquela aldeia e espalhou o rumor de que era uma dama filantropa, disposta a cuidar da pobre menina e fazer com que os melhores médicos a visitassem, e os pais da Bela, já entrados nos anos, mal puderam acreditar em sua sorte.

"Ela foi colocada numa maca no vagão do trem de Londres e depois foi para Kensington, onde sua vida continuou como tinha sido antes. Sempre acordava ao pôr do sol, como criatura da noite perfumada; comia, enchia uma comadre e depois dormia de novo. Com a única diferença: agora, todas as noites, à meia-noite, o Toussaint carregava seu corpo sonhador nos braços e a levava à cripta. Ela devia ter cerca de vinte e um anos quando eu a conheci, bonita como um retrato, embora um pouco emaciada. Seu fluxo feminino diminuía durante o tempo em que ela dormia, até que finalmente mal manchava os panos; depois secou completamente, mas seu cabelo continuou crescendo, até que ficou tão longo quanto ela mesma. A Fanny foi quem assumiu a tarefa de penteá-lo e escová-lo pois a velha Quatro-Olhos era uma mulher com um coração bondoso. As unhas das mãos e dos pés da Bela continuaram crescendo também, e coube à Maravilha de Wiltshire a tarefa de apará-las, graças à maravilhosa destreza de seus dedos minúsculos.

"Como o rosto da Bela Adormecida tinha afinado de tão magro, os olhos dela eram especialmente saltados, e suas pálpebras fechadas eram escuras como a pele interna dos cogumelos e devem ter se tornado muito pesadas durante aqueles longos e adormecidos anos, pois, a cada noite, quando ela abria suas janelinhas com a aproximação do escuro, isso lhe custava um esforço cada vez maior, como se isso lhe tomasse toda a débil força que lhe restava.

"E, todas as vezes, nós, que velávamos e esperávamos que ela comesse a ceia, temíamos que essa fosse a última vez em que ela se esforçava tão valentemente para acordar, e que, naquela noite, o vasto e desconhecido oceano de sono, no qual ela flutuava como um destroço à deriva, já a houvesse arrastado para tão longe da costa, em suas misteriosas correntes, que ela jamais pudesse retornar. Mas, enquanto eu estava lá na Madame Schreck, a Bela Adormecida sempre *conseguiu* acordar tempo suficiente para levar à boca um pouco de frango picado ou uma colherada de pudim de leite, e evacuava um pequeno jato semilíquido na comadre que a Fanny segurava debaixo dela, e então, com um curto suspiro, afundava novamente sob o peso macio dos sonhos.

"Pois não pense que ela era uma dorminhoca sem sonhos. Sob aquelas teias macias e cheias de veias, seus globos oculares se moviam continuamente para lá e para cá, como se ela estivesse assistindo formas de balés extravagantes no interior de suas pálpebras. E, às vezes, os dedos dos pés e das mãos se convulsionavam e se contraíam, como as patas de um cachorro sonhando com coelhos. Ou ela podia gemer baixinho ou gritar e, às vezes, muito baixinho, rir, o que era o mais estranho.

"E uma vez, quando a Fanny e eu estávamos jogando gamão uma noite em que a clientela estava fraca, a Maravilha, que manicurava a sonhadora, gritou de repente: 'Ah, insuportável!'.

"Pois, sob aqueles cílios, escorreram algumas lágrimas gordas.

"'E eu pensava', disse a Maravilha, 'que ela estivesse além de toda dor.'

"Embora tão diminuta em estatura, a Maravilha era tão perfeitamente formada quanto qualquer um daqueles avatares dela, como a linda confidente da Adorável Rainha Bess, a sra. Tomysen; ou aquela Anne Gibson que se casou com o garotinho que pintava miniaturas; ou a bela Anastasia Borculaski, que era pequena o suficiente para caber debaixo do braço de seu irmão, e o próprio irmão era um homem muito pequeno. Além disso, a Maravilha era uma dançarina muito talentosa e conseguia dar chutes altos que eram como abrir uma tesoura de bordar.

"Então eu lhe disse: 'Maravilha, por que você se degrada trabalhando nesta casa, que é verdadeiramente uma casa da vergonha, quando poderia ganhar um bom dinheiro trabalhando nos palcos?'. 'Ah, Fevvers', ela respondeu, 'prefiro me mostrar a um homem de cada vez do que a um teatro inteiro cheio de coisas horríveis, nojentas e peludas, e, aqui, estou bem protegida da multidão escura e imunda do mundo, em que tanto sofri. Entre os monstros, eu estou bem escondida; quem procura uma folha na floresta?

"'Deixe-me lhe contar que fui concebida da seguinte maneira: minha mãe era uma alegre leiteira que amava pregar peças, mais do que qualquer outra coisa na vida. Havia, perto da nossa aldeia, uma colina, bem redonda, que, embora coberta de grama, era quase oca, uma vez que tinha sido completamente escavada com túneis para a passagem de gerações de ratos. Embora eu tenha ouvido dizer que essa colina não era obra da natureza, e sim uma gigantesca tumba, um lugar em que aqueles que viveram em Wiltshire antes de nós, antes dos normandos, antes dos saxões, antes mesmo dos romanos chegarem, enterravam seus mortos, as pessoas comuns da aldeia a chamavam de Monte Encantado e o evitavam à noite, pois acreditavam que era, se não um lugar amaldiçoado, então certamente um lugar no qual nós, seres humanos, poderíamos sofrer destinos e transformações curiosos.

"'Mas minha mãe maluca, incitada pelo filho do fazendeiro, que era um ladino e que apostou seis pence de prata que ela não ousaria fazer aquilo, uma vez passou toda uma noite de verão dentro desse castelo de terra. Levou um lanche, pão e mel, um toco de vela e penetrou na câmara, até o centro, onde havia uma enorme pedra, muito parecida com um altar, mas é mais possível que tenha sido o caixão de algum rei de Wessex morto há muito tempo.

"'Nessa tumba ela se sentou pra comer sua ceia e, aos poucos, a luz se apagou, então ela ficou no escuro. Assim que ela começou a se arrepender de sua imprudência, ouviu passos muito suaves. *Quem vem lá?*, ela perguntou. *Ora, Meg — quem a não ser o Rei das Fadas?* E aquele estranho invisível imediatamente a deitou sobre a laje de pedra e lhe deu prazer, ou assim ela disse, tão poderosamente quanto nenhum outro homem, nem antes nem depois. *Fui mesmo pra terra das fadas naquela noite!*, ela disse: e a prova disso foi que, nove meses depois, eu fiz minha aparição infinitesimal no mundo. Ela me embalou na metade de uma casca de noz, me cobriu com uma pétala de rosa, guardou meu enxoval numa avelã e me levou pra cidade de Londres onde ela se exibia por um xelim por vez como 'A Ama da Fadinha', enquanto eu me agarrava ao seu peito como um carrapicho.

"'Mas tudo que ganhou, ela gastou com bebida e homens, porque era uma desmiolada. Quando fiquei grande demais pra passar por um bebezinho que mamava, eu disse: Mãe, isso não dá mais! Devemos pensar na nossa segurança e na nossa velhice! Ela riu bastante ao ouvir a filha abrindo a boca toda cheia de opinião, porque eu tinha apenas sete anos anos de idade, e ela mesma não tinha nem vinte e cinco, e maldito foi o dia em que inventei de convencer aquela criatura estouvada a pensar no futuro, porque, ao fazer isso, ela me vendeu.

"'Por cinquenta guinéus de ouro, à vista, minha própria mãe me vendeu pra um pasteleiro francês de bigodes tipo saca-rolhas, que me serviu, por algumas temporadas, em um bolo. Com o chapéu de chef empoleirado na cabeça, num ângulo jovial, ele saía da cozinha com a bandeja de prata e a botava na frente do aniversariante, pois o *patisseur* tinha esse mínimo de sensibilidade, e eu fui um deleite apenas pras criancinhas. A criança aniversariante apagava as velas e levantava a faca pra cortar o bolo, mas o confeiteiro mantinha a mão no cabo da faca, pra guiar a lâmina no caso de me cortarem acidentalmente e danificarem sua propriedade. Então eu surgia pelo buraco, usando um vestido de lantejoulas, e dançava em volta da mesa, distribuindo flâmulas, lembrancinhas e bombons.

"'Mas às vezes os mais gulosos começavam a chorar e diziam que tinha sido um truque maldoso, pois o que eles queriam era bolo, não a visita de uma fadinha.

"'Possivelmente devido às circunstâncias da minha concepção, eu sempre sofri de claustrofobia. Descobri que mal conseguia suportar o confinamento daqueles bolos ocos. Passei a temer o momento do meu encarceramento sob a cobertura e comecei a implorar e suplicar ao meu patrão que me deixasse livre, mas ele me ameaçava com o forno e dizia que, se eu não fizesse o que ele mandava, da próxima vez não me serviria num bolo, mas ia me assar num *vol-au-vent*.

"'Chegou o dia em que, finalmente, minha fobia foi mais forte do que eu. Subi no meu caixão, permiti que a tampa se fechasse, suportei a viagem de coche aos solavancos até o endereço do cliente, fui descarregada apressadamente na bandeja da cozinha, e depois veio a viagem pra mesa. Meio desmaiada, suando, sufocando naquele espaço redondo que não era maior do que uma caixa de chapéu, enjoada pelo fedor de ovos e manteiga, pegajosa com açúcar e uvas passas, eu não podia mais aguentar. Com a força dos possuídos, impulsionei os ombros nus pra cima através da cobertura e assim emergi antes do tempo, rompendo a crosta de glacê, piscando migalhas dos olhos. Minha erupção espalhou velas e violetas cristalizadas por toda parte.

"'A toalha de mesa pegou fogo e todos os pimpolhos gritaram desesperados enquanto eu corria ao longo da mesa com o cabelo e a saia de tule em chamas, perseguida pelo furioso confeiteiro que empunhava sua faca de bolo e jurava que faria um *bonne bouche* de mim.

"'Mas uma criança manteve o juízo no meio desse deus nos acuda, sentou-se solenemente na extremidade da mesa e, quando eu alcancei seu prato, ela jogou o guardanapo sobre mim e apagou as chamas. Então me pegou, me guardou no bolso e disse pro confeiteiro: *Vá embora, homem horrível! Como ousa torturar uma criatura humana assim!*

"'Acontece que essa garotinha era a filha mais velha da casa. Ela me carregou pro berçário e sua babá colocou uma pomada calmante nas minhas queimaduras e me vestiu com uma túnica de seda (que a menina tirou da própria boneca), embora eu fosse perfeitamente capaz de me vestir. Mas eu estava pra descobrir que as mulheres ricas, assim como as bonecas, não podem vestir suas roupas sem ajuda. Mais tarde naquela noite, quando o jantar acabou, fui apresentada à mamãe e ao papai, quando eles se sentavam para o cafezinho, do qual me deram um pouco, pois era servido em xícaras de um tamanho que me convinha. O papai me pareceu uma montanha cujo cume era oculto pela fumaça do charuto; mas que montanha boa e gentil era essa! E depois que eu tinha contado minha história da melhor maneira que consegui, a montanha baforou uma nuvem roxa, sorriu pra mamãe e falou: 'Bem, cara mulherzinha, parece que não temos outro caminho a não ser *adotá-la*'. E a mamãe disse: 'Estou envergonhada. Eu nunca pensei que esse truque horrível com o bolo pudesse causar sofrimento a uma criatura viva'.

"'Eles não me trataram como um animal de estimação nem como um brinquedo, ao contrário, me trataram realmente como uma pessoa da família. Logo formei um profundo vínculo com a menina que tinha sido minha salvadora, e ela comigo, de modo que nos tornamos inseparáveis, e, quando minhas pernas não conseguiam acompanhar as suas, ela me carregava na dobra do braço. Chamávamos uma à outra de 'irmã'. Ela tinha apenas oito anos e eu nove. Meu navio havia ancorado em um porto feliz!

"'O tempo passou. Nós, meninas, começamos a sonhar em ajeitar o cabelo em coques e diminuir o comprimento das nossas saias, e todos os deliciosos mistérios de *crescer* que estavam por vir... embora, quanto a mim, eu soubesse que nunca *cresceria* em nenhum sentido convencional, o que me punha às vezes triste. Num Natal, surgiu a questão da pantomima. Algum sexto sentido, talvez, me avisou que o perigo se aproximava. Eu disse à mamãe que deixaria de lado as coisas infantis, que preferia ficar em casa naquela noite e ler meu livro. Mas minha irmã estava um pouco atrás de mim no quesito amadurecimento, ansiava por ver as luzes brilhantes e os belos ouropeis, e me disse que se eu não me juntasse ao resto da família, então todo o festejo ficaria arruinado. Eu me submeti ao seu sutil assédio moral. Como se verificou mais tarde, a pantomima era a *Branca de Neve.*

"'Em nosso camarote, à medida que as cenas se desenrolavam diante de mim, eu me transformei primeiro em fogo, depois em gelo, pois, por mais que eu amasse minha família, havia sempre aquela diferença inalterável entre nós. O que me oprimia não era tanto a falta de jeito de seus membros, seus movimentos desajeitados; nem mesmo o trovão de suas vozes, já que nunca em toda a minha vida eu tinha ido para a cama sem dor de cabeça. Não. Eu conhecia todas essas coisas desde meu nascimento e fui me acostumando à monstruosa feiura da humanidade. De fato, minha vida naquela boa casa quase que poderia ter me feito perdoar pelo menos algumas das bestas por sua bestialidade. Mas, ao ver meus semelhantes naquele palco, mesmo quando eles davam cambalhotas, saltitavam e apresentavam o show dos anões cômicos, tive uma espécie de visão de um mundo em miniatura, um lugar pequeno, perfeito, paradisíaco, como você pode ver refletido no olho de um sábio pássaro. E me pareceu que aquele lugar era minha casa e que aqueles homenzinhos eram seus habitantes, que poderiam me amar, não como uma 'mulher pequenina', mas como... uma mulher.

"'E então, talvez fosse... talvez o sangue da minha mãe fluísse nestas veias minúsculas! Talvez... eu não devesse me contentar com mero contentamento! Talvez eu tivesse sempre sido uma garota perversa e agora minha maldade, finalmente, tivesse se manifestado e sido posta em ação.

"'Foi fácil pra mim escapar da minha família na confusão no final do espetáculo; fácil encontrar a porta do palco e passar pelo vigia enquanto ele pegava um buquê pra Branca de Neve. Eu logo encontrei a porta em que alguma mão cômica e cruel havia colocado sete estrelinhas. Bati. Lá dentro, estava sentado o jovem mais bonito que já se vira, em um baú do tamanho certo pra nós dois, e ele estava ocupado consertando uma pequena calça com algo que, aos seus olhos, Fevvers, teria parecido uma agulha invisível e um pedaço de linha invisível.

"'*De que planeta diminuto* você *surgiu?*, exclamou ele ao me ver.'

"Então a Maravilha cobriu o rosto com as mãos e chorou amargamente.

"'Vou poupá-la dos tristes detalhes de minha queda, Fevvers', ela disse assim que se recuperou. 'Basta dizer que viajei com eles por sete longos meses, e era passada de mão em mão, pois eles eram irmãos e acreditavam que tudo deveria ser compartilhado de forma justa. Receio que não tenham me tratado bem, pois, embora fossem pequenos, eram homens. O modo como me abandonaram, sem um tostão, em Berlim, e como acabei sob a terrível proteção da Madame Schreck, são circunstâncias que relato a mim mesma a cada noite quando fecho os olhos. Inúmeras vezes repasso uma eternidade de lembranças assustadoras até chegar a hora de me levantar novamente e constatar, por mim mesma, como aqueles que vêm para matar sua fantástica luxúria sobre minha pequena pessoa são ainda mais degradados do que eu jamais poderia ser.'"

Fevvers suspirou.

"Então você vê como essa adorável criatura realmente acreditava que havia decaído tão profundamente que jamais poderia sair do Abismo, e olhava para seu bonito e imaculado eu com a máxima repulsa. Nada que eu pudesse dizer a faria sentir-se mais valiosa do que um quarto de pêni no câmbio do mundo. Ela dizia: 'Como eu invejo aquela pobre criatura' — apontando para a Bela Adormecida — 'exceto por uma coisa: ela sonha'.

"Mas a Fanny era outro tipo de confusão, uma garota grande, de ossos fortes, direta e sincera, de Yorkshire, por quem você passaria na rua sem voltar o olhar, a não ser pela alegria de suas bochechas rosadas e o jorro de saúde em seus passos. Quando a Madame Schreck abria a cortina da Fanny, lá estava ela, uma menina bonitinha, com nada mais do que uma camisola e uma venda nos olhos.

"E a Schreck dizia: 'Olhe pra ele, Fanny'. Então, a Fanny tirava a venda e brindava o visitante com um sorriso luminoso.

"Então a Madame Schreck dizia: 'Eu disse *olhe* pra ele, Fanny'. Ao que ela puxava a camisola pra cima.

"Porque, onde ela deveria ter mamilos, tinha olhos.

"Então a Madame Schreck dizia: 'Olhe bem pra ele, Fanny'. Daí seu dois outros olhos se abriam.

"Eles eram de um azul pastor, assim como os olhos em sua cabeça; não grandes, mas muito brilhantes.

"Uma vez eu lhe perguntei o que ela via com aqueles olhos mamilares, e ela respondeu: 'Ora, o mesmo que vejo com os olhos de cima, só que mais para baixo'. No entanto, acho que, apesar de toda a sua disposição livre e aberta, ela viu coisas demais do mundo, e é por isso que tinha vindo descansar com todas nós, outras criaturas despossuídas, para as quais não havia utilidade convencional, naquela sala de despejo da feminilidade, naquela loja de trapos do coração.

"Vendo a Fanny segurar a cabeça da Bela Adormecida contra o peito para fazer passar uma colherada de ovo cozido por aqueles lábios indefesos, eu disse: 'Por que você não se casa, Fanny? Pois qualquer homem seria feliz em ter você, tão logo supere o choque. E trazer ao mundo seus próprios filhos, que você tanto deseja e merece?'. Com toda a placidez, ela responde: 'Como se pode alimentar um bebê com lágrimas salgadas?'. No entanto, ela estava sempre alegre, sempre um sorriso e uma piada, mas, quanto a Teias de Aranha, ela nunca disse muito, era uma criatura melancólica e passava grande parte do tempo sozinha, sentada, jogando paciência. Essa era sua vida, ela dizia. Paciência."

"Por que a chamavam de Teias de Aranha?", perguntou Walser, do fundo de sua repulsa, do fundo de seu encantamento.

"O rosto dela era coberto de teias, senhor, desde as sobrancelhas até as maçãs do rosto. As coisas que Albert/Albertina fazia para conseguir que ela risse! Ele/a era um/a um/a pândego/a, sempre pura diversão. Mas não; a Teias de Aranha nunca sorria.

"Essas eram as garotas por trás das cortinas, senhor, habitantes de 'Lá Embaixo', todas com corações que batem, como o seu, e almas que sofrem, senhor."

"E o que *você* fazia?", perguntou Walser, mastigando o lápis.

"Eu? Que papel representei na câmara de horrores imaginários de Madame Schreck? A Bela Adormecida jazia completamente nua sobre uma laje de mármore e eu ficava na cabeceira, totalmente aberta. Sou o anjo da lápide, sou o Anjo da Morte.

"Ora, se alguém quisesse dormir com a Bela Adormecida, era dormir no sentido passivo e não no sentido ativo, pois sua saúde era assaz precária e Madame Schreck receava matar o ganso que punha os ovos de ouro. Se você quisesse deitar ao lado do cadáver vivo e segurar em seus braços trêmulos todo o mistério da consciência, que é e não é ao mesmo tempo, bem, esse serviço estava disponível, mediante pagamento à vista. O Toussaint o faria colocar um saco na cabeça e o levaria para fora do Abismo, lá para o Teatro no andar de cima, onde você esperaria, sem ouvir nada, sem ver nada... escuridão absoluta, silêncio absoluto e você sozinho com seus pensamentos e aqueles fantasmas que sua imaginação havia destilado da visão das meninas lá embaixo. Então o Toussaint tiraria o capuz e lá estaríamos nós; nesse ínterim, ele já teria nos içado até o andar superior, num pequeno elevador com ótima lubrificação, instalado na parede.

"Somente um candelabro ramificado lança luz e produz sombras sobre a Bela dormindo em seu caixão, e lá estou eu, curvada sobre ela, com as asas dobradas, espada à mão, a Morte, a Protetora. Então, se algum dos clientes tentar fazer algo que não esteja incluso na tarifa, no mesmo minuto eu dou uma pancada nos nós de seus dedos. Quanto à Bela, ela suspirava, murmurava, sem jamais ter consciência alguma do que acontecia, mas mesmo assim eu olhava aquele ser trêmulo e desgraçado, que havia alugado nossa imagem, aproximar-se da Bela Adormecida como se ela fosse o bloco de execução, e, como Hamlet, eu pensava: Que obra--prima é o homem!

"Após um tempo, apareceu por ali certo cavalheiro, que passou a nos visitar uma vez por semana, com prodigiosa regularidade, aos domingos. Sempre punha o traje mais peculiar para se aventurar Lá Embaixo, uma espécie de túnica de veludo que chegava até os joelhos, cor de ameixa e enfeitado com uma pele cinza, e, nos pés, calçava botas de couro verme-lho brilhante com guizos nos tornozelos, que soavam muito docemente quando ele caminhava. Em volta do pescoço, em uma corrente de ouro, pendia um grande medalhão de ouro maciço, e curiosamente percebi que muitas vezes a Madame Schreck fitava aquilo com certa cobiça.

"A figura gravada nesse medalhão era a de um, perdoe meu francês, *membro*, senhor, da variedade masculina; ou seja, um falo, na condição conhecida na heráldica como *rampant*, e havia umas asinhas presas às suas bolas, que chamaram minha atenção imediatamente. Ao redor do eixo desse membro viril se entrelaçava o caule de uma rosa cuja flor se aninhava, um tanto timidamente, no local onde o prepúcio se dobrava pra trás. Se aquela coisa era antiga ou moderna, eu não saberia dizer, mas representava um investimento pesado.

"Aquele que ostentava essa joia singular era um homem de meia--idade já avançada, tinha compleição longa, magra, ligeiramente en-curvada, com tez entre o malva e o manchado, como se sofresse com o frio, mas tinha traços finos e delicados, com um nariz grande e torto, e bochechas bem barbeadas. E um par de olhos azuis, peregrinos e lacri-mejantes, olhos de um homem infeliz com seu mundo. Para completar esse traje, sempre usava um chapéu de castor, enorme e redondo como um tambor, mas com a aba virada pra cima, e não dava para ver nenhum cabelo sob esse chapéu. A primeira vez que Madame Schreck levantou a cortina que me cobria, ele pulou, quase saindo da pele que vestia, e gritou: 'Azrael!'. Depois, passou a vir só para me ver. Não queria nada da Bela, mas me fazia subir ao cenáculo sozinha e andava em volta de mim, relinchando de si para si e brincando consigo mesmo, por baixo da anágua, e a Fanny, para me provocar, o chamava de 'meu namoradinho'.

"Durante seis domingos, ele veio para me adorar no meu santuário, mas, no sétimo, quando nós, meninas, estávamos sentadas para jantar, a Madame Schreck mandou um recado pelo Toussaint para que eu fosse vê-la.

"Nossos jantares, naquele mórbido sepulcro, costumavam ser péssimos. A velha da cozinha, que bebia muito, era capaz de queimar um ovo cozido sempre que bebia um copo, então a Fanny sempre preparava a parca dieta da Bela, e eu me lembro *daquele* domingo em especial porque a cozinheira tinha morrido no sábado à noite, e a Fanny mandou o Toussaint buscar um pouco de carne de porco, que ele havia preparado. Então a Fanny trabalhou com pressa entre as caçarolas e botou na mesa um pernil decente, com torresmo e um montão de molho de maçã, e, enquanto comíamos, fui chamada ao quarto da Milady, e aquele foi o último jantar de domingo que eu comi naquela casa.

"'Há um cavalheiro que fez uma oferta', disse a Madame Schreck. Estava sentada à sua escrivaninha, de costas pra mim, iluminada apenas por um lampião a gás, que sibilava feito uma cobra sobre ela.

"'Que cavalheiro e quanto?', eu perguntei, imediatamente desconfiada.

"'Ele se apresenta como Christian Rosencreutz e é muito generoso.'

"'Quão generoso é *generoso*?'

"'Cinquenta guinéus pra você, menos a comissão', disse ela, sobre o ombro, continuando a rabiscar em seu maldito livro de contabilidade, e, de repente, perdi a paciência com ela.

"'O quê? Cinquenta míseros guinéus pela única *intacta* totalmente emplumada na história do mundo? E a senhora se acha uma cafetina?'

"Agarrei o ombro dela, arranquei-a da cadeira e lhe dei uma bela duma sacudida. Ela era leve como um feixe de gravetos e emitiu um débil som de chocalho. E ela grasna e grita: 'Tira as mãos de mim!'. Mas eu continuo sacudindo a velha até que ela, toda arfante, diz: 'Bem, muito bem, então... cem guinéus'.

"'Ora, vá enganar outra pessoa!', pensei para mim mesma, sem acreditar nem por um instante no que ela dizia, e insisti: 'Maldita Madame Schreck, você também não receberá um centavo de comissão, já que não me pagou nada desde aquelas cinco moedas brilhantes seis meses atrás, e me manteve aqui como prisioneira desde então!'.

"E voltei a sacudi-la, até ela gritar: 'Muito bem, sem comissão! Isso dá duzentos guinéus, sua sugadora de sangue'. Então eu a soltei.

"'Abra o cofre', eu ordenei.

"Ela vai, enfia a mão sob o travesseiro e pega a chave. Faz isso com grande relutância. Arrasta os pés pelo chão, com aqueles seus trapos pretos e o véu, num movimento lateral e apressado, e sua cabeça gira de um lado para o outro, como se estivesse procurando um buraco de rato para escorregar, mas agora eu sou o anjo vingador, e ela não pode escapar de mim. Enquanto ela está de costas, agarro a oportunidade de tirar minha blusa e sacudir minha plumagem. Ela abre o cofre, estica a mão enluvada, mas nem bem seus dedos trêmulos tocam o ouro, eu a seguro pelos ombros novamente e... saímos voando! Upa! Upa! Graças a Deus, pelos tetos altos! Subimos até que minha cabeça bateu contra o reboco e eu prendi a velha na ponta do trilho da cortina pela parte de trás da gola e a deixei lá, se debatendo e latindo e sacudindo os bracinhos e as perninhas no ar, e não havia nada que ela pudesse fazer.

"'Agora posso negociar a partir de uma posição de força', eu disse. 'Quanto ele *realmente* ofereceu?'

"'Mil! Deixe-me descer!' E ela latia e uivava.

"'Quanto ele pagou de adiantamento?', eu perguntei, porque sou uma garota honesta.

"'Metade adiantado! Deixe-me descer!' Mas eu desci sozinha e mergulhei as duas mãos no cofre, com a intenção de tirar apenas o que era meu por direito, mais a comissão, mas, quando eu estava sentada na cama dela contando as notas, veio uma diabólica batida na porta. Quem quer que estivesse batendo tinha arrancado o crepe abafador, para enfatizar sua presença, e nunca se tinha ouvido tanto barulho.

"Foi o ouro que me fez cair na armadilha, pois eu não conseguia nem pensar em abandonar aquele monte brilhante de riqueza e fugir, nem mesmo quando ouvi os passos furiosos na escada. O Toussaint entrou num frenesi, pálido sob sua pigmentação, fazendo os gestos mais selvagens com as mãos e, logo atrás dele, vinham dois brutamontes vestidos com túnicas, sandálias e mantos, como uma ópera cômica, e ambos seguravam uma rede de pesca.

"Abri as asas imediatamente, mas para onde poderia voar? As janelas estavam todas fechadas... será que o jeito era subir ao teto e ficar pairando lá a noite toda? Juntar-me à velha Madame no extremo oposto do varão da cortina, alojando-me ali como se fôssemos um par de gárgulas? Minha inteligência me abandonou e, enquanto eu esvoaçava como o pássaro encurralado que era, os valentões num instante me prenderam com a rede de pesca e me puxaram escada abaixo, e enquanto descíamos minha bunda batia em cada degrau, e para trás deixamos um cofre aberto, um monte de dinheiro, um criado confuso e o velho morcego pendurado a meio caminho do céu, que é o mais longe que ela vai conseguir chegar, que sua alma apodreça.

"A porta da frente foi fechada violentamente atrás daquele feixe de medo e penas que era eu; fui depositada numa carruagem que saiu rodando noite adentro.

"Eu pergunto àqueles finos cavalheiros: onde vocês estão me levando? Mas cada um fica parado como uma estátua com os braços cruzados sobre o peito, olhando diretamente para a frente e sem nunca dizer uma palavra. As cortinas baixas, os cavalos galopando como chamas. E me resignei ao acaso dos acontecimentos, senhor, já que não podia fazer mais nada."

"Pelos meus cálculos, não mais do que duas horas se passaram até os cavalos moderarem seu impetuoso galope. Paramos. Um dos brutamontes abriu a porta e o outro tirou a rede de cima de mim e, ao fazer isso, teve o cuidado de dar uma boa apalpada nos meus peitos. Com o cotovelo eu dei um golpe na boca dele e ele recuou, praguejando. Enrolei-me na manta de viagem e, me desvencilhando dos canalhas, saí orgulhosamente daquele coche por conta própria, como se tivesse sido convidada, não sequestrada.

"À minha frente, vi uma mansão em estilo gótico, toda coberta de hera, e, acima das torres, flutuava uma lua em forma de unha com uma estrela nos braços. Em algum lugar, um cachorro uivava. Ao nosso redor, o voto de silêncio das colinas arborizadas. Embora a mansão fosse antiga na aparência, a construção era recente; o tijolo bruto aparecia através da hera, e a porta da frente, de carvalho defumado, tinha placas de latão novas e marteladas, que simulavam rebites. Essa porta estava aberta e deixava escapar uma grande clarão, que vinha do vestíbulo.

"Os dois brutamontes voltaram a agarrar meus braços, um de cada lado, e assim teriam me arrastado até os degraus da frente se eu não tivesse me desvencilhado, mas ocorre que eu não tinha nenhum lugar pra ir a não ser aquela porta, que se fechou com um estrondo assim que a atravessei.

"Só a edição atual do *Times* de Londres sobre um baú de carvalho era a prova de que eu não tinha sido magicamente transportada a uma era anterior, na qual tudo era novo porque *era* novo, não porque era uma reprodução. Vi-me em uma antecâmara quadrada feita de pedras também quadradas, e grandes. O chão de lajes, o teto canelado, e, na aresta central, de modo muito apropriado, a figura de um falo rosado e alado, semelhante àquele que o sr. Rosencreutz usava em volta do pescoço. A imagem fora esculpida numa pedra escura, talvez mármore. Tudo bem iluminado — acredito que por eletricidade, mas as fontes de iluminação estavam escondidas aqui e ali em nichos nas paredes.

Atrás de um portal de pedra havia uma pequena sala, toda coberta de painéis, e eu avistei um homem sentado em uma do par de cadeiras de carvalho entalhadas ao lado de uma mesa baixa do mesmo material, com um lindo vaso de rosas brancas sobre ela. Seu rosto estava escondido porque ele estava lendo um grande livro, como uma Bíblia, com fechos.

"Por um minuto, não reconheci o sr. Rosencreutz sem o chapéu; ele era careca como um ovo, sua cabeça brilhava como se a empregada a tivesse lustrado com o mesmo pano usado pra polir a prataria. Também não estava usando seu vestido cor de ameixa, e sim uma espécie de camisão de dormir, branco e comprido, amarrado com uma corda. Mas, ao ver seu pingente, reconheci meu homem e, vou lhe dizer, amargamente me arrependi dos mil guinéus que eu tinha deixado para trás no quarto da Madame Schreck. Então me lembrei de como o negócio tinha sido feito, metade adiantada e metade na entrega; já que haveria mais uma parcela de dinheiro na jogada, muito educadamente lhe dei um: 'Boa noite, sr. Rosencreutz'.

"Agora ele se dignou a abaixar o livro que estava lendo e a me examinar, e não duvido que eu tenha sido uma decepção para ele, embrulhada naquela velha manta e toda desalinhada. Mas ele não deixou transparecer tal frustração, nem mesmo pelo tremor de um músculo.

"'Bem-vindo, Azrael', ele disse. 'Azrael, Azrail, Ashriel, Azriel, Azaril, Gabriel; anjo sombrio de muitos nomes. Bem-vindo a mim, de sua casa no terceiro céu. Veja, eu lhe dou as boas-vindas com rosas não menos paradoxalmente primaveris do que sua presença, que, como Proserpina, vem da Terra dos Mortos para anunciar uma nova vida!'

"O que estava muito bem, sem dúvida, mas eu acho que, nesse caso, o mínimo que ele poderia fazer era me convidar para sentar, e ele nunca cogitou isso, nem me ofereceu sequer um xícara de chá depois da jornada tão difícil que eu tinha tido, mas continuou sorrindo para mim, com aqueles pobres e velhos olhos remelentos, que marejavam.

"'E que lindo anjo é!', ele diz, todo sentimental. 'Mesmo que *esteja* com o nariz sujo de fuligem!'

"'Então me mostre o banheiro que eu me lavo', eu respondi espertamente, e de súbito ele interrompe a contemplação de sua nova mercadoria, como se sua intenção original não fosse adquirir um ser que retruca. Feito um ácaro cabisbaixo, ele murmura: 'Por aquela porta, subindo a escada, primeira à direita no patamar', e voltou ao seu livro que, como observei ao passar por ele, está escrito na língua latina e tem o título de *Mysterium Baphometis Revelatum*.

"Que banheiro! Deus do Céu, só pra começar as paredes eram todas de mármore! E as toalhas tinham uma polegada de espessura! E montes de água quente saindo das torneiras! Isso que é vida, pensei, e despejei meio frasco de Essência Cítrica Trumper na banheira aromática, me preparando para mergulhar nela. Mas, antes de tudo, pendurei minha anágua no buraco da fechadura para que o sr. Rosencreutz não pudesse espiar.

"Agora, senhor, deve estar se perguntando como eu lido com as minhas asas quando tomo banho. Bem, como acontece com todas as aves, minhas penas são razoavelmente à prova d'água, porém não formam uma couraça impermeável, infelizmente. Melhor não ficarem encharcadas, senão eu naufrago. Ajeito as asas um pouco com a ponta dos dedos, até onde consigo alcançar, e as salpico um pouco mais, e depois dou uma boa sacudida, e então fico novinha em folha. Portanto, tomei cuidado para manter minhas asas fora da banheira, veja bem, mas o resto de mim eu lavei normalmente e, com aquele sabonete de limão e tudo mais, tive momentos maravilhosos.

"Enquanto eu me enxugava com as toalhas de banho, ouvi, como já sabia que iria ouvir, alguém arranhar a porta, e então eu disse rispidamente: 'Já chega disso! E, além do mais, não vou sair deste banheiro até que você me traga algo decente pra vestir!'.

"'Bem, garanto-lhe', disse o sr. Rosencreutz, 'que seria pior para você, Azrael, se saísse de suas abluções nos mesmos trapos com que entrou, então eu lhe proponho um pequeno enigma. Gosta de enigmas, Azrael?'

"Eu não disse nada.

"'Se', diz ele, 'você me resolver esse enigma, eu lhe darei uma gratificação de cem libras, além do que já lhe é devido, e isso nada tem a ver com a Madame Schreck.'

"'Pois mande aí o enigma', eu disse imediatamente, e ele riu consigo mesmo com alegria.

"'Bela senhora que não é nem uma coisa nem outra, nem carne nem ave, embora bela seja ave e ave seja bela — hehe! hehehe! a fim de encenar o ritual para o qual eu a contratei, você deve sair da água nem nua nem vestida.'

"Ele ofegou atrás da porta de tanto prazer com sua própria inventividade.

"'E eu não vou deixar você sair do banheiro até que esteja pronta!', ele acrescentou. Então o único som pelo buraco da fechadura foi o da respiração pesada dele.

"O pensamento daquelas cem libras fez minha mente se concentrar maravilhosamente e me sentei ao lado da banheira até que tivesse encontrado uma saída pro enigma. Como pode ver, senhor, a natureza me abençoou com esta longa e abundante cabeleira. Então eu me penteei e me cobri da mesma forma que Lady Godiva havia se coberto em seu célebre passeio por Coventry, de forma insubstancial ainda que modesta. Eu tinha cabelo mais do que suficiente pra me esconder inteira, fico feliz em dizer, mas como conferir estabilidade à vestimenta? Bem, trancei uma única mecha e cortei o cabelo com a espadinha da Nelson, que, como sempre, eu trazia comigo enfiada no espartilho. E usei essa trança para cingir minha cintura e deixar tudo firme, sem me esquecer de amarrar meu dourado talismã junto ao corpo, posso garantir.

"'Prontíssimo!', eu gritei, destrancando a porta, e irrompi numa nuvem de vapor cítrico, e ele gorgolejou com uma mistura de gratificação e, talvez, arrependimento, pois quem pode revelar o que ele tinha planejado para mim se eu *não* tivesse aparecido com a resposta.

"Fico feliz em dizer que uma refeição bem substancial tinha sido preparada e me aguardava na sala de recepção abaixo enquanto eu estivera me lavando e me penteando — salada, queijo e uma ave fria. Da qual, se estou esfomeada, eu mordisco só uma coxinha, mas, se houver outra opção, não vou tocar em nenhum pedaço de frango, nem de pato, de galinha d'angola e assim por diante, para não me passar por canibal. Mas, daquela vez, em minha condição extrema, sussurrei uma oração de perdão aos meus ancestrais emplumados e mandei pra dentro. E tinha uma excelente garrafa de clarete para acompanhar, então eu tomei uns golinhos. Imediatamente o sr. Rosencreutz começa a divagar.

"'Não vá tergiversar com a ideia de que há algo carnal, indecente ou até mesmo remotamente corpóreo sobre o nosso encontro desta noite, dentre todas as noites, quando a estrela brilhante jaz no casto abraço da lua acima desta mesma casa, significando a divina e pós-diluviana Remissão e Reconciliação do Terrível, pois há uma advertência secreta cujo lema de pura cortesia é uma ofuscação. Pois não é: *Honi soit qui mal y pense*[*], mas *Yoni soit qui mal y pense*, yoni, claro, do hindu, a parte feminina, ou ausência, ou buraco atroz, ou abismo terrível, o Abismo, Lá Embaixo, o vórtice que suga tudo terrivelmente para baixo, para baixo, para baixo onde o Terror dá as regras...'

"Então *esse* era o significado de seu medalhão de ouro! O pênis, representado por si mesmo, aspira às alturas, representadas pelas asas, mas é arrastado para as profundezas, representadas pelo caule retorcido, e quem o arrasta é a parte feminina, representada pela rosa. Hum. Isso é algum tipo de versão de rosacrucianismo neoplatônico herético possivelmente maniqueísta, penso comigo mesma; 'pise com cuidado, garota!', eu exortei a mim mesma.

"A ideia do orifício o horrorizava de tal forma que aquele velho sodomita resmungava e choramingava, embora o Abismo não lhe fosse desconhecido, já que ele mesmo costumava ir todos os domingos, apenas para se convencer de que era tão 'horrível quanto ele sempre imaginara'. Eu me sirvo de outro copo de clarete, para me fortalecer, e sirvo

---

[*] Lema da Ordem da Jarreteira: "Envergonhe-se quem nisto vê malícia".

outro ao meu anfitrião, que parece estar precisando daquilo. Ele entorna tudo de um só trago, abstraidamente, e, após alguns instantes, recupera um tanto da equanimidade, e é o suficiente para voltar a mente a coisas mais agradáveis.

"'Flora!', ele grita. 'Espírito veloz do mundo que desperta! Alada e aspirando às alturas! Flora; Azrael; Vênus Pandemos! Esses são apenas alguns dos muitos nomes com os quais posso honrar minha deusa, mas, esta noite, vou chamá-la de *Flora*, muitas vezes, pois você não sabe que noite é hoje, Flora?'

"Eu provo um bocado de seu excelente Stilton, refletindo, enquanto o saboreio, sobre o ecletismo barroco de sua mitologia.

"'Trinta de abril', eu digo, desconfiada de que aquilo fosse outro enigma.

"'Véspera de maio, Flora, mia', ele me garante. 'Em apenas alguns minutos, será o *seu* dia, o vigoroso ápice do ano. A porta da primavera se abrirá para deixar o verão passar. Será a alegre manhã de maio!'

"Eu me fortaleci nervosamente com outra taça de vinho.

"'Ora, o mastro é, evidentemente, nada mais do que a representação de um *phallos*, ou seja, um linga, ou seja, uma lança aguda e frutífera, como a longa lança de Longius — observe esse 'longa'! A longa lança de Longius...', mas aqui ele pisca e gagueja, pois está prestes a se perder em sua própria mitologia e se tornar arturiano, o que, muito em breve, o levará a um beco sem saída. Ele se serve de mais clarete com mão trêmula e cambaleia de volta aos seus ritos de fertilidade.

"'Mastro de maio, falo, linga — ah! Para o alto! Para cima ele é içado! Amanhã em todos os jardins da alegre Inglaterra brotará o *phalloi* sagrado desta estação abençoada e é por isso que, nesta noite de todas as noites, eu a escolhi para afastá-la da casa escura, o abismo, o *erberus* do inverno perpétuo governado pelo velho gnomo do inferno, Madame Schreck.'

"Ora, 'velho gnomo do inferno' adequava-se como uma luva à dita sra. S, então eu achei que o tolo até podia falar alguma coisa com sentido no meio de sua loucura e olhei pra ele com mais gentileza.

"Gostaria de saber o nome dele, senhor?", ela se interrompeu, abruptamente, lançando a Walser o toque de um olho como repentino aço azul. Seus grampos de cabelo tinham cedido sob o impulsos tumultuosos de seu meio quilo de cabelo, que agora fluía e tombava ao seu redor, e ela se tornara um pouco corada, o que lhe dava um ar selvagem, de bacante. Walser murchou diante daquela explosão de sua atenção total.

"Parece que o senhor está meio acabado", disse Lizzie, com uma preocupação inesperada. E Walser, de fato, sentia-se à beira da prostração. Aquela mão, que seguia suas ordens ao longo da página, obediente como um cachorrinho, já não parecia lhe pertencer. Era uma coisa pendurada na junta do pulso. Mesmo assim:

"Não, não", mentiu. "Está tudo bem."

"Você deve ficar sabendo o nome deste cavalheiro!", insistiu Fevvers e, pegando seu bloco de notas, anotou. Tinha uma bela, firme e fluida letra de forma. Ao lê-lo:

"Meu Bom Deus", disse Walser.

"Eu vi no jornal ontem mesmo como ele fez um discurso dos mais impressionantes na Câmara sobre o tema dos Votos para as Mulheres. Algo que ele é contra. Por conta de como as mulheres são de uma substância anímica diferente da dos homens, cortada de uma pedaço de tecido espiritual, e muito puro e rarefeito para que suas lindas cabecinhas sejam incomodadas com coisas *deste* mundo, como a questão irlandesa e a Guerra dos Bôeres.

"No curso de nossa conversa interminável, ainda que unilateral, ele me revela que tem muito medo de envelhecer. E, de fato, quem não tem?! Quem não teme o implacável giro da roda celeste da qual, um dia, todos são condenados a tombar? E depois de muita hesitação, vacilo e circunlocução mística, finalmente ele me conta isso: que o sábio Artephius inventou um ímã cabalístico que secretamente sugava, dos corpos de mulheres jovens, o espírito misterioso de eflorescência — 'eflorescência, Flora', disse ele, com um significativa entonação. Aplicando uma concentração desses espíritos em si mesmo, por meio de suas artes mágicas, e continuamente rejuvenescendo-se, era primavera o ano inteiro com Artephius, e assim o sr. Rosencreutz esperava que fosse para ele.

"Além disso, opina o sr. Rosencreutz, o rei Davi, quando envelheceu, não levou Abisague, a sulamita, para se deitar em seu peito e 'assim obter calor', vivendo duas, três centenas de anos a mais e se transformando num dos Nove Dignos? Também falou sobre um certo Signor Guardi, que o próprio sr. Rosencreutz conhecera em Veneza, e garantiu que esse Signor Guardi possuía um retrato de si mesmo quando jovem *pintado por Ticiano*. Isso era prova de que esse *Signor* Guardi tinha uns belos trezentos anos de idade, ou mais, e ele contou ao sr. Rosencreutz como teve seu corpo esfregado por treze garotas dos Apeninos, cujo óleo de massagem consistia num destilado de flores de primavera e extratos químicos conhecidos apenas por ele mesmo. Mas uma expressão extremamente furtiva surgiu no rosto do sr. Rosencreutz quando ele mencionou a receita do Signor Guardi, e eu pensei: há algo aqui que ele está guardando pra si mesmo.

"Mas isso ele *irá* revelar. Que, ao iniciar seus estudos das leis esotéricas e das artes mágicas, ficara sabendo da minha existência, o anjo luminoso que o libertará das amarras da matéria, o espírito alado da primavera universal — também ficou sabendo que eu estava presa sob a terra, no Inferno. Hum, penso eu sobre isso e, hum, de novo, quando ele começou a vasculhar seu livro e apontar o dedo gorducho para as páginas que lhe dizem que a morte e a vida são a mesma coisa. E então o livro escorregou de seu colo, devido ao seu tremor, e, por fim, corando e tropeçando em seu discurso, baixando a voz, ele me diz acreditar que, ao unir seu corpo ao de Azrael, o Anjo da Morte, no limiar da primavera, poderia enganar a própria morte e viver para sempre enquanto a própria Flora estaria eternamente livre da friagem do inverno.

"Isso ele provou, nas sete semanas desde que me viu pela primeira vez, por todo tipo de geometria cabalística, da qual ele irá alegremente, conforme me disse, me mostrar as provas. Mas eu mandei para dentro o que restava do clarete, sem nem lhe oferecer um gole, pois achei que dois mil guinéus era um preço bem barato, e disse isso, mas ele estava imerso demais em seus próprios devaneios extáticos para me ouvir. Fiquei pensando que o mínimo que ele podia fazer era abrir outra garrafa de clarete, já que estava conseguindo a vida eterna muito barato, e eu estava obtendo apenas metade do lucro dessa bizarra transação, mas ele se encontrava temporariamente cego e surdo para o mundo, ouvindo apenas os anjos invisíveis que gritavam em seus ouvidos, então bati forte com o livro sobre a mesa, e isso fez com que um de seus brutamontes entrasse correndo na sala com o dobro da rapidez habitual — surgindo de uma espécie de porta secreta escondida no painel.

"'Se o cavalheiro não estivesse tão exaltado pela presença de sua visitante, tenho certeza que ele pediria outra garrafa', eu disse. 'Vamos experimentar a safra de 88, desta vez, se é que a adega chega a essa data.'

("Pois eu gosto de um bom copo de bom vinho, quando tenho a oportunidade, sr. Walser.)

"'... em comparação com os adeptos herméticos, os monarcas são pobres', murmura o sr. Rosencreutz, imerso em seus sonhos, e o brutamontes me dá uma piscadela enquanto empilha as jarras sujas na bandeja e resmunga: 'Ele guarda a carteira na gaveta de cima da escrivaninha do quarto, você vai ver, se lembre de mim'.

"Na verdade, eu me lembrava dele; foi o único sujeito que apalpou meu seio direito, e quase sinto pena do meu pobre tolo com suas ideias fantasiadas, tosquiado por seus servos, iludido por charlatães, até que o ladino retorna com a garrafa. O sr. Rosencreutz acorda, sobressaltado, e diz: 'O que é isso? Você não pode permitir que vapores vulgares entorpeçam seus espíritos vitais!'. E despeja o clarete no jarro com rosas brancas, que coram. Então, seca de sede, tive que sentar numa cadeira horrível e dura e esperar o amanhecer para que o negócio termisasse.

"Pois pretendia pegar o dinheiro que me era devido e logo partir.

"Não — nunca! jamais voltaria a Madame Schreck, é claro; mas iria direto pra casa em Battersea, pois o que o sr. Rosencreutz estava disposto a pagar pelo privilégio de um pedaço de cartilagem era suficiente pra acomodar toda a minha família com conforto, lhe garanto. E passei bem feliz as horas daquela breve noite de verão, tola como eu era, pois estava ocupada construindo castelos no ar enquanto o sr. Rosencreutz repetia suas enigmáticas preces, pois ele parecia tão animado com a apoteose que acreditava que seria oferecida por meus abraços que parecia até meio louco.

"Em algum lugar um relógio marca as horas e quando chega às quatro ou às quatro e quinze, ele cai em si, ainda que parcialmente, e me diz que eu devo me preparar.

"'Preparar-me como, mestre?', perguntei habilmente.

"'Por pensamentos puros', ele diz, e me apostrofa: 'Rainha das ambiguidades, deusa dos estados intermediários, criatura no limite das espécies, manifestação de Arioriph, Vênus, Achamatoth, Sophia'.

"Eu mal consigo lhe descrever que viravolta me deu quando ele me chamou de 'Sophia'. Como será que ele tropeçou no meu nome de batismo? Foi como se isso me colocasse em seu poder, o fato de ele conhecer meu nome e, embora normalmente eu não seja supersticiosa, naquele momento me tornei estranhamente temerosa.

"'Senhora do cubo da roda celeste, criatura metade da terra e metade do ar, virgem e prostituta, reconciliadora do fundamento e do firmamento, reconciliadora de estados opostos pela mediação de seu corpo ambivalente, reconciliadora dos grandes opostos da morte e da vida, você que vem a mim nem nu nem vestido, espere comigo a hora em que não é nem escuro nem claro, da aurora antes do amanhecer, quando você há de se entregar a mim, mas eu não a possuirei.'

"Entregar-se, essa foi boa, pensei, considerando as quantias de dinheiro que mudariam de mãos. Mas, externamente, adotei uma postura submissa e perguntei com voz humilde: 'Como eu farei isso, oh, grande sábio?'."

"'O resto do enigma você deve responder na hora designada', ele entoou. Então tive que me contentar com isso.

"Deve estar se perguntando, senhor, por que é que eu, há muito tempo, já não tinha pulado direto pela janela pra bem longe, mas tudo que eu sabia da minha localização era que a casa estava em algum lugar nos condados vizinhos de Londres, e, por mais que me esforçasse, eu não conseguia adivinhar nada além disso. E eu é que não iria me meter em apuros, no meio do nada, nua, batendo as asas pra me proteger, de árvore em árvore, como um maldito cachorro, até Battersea!

"Devo dizer, também, que odeio e temo o campo aberto. Não gosto de estar onde o Homem não está, lhe digo isso francamente. Eu amo a visão, o fedor e a agitação da humanidade tanto quanto amo minha vida, e um pedaço de paisagem sem gente, sem uma fumaça amiga saindo da chaminé de alguma habitação humana, vale tanto quanto a vastidão do deserto para mim. Não que eu tenha passado muito tempo da minha vida em matas e campos, fico feliz em dizer, mas, às vezes, na época da Ma Nelson, no feriado bancário de agosto, ela nos enfiava numa carruagem e partíamos pra New Forest para fazer um piquenique, e eu sempre ficava muito feliz em voltar pra estrada de Wapping High, pois ali eu respirava com mais facilidade — sou cockney até os ossos, senhor!

"Além disso, senhor, sou uma mulher honesta. E o pobre velho patife tinha posto seu dinheiro vivo no ato, não tinha? Ainda que eu não tivesse embolsado nada daquilo até então. Mas eu tinha grandes esperanças de pegar aqueles mil na entrega, mais os cem extra que ele havia me prometido. Ora, eu já tinha comprado uma daquelas grandes casas na estrada Lavender Hill, e acomodado o Gianni e a Isotta, a Violette e a Lizzie, e eu com o resto de todos nós, como o senhor bem pode imaginar.

"Foi a promessa de dinheiro vivo que me manteve lá, e, bem, eu achei que não teria muitos problemas com o velho tolo quando chegasse o momento, porque ele tinha um jeito de ser apressadinho, lhe garanto. E, na minha inocência, quanto a um destino pior do que aquele — ora, isso nunca me ocorreu!

"Então o tempo passou, como às vezes acontece, ele balbuciando pra si mesmo, até que aquelas vidraças das janelas de chumbo empalidecessem. Aí ele irrompeu numa canção.

"'Uni-vos e uni-vos! ah! vamos todos nos unir!

"'Pois o verão é chegado hoje.'

"E deu um pulo, desligou a eletricidade, abriu com força o batente da janela. Um suave vento de primavera, ainda com um pouco de friagem, sopra pra dentro da sala, e, tola e compassiva, eu temo por sua saúde de meia-idade.

"'Cuide da sua cabeça desprotegida, ou vai atrair a morte!'

"Aquela palavra, 'morte', teve um efeito eletrizante sobre ele; zurrou e relinchou, estremeceu e uivou, agarrando-se à moldura do batente, como se, sem seu apoio, ele fosse despencar nas profundezas, mas o espasmo logo passou, e então ele estremeceu:

"'Ah, minha rejuvenescedora! O disco Frutífero está exatamente agora abrindo seu caminho até a parte de trás daquela colina! Deite-se no altar!'

"Sr. Walser, meu senhor, embora eu enrubesça ao admitir isso a um homem, *intacta* como sou, eu sabia o suficiente pra saber que, se me deitasse de costas, isso não só não me traria alegria, como também a imimente tentativa de conexão causaria uma comoção semelhante a um assalto de luta livre numa fábrica de travesseiros.

"'Ah, grande sábio, você só pode me possuir exclusivamente pela entrada dos fundos, devido às minhas penas!', eu o avisei rapidamente, embora me questionasse secretamente sobre sua antipatia pelo orifício e, mesmo assim, como num lampejo de compreensão, me ocorreu que sua ideia de magia sexual talvez não coincidisse com a minha.

"'Não se preocupe com isso!', ele gritou em seu frenesi. 'Apenas deite-se!'

"Voltando aos saltos pra mim, ele limpou, com um golpe de seu braço esquelético, a mesa em que minha ceia havia sido servida, derrubando o livro e as rosas no chão. No entanto, apesar do sagrado terror de suas feições azuladas, pude notar nelas outra coisa, algo que me perturbou terrivelmente, pois era simplesmente a expressão de travessura antecipada que eu notava no rosto da minha afilhada Violetta quando ela estava prestes a mergulhar os dedinhos nas glórias proibidas do sorvete de chocolate. E aí eu pensei: esse homem vai me machucar.

"Vendo a sombra de relutância no meu rosto, ele se recuperou um pouco e, invocando toda a autoridade de um capitão da indústria, repetiu:

"'Deite-se sobre o altar!'.

"Pensativa, eu me estiquei de bruços na mesa de centro. Ele se aproximou com um passo determinado. Eu teria cerrado os dentes e pensado na Inglaterra se não tivesse vislumbrado, olhando por cima do meu ombro, algo brilhante pendendo ao longo de sua velha, peluda e nodosa coxa, quando o manto que ele vestia se abriu. Esse algo foi uma visão mais agressiva do que sua outra arma, coitado, que balançava descarregada, despreparada, desanimada... na luz fria e cinzenta da manhã de maio, vi que aquele *algo* era... uma lâmina.

"Rápida como um raio, saco a minha própria! Como abençoei minha espadinha dourada! Ele caiu para trás, balbuciando, perplexo, perplexo... não tinha imaginado que o anjo viria armado. No entanto, senhor, eu não poderia atacar, nem fazer mal a outro mortal, mesmo em legítima defesa... e, pra dizer a verdade, mesmo em meio à minha consternação, eu estava radiante ao ver o pobre velho idiota todo desacorçoado ao ver seus planos dando errado, e ele ficou muito chateado quando eu ri na cara dele, após ele ver o brinquedinho da velha Nelson.

"Antes que ele se recompusesse, eu já saltara pela janela feito um relâmpago lubrificado, posso lhe garantir, embora tenha sido um belo de um apertão e eu tenha deixado presas no batente penas suficientes pra encher um colchão. O bastardo louco soltou um guincho estridente e agudo ao ver sua garrafa carnuda de *elixum vitae* decolar, e só então veio atrás de mim com o que se revelou uma lança antiga que ele encontrou em algum lugar por ali, e quase conseguiu causar um ferimento na sola do meu pé direito, no qual ainda carrego a cicatriz — olhe!"

Ela retirou um pé do chinelo e o enfiou no joelho de Walser, desalojando seu caderno e fazendo-o cair no chão. Na sola havia um sinal pálido e enrugado de carne.

"Prova oracular", disse Lizzie, sufocando um bocejo. "Ver para crer."

Walser, meio desanimado, recuperou o caderno.

"Exceto por aquele salto ascendente, no início da noite, no quarto da Madame Schreck, fazia uns seis meses que eu não exercitava minhas asas, mas o medo me conferiu poderes sobre-humanos. Voei para o alto e para longe daquele lugar vil, planando sobre o mastro no gramado frontal, em cuja direção, naquele exato momento, vinha trotando uma trupe de crianças, que ele decerto contratara na aldeia, em finas túnicas de gaze, apesar da garoa, com tiaras de margaridas nos cabelos, prontas pra dançar e cantar diante do adepto hediondamente renovado que tinha planejado fazer o sacrifício de maio comigo, senhor.

"Todas elas se espalharam assustadas, gritando por suas mãezinhas, enquanto eu passava voando.

"Eu me refugiei em um espinheiro próximo, nos galhos mais altos de um olmo, onde assustei uma sonolenta congregação de gralhas. Ao recuperar o fôlego, espiei pra ver o que estava acontecendo lá embaixo e vi os brutamontes do sr. Rosencreutz, agora vestidos como guarda-caças, procurando por mim na vegetação rasteira, então fiquei parada até que a noite voltou a cair. Em seguida, fui de abrigo em abrigo, sempre me escondendo, até que cheguei à linha férrea e peguei uma carona num trem de carga, trepei

num vagão plataforma cheio de batatas e puxei uma lona sobre a cabeça, porque, naquele momento, eu não era capaz de voar tão alto que as nuvens pudessem me esconder, e consigo imaginar poucas coisas mais evidentes, mesmo durante a noite, do que uma mulher nua esquivando-se dos fios do telégrafo e pulando sobre guaritas de sinalização — pois eu precisava da ferrovia pra me guiar de volta pra Londres. Pra minha alegria, o trem logo partiu pelo entroncamento Clapham e eu saí bem rápido perto do Battersea Park, para prosseguir no meu caminho a toda velocidade, cruzando a escuridão vazia, subindo a estrada Queenstown, me escondendo atrás das cercas vivas de alfeneiros, até que, por fim, cheguei feliz em casa.

"Quem eu encontro na minha própria cama, ao lado da Lizzie, senão a Bela Adormecida?

"Eu estava tão cansada, tão suja, tão faminta e com os meus nervos tão no limite, devido àquela terrível experiência, que desmoronei e chorei, porque não havia lugar para mim na pousada, e então a Lizzie acordou."

"E como eu fiquei feliz em vê-la, só posso dizer isso! Porque o Toussaint tinha contado tudo, e nós temíamos o pior. Nossa casa estava lotada até o teto com os refugiados da Madame Schreck e, se a Fevvers tinha uma história pra contar, ah! nós também tínhamos coisas pra contar a ela! Ah! Preparei uma boa xícara de café com leite e ela comeu um par de ovos cozidos e algumas torradas e logo era toda sorrisos novamente. Quanto ao papel de Toussaint nesta muito pouco crível narrativa, senhor, ele escreveu num pedaço de papel que, felizmente, trago comigo na minha bolsa."

Lizzie então escavou três folhas impecáveis de manuscrito, composto em notas fiscais de uma sorveteria, como se segue:

Depois que o homem veio e sequestrou a Sophia, fiquei muito aflito e quis segui-los, mas a carruagem desapareceu muito rapidamente. Voltei para casa e fui até o quarto de Madame Schreck. Mas, embora seus trajes nojentos ainda estivessem pendurados na haste da cortina, agora estavam bem quietos. Ela não se mexeu.

Ocorreu-me que não havia *mais nada* dentro das roupas e, talvez, nunca tivesse havido nada dentro de suas roupas, e sim um conjunto de ossos secos agitados apenas pelo poder de uma vontade infernal e por uma voz que havia sido não mais do que a exalação artificial de um bexiga ou um saco, que ela era, ou se tornou, uma espécie de espantalho do desejo. Subi em uma cadeira e a fiz descer. Ela era leve como uma cesta vazia e suas luvas caíram no chão com um som débil. Um pouco de poeira corria dos dedos truncados. Pus seus trapos sobre a cama; estavam duros e secos como a carapaça de um inseto.

Na mesa havia uma nota fiscal. Ela havia vendido a Fevvers para esse sr. Rosencreutz não por duas, mas por cinco mil libras, metade da quantia a ser paga diretamente em dinheiro a Madame Schreck quando a barganha fosse fechada, o resto iria para ela... "depois". (Tudo que haviam dito a Fevvers era mentira.) Eu não gostei nem um pouco daquele "depois", mas estava fora do meu juízo, e não sabia o que fazer a seguir. Sabia que tinha sido a testemunha muda daquela infâmia, mas será que a polícia acreditaria que eu, o último a ver a Madame Schreck viva, tinha sido o primeiro a encontrá-la — não morta, pois quem pode dizer, agora, quando ela morreu, ou se ela chegou a viver, mas... falecida? E quem melhor do que eu para saber que a velha cafetina tinha amigos poderosos na polícia, já que, todas as sextas-feiras desde que comecei a trabalhar para ela, coube a mim a tarefa de entregar em mãos um *pesado envelope* na Delegacia de Polícia de Kensington com ordens para não esperar por nenhum recibo?

A Fanny era um pilar de força. Do cofre aberto da Madame Schreck ela pegou o dinheiro devido na conta de Fevvers e, depois de alguns cálculos, pegou uma soma suficiente para recompensar todos as cinco restantes, incluindo a Bela, pelo trabalho que realizaram naquele lugar miserável — nem um centavo a mais, nem um centavo a menos. Tendo lidado honestamente com os bens da Madame Schreck, "agora", ela disse, "vamos embora, rápido, ou então seremos cúmplices desse caso".

"Que caso?", perguntei a mim mesmo, dominado pelo medo. Mas nada podíamos fazer a não ser rezar para que a sagacidade e a engenhosidade da Fevvers a mantivessem longe do perigo. Quanto a um lugar de refúgio para nós, sem amigos, tudo que eu conseguia pensar era o endereço que a própria Fevvers me dera uma vez, onde levei o primeiro e único dinheiro que Madame Schreck deu a ela. Nós devíamos desaparecer, e rapidamente — antes que os primeiros clientes da noite chegassem.

Eu mesmo levei a Bela até a carruagem de Madame Schreck na cocheira. Eu pegaria aquela carruagem e o pônei como a parte que me era devida; afinal, o escravo não merecia herdar seus meios de fuga? Chegamos a Battersea só depois da meia-noite, e aquelas pessoas gentis se levantaram de suas camas para nos dar uma recepção hospitaleira, apesar de sua angústia ao ouvirem sobre o desaparecimento de nossa amada garota, e Isotta encontrou sofás, colchões e cobertores para todos nós.

O dia seguinte parecia interminável, pois, em um estado de agitação que aumentava de hora em hora, esperávamos por notícias de nossa adorável amiga. Só depois de uma longa noite de vigília é que a casa se aquietou, desfrutando algumas horas de sono inquieto, até que ela milagrosamente voltou.

Walser leu o documento, observou a caligrafia acadêmica, a assinatura firme, o destinatário facilmente verificável. Devolveu-o a Lizzie, em um gesto de humildade. Ela voltou a guardá-lo, com um aceno satisfeito.

"Aquele Toussaint!", disse ela. "Ele tem um jeito adorável com as palavras."

"O que aconteceu com todos eles, senhor?", perguntou Fevvers, e imediatamente, respondendo a si mesma: "Ora, cada um seguiu seu caminho! Isotta e Gianni, pais muito amorosos, persuadiram a Maravilha de que nenhum filho pode cair tanto que uma mãe ou um pai não se abaixe para levantá-lo, então ela se apresentou outra vez a seus pais adotivos, que choraram de alegria por vê-la de volta ao seio da família depois de tantos anos, quando todos os outros filhotes há muito tinham deixado o ninho. Albert/Albertina conseguiu um posto como empregado/a doméstico/a com a nossa Jenny e, embora ele/ela diga que fica muito confinado/a por roupas femininas o tempo todo, a Jenny não poderia passar sem seu tesouro. A Fanny voltou pra sua terra natal, Yorkshire, onde, com a ajuda de suas economias na casa da Madame Schreck, estabeleceu um orfanato numa cidade industrial para os filhos de operários mortos em acidentes nos teares, então agora ela tem vinte bebês adoráveis pra chamá-la de 'mamãe'. Felizmente, após o advento de minha boa fortuna, consegui fazer com que um bom amigo meu, o acadêmico, Sir R—. F—., se interessasse por Teias de Aranha. Ele percebeu sua qualidade única de visão e treinou sua mão para combinar ambos os talentos. Agora ela tem uma boa reputação como pintora em chiaroscuro, então pode-se dizer que, embora ela não tivesse saído das sombras, mesmo assim, fez as sombras trabalharem pra ela. Quanto à Bela...".

"... ela ainda está conosco."

Pausa de três batimentos cardíacos.

"Ela dorme. E agora acorda cada dia um pouco menos. E, cada dia, ingere cada vez menos alimento, como se se ressentisse do menor momento de vigília, pois, a julgar pelos movimentos sob suas pálpebras e os gestos sonolentos de suas mãos e pés, parece que seus sonhos se tornaram mais urgentes e intensos, como se a vida que ela leva no mundo fechado dos sonhos estivesse agora prestes a possuí-la totalmente, como se seus breves e cada vez mais relutantes despertares fossem uma interrupção de alguma existência mais vital, então ela reluta em gastar até mesmo aqueles poucos momentos necessários de vigília conosco, despertares estranhos como seus sonos. Seu maravilhoso destino — um sono mais realista do que o real, um sonho que consome o mundo.

"E, senhor", concluiu Fevvers, em uma voz que agora apresentava os tons sombrios e majestosos de um grande órgão, "nós acreditamos... seu sonho será o próximo século.

"E, ah Deus... com que frequência ela chora!"

Seguiu-se um silêncio profundo, enquanto as mulheres davam-se as mãos, como que para se confortarem, e Walser estremeceu, pois o camarim havia se tornado frio como a morte.

Então, no ar silencioso da noite, mais uma vez flutuou entre eles o som do Big Ben, mas o vento deve ter mudado um pouco de direção, pois as primeiras badaladas eram fracas à distância, como se viessem de muito longe e, ao ouvi-las, Fevvers congelou e "apontou", como se fosse um enorme golden retriever. Ergueu o focinho como se farejasse o ar, e os músculos de seu pescoço se contraíram e se retesaram. Uma, duas, três, quatro, cinco... seis...

Na mínima fração de tempo que a derradeira badalada levou para se dissipar, veio uma sensação vertiginosa, como se Walser e suas companheiras e o próprio camarim, todos ao mesmo tempo, houvessem sido precipitados por uma intensa queda d'água. Isso o deixou sem fôlego. Parecia que, de alguma forma, sem seu conhecimento, o camarim fora arrancado de seu *continuum* temporal cotidiano, suspenso por um instante acima do mundo giratório, e agora... voltasse a cair no lugar.

"Seis horas! Tão tarde mesmo!", gritou Lizzie, pondo-se de pé em um salto, com energia renovada. Mas Fevvers parecia totalmente vencida, repentinamente exausta a ponto de desmoronar, algo causado pela liberação de enormes quantidades de energia. Seu peito vibrava, como se o coração quisesse sair voando. Sua pesada cabeça pendia, como um sino que parou de dobrar. Ela até parecia ter diminuído de tamanho, reduzindo-se a proporções só um pouco mais colossais que as humanas. Fechou os olhos e soltou um longo suspiro. A cor abandonou suas bochechas, e ela pareceu abatida e muito envelhecida na luz incolor da manhã, que dava ao brilho malva das lâmpadas a gás uma aparência sem vida e artificial. Coube então a Lizzie concluir a história, o que ela fez com desenvoltura.

"Depois do nosso alegre reencontro", afirmou Lizzie energicamente, "enquanto nos demorávamos à mesa do café, quem veio nos visitar senão Esmeralda e a Homem-Enguia, empurrando uma enguiazinha num carrinho de bebê. 'Vou te perguntar uma coisa, Fevvers', disse ela. 'Você já pensou no trapézio alto?'"

Então Lizzie deu um salto e começou a dobrar e arrumar a lingerie no sofá, dispensando Walser tacitamente. Mas Fevvers se mexeu um pouco, viu o reflexo de Walser no espelho e, cansadamente, acrescentou uma coda.

"O resto é história. A Esmeralda me arrumou aquele primeiro contrato no Cirque d'Hiver. Nem bem me aventurei no alto trapézio e já triunfei. Paris, Berlim, Roma, Viena... e agora minha própria e amada Londres. A primeira noite aqui, no Alhambra, depois de ter saído do palco sob uma montanha de buquês, quando a Lizzie estava tirando minha maquiagem, exatamente quando você nos encontrou, ouvimos uma batida na porta. E apareceu um homem de chapéu-coco com uma enorme pança coberta por um colete feito de Estrelas e Listras, a própria Bandeira Americana, senhor, e, bem sobre o umbigo, um símbolo do dólar miserável de grande.

"'Olá, minha amiga emplumada', ele disse. 'Eu vim pra fazer sua fortuna.'"

Ela bocejou, não como uma baleia, não como uma leoa, mas como uma garota que ficou acordada por tempo demais.

"Portanto, não duvido que triunfarei em São Petersburgo, em Tóquio, em Seattle, em São Francisco, Chicago, Nova York — onde quer que haja uma viga alta pro meu trapézio, senhor. Agora, se já terminou..."

Walser fechou o bloco de anotações. Não havia espaço para mais nenhuma palavra.

"Sim, de fato. Tudo bem, srta. Sophie, muito bem."

"Fevvers", ela disse bruscamente. "Me chame de Fevvers. Agora eu e a Liz precisamos ir para casa dormir."

"Posso chamar um transporte para vocês?"

"Santo Deus, não! Desperdiçar um bom dinheiro com um cabriolé? Nós sempre voltamos para casa andando depois do espetáculo."

Mas ela cambaleou um pouco ao se levantar. A noite tinha cobrado um preço alto. Ela trocou uma última e inescrutável careta com seu reflexo distorcido no espelho.

"Com licença, senhor, enquanto eu visto algumas roupas."

"Vou esperar na saída dos artistas, senhora", disse Walser, guardando o caderno. "Talvez as senhoras me permitam acompanhá-las."

Elas se entreolharam.

"Ah... ele pode chegar até a ponte, não pode?"

O porteiro do palco, com seu casaco de couro rangente, estava preparando chá em seu fogão a óleo, cozinhando folhas de chá, leite e açúcar, tudo junto, ao estilo indiano. Walser aceitou um pote de geleia fervente cheio daquelas coisas. A manhã de outubro ficava mais luminosa a cada momento, mas não mais brilhante; era um dia cinzento de nuvens baixas. As sobras de prazer descartadas espalhavam-se pela calçada do lado de fora.

"Passou a noite toda com a Fevvers, não foi?", disse o porteiro com uma piscadela e um cutucão. "Vá em frente — não tome por ofensa, chefe. Aquela tal de Lizzie vigia ela como um cão de guarda. Além disso, ela é uma dama perfeita, é a nossa Fevvers."

No entanto, enrolada em um xale preto desbotado, os grandes ossos se destacando no rosto, manchas escuras sob aqueles olhos azuis, seus longos cabelos presos de novo, ela parecia qualquer garota de rua voltando para casa depois de uma noite malsucedida, ou até mesmo alguma garota que comercializa artigos usados, levando para casa a noite de dolorosa catação em um saco nas costas — o enorme fardo, projetado entre os ombros, que parecia forçá-la para baixo. Ela se iluminou em uma pretensa vivacidade teatral para o porteiro: "Até mais tarde, velho amigo!", mas recusou o braço oferecido por Walser, e eles caminharam por Piccadilly em silêncio, entre madrugadores a caminho do trabalho. Contornaram a Coluna de Nelson e desceram por Whitehall. O ar frio não fora renovado pela manhã; havia um cheiro opressivo de fuligem e excremento de cavalo.

No final de Whitehall, ao longo da estrada larga, passando pela Mãe dos Parlamentos, veio a trote rápido um carro de carvão puxado por cavalos barulhentos e tilintantes e, atrás, uma procissão improvisada de mulheres da classe mais pobre, sem casacos nem mantas, em aventais de algodão, em saias esfarrapadas, chinelos gastos nos pés sem meias, e havia criancinhas descalças também, correndo, desesperadas atrás das carroças, as meninas e mulheres com seus aventais estendidos para pegar cada pequeno fragmento de carvão que pudesse saltar para fora.

"Ah, minha adorável Londres!", disse Fevvers. "A cidade brilhante! A nova Jerusalém!"

Disse isso tão categoricamente que ele não soube dizer se ela usava com ironia. Ela não disse mais nada. Walser ficou intrigado com tal silêncio depois de tanta loquacidade. Era como se ela o tivesse conduzido, na trajetória brônzea de sua voz, até onde ela aguentava ir, enredando-o em nós, para em seguida... parar de repente. E largá-lo.

No brilhante topo rendilhado da Câmara, os ponteiros dourados do Big Ben marcavam cinco minutos para as sete. Ambas as mulheres olharam para o mostrador do relógio e sorriram um sorrisinho único de cumplicidade, com cujos resquícios Walser foi brindado no instante em que ela se virou para apertar a mão dele. Um aperto forte, firme e masculino. Sem luvas.

"Foi um prazer, sr. Walser", disse ela. "Espero que tenha recebido o suficiente para fazer sua matéria. Se tiver mais perguntas, sabe onde me encontrar. Conseguimos percorrer facilmente nosso caminho pra casa sozinhas a partir daqui."

"Foi um prazer", concordou Lizzie com um súbito e estranho curvar da cabeça, oferecendo uma luva marrom de pelica.

"O prazer foi inteiramente meu", disse Walser.

O ponteiro dos minutos do grande relógio acima deles moveu-se no mostrador. As mulheres partiram para o enevoado sul em direção à Ponte de Westminster, contra o tráfego ruidoso que agora fluía para dentro da cidade. Devido à diferença de altura, elas não podiam andar de braços dados, então deram-se as mãos e, à distância, pareciam uma mãe loira e heroica levando a filhinha de volta para casa após alguma expedição malfadada no oeste, as idades obscurecidas, o relacionamento invertido. Os pés delas iam se arrastado lentamente como a pobreza, mas isso também era uma ilusão; cercada de diamantes, coberta por pérolas, ela era avarenta demais para tomar uma carruagem.

O relógio expectorou os prolegômenos de seu carrilhão, depois soou o prelúdio da hora. Quando o vento, de repente, agarrou o cabelo de Fevvers, soltou o grampo que o prendia e o fez sair voando sobre o rio sombrio em um amplo arco loiro, ele meio que esperou que ela se desenrolasse também, toda plumagem escarlate e carmesim e, apertando sua pequena carga, sua filha, sua mãe, perto do peito, rodopiasse através do teto baixo das nuvens, para cima e para longe. Ele balançou a cabeça, para afastar fantasias ociosas.

Soaram as sete horas. Agora reduzidas ao tamanho de duas bonecas, uma grande e outra pequena, elas chegaram ao final da ponte e olharam para trás; ele viu as curvas pálidas de seus rostos. Então o tráfego as obscureceu.

"Carro, senhor?" O cavalo que esperava bufou uma nuvem de aveia por sobre o topo do embornal.

*   *   *

Em sua hospedagem em Clerkenwell, Walser lavou-se, barbeou-se, trocou de camisa e descobriu que, naquela manhã, preferia experimentar o gentil porém inepto esboço de café americano, que sua senhoria se esforçara em fazer, em vez da chávena de chá que ele próprio costumava tomar; Lizzie tinha marinado suas entranhas em chá forte na noite passada, até seu esôfago ficar da cor do mogno... Ele folheou suas anotações. Que desempenho! Que estilo! Tanto vigor! E como será que as duas mulheres tinham feito aquele truque de prestidigitação, ou de ouvido, melhor dizendo, com os relógios? Quando tirou o próprio relógio de bolso, descobriu, como era de se esperar, que havia parado precisamente à meia-noite.

Mas como ela fez — ou soube — disso?

Muito curioso, cada vez mais curioso.

Correspondente de guerra entre guerras e apaixonado amante de histórias fantásticas, no final daquela manhã ele apareceu no escritório em Londres e encontrou seu chefe taciturno, por trás de olheiras verdes, pensando sobre as últimas novas da África do Sul.

"O que achou da Vênus Cockney?"

"A ambição de todo garoto americano que tenha sangue nas veias", disse Walser, "é fugir com o circo."

"Então?", disse o chefe londrino.

"Acho que você não percebeu o quanto eu gostaria de uma pausa das notícias trágicas do cotidiado, chefe. Aquele último toque de febre amarela no Panamá extraiu mais de mim do que eu pensava. Mantenha-me longe do campo de batalha por um tempo! Eu preciso me recuperar. Preciso ter meu senso de prodígio tinindo novamente. O que acha de uma série de histórias exclusivas sobre temas exóticos e maravilhosos, com risos e lágrimas e emoções e tudo? E se, incógnito, seu correspondente seguisse a maior embusteira artística na história do mundo pelas mais fabulosas cidades? Pelos desertos sem trilhas da Sibéria e depois... até mesmo para a Terra do Sol Nascente?

"Melhor ainda... por que seu correspondente, incógnito, não se inscreve, com Fevvers, na própria Grande Turnê Imperial do Capitão Kearney? A história direto da fonte! Chefe, deixe-me convidá-lo para passar algumas noites no circo!

PETERSBURGO

"Era uma vez um porco", disse a *babushka* ao Pequeno Ivan, que se encontrava ao lado dela, na cozinha, empoleirado em um banquinho de três pernas, com os olhos arregalados, enquanto ela soprava o carvão sob o samovar com um grande par de foles de madeira vivamente pintados com imagens folclóricas de arabescos e flores.

As costas disformes da *babushka* curvavam-se humildemente diante da urna borbulhante em uma impotente e submissa reverência de quem implora por uma trégua ou uma misericórdia que ela sabe de antemão que não chegará, e suas mãos, aquelas mãos gastas e cheias de veias que involuntariamente poliram os cabos do fole ao longo de décadas de uso, aquelas mãos imemoriais lentamente se separavam e lentamente se juntavam de novo, em um gesto reiterado hipnoticamente que era como se ela estivesse prestes a juntar as mãos em oração.

Prestes a juntar as mãos em oração. Mas sempre, bem no último momento, como se lhe tivesse ocorrido que havia algo que deveria ser feito primeiro, em algum lugar da casa, ela começava a separar as mãos novamente. Então Marta voltava a ser Maria e protestava para a Marta dentro dela: o que pode ser mais importante do que rezar? No entanto, quando suas mãos estavam mais uma vez quase unidas, aquela Marta interior relembrava a Maria da coisa mais importante, seja ela qual fosse...

E assim por diante. Se o fole fosse invisível, tal teria sido o drama da constante interrupção repetida da sequência, que, quando a velha soprou o carvão com o fole, se viesse um vento e arrancasse o fole, poderia ter sido um pequeno paradigma da tensão entre a carne e o espírito; embora "tensão" fosse uma palavra muito enérgica para isso, já que seu cansaço modificava o ritmo dessa indecisão imaginária a tal ponto que, se você não a conhecesse, pensaria que era preguiçosa.

E mais do que isso, seu trabalho sugeria uma espécie de incompletude *infinita* — que o trabalho de uma mulher nunca termina; assim como nunca terminará o trabalho de todas as Martas e de todas as Marias também, todo o trabalho, tanto temporal quanto espiritual, neste mundo, e em preparação para o próximo —, sempre haverá alguma demanda conflitante para adiar indefinidamente toda e qualquer tarefa. Então... não havia necessidade de pressa!

O que era bom, porque ela estava... quase... esgotada.

Toda a Rússia estava contida na frustrada circunscrição de seus movimentos; e muito da essência maltratada e murcha de sua feminilidade. Símbolo e mulher, ou mulher simbólica, ela se agachou diante do samovar.

O carvão ficou vermelho, ficou preto, escureceu e avermelhou ao ritmo de suspiros ofegantes que tanto poderiam ter vindo dos pulmões desgastados da *babushka* quanto de seu fole. Seus movimentos lentos e sombrios, sua fala sombria e lenta, estavam cheios da dignidade característica de quem não tem esperança.

"Era uma vez..." puff!... "um porco..." puff!... "que foi para Petersburgo..."

Petersburgo! Com isso, o carvão brilhou e chiou; Petersburgo — o próprio nome, suficiente para animar você, mesmo quando você morava lá; até a alma exausta da Mãe Rússia se mexeu um pouco.

São Petersburgo, uma bela cidade que já não existe mais. Hoje, outra bela cidade com outro nome cavalga sobre o poderoso Neva; em seu lugar, já esteve São Petersburgo.

A Rússia é uma esfinge. Sua grande imobilidade, antiga, hierática, uma anca agachada na Ásia, a outra na Europa, que destino exemplar você está tricotando com sangue e nervo da história em seu ventre adormecido?

Ela não responde. Enigmas saltam de seus lados, tão alegremente pintados quanto os de uma troika *camponesa.*

A Rússia é uma esfinge; São Petersburgo, o lindo sorriso de sua face. Petersburgo, a mais bela de todas as alucinações, a miragem brilhante no deserto do Norte vislumbrada por um ofegante segundo entre a floresta sombria e o mar congelado.

Dentro da cidade, a doce geometria de cada paisagem; lá fora, a Rússia sem limites e a tempestade que se aproxima.

Walser fez uma pausa para flexionar os dedos enregelados e inserir uma nova folha de papel em sua máquina de escrever.

Sob o comando do príncipe, as rochas do deserto foram transformadas — transformadas em palácios! O príncipe estendeu sua mão senhorial, derrubou as Luzes do Norte, usou-as como candelabros... Sim! construída como fora São Petersburgo, pelo capricho de um tirano que queria que sua lembrança de Veneza tomasse forma novamente em pedra em uma costa pantanosa no fim do mundo sob o mais inóspito dos céus, esta cidade, reunida tijolo por tijolo por poetas, charlatães, aventureiros e sacerdotes enlouquecidos, por escravos, por exilados, esta cidade leva o nome daquele príncipe, que é o mesmo nome do santo que possui as chaves da paraíso... São Petersburgo, uma cidade feita de arrogância, imaginação e desejo...

Como nós mesmos somos; ou, como deveríamos ser.

A velha e a criança ignoraram o barulho da máquina de escrever atrás delas. Não sabem o que nós sabemos sobre sua cidade. Vivem, sem conhecimento nem susposição, nesta cidade que está a ponto de virar lenda, mas ainda não, ainda não virou; a cidade, uma Bela Adormecida que se agita e murmura, ansiando, mas temendo, o rude e sangrento beijo que vai acordá-la, puxando com ímpeto as amarras que a prendem ao passado, esforçando-se, ansiando por irromper no presente com a violência daquela história autêntica à qual esta narrativa — como já deve estar óbvio! — não pertence.

... seus bulevares de estuque cor de pêssego e baunilha se dissolvem nas brumas do outono...

... na calda açucarada da nostalgia, obtendo a elaboração do artifício; estou inventando uma cidade imaginária enquanto prossigo. Em direção a tal cidade, o porco da *babushka* agora está trotando.

"Era uma vez porco que foi a Petersburgo para rezar", disse a *babushka* cansada, deixando de lado o fole em que floresciam as únicas flores no árido jardim de sua vida. Ela direcionou a torneira do samovar para um copo. Como seus velhos ossos doíam! Quão amargamente ela se arrependia de ter prometido uma história à criança!

"O que aconteceu com o porco?", provocou o Pequeno Ivan, todo olhos e pernas finas e compridas, sugando uma torta de geleia quente.

Mas acontece que a *babushka* não aguenta mais o porco e sua história. Ela não é Xerazade.

"O lobo comeu ele. Leve este chá para o cavalheiro e saia do meu encalço. Vá se divertir ao ar livre. Vá brincar, menino."

Ela caiu em genuflexão diante do ícone. Poderia ter rezado pela alma de sua filha, a assassina, mas estava tão cansada que não conseguia fazer mais do que executar o rituais físicos da fé.

Nos recessos sombrios do quarto soturno e manchado de fuligem, Walser, uma figura indistinta, ainda que vívida, sentou-se em uma tosca mesa de madeira datilografando aquelas primeiras impressões da cidade em uma velha e surrada Underwood portátil, sua fiel companheira das guerras e insurreições. A criança, com botas de feltro, avançou relutantemente e colocou o copo de chá o mais longe possível do datilógrafo.

"*Spasebo!*" Os dedos voadores de Walser pararam e ele ofereceu ao menino uma de suas poucas palavras em russo como se fosse um presente. O Pequeno Ivan lançou um único e aterrorizado olhar para o rosto de Walser todo coberto com maquiagem vermelha e branca, deu um leve gemido e foi embora. Em toda a sua vida anterior, Walser nunca assustara crianças; esse menino tinha muito medo de palhaços, um medo nervoso que continha as sementes do fascínio.

Walser releu sua cópia. A cidade o precipitava em hipérboles; ele nunca havia lançado tantos adjetivos para lá e para cá. Walser-o-palhaço, ao que parecia, poderia fazer malabarismos com o dicionário com um entusiasmo que teria desconcertado Walser-o-correspondente-estrangeiro. Ele riu, imaginando a sobrancelha franzida do seu chefe ao ler o despacho, e deixou dois arenosos retângulos de açúcar escuro escorregarem para dentro do copo cheio de líquido âmbar — ele respeitava demais seus dentes para fazer como a *babushka*, que chupava os torrões de açúcar, preciosos como doces, enquanto sorvia o chá. Nada de limões, novamente. Os palhaços eram alojados entre os mais pobres.

Sentiu uma corrente de ar na testa. Sua vestimenta era do tipo "garoto bobo", com camisa branca, calças curtas e largas, suspensórios de comediante, um boné escolar sobre uma peruca assustadora que estava quase à deriva. Ajustando-a apressadamente, ele voltou para o teclado. Linha do tempo, São Petersburgo, uma cidade cheia de piolhos e pérolas, impenetravelmente escondida atrás de um estranho alfabeto, uma cidade bonita, rançosa e ilegível. Lá fora, no pátio esquálido, o Pequeno Ivan e seu amigo prenderam um gato de rua e o levaram para passear pelas pedras, em suas patas traseiras esqueléticas. Eles queriam ver a pobre, faminta e miserável criatura dançar, do jeito que dançavam seus primos, os suaves e misteriosos tigres, no circo do Coronel Kearney.

Se um porco foi trotando para São Petersburgo para rezar, certa porca menos piedosa viajou para Petersburgo por diversão e lucro, entre lençóis de seda em um vagão-leito de primeira classe. Essa sortuda, muito amiga do grande empresário, era particularmente talentosa; conseguia soletrar seu destino e sua sorte com a ajuda do alfabeto escrito em cartões — sim, isso mesmo! Feito uma trufa, ela conseguia desenterrar o futuro a partir das vinte e quatro maiúsculas romanas, se fossem colocadas em ordem à sua frente, e isso não era nem a metade de seus talentos. Seu mestre a chamava de "Sybil" e a levava para todos os lugares com ele. Quando Walser se apresentou pela primeira vez no Ritz Hotel, em Londres, implorando por um trabalho no circo — alimentar os elefantes, cuidar dos cavalos, qualquer coisa que preservasse seu anonimato —, o Coronel Kearney convidou a porca para lhe dizer se deveria contratar o rapaz ou não.

"Eu tô cavalgano alto nas costa da porca, meu jovem", disse o Coronel Kearney na cadência inimitável do Kentucky. "Permita-me te apresentar pra porca em questão."

Ele embalava afetuosamente, na curva do braço, uma magra, jovem e ágil porca de olhar inquisitivo, cuja cabeça se assentava, com o mesmo ar decapitado de João Batista sobre uma bandeja, em um largo jabô de tafetá branco, engomado e cheio de babados. Seus delicados pezinhos de dançarina estavam cuidadosamente dobrados sob o peito, e seu olhos rápidos, pequenos, brilhantes e receptivos cintilaram para Walser como luzes decorativas rosadas. Sua cor era um delicioso amarelo-creme, e brilhava como um porco de ouro porque, todas as manhãs, o Coronel a massageava com o melhor azeite de oliva de Lucca, para evitar que sua delicada pele rachasse. O Coronel dava tapinhas no queixo dela fazendo com que balançasse as orelhas.

"Sr. Walser, pois conheça a Sybil, minha sócia no Jogo Lúdico."

O Coronel recostou-se à vontade em uma cadeira giratória, as botas envernizadas em cima da escrivaninha à sua frente, entre os ingredientes de um julepo do meio da manhã — a garrafa de uísque Old Grandad, o balde de gelo, um raminho de hortelã que trazia ao ar um verde refrescante. Um homenzinho gordo, com um cabelo escasso e grisalho cortado à escovinha sobre a cabeça redonda, para combinar com a tentativa de cavanhaque no queixo — ele não tinha grande facilidade em deixar crescer os pelos. Um nariz arrebitado e bochechas cor de malva.

Uma fivela de metal cinza-escuro, em forma de cifrão, prendia o cinto de couro, logo abaixo da barriga, presumivelmente o sinal de dólares a que Fevvers se referira. Mesmo na relativa privacidade de sua suíte de hotel, o Coronel ostentava o traje que era sua "marca registrada" — um par de calças justas listradas em vermelho e branco e um colete azul ornamentado com estrelas.

A própria bandeira dos Estados Unidos, encimada por uma águia dourada, se desenrolava com grandiosa negligência de um mastro apoiado no canto — ele podia ter nascido em Kentucky, mas não era nenhum patriota Dixie! Nos dias de hoje, não havia nenhuma margem de lucro para a bela bandeira Bonnie Blue; ele era integralmente favorável à bandeira das estrelas e listras. As mangas da camisa, arregaçadas até o cotovelo, estavam cingidas por faixas niqueladas. A sobrecasaca, de cauda longa e corte antiquado, se encontrava pendurada em um gancho de sua cadeira, na qual se empoleirava o chapéu-coco. Ele mascava, como que ruminando, um Havana do tamanho do braço de um bebê. Lilás, a fumaça aromática pendia e balançava em torno de sua cabeça.

As paredes adamascadas eram revestidas com um friso de cartazes mal fixados e em camadas, por meio dos quais Walser fez seu primeiro contato com aqueles que seriam seus companheiros de viagem — a senhora com a grande gata que se autodenominava Princesa da Abissínia; Buffo, o Grande, e sua trupe de palhaços de rosto branco; os Símios Amestrados de Monsieur Lamarck ("inteligentes como um barril cheio de macacos"). Equilibristas, elefantes monumentais — um sem-fim de maravilhas que o Coronel pretendia transportar pelo globo, harmonicamente unidos ante a visão de notas de dólar.

E lá estava ela, novamente, Fevvers, a mais maravilhosa das criaturas, floreando seu cóccix para Walser enquanto decolava para algum empíreo ou outro fora da moldura. Tantos cartazes, era como se o Coronel tivesse armado uma frágil, deslumbrante e impermanente tenda dentro das paredes muito sólidas do hotel; não só os cartazes de cores vivas e frouxamente fixados se aglomeravam como se estivessem competindo por atenção enquanto se ondulavam nas paredes, mas uma poderosa torrente de recortes de jornais, contratos, dólares verdinhos transbordavam da enorme cesta de papel que ele usava como arquivo, farfalhando na corrente de ar que vinha da janela aberta para a alegre agitação de Piccadilly lá fora. Tudo ali dentro parecia em movimento, na ânsia de subir e descer.

No chão, ao lado do Coronel, havia um barril abençoadamente estático cheio de maçãs. De tempos em tempos, o Coronel estendia a mão para pegar uma, que Sybil arrebatava.

"Simssinhô, somos veteranos no Jogo Lúdico, a Sybil e eu", ele murmurou, removendo o charuto dentre os dentes separados e descoloridos, e fixando os olhos confidencialmente na ponta brilhante. "Anos atrás, anos, lá na fazenda do meu pai em Lexington, Kentucky, eu era então só um garoto, da altura do pernil de um novilho, não era mesmo, Sybil, quando vim a conhecer a maior senhorinha que já comeu lavagem, com exceção da presente companhia. Simssinhô! foi a bisavó da srta. Sybil aqui, simsinhô! A primeira da grande dinastia das minhas assistentes suínas!

"Eu, que era um jovem de inclinação ociosa, mas perseverante, tinha passado todinho meu décimo primeiro ano aperfeiçoando a técnica da flauta de traseiro, sabe o que quero dizer? Quando o professor se virava, eu costumava subir na carteira da escola e soltar o refrão de 'Meu Velho Lar no Kentucky!' na boa e velha flauta de traseiro enquanto ele descrevia os principais rios da Europa na lousa, bem esse tipo de rapazola que eu era, podia usar minha mente pra qualquer coisa, desde que não servisse pra nada, assim que bati os olhos na bisavó da Sybil, pronto, eu disse pra mim mesmo: tá aí um desafio!

"Matei aula na escola, levei três meses inteiros num esforço incansável para fazer a garotona ficar de pé nas patas traseiras e agitar a bandeira. No começo, não dava valor pra nada disso, era apenas uma maneira de ir passando o tempo, mas depois que eu cobrei meu primeiro níquel lá num bar pra verem a Porca Patriótica, então, simsinhôooo! já caímos na estrada. Poderosos carvalhos crescem de pequenas bolotas, sabe disso, meu jovem? Minha festa móvel, minha ópera para os olhos, minha celebração peripatética da vida e do riso — tudo começou numa manhã fumegante do Sul, tantos e tantos anos atrás, quando a bisavó da srta. Sybil aqui ficou bem de pezinho nas pernocas traseiras e me ensinou uma lição que eu nunca aprendi na escola — sabe o que foi, meu jovem?"

Olhando de soslaio através da cortina de fumaça do charuto, ele fez uma pausa, não para algum consentimento, mas para causar um efeito, antes de anunciar alegremente o lema do Jogo Lúdico: "Um tolo e seu dinheiro logo se separam!".

"Hô! hô! hô!", ele explodiu, como um Papai Noel. "Aceita mais outro julepo?" Ele mantinha um estoque de copos no canto superior direito da gaveta de sua escrivaninha.

"Então você vem da ensolarada Califórnia por meio do Horn, é isso, meu jovem? E, assim como todo garoto americano de sangue quente, quer fugir com o circo..."

Seus olhos azul-claros, semelhantes a seixos, com bordas avermelhadas, iam para lá e para cá; ele nunca parava de olhar para você, desde que não fosse diretamente. Não era uma companhia reconfortante, havia algo inquieto, algo turbulento sob sua aparente bonomia, ninguém o fazia de bobo e ele não tolerava bobos. Walser não tinha habilidades especiais para oferecer, não sabia andar na corda bamba, teria montado uma zebra como um marinheiro num cavalo, mas a generosa intuição do Coronel lhe dizia que o belo jovem podia ser contratado a preço baixo, era forte, era versátil, talvez fosse um fugitivo, seria uma pechincha, mas poderia ser, não apesar de, mas por causa de tudo isso, um problema. O Coronel compartilhou a situação com sua parceira.

"Qual é a tua opinião, Sybil? Contratar ou demitir?"

Ela inclinou a cabeça para o lado por um momento, examinando o rosto de Walser; então soltou um guincho curioso e áspero — e assentiu com a cabeça, as orelhas balançando.

"Acho que um jovem simpático como você consegue encantar uma moça bonita no momento em que ela lhe põe os olhos", o Coronel comentou sedutoramente, com outro olhar de soslaio para Walser. Tirou da boca a bituca de charuto, com uma borda de saliva, e derrubou quinze centímetros de cinza no tapete. Depois tirou do bolso do colete o famoso maço de cartas com o alfabeto, com dobras nas pontas e todo sebento, examinou algumas cartas para se certificar de que todas estavam lá e limpou a bagunça da escrivaninha com um único movimento do braço. A garrafa vazia de bourbon quicou inofensivamente em uma pilha vermelha de intimações judiciais. Respirando pesadamente, o Coronel distribuiu as cartas, enquanto Walser assistia à cena com divertida perplexidade. O Coronel segurou a porquinha de quatro na frente das letras maiúsculas.

"Agora, Sybil, me diga a seguir, de que maneira esse ousado *caballero* aqui pode nos agradar?"

Sybil estudou as cartas por um momento, apertou os olhos novamente em direção a Walser, pareceu imersa em pensamentos por alguns instantes, e então, com seu focinho indagador, cutucou:

P-A-L-H-A-Ç-O.

E sentou-se de cócoras, satisfeita. O Coronel recompensou-a com uma salva de palmas, jogou-lhe uma maçã, revirou totalmente a cesta de papéis e revelou, em suas profundezas sussurrantes, um esconderijo de Old Grandad. Desarrolhando outra garrafa — "o gelo e a hortelã que se explodam" —, reabasteceu os copos. A porca voltou, com um salto, ao seu peito acolhedor, e o Coronel a aninhou e abraçou, mas seus olhos inquietos, cujas bordas não eram mais rosadas que as de Sybil, continuavam esquadrinhando Walser sem parar: qual é o jogo dele, qual é a raquete dele... será que é tão tolo quanto aparenta ou ainda mais?

"Então, meu jovem", disse ele, "agora você é um Primeiro-de-Maio. Não me pergunte como surgiu o cognome — é assim que nós aludimos aos neófitos, as virgens no picadeiro, os iniciantes frescos na arte de brincar. Só um par de perguntinhas. Primeiro: é enjoado com *percevejos*?"

Quando Walser, rindo, balançou a cabeça: "Isso é simplesmente ótimo, levando em conta que não há melhor lugar para percevejos do que uma caravana de circo. Ora, um circo é apenas um grande vagão-restaurante para o *citnex lectularius*".

Então, conseguiu fixar Walser com seu olho trêmulo por um segundo inteiro, mas continuou rangendo os dentes no charuto, de um modo que fazia a fumaça ricochetear ao redor, e seus dedos magros com unhas roídas continuavam a beliscar as orelhinhas de Sybil; a própria porca erguia a cabeça atentamente para o rapaz, como se também ela estivesse ansiosa para ouvir a resposta de Walser à segunda pergunta que o Coronel estava prestes a fazer:

"Como tolera a humilhação?".

Assustado, Walser tossiu sobre seu uísque.

"Vejo que você não sabe nada sobre palhaçada", disse o Coronel com uma voz melancólica. "Muito bem. Por mim, tá ok. Alguns nascem tolos, alguns se tornam tolos e alguns fazem de si mesmos uns tolos. Vá em frente. Faça papel de bobo. Vou contratar você como aprendiz, meu jovem; assine um contrato por seis meses, nós o levaremos pela Sibéria. Sibéria! Ah, o desafio disso! A bandeira americana atravessando a tundra!"

Com isso, levantou a orelha de Sybil com um peteleco, mergulhou a mão e fez brotar um fluxo de lencinhos de seda, cada um estampado com estrelas e listras, e agitou-as em volta da cabeça.

"Certamente posso confiar em um colega *amurricano* para testemunhar a glória disto tudo! Todas as nações unidas no grande Jogo Lúdico sob a própria bandeira da Liberdade! 'Cê vê o grande plano, meu jovem? Nossa bandeira cruzando a tundra, cabeças coroadas se curvam para a extravagância democrática! Então, pense nisso, elefantes na terra do Sol Nascente, jovem! Os elefantões de Aníbal pararam logo depois dos Alpes, mas os meus, os meus devem dar a volta no mundo inteiro! Nunca antes, em to-da a história das emoções e gargalhadas, um circo *Amurricano* livre circunavegou o globo!"

Que visionário ele era!

"E, após esse evento histórico sem precedentes e tão memorável, vou trazê-lo são e salvo de volta para casa no bom e velho E.U. da A.. Simssinhô!"

Com isso, baixou o punho (ainda segurando suas flâmulas), fazendo com que garrafas e copos chacoalhassem, e gritou, sem ironia nem sarcasmo, mas, evidentemente, com um coração satisfeito, animado e agitado:

"Bem-vindo ao Jogo Lúdico!".

Quando Walser se maquiou pela primeira vez, olhou-se no espelho e não se reconheceu. Enquanto contemplava o estranho devolvendo o olhar interrogativo para ele no espelho, experimentou os primórdios de uma sensação vertiginosa de liberdade que, durante todo o tempo que passou com o Coronel, nunca evaporou totalmente; até o último momento em que se separaram e o próprio eu de Walser, como ele o conhecia, se afastou dele, experimentou a liberdade que está por trás da máscara, dentro da dissimulação, a liberdade de fazer malabarismos com o ser e, realmente, com a linguagem que é vital para o nosso ser, que jaz no coração do burlesco.

Concluídas as preces, a *babushka* deitou-se em cima do fogão e logo começou a roncar. Walser datilografou "fim" em sua reportagem, por medo de que o barulho de sua máquina de escrever perturbasse aquele sono ancião. Não queria chamar a atenção para suas atividades de repórter, mas estava condenado àquela vestimenta cômica durante sua estada na cidade porque os palhaços andavam pelas ruas fazendo peripatéticos anúncios do circo do Coronel Kearney. Assim, ele foi até a porta da cozinha e assobiou para que o Pequeno Ivan deixasse a brincadeira. Mesmo que a criança achasse a presença de palhaços inexprimivelmente sinistra e perturbadora, o garoto poderia ser subornado com alguns copeques para levar o envelope lacrado de Walser até a Embaixada Britânica, de onde retornaria a Londres aos cuidados do malote diplomático. (Walser notou como a criança detestou tocar as mãos dele.)

A menos que ele quisesse caminhar para o trabalho em companhia de vaias e zombaria da metade da escumalha da cidade em seus calcanhares, devia se esgueirar pelos caminhos de volta, ao longo de becos fedorentos cheios de roupas lavadas e pendentes, passando por portas sombrias de cortiços. Desta mais bela das cidades, Walser, na verdade, ao que tudo indica, viu apenas o traseiro bestial — uma luz amarela na vitrine de uma farmácia; duas mulheres sem nariz sob um lâmpada de rua; um bêbado debaixo de um portal, que se revirava em uma poça de vômito... Em um canal escurecido, gelo no pelo do cachorro morto lá flutuando. Névoa e inverno chegando.

Fevvers, aninhada sob um candelabro veneziano no Hotel de l'Europe, não viu nada da cidade em que Walser se aloja. Ela viu cisnes de gelo com uma espessa incrustação de caviar entre as asas; ela viu cristal lapidado e diamantes; ela viu todas as coisas luxuosas, brilhantes e transparentes que deixam seus olhos vesgos de cobiça.

Seus caminhos convergem apenas nos barracões de tijolos do Circo Imperial.

 2

O Coronel demandou, persuadiu, insistiu, exigiu que a bandeira norte-americana, durante sua visita, substituísse a própria bandeira do czar no mastro que encimava o Circo Imperial, e lá o pano ficou pendente e murcho, como que subjugado pela letargia do ar estrangeiro. O Circo propriamente dito, construído para abrigar demonstrações permanentes dos triunfos da vontade humana sobre a gravidade e a racionalidade, era um alto hexágono de tijolos vermelhos com um pomposo lance de escadas que conduzia a uma entrada flanqueada por cariátides de pedras de uns três metros, na forma de elefantes cobertos de adornos, agachados nas patas traseiras e com as patas dianteiras suspensas no ar, salpicadas com excrementos de pombos. Tais eram os espíritos guardiões do local, os elefantes, pilares do próprio circo que sustentavam o espetáculo sobre as imponentes cúpulas de seus frontões, como fazem com o cosmo hindu.

Uma vez que o cliente pagante tivesse transposto a janelinha da bilheteria, os casacos eram deixados em um vestiário que, durante o espetáculo, tornava-se uma tesouraria de peles de zibelinas, raposas e preciosos roedores, como se as pessoas ali deixassem a pele de sua própria bestialidade para não constranger as bestas. Uma vez desembaraçado, o freguês entrava em um amplo saguão com um bar de champanhes todo espelhado e subia-se outra escadaria, desta vez de mármore e interna, para se chegar à arena.

Ao longo da borda do picadeiro havia caixas de pelúcia vermelha, com enfeites dourados, sendo que as mais luxuosas exibiam a estampa da Águia Imperial em ouro. Sobre a entrada dos artistas havia uma plataforma dourada para a banda. Tudo era elegante, até suntuoso, finalizado com um luxo pesado e enjoativo que sempre parecia ter sujeira debaixo das unhas, o luxo próprio do país. Mas o aroma de estrume de cavalo e mijo de leão permeava cada centímetro de tecido da construção, de modo que a excitante contradição entre os ombros macios e brancos das adoráveis damas que jovens oficiais do exército escoltavam para lá e as peles peludas das bestas no picadeiro se dissolviam na mistura noturna de perfume francês e essência de estepe e selva, em que almíscar e algália revelavam-se como elementos comuns.

Sob o picadeiro, no porão, ficava o zoológico que as bestas imperiais haviam temporariamente desocupado em favor das bestas do Coronel Kearney. Um túnel levava a um pátio murado nos fundos. A tal pátio, Walser agora chegava por meio do modesto portão com um postigo, a entrada dos artistas.

Àquela hora morta da tarde, sob um céu triste tingido pela lavanda do meio-luto, o pátio estava vazio exceto por um passarinho de pernas compridas que, com ar de gourmet, bicava as fibras de um monte de esterco amarelo nos paralelepípedos. Uma garrafa quebrada, uma lata enferrujada; uma bomba soltando pingos d'água que congelavam ao atingir o solo.

Os únicos sons vindos do zoológico, o contínuo ronronar murmurante dos grandes felinos, como um mar longínquo, e o leve tilintar dos elefantes de carne e osso do Coronel Kearney quando sacudiam as correntes em suas patas, como faziam continuamente em todas as suas horas de vigília, uma vez que com sua paciência milenar e longeva eles sabiam muito bem como, daqui a cem ou mil anos, ou então, talvez, amanhã, dentro de uma hora, pois era tudo uma aposta, um chance em um milhão, mas mesmo assim *havia* uma chance de que, se continuassem sacudindo suas correntes, um dia, algum dia, os fechos das algemas se abririam.

Era um lugar desolado. O toque mais acolhedor era uma fileira de vestidos de musselina branca, úmidos, pendurados em um varal que já começavam a ranger com o *rigor mortis* provocado pelo primeiros indícios de geada.

A Princesa da Abissínia decerto pusera *todos* os seus vestidos para lavar, porque, quando saiu para pegar sua roupa, usava apenas uma anágua e uma camisa, tudo encoberto por um pavoroso avental sujo de sangue, pois tinha servido a refeição a seus carnívoros. Ela desprendeu as peças de roupa engomada pela geada batendo cada uma delas com força na cintura para que se dobrasse o suficiente para poder enganchá-la no braço. Era uma criatura magra com dreadlocks chegando até a cintura. No picadeiro, parecia uma criança sentada no piano de cauda Bechstein branco, grande o suficiente para acomodar duas dela, e tocava para seus familiares rugidores, mas, olhando seu rosto de perto, embora não fosse vincado e nem enrugado, era antigo como o granito, com as feições contundentes e introspectivas das mulheres de Gauguin, de uma cor marrom fosco e penetrante.

Crock! O som que fazia sua mão magra de musicista nos vestidos de gelo.

O portão para o caminho externo se abre. Entra Lizzie, com seu casaco de pele de, pode ser cachorro, seu chapéu rígido de palha fora de época, carregando uma bandeja coberta com um pano branco que não abafa o cheiro delicioso de panquecas frescas. Hora do almoço. Ela chuta o portão para fechá-lo e sobe trotando uma estridente escada de incêndio de metal até chegar a uma porta mais alta, que ela deixa balançando atrás de si.

Dessa porta aberta, flutuando no ar estagnado, o som roufenho de uma voz elevou-se em uma canção que não era desprovida de melodia, embora fosse estridente.

"Apenas um pássaro... numa gaiola dourada..."

Então, também aquela porta se fechou.

Walser desviou os olhos da porta fechada, curvou-se e se enfiou no túnel, a caminho do picadeiro.

Que dispositivo expressionista barato, conveniente, esse anel de serragem, este pequeno o! Redondo como um olho, com um estático vórtice no centro; mas dê uma esfregadinha nele, como se fosse a lâmpada dos desejos de Aladim e, instantaneamente, o picadeiro do circo se transforma naquela duradoura serpente urobórica e metafórica com a própria cauda na boca, em uma roda que dá uma volta completa, a roda cujo fim é seu próprio começo, a roda da fortuna, a roda do oleiro na qual o nosso barro é formado, a roda da vida na qual todos nós somos destruídos. Ó! de fascinação; Ó! de luto.

Walser emocionou-se, como sempre, com o romantismo da imagem desgastada pela exibição, mas polivalente.

O círculo mágico estava agora ocupado pelos Símios Amestrados de Lamarck. Uma dúzia de chimpanzés, seis de cada gênero, todos em ternos de marinheiro, estavam sentados em pares em carteiras escolares duplas de madeira, cada um com uma lousa e um lápis de ardósia nas mãos coriáceas. Um chimpanzé, vestindo um sóbrio terno preto com uma corrente de relógio pendurada em arco no peito e um capelo em ângulo jovial na cabeça, estava diante da lousa armada com um taco de bilhar. Os alunos permaneciam calados e atentos, em marcante contraste com a jovem em suja capa estampada que estava sentada na cancela forrada de pelúcia do picadeiro, aparando preguiçosamente as unhas com uma lixa. Ela bocejou. Não lhes prestava atenção. Os chimpanzés se organizavam a partir de seus próprios ritmos; a mulher do amestrador era apenas sua zeladora, e Monsieur Lamarck, um bêbado irresponsável, deixava que ensaiassem por conta própria.

Walser não conseguia entender o diagrama desenhado com giz na lousa, mas os chimpanzés pareciam ocupados em transcrever o conteúdo nas lousas. As riscas no centro de suas cabeças luzidias eram brancas como favos de mel. O Professor fez alguns passes rápidos com a mão esquerda e apontou para o canto inferior direito do diagrama; uma fêmea, na parte de trás da classe, levantou o braço, ansiosa. Quando o Professor lhe apontou o taco, ela realizou uma sequência de gestos que fez Walser relembrar os movimentos das mãos de dançarinas balinesas. O Professor analisou, assentiu com a cabeça e fez outro arabesco com giz no diagrama. De imediato, as cabeças brilhantes se inclinaram em uníssono e o ar silvou com o arranhar de uma dúzia de lápis de ardósia, som semelhante ao de um bando de estorninhos chegando ao poleiro.

Walser sorriu sob a maquiagem branca fosca; quão irresistivelmente cômicos, aqueles hirsutos exames escolares! No entanto, sua curiosidade foi despertada por esta misteriosa prática de ensino. Estreitou os olhos novamente para o diagrama, mas não conseguiu extrair um significado. Contudo, parecia haver... poderia ser? Era possível?... havia algo escrito na lousa? Se ele se esgueirasse em direção ao camarote do czar, conseguiria enxergar melhor... Infiltrando-se delicadamente entre as fileiras de bancos, com sapatos compridos de palhaço que ele ainda não aprendera a dominar, o dedo desajeitado bateu contra uma garrafa vazia de vodca, deixada no ângulo de um degrau. A garrafa rolou pelo restante das fileiras e bateu contra a cerca.

Com esse barulho inesperado, todo o grupo silencioso se virou e, com treze pares de olhos escuros e rápidos, olhou fixamente para o intruso. Walser escorregou para um banco e tentou manter a discrição, mas sabia que tinha tropeçado em um segredo quando a aula parou imediatamente.

O Professor sacou um apagador amarelo e, em menos de um minuto, apagou o diagrama. A garota que fizera a pergunta solenemente ficou de cabeça para baixo no tampo da carteira. Seu colega de carteira tirou um estilingue do bolso e atingiu o Professor em cheio no rosto com uma bola de papel encharcada de tinta de caneta, causando-lhe um ultraje ridículo e sem sentido.

A entediada guardiã continuou lixando as unhas. Era só o número "macacos na escola".

Diante dessa insurreição na sala de aula, o Professor alegremente descobriu um esconderijo de chapéus de burro empilhados atrás da lousa. Começou a saltar ao redor do picadeiro, colocando um chapéu em cada cabeça traquina; então, em um impulso, saltou agilmente por cima da cerca, e Walser também recebeu um chapéu de burro. Ao colocá-lo, o rosto do Professor, sorrindo como o Gato de Cheshire, estava a menos de quinze centímetros do próprio Walser. Seus olhares se encontraram.

Walser nunca esqueceu essa primeira troca íntima com um desses seres cuja vida corria paralela à dele, esse habitante do círculo mágico da diferença, inalcançável... mas não incognoscível; essa troca com os olhos falantes de um ser irracional. Foi como a dissipação de uma névoa. Em seguida, o Professor, como que reconhecendo seu encontro por meio do golfo da estranheza, pressionou o duro dedo indicador no sorriso pintado de Walser, pedindo-lhe que se calasse.

Os chimpanzés, recapitulando sem esforço toda a sua rotina, agora corriam sem parar ao redor do picadeiro, em uma frota de rodas únicas de monociclos. Todos tinham despido seus trajes de marinheiro, revelando os shorts de cetim que vestiam por baixo, e agora faziam todas as espécies de truques uns com os outros. Alguns enfiavam os espertos pés de cinco dedos nos raios do monociclo alheio, para desalojar o condutor, enquanto outros punham-se de pé nos selins de seus próprios monociclos e lá se equilibraram em uma perna até que a força da gravidade os puxasse para baixo. Mas Walser notou que o Professor olhava essas brincadeiras com um ar de grave melancolia enquanto os próprios chimpanzés pareciam não ter prazer com a atividade, realizando os movimentos com um ar desconexo e mecânico, desejando, talvez, retornar aos seus estudos, fossem quais fossem, pois nada é mais chato do que ser forçado a brincar.

Ao longe, um vago rugido de grandes felinos.

O Professor, como se estivesse tomando uma decisão, pegou a mão de Walser. Embora não tivesse mais de um metro e meio de altura, enquanto Walser tinha mais de um metro e oitenta, aquele chimpanzé era um sujeitinho perceptivelmente forte e determinado e, à força, persuadiu Walser a descer o corredor até o picadeiro. Os chimpanzés giratórios pararam, desceram, largaram os monociclos e agruparam-se em volta dele, formando um círculo gesticulante, de tal modo que se poderia jurar que estavam discutindo o que fazer com ele, embora a confabulação ocorresse em ruidoso silêncio. Só então, Sansão, o Homem-Músculos, chegou, em sua tanga de pele de tigre, vindo de recém-levantados pesos, as coxas e bíceps brilhando com óleo, mas o Homem-Músculos prestava tão pouca atenção nos chimpanzés quanto eles prestavam nele. No entanto, a mulher do Homem-Macaco guardou sua lixa.

O Professor apontou para o chapéu de burro de Walser. Os chimpanzés se balançavam para a frente e para trás nas plantas dos pés, como que rindo sem som. Então a fêmea que tinha feito aquela pergunta notável — Walser a reconheceu pelo laço verde no pelo de sua cabeça — lhe deu um grande susto, pois pulou nos braços dele e, agarrando seu torso com as coxas peludas, estendeu a mão e, por trás, encontrou a abotoadura na nuca que prendia o peitilho. E o botão se soltou feito uma mola. E a chimpanzé saltou para baixo.

A mão do Homem-Músculos liberou um seio pequeno e branco do macacão da mulher do Homem-Macaco, enquanto seus dedos, recém-tratados pela manicure, abriam o tapa-sexo de pele de tigre para libertar uma ferramenta de proporções compatíveis com o tamanho do proprietário, curva como uma cimitarra. Ambos estavam alheios à situação de Walser.

Fita-Verde, com cuidado, pôs o peitilho de Walser sobre uma mesa próxima e gesticulou para que ele tirasse a jaqueta de retalhos. Nervosamente, Walser olhou para seu novo amigo, o Professor, em busca de algum conselho. O Professor assentiu: "Sim". O que eles querem de mim?, Walser se perguntou, despindo-se obedientemente. Quando o Professor pegou seu taco novamente, os chimpanzés retornaram às suas carteiras para pegarem seus lápis, e Walser timidamente respondeu a si mesmo: "Talvez... uma aula de anatomia...".

Os macacos, claramente, tinham sofrido um excesso de demonstrações práticas de biologia, pois não lançaram um único olhar para a sua guardiã, esticada de corpo inteiro em uma banqueta de pelúcia vermelha enquanto as luas gêmeas do traseiro do Homem-Músculos subiam e desciam sobre ela, embora fora de seu campo de visão.

Agora Walser não usava nada além do chapéu de burro, que eles não se preocuparam em remover, embora o fizessem tirar os sapatos para que o Professor pudesse verificar o número de seus dedos do pé. Ocorreu a Walser que podiam estar achando que a maquiagem de palhaço, branca, preta e vermelha, fosse seu verdadeiro rosto, e talvez simpatizassem com ele, pensando que tivesse alguma relação com os babuínos. Estariam eles, Walser ponderou, lutando com a teoria de Darwin — por outra perspectiva? Fita-Verde retornou à sua carteira escolar, e a aula começou para valer. Walser estava diante deles, nu e exemplar, e, com seu taco, o Professor o cutucava no tórax, sem nenhuma urgência, fazendo aqueles rápidos passes de mãos com os quais pareciam se comunicar. Walser murchou sob o escrutínio dos olhos de seus priminhos de segundo grau. Chiados e mais chiados eram produzidos pelos lápis de ardósia. Um cutucão, foi a deixa; Walser obedientemente virou-se para apresentar seu traseiro à classe. O Professor expressou interesse particular nos restos vestigiais de sua cauda.

Então, um silêncio profundo e incomum, até mesmo perturbador, encheu o recinto, interrompido apenas pelos grunhidos ritmados dos copuladores.

O Professor fez alguns movimentos rápidos como se introduzisse um novo tema. Ele virou Walser para que voltasse a encarar a turma, e a eructação dos lápis de ardósia irrompeu novamente quando o Professor tocou levemente a boca de Walser com seu taco e persuadiu seus lábios a se separarem. Então o Professor foi buscar um balde que alguma mão descuidada havia abandonado no picadeiro, virou-o e ficou em cima dele, para melhor enxergar da boca de Walser por dentro. Depois disso, olhou diretamente para os olhos dele, produzindo-lhe de novo aquela vertiginosa incerteza sobre o que era humano e o que não era. Quão grave, quão suplicante o Professor pareceu quando começou a abrir e fechar a própria boca como um peixinho-dourado recitando um poema.

Os grunhidos do Homem-Músculos começaram a se acelerar.

Walser logo entendeu que o Professor queria que ele falasse com eles, que seu discurso era de grande interesse para eles. O Professor continuou empoleirado no balde, olhando ardentemente para dentro da boca de Walser que fazia movimentos de língua e de úvula, quando Walser, todo hesitante, começou:

"Que obra-prima é o homem! Quão nobre pela razão! Quão infinito pelas faculdades!".

O Homem-Músculos atingiu seu orgasmo em uma torrente de gritos brutais, um alarido tamanho que Walser gaguejou em sua recitação, mas, em meio ao êxtase do Homem-Músculos, Sybil irrompeu no picadeiro como se fosse disparada por um revólver, a uma velocidade notável para um porco. Fez as carteiras e os alunos voarem. Seu colarinho de babados brancos estava rasgado e torto, e gritava como se fosse a hora do abate.

Ultrapassou a cerca em um poderoso salto e prontamente foi parar no chão do camarote real, sem nunca interromper a infernal gritaria, nem mesmo quando, em busca de refúgio, enterrou-se profundamente sob o tapete de veludo.

O Homem-Músculos berrou; Sybil gritou; ecoou o grito desolado do Coronel, cujo porco estava em perigo; e, lá do zoológico, de repente, veio uma intensa fuga de rugidos, como se todos os felinoss fossem chaves de um órgão gigante tocado a todo vapor. Em seguida, um grito de medo:

TIGRE SOLTO! TIGRE SOLTO!

Na pressa, o Professor chutou o balde barulhento. Seus alunos pularam sobre as carteiras viradas e subiram nos mastros até a plataforma da orquestra, para se agacharem em um amontoado entre as estantes de partitura, com olhos arregalados e trinados de agitação, cheios de um terror atávico e selvagem. Os amantes na banqueta de pelúcia levantaram-se, pálidos e trêmulos.

Walser, nu, abandonado pelos macacos, pensou: "Não *posso* encontrar a Morte usando um chapéu de burro!". E arrancou-o da cabeça.

Correu. Pulou a cerca, e já estava na metade do anfiteatro, a meio caminho da saída principal, quando, como a esposa de Ló, não resistiu e deu aquela olhada para trás.

O tigre correu para o picadeiro, sentindo o cheiro de Sybil.

Saiu do corredor como mercúrio laranja, ou como um metal líquido mais raro, um ouro vivo. Mais fluía do que corria, um jorro marrom e amarelo manando de uma comporta, a morte escaldante e fundida. Rosnava e rodeava os restos da sala de aula dos chimpanzés, farejando, com suas imensas e dilatadas narinas, o delicioso ar da liberdade, perfumado com o cheiro da carne fresca e ainda viva. Quão amarelos eram seus dentes; os dentes purulentos dos carnívoros.

O Homem-Músculos afastou com violência os grudentos braços da mulher, segurou sua tanga em volta das partes íntimas e foi em direção à porta do auditório. Era um belo espécime, em excelentes condições; contornou, de um lado a outro, as fileiras de assentos, passando por Walser, que estava paralisado como uma estátua de sal, depois afastando-se arquibancada acima. À sua passagem, a porta de saída fechou-se com um estrondo. Walser ouviu o som dos ferrolhos sendo trancados.

Agora, a única saída do picadeiro era aquela pela qual o tigre entrara.

Estou em uma armadilha mortal perfeita, pensou Walser.

A mulher do Homem-Macaco, com os tornozelos totalmente presos pela calcinha caída, como se a peça de roupa fosse um par de bolas de ferro, soltou um grito de gelar o sangue.

Estamos em uma armadilha mortal perfeita, pensou Walser.

Quando o tigre ouviu o grito da mulher, soube que algo melhor que carne de porco estava no menu. Arqueou as costas. A cauda ficou em posição de sentido. Ergueu a cabeça pesada. Os olhos amarelos vasculharam o picadeiro como holofotes, procurando a origem do grito.

A mulher apavorada tirou a calcinha e correu ao longo da fileira circular de assentos.

Os olhos giratórios do tigre a avistaram. O tigre arranhou o chão com as patas traseiras, levantando pequenas nuvens de serragem. Abaixou as orelhas redondas e dissimuladas. A capa da mulher, ondulando como uma vela, ficou presa em um prego mal martelado e saliente e a fez tropeçar. Ela caiu de cara no corredor.

Walser recobrou o controle de seus membros. Antes de se dar conta de que tomara uma decisão, precipitou-se pelo anfiteatro em direção à besta de olhos cor de âmbar, que estava prestes a saltar. Involuntário como seu heroísmo, Walser soltou um tremendo grito de guerra sem palavras: aí vem o Palhaço para matar o Tigre!

Matá-lo, como? Estrangulá-lo com as próprias mãos?

Então havia um quarto que zunia à luz esverdeada de um lampião a gás, onde Walser abriu os olhos para ver uma figura embaçada mergulhando compressas em uma tigela de água cor-de-rosa fortemente impregnada de ácido carbólico. Estava deitado em algum tipo de sofá-cama. Era seu sangue que deixava a água rosada. Ele fechou os olhos novamente. Fevvers reaplicou a compressa úmida em seu ombro sem muita gentileza. Agora que estava consciente, ele uivou.

"Vai com calma", aconselhou Lizzie, inclinando a borda de uma caneca de chá doce e quente junto a seus lábios. Chá com leite condensado enlatado. Chá inglês. Fevvers não diminuiu a pressão sobre o curativo. Usava uma discreta camisa branca presa no pescoço com uma gravata autoritária, mas isso não a tornava nada masculina. Estofado no alvo linho, seu peito parecia tão amplo quanto o de uma mãe parece a uma criança quando ela se inclina na cama em casos de doença. Seu descontentamento era palpável.

"Quer dizer que você fugiu para se juntar ao circo, não é, meu querido?", ela perguntou, em um tom não muito agradável. Era evidente que não mais sentia a necessidade de chamá-lo de "senhor".

Walser se contraiu entre os cuidados que ela ministrava, desarrumando a manta em que o haviam envolvido. Essa manta era feita de dezenas de quadradinhos de lã tricotada, costurados juntos para formar uma colcha de retalhos, e seu acabamento tinha a comovente incompetência das crianças, primeira evidência *real*, observou ele, da existência da tribo de sobrinhos e sobrinhas cockney sobre os quais elas sempre estavam falando. Sua peruca havia sumido e seu cabelo estava encharcado.

"O tigre deu um golpe em você e, então, a Princesa ligou a mangueira", disse Lizzie. "Chuáaa! Uma boa rajada d'água, esse é o truque. Tira o fôlego do desgraçado. Joga ele pra trás. Aí você prende ele com uma rede."

Havia coisas reconfortantes e familiares no novo camarim de Fevvers. Um relógio dourado com o Pai Tempo no alto, parado às doze horas. Um pôster amassado na parede. Uma resfolegante chaleira. Lizzie o fez beber mais chá.

"Claro, não é exatamente um *tigre*!", Fevvers o informou. "Ele não lhe deu a chance de verificar suas partes íntimas, não é? Tigresa. Fêmea da espécie. Mais mortal que o macho e tudo o mais."

"Atacar um raio de tigresa!", exclamou Lizzie. "Que que deu nele, será?"

"Ele estava se divertindo com a patroa do Homem-Macaco, não foi isso?", disse Fevvers em um tom impessoal. Pressionou a compressa com muita firmeza, e Walser uivou novamente.

"Não adianta negar."

"Não perdeu tempo", disse Lizzie.

"Ela é uma rapariga", disse Fevvers.

"Eu acho", disse Lizzie a Walser, "que você deseja permanecer incógnito."

"Nós somos as únicas que *sabemos*", disse Fevvers, em tom de chantagem ponderada.

"Mas qual diabos será o jogo dele?", Lizzie perguntou a Fevvers, como se ele não estivesse lá.

"Tenho certeza que *eu* não sei."

"Estou aqui para escrever uma história", disse ele. "História sobre o circo. Sobre você e o circo", ele acrescentou da maneira mais conciliatória que podia.

"Isso envolve transar com a patroa do Homem-Macaco, não é?"

Ela deu uma boa olhada na compressa e deixou-a no lugar, despejou a tigela de água no balde de resíduos sob o lavatório e enxugou as mãos na saia plissada, com ar desdenhoso. Ainda, como se obedecessem a um roteiro anterior à sua decepção com ele, as mulheres o tratavam com rude compaixão. Um médico de sobrecasaca logo chegou para tratar seus arranhões, a quem Fevvers pagou.

"Mais tarde você acerta comigo", ela disse com a entonação de uma prostituta com um coração de vinte e quatro quilates.

Uma chimpanzé fêmea (usando uma fita verde no cabelo) entregou uma pilha de roupas cuidadosamente dobradas, uma peruca e um boné escolar também, e elas o vestiram de novo antes de mandá-lo de volta para o Beco dos Palhaços. Fevvers, com certa força, até passou uma camada rápida de base branca no rosto dele, para preservar o disfarce, já que ele não conseguia fazer isso sozinho por causa da dor no braço direito. De toda forma, ele se sentiu muito diminuído aos olhos delas e ficou feliz em sair do camarim.

Quando ele fechou a porta atrás de si, Lizzie, toda pensativa, disse a Fevvers: "Como você acha que ele consegue fazer as mensagens passarem pelo censor?".

Com alguma dor, e dolorosamente consciente de que, pela própria "heroicidade" de seu gesto extravagante, ele havia "passado por idiota", como o Coronel havia previsto que aconteceria, Walser percorreu seu trôpego caminho pelo pátio, onde os filhos enluvados e encapotados dos equilibristas, os Charivaris, agora se balançavam alegremente no varal vazio da Princesa. Já estava escuro. Da casa dos macacos, ecoando no ar da noite, vinha um baque ritmado, enquanto o Homem-Macaco batia na mulher como se ela fosse um tapete.

Beco dos Palhaços, nome genérico de todos os alojamentos de todos os palhaços, temporariamente montado nesta cidade, no cortiço de madeira podre onde a umidade escorria das paredes feito orvalho, era um lugar onde reinava a atmosfera lúgubre de uma prisão ou de um hospício; entre si, os palhaços destilavam o mesmo tipo de paciência mutilada que se encontra entre os reclusos de instituições fechadas, uma voluntária e terrível suspensão do ser. Na hora do jantar, os rostos brancos reunidos em volta da mesa, banhados no vapor acre da sopa de peixe da *babushka*, apresentavam a falta de vida formal das máscaras mortuárias, como se, em algum sentido essencial, eles próprios estivessem ausentes da refeição e deixassem réplicas desocupadas para trás.

Observe, em seu repouso nos bastidores, Buffo, o Grande, o Mestre dos Palhaços que, por direito adquirido, se senta não na cabeceira, mas no magistral *meio* da mesa, no local onde Leonardo assenta o Cristo, reservando para si a tarefa sacramental de partir o pão preto e dividi--lo entre seus discípulos.

Buffo, o Grande, o terrível Buffo, hilariante, espantoso, devastador, Buffo, com seu rosto redondo e branco e os círculos de rouge com quase três centímetros de largura em volta dos olhos, e a boca com quatro cantos, parecendo uma gravata borboleta, e, zombaria das zombarias, sob seu cônico boné branco, disposto de um jeito maroto, ele usa uma peruca que não simula cabelo. Na verdade, é uma bexiga. Pense nisso. Ele usa as entranhas por fora e, aliás, mostra um pouco de suas mais obscenas e íntimas partes internas; para que você fique pensando que ele é careca, guarda o cérebro no órgão que, convencionalmente, armazena mijo.

É um homem grande, com mais de dois metros de altura, e, para combinar, é bem largo, de modo que faz você rir quando tropeça em pequenas coisas. O tamanho dele é metade da graça de tudo, o fato de ele ser tão, tão grande e ainda assim incapaz de lidar com as técnicas mais simples de movimento. Esse gigante é vítima de objetos materiais. As coisas estão contra ele. Travam uma guerra contra ele. Quando ele tenta abrir uma porta, a maçaneta sai em sua mão.

Em momentos de consternação, suas sobrancelhas, pretas e espessas de tanto rímel, saltam para a testa, e seu queixo cai como se a testa e a mandíbula fossem puxadas por ímãs opostos. Pondo a língua contra os dentes amarelos, dentes de lápide, ele encaixa a maçaneta de novo, com cuidado exagerado. Dá uns passos para trás. Aproxima-se da porta, de novo, com uma autoconfiança ridiculamente injustificada. Agarra a maçaneta firmenente; *desta* vez, ele sabe que está segura... ele não acabou de consertá-la sozinho? Mas...

As coisas desmoronam com o próprio tremor de seus passos no chão. Ele mesmo é o centro que não se sustenta.

Ele é especialista em pastelão violento. Gosta de queimar palhaços--policiais vivos. Como padre louco, costuma celebrar casamentos de palhaços, em que Grik, ou Grok, com roupas de mulher, é submetido às mais extravagantes humilhações. O grupo também apresenta um número muito apreciado, o "Ceia de Natal dos Palhaços", em que Buffo assume o lugar de Cristo à mesa, com a faca de trinchar em uma das mãos e um garfo na outra, e algum infeliz é trazido, com uma crista de galo na cabeça, como a ave. (Muitas brincadeiras com os cordões de salsichas com os quais as calças dessa ave são recheadas). Mas *esse* assado, assim é o mundo de Buffo, levanta-se e tenta fugir...

Buffo, o Grande, o Palhaço dos Palhaços.

Ele adora as velhas piadas, as cadeiras que se desmancham, os pudins que explodem; ele diz: "A beleza da palhaçada é que nada nunca muda".

No clímax de seu número, quando tudo já desmoronou sobre ele como se uma granada o tivesse explodido, ele começa a desconstruir a si mesmo. Seu rosto fica contorcido com as mais hediondas caretas, como se ele estivesse tentando se livrar da própria base branca com a qual se revestiu: sacode! sacode! sacode os dentes, sacode o nariz, sacode os globos oculares, deixa tudo sair voando em um autodesmembramento convulsivo.

Ele começa a girar e girar sem sair do lugar.

Então, quando você acha que, desta vez, Buffo, o Grande, *com certeza* vai se desintegrar em um redemoinho, como se ele tivesse se transformado em seu própria centrífuga, o fantástico rufar de tambores que acompanha essa exibição extraordinária termina, e Buffo salta, tremendo, no ar, para se espatifar de costas no chão.

Silêncio.

As luzes diminuem.

Muito, muito devagar e pesarosamente, agora atacam a Marcha Fúnebre, do *Saul* de Handel, puxada por Grik e Grok, os palhaços musicais, com bumbo e flautim, com uma rabeca minúscula e um enorme triângulo tocados com pontapés para trás, por Grik e Grok, que contêm dentro de si uma orquestra inteira. Esse é o número chamado "O Funeral do Palhaço". O resto dos palhaços carrega um caixão extremamente grande envolto na bandeira do Reino Unido. Colocam o caixão na serragem ao lado de Buffo. Começam a depositá-lo em seu interior.

Mas será que ele vai caber? Claro que não! Suas pernas e braços não podem se dobrar, jamais serão dobrados, não aceitarão nenhuma ordem! Ninguém consegue dominar *esta* força da natureza, mesmo que ela *esteja* morta! Pozzo, ou Bimbo, corre para pegar um machado para cortar pedaços de Buffo, para cortá-lo até ficar do tamanho do caixão. Acontece que o machado é feito de borracha.

Por fim, um hilariante fim, de uma forma ou de outra, eles acabam conseguindo botá-lo no caixão e colocar a tampa em cima dele, embora continue se sacudindo e deslizando, porque o Buffo morto não consegue e não quer se deitar. Os palhaços ajudantes levantam o caixão nos ombros; eles têm alguma dificuldade em se coordenar como carregadores de caixão. Um cai de joelhos e, quando se levanta, outro cai. Mas, mais cedo ou mais tarde, o caixão está sobre seus ombros e eles se preparam para sair do picadeiro com ele.

Ao que Buffo irrompe do caixão! Em um salto, arrebentando a tampa. Com um grande e lancinante estrondo, deixa para trás um buraco enorme e irregular, a silhueta de si mesmo, na frágil madeira. Aqui está ele, novamente, em pessoa, e todo branco e preto e vermelho! "Raios e trovões, cês acharam que eu tava morto?"

Ressurreição tumultuada do palhaço. Ele pula do caixão mesmo quando seus acólitos ainda o seguram no alto, realizando uma dupla cambalhota em seu caminho até o chão. (Ele começou a vida como acrobata.) Rugidos de aplausos e vivas. Ele dá voltas e mais voltas ao redor do picadeiro, apertando as mãos, beijando os bebês que não estão chorando de pavor, despenteando as cabeças de olhos esbugalhados das crianças que oscilam entre lágrimas e risos. Buffo, que estava morto, agora está vivo outra vez.

E todos saltam para fora do picadeiro, liderados por esse demoníaco, maligno e encantado folião.

Os outros palhaços o chamavam de Velho, em sinal de respeito, embora ele ainda não tivesse cinquenta, beirando o climatério de seus anos.

Seus hábitos pessoais eram dominados por uma sede tremenda e perpétua. Os bolsos estavam sempre cheios de garrafas; sua capacidade de beber era prodigiosa, mas sempre parecia, de alguma forma, insatisfatória para ele mesmo, como se o álcool fosse um substituto inadequado para algum intoxicante mais substancialmente inebriante, como se ele tivesse desejado, se pudesse, engarrafar o mundo inteiro, despejá-lo goela abaixo e depois mijá-lo contra a parede. Como Fevvers, ele era cockney, nascido e criado; seu nome *real* era George Buffins, mas ele o havia esquecido há muito tempo, embora fosse um grande patriota, britânico até os ossos, mesmo que tão amplamente viajado quanto o próprio Império Britânico, sempre a serviço da diversão.

"Nós nos matamos", disse Buffo, o Grande. "Muitas vezes nós nos enforcamos com os berrantes suspensórios com os quais suspendemos aquelas calças folgadas como saias que os muçulmanos usam a fim de que o Messias não nasça de um homem. Ou, às vezes, uma pistola pode ser furtada do domador de leões, as balas de festim substituídas por balas de verdade. Bang! uma bala no cérebro. Se for em Paris, você pode se jogar embaixo do metrô. Ou, se for sortudo a ponto de poder comprar uma casa moderna, você mesmo pode se intoxicar com gás, no seu sótão solitário, não é? Desespero é o companheiro constante do Palhaço.

"Pois, em diversos casos, não há um elemento *voluntário* no fato de ser palhaço. Muitas vezes, veja bem, nós começamos a fazer palhaçadas quando todas as outras coisas deram errado. Sob esses disfarces impenetráveis de base branca, você poderia encontrar, se olhasse bem, as características daqueles que, alguma vez, já sentiram orgulho de serem visíveis. Você encontraria, por exemplo, a *aerialista* cuja coragem fraquejou; o cavaleiro que montava sem sela, mas acabou levando mais tombos do que deveria; o malabarista cujas mãos tremem tanto, de bebida ou tristeza, que ele não consegue mais manter as bolas no ar. E então o que resta é apenas a máscara branca do pobre Pierrot, que convida ao riso que, de outra forma, viria espontâneo.

"O riso da criança é puro até que ela ria de um palhaço pela primeira vez."

As grandes cabeças brancas ao redor da longa mesa assentiram lentamente em aquiescência.

"A alegria que o palhaço cria cresce proporcionalmente à humilhação que ele é forçado a suportar", continuou Buffo, reabastecendo seu copo com vodca. "E, no entanto, também se poderia dizer, não é mesmo, que o palhaço é a própria imagem de Cristo." Um aceno de cabeça ao ícone levemente brilhante no canto da fedorenta cozinha, onde a noite rastejava em forma de baratas nos cantos. "O desprezado e rejeitado, o bode expiatório cujos ombros curvos suportam a fúria da turba, o objeto e ainda — ainda mais! também o *sujeito* do riso. Pois o que nós somos, *escolhemos* ser.

"Sim, jovem rapaz, jovem Jack, jovem Primeiro de Maio, nós nos *sujeitamos* ao riso por escolha. Nós somos as prostitutas da alegria, pois, como uma prostituta, sabemos o que somos; nós sabemos que somos meros mercenários trabalhando duro e, no entanto, aqueles que nos contratam nos vêem como seres perpetuamente em brincadeiras. Nosso trabalho é o prazer deles, e então eles acham que nosso trabalho também deve ser nosso prazer, então há sempre um abismo entre a noção que eles têm do nosso trabalho como brincadeira, e a nossa, de seu lazer como nosso trabalho.

"E quanto à própria alegria, ah, sim, jovem Jack!" Virando-se para Walser e brandindo um copo em admoestação para ele. "Não pense que eu não tenho meditado frequentemente sobre o tema do riso, pois, em meus trapos demasiado humanos, rastejo na serragem. E quer saber o que eu acho? Que ninguém ri no céu, nem mesmo se fosse assim.

"Considere os santos como os números de um grande circo. Catarina fazendo malabarismos com sua roda. São Lourenço com sua grelha, um espetáculo que encontramos em qualquer show de horrores. São Sebastião, melhor arremessador de facas que já se viu! E São Jerônimo, com seu leão erudito com a pata no livro, uma grande apresentação de animal amestrado, superando a cadela pretinha que toca piano!

"E o grande apresentador no céu, com sua barba branca e o dedo erguido, para quem todos e muitos outros artistas menos santificados se revezam no infinito picadeiro de fogo que envolve o globo giratório. Mas nunca uma risadinha, nunca um risinho lá em cima. Os arcanjos podem gritar: "Tragam os palhaços!" até ficarem com o rosto azul, mas a orquestra celestial nunca tocará a introdução de "Marcha dos Gladiadores" com suas harpas e trombetas, nunca, nem pensar — pois estamos condenados a permanecer lá embaixo, pregados na cruz infinita das humilhações deste mundo!

"Os filhos dos homens. Não se esqueça, meu rapaz, nós palhaços somos os filhos dos homens."

Todos os outros cantarolavam atrás dele, em uníssono: "Somos os filhos dos homens", como se fosse algum tipo de ladainha litúrgica.

"Você precisa saber", Buffo continuou falando a Walser em sua entonação de cemitério, "você deve saber que a palavra 'palhaço' em inglês deriva do nórdico antigo 'klunni', que significa 'grosseiro'. 'Klunni' é cognato do dinamarquês 'kluntet', desajeitado, desengonçado e, no dialeto de Yorkshire, 'tolo'. Você precisa saber o que você se tornou, meu jovem, como a palavra lhe define, agora que você optou por perder o juízo na profissão de palhaço."

"Um palhaço!", murmuraram baixinho, sonhadores entre si. "Um palhaço! Bem-vindo ao Beco dos Palhaços!"

Enquanto isso, acompanhando o sermão de Buffo, a refeição continuava. Colheres raspavam o fundo das tigelas de barro com sopa de peixe; as mãos espatuladas, cobertas por luvas brancas, se esticavam para pegar os restos de pão preto, comida lamentável e escura como a congregação da tristeza reunida à mesa malfeita. Então Buffo, desdenhando do copo, despejou vodca direto da garrafa na garganta.

"Há uma história que contam de mim, até de mim, o Grande Buffo, como têm sido contadas histórias de cada palhaço desde a invenção dessa profissão desoladora", entoou Buffo. "Contada, antigamente, do melancólico Domenico Biancolette, que fez gargalhar o século XVII; contada de Grimaldi; contada do francês Pierrot, Jean-Gaspard Deburau, cuja herança foi a lua. Essa história não é exatamente verdadeira, mas tem a verdade poética do mito e, assim, se liga a todo e qualquer fazedor de riso. Ei-la:

"Em Copenhague, certa vez, recebi a notícia da morte da minha adorada mãe, por telegrama, na mesma manhã em que enterrei minha querida e amada esposa, que faleceu enquanto trazia ao mundo, natimorto, o único filho que brotou dos meus lombos, se 'brotar' não for uma palavra alegre demais para a maneira como sua carne relutante se esgueirou do ventre dela antes de bater as botas. Todos aqueles que eu amava foram exterminados num só golpe impiedoso! E ainda, na hora da matinê no Tivoli, eu tropeço no picadeiro, e como os pagantes estouram de rir! Tomado por uma dor inconsolável, eu gritei: 'O céu está cheio de sangue!'. E eles riram ainda mais. Como você é engraçado, com as lágrimas nas bochechas! Sem maquiagem, de luto, em algum sórdido bar entre as apresentações, a alegre garçonete diz: 'Pois lhe digo, meu velho, que cara mais triste! Eu sei o que você precisa. Vá lá no Tivoli e dê uma olhada no Buffo, o Grande. Ele logo trará seu sorriso de volta!'.

"O palhaço pode ser a fonte de alegria, mas... quem fará o palhaço rir?"

"Quem fará o palhaço rir?", todos sussurraram juntos, farfalhando como homens ocos.

O Pequeno Ivan, alheio ao significado da tagarelice estrangeira que saía dos rostos pálidos, rostos de abóboras iluminadas com lanternas, que pairavam sobre a mesa, correu em volta recolhendo as tigelas de sopa que tilintavam, amedrontado, mas cada vez mais fascinado por essa invasão de taciturnos comediantes pintados. A refeição, naquele momento, estava terminada. Todos pegaram cachimbos, tabaco e vodca fresca, enquanto a *babushka*, ajoelhada diante do samovar, executava seus gestos intermináveis, sem conteúdo, semirreligiosos, típicos daquelas mãos deformadas por décadas de trabalho rotineiro. Sua filha, a assassina do machado, estava longe, na Sibéria, mas, embora a vida da *babushka* fosse composta por esses gestos simulando oração, ela já não tinha mais energia suficiente para orar pela alma de sua filha. O carvão se avermelhava, escurecia, se avermelhava.

"E, contudo", retomou Buffo, depois de um gole de uma garrafa, "nós temos um privilégio, um privilégio raro, que torna nossa condição de proscritos e desconsiderados algo maravilhoso, algo precioso. Podemos inventar nossas próprias caras! Nós *fazemos* a nós mesmos."

Ele apontou para o branco e o vermelho sobrepostos em suas próprias feições nunca visíveis.

"O código do circo não permite nenhuma cópia, nenhuma mudança. Por mais que o rosto de Buffo pareça idêntico ao rosto de Grik, ou ao rosto de Grok, ou ao rosto de Coco, ou ao de Pozzo, de Pizzo, de Bimbo, ou ao rosto de qualquer outro palhaço de circo ou de salão, ainda assim é uma impressão digital de autêntica dessemelhança, uma expressão genuína da minha própria autonomia. E, dessa maneira, meu rosto me ofusca. Eu me tornei esse rosto que não é meu, mas eu o escolhi livremente.

"É dado a poucos se moldarem, como eu fiz, como nós fizemos, como você fez, jovem, e, nesse momento da escolha — demorando-se delirantemente entre os lápis de cor, decidindo que olhos terei, que boca... existe uma liberdade perfeita. Mas, uma vez feita a escolha, estou condenado, portanto, a ser 'Buffo' para sempre. Buffo para sempre; vida longa a Buffo, o Grande! Que viverá enquanto uma criança, em algum lugar, se lembrar dele como uma maravilha, um prodígio, um monstro, uma coisa que, se não tivesse sido inventada, deveria ter sido, para ensinar às criancinhas a *verdade* sobre os caminhos imundos do mundo imundo. Enquanto uma criança se lembrar..."

Buffo estendeu o longo braço e propositadamente cutucou o Pequeno Ivan, que estava passando com xícaras de chá.

"... alguma criança como o Pequeno Ivan", disse Buffo, que não sabia que o Pequeno Ivan tinha assistido, de cima do fogão, à sua mãe cortar seu pai com um machado, e supunha que a criança era tanto inocente quanto ingênua.

"No entanto", ele prosseguiu, "serei eu esse Buffo que criei? Ou será que eu, ao maquiar meu rosto para parecer com o de Buffo, criei, *ex nihilo*, outro eu que não sou eu? E o que sou sem a cara do meu Buffo? Ora, ninguém mesmo. Tire minha maquiagem e, por baixo, há simplesmente um *não* Buffo. Uma ausência. Um vácuo."

Grik e Grok, a dupla de palhaços musicais, há muito no trabalho duro, sempre juntos, a velha dupla feliz dos palhaços, viraram o rosto em direção a Walser, inclinando-se para captar a fraca luz da lamparina, e ele viu que aqueles rostos eram imagens espelhadas um do outro, iguais em todos os detalhes, exceto que o rosto de Grik era canhoto e o rosto de Grok era destro.

"Às vezes parece", disse Grok, "que os rostos existem por si mesmos, em algum lugar, desencarnados, esperando pelo palhaço que os vestirá, que os trará à vida. Rostos que esperam nos espelhos de camarins desconhecidos, invisíveis nas profundezas do vidro como peixes em poças poeirentas, peixes que se erguerão das profundezas obscuras quando avistarem aquele que examina ansiosamente seu próprio reflexo em busca do rosto que procura, peixes que comem homem esperando para devorar seu ser e dar-lhe outro em seu lugar..."

"Mas, quanto a nós, velhos camaradas que somos, veteranos dos palcos", disse Grik, "ora, será que eu preciso de espelho quando faço minha maquiagem? Não, senhor! Tudo que preciso fazer é olhar para o rosto do meu velho amigo, pois, quando fizemos juntos nossos rostos, nós os criamos a partir do gêmeo siamês um do outro, nosso mais próximo e mais querido, ligados por um laço tão forte quanto entranhas compartilhadas. Sem Grik, Grok é uma sílaba perdida, um erro de datilografia em um programa, um soluço do pintor de cartazes em um painel de publicidade.."

"... e assim também é ele sem mim. Ah, meu jovem, você, Primeiro de Maio, não temos como lhe contar, como teríamos palavras suficientes para lhe contar como costumávamos ser inúteis antes de Grik e Grok se juntarem e juntarem as nossas duas inutilidades, tendo abandonado nossos rostos vazios separados por aquele rosto, *nosso* rosto, posto na cama o filho comum de nossas impotências, transformado em mais do que a soma de nossas partes de acordo com a dialética da inutilidade, que é: nada mais nada é igual a alguma coisa, *desde que...*"

"... se conheça a natureza do mais."

Tendo se livrado da equação da dialética, eles irradiavam satisfação sob suas impenatráveis maquiagens. Mas Buffo não estava sentindo.

"Que besteira", disse ele, pesadamente, arrotando. "Perdão, mas diabos, sua bicha velha. *Nada* virá do nada. Essa é a glória disso tudo."

E todo o grupo repetiu depois dele, suavemente como folhas mortas farfalhando: "Essa é a glória disso tudo! Nada virá do nada!".

No entanto, os palhaços musicais, tal era sua antiga autoridade dentro da tribo, de forma obstinada e simultânea começaram a provar que se poderia, pelo menos, fazer alguma coisa com isso, pois Grik começou a cantarolar a mais delicada e breve melodia, enquanto Grok, seu velho amante, começou a tamborilar, suavemente, com as pontas dos dedos enluvadas, o tampo da mesa, em um zumbido de abelha sonolenta e em um ritmo fraco como um pulso, mas suficiente para os palhaços, pois os outros agora se levantaram de seus bancos e, na penumbra da cozinha de Petersburgo, começaram a dançar.

Era a bergamasca, ou dança dos bufões, e, se começava com a mesma imitação da graciosidade da dança dos rudes artesãos em *Sonho de uma Noite de Verão*, logo seus movimentos azedaram, tornaram-se cruéis, transformaram-se em um terrível libelo contra a própria noção de dança.

Enquanto dançavam, começaram a se alvejar mutuamente com cascas de pão preto, em disparos ritmados, e esvaziaram as garrafas de vodca na cabeça uns dos outros, caretas de dor, ressentimento, desespero, agonia, morte, levantavam-se e atiravam, esvaziavam em idas e vindas. A *babushka*, nesse momento, estava cochilando no fogão, suas amplas tristezas esquecidas, mas o Pequeno Ivan, em transe, escondeu-se nas sombras e, com medo, não podia deixar de assistir, o polegar firmemente enfiado na boca para lhe trazer conforto.

A lamparina de parafina gotejante lançava sombras distorcidas nas paredes escurecidas, sombras que não caíam onde as leis da luz ditava que deveriam cair. Um a um, cada um acompanhado por sua sombra retorcida, os palhaços subiram na mesa, onde Grik e Grok permaneciam sentados, um em cada extremidade, como lápides, zumbindo e tamborilando.

Um sujeito esguio, de cabelos cor de cenoura, cujo terno era todo entrelaçado em cores prismáticas, como o traje de luzes de um toureiro, segurou firmemente as calças largas e axadrezadas de uma criaturinha em um colete de veludo vermelho e derramou o conteúdo de um litro de vodca inteiro na abertura resultante. O anão desatou em uma tempestade de choro silencioso e, com uma cambalhota para trás, prendeu-se ao pescoço do agressor para ali cavalgar, como se fosse o velho do mar, embora o arlequim agora começasse a girar em tal sucessão de piruetas que ele logo desapareceu em um borrão radiante, para reaparecer, por sua vez, nas costas do anão. Nesse ponto, Walser perdeu de vista a dupla na confusão da selvagem ginga.

Que violência bestial e obscena eles imitavam! Um novato enfiou a garrafa de vodca no rabo de um ilustre veterano; o ilustre, em resposta, prontamente baixou suas calças de mendigo andarilho e revelou um membro viril de tamanho priápico, de cor púrpura brilhante e salpicado de estrelas amarelas, com dois balões cereja balançando da braguilha. Com isso, um segundo veterano ilustre, com um olhar maldoso, pegou um enorme par de tesouras do bolso de trás e cortou fora a horrível coisa, mas, tão logo se pôs a brandir a coisa acima da cabeça, em triunfo, outro falo sinistro apareceu no lugar do primeiro, este azul brilhante com bolinhas escarlates e testículos cor de cereja, e assim por diante, até que o palhaço com a tesoura foi fazendo malabarismos com uma dúzia dessas coisas.

Parecia que eles estavam destruindo a sala com aquela dança. Enquanto a *babushka* dormia, sua sólida, muito sólida cozinha caía em pedaços sob os golpes desordeiros da trupe, como se o recinto inteiro não passasse de um cenário teatral, e a noite púrpura de Petersburgo inseria cunhas dentadas nas paredes ao redor da mesa em que esses comediantes brincavam com tão pouco prazer, em uma dança que poderia ter invocado o fim do mundo.

Então Buffo, que permanecera sentado no seu lugar de Cristo durante todo esse tempo, com a impassibilidade dos mascarados, gesticulou para que o Pequeno Ivan — o inocente Pequeno Ivan — trouxesse à mesa aquele caldeirão de ferro preto onde fora servida a sopa de peixe e o colocasse diante dele. E assim a criança em transe entrou no número.

Levantando-se cerimoniosamente, o Mestre dos Palhaços pescou dentro do caldeirão e lá encontrou todo tipo de coisas rudes — calcinhas, escovas de banheiro e jardas e mais jardas de papel higiênico. (Analidade, a única qualidade que eles de fato compartilhavam com crianças.) Penicos surgiram do nada e logo vários os puseram na cabeça, como chapéus, enquanto Buffo servia mais e mais petiscos nojentos das profundezas mágicas de seu pote e os distribuía com prodigalidade imperial entre os membros de sua comitiva.

Dança da desintegração; e da regressão; celebração do lodo primordial.

O Pequeno Ivan estava boquiaberto, quase em pânico, quase histérico, mas tudo estava silencioso como um dia de verão — apenas o zumbido e o pulsar de Grik e de Grok e, como um som de outro mundo, o ocasional ronco e gemido da *babushka* no fogão.

Apesar dos cuidados de Fevvers e das atenções do médico, Walser ainda estava rígido e dolorido pelo abraço do tigre e, embora soubesse que essa exibição era, em certo sentido, praticada em seu benefício, era até uma espécie de iniciação, ele não tinha grande gosto por aquilo e escorregou por uma das fissuras da folia em direção ao beco gelado lá fora. Ao toque do frio, sua ferida zumbiu como uma serra.

Em uma parede em ruínas, relutantemente iluminada por um escasso poste de luz, havia um cartaz recém-colado. Ele não conseguia ler a legenda, em cirílico, mas podia vê-la — Fevvers, em toda a sua opulência,

no meio do ar, em sua nova encarnação como estrela de circo. O Coronel tinha aproveitado o desenho do anão francês, mas acrescentara a ele, por alguma mão menos hábil, representações da princesa da Abissínia, os gatos, os macacos, os próprios palhaços, para que todos parecessem protegidos pelas asas abertas de Fevvers, da mesma forma que os pobres do mundo estão protegidos sob o manto da Madona da Misericórdia.

Enquanto Walser olhava para este pôster com sarcasmo, uma sombra se destacou daquelas sob o poste de luz, atravessou a rua como uma rajada de vento e se jogou, chorando, aos pés de Walser, cobrindo suas mãos de beijos.

E foi assim que Walser herdou a mulher do Homem-Macaco, embora ele não entendesse uma palavra do que ela dizia, a não ser seu nome, Mignon, e ela continuava a se arrastar na rua, agarrada às calças curtas dele com as pobres mãos ossudas.

Ela ainda estava vestida como pela manhã, com a fina e desbotada capa de algodão, sem casaco nem xale, e seus braços nus estavam salpicados de lilás de tanto frio. Os brancos ossinhos de coelho dos tornozelos saltavam dos chinelos de feltro rasgado nos pés sem meias. Seu cabelo, loiro e escorrido, pendia da cabecinha, preso em um fino rabo de cavalo. Com a mão esquerda, a mão boa, ele a puxou para cima, e ela veio facilmente, era leve como uma cesta vazia. Ela se apoiou nele e foi parando de chorar, apertando as órbitas dos olhos como uma criança. O marcas escuras em seu rosto podiam ser tanto manchas do choro quanto contusões.

Nada mais se movia na rua de casas fechadas e distorcidas. A névoa se fechou como a tampa de uma panela. À distância, um cachorro melancólico latiu. Na hospedaria atrás dele, a festa maligna dos palhaços. Nenhum lugar para levar essa jovem magricela entregue a ele por acaso, a não ser... A Madona da Arena balançou a bunda no cartaz; sua escolha fora feita. Ele hiniu e nitriu para a jovem, do jeito que uma amazona invoca docilidade a um cavalo tímido, e levou-a pelo labirinto de casebres até que desembocaram abruptamente em uma rua reluzente.

Que barulho estrondoso! Queluzes brilhantes! Multidões de pessoas, de cavalos, de carruagens! Walser ficou emocionado ao ver como a pequena Mignon, acostumada apenas a alojamentos pobres, a caravanas e ao lado inferior do espetáculo, logo parou de soluçar e olhou ao redor com admiração e entusiasmo. Tinha problemas nas adenoides e respirava pela boca, mas ostentava uma pálida, desnutrida e doentia beleza. Quando parou de chorar, tinha recuperado o fôlego suficiente para tossir.

Eles formavam um estranho par. Uma rameira pintada, com um véu sobre os olhos e um bom casaco com gola de pele, virou-se para vê-los passar. Ela se benzeu, acreditando ter visto um casal de *yuródivyye*, os santos loucos, mas o porteiro do Hotel de l'Europe, em seu uniforme marrom, menos supersticioso, avançou sobre eles com a mão estendida, barrando a entrada pela porta de vidro, com um gesto de guardião do paraíso.

Walser experimentou seu escasso vocabulário russo, repetiu "por favor" várias vezes, mas o porteiro riu e balançou a cabeça. Usava dragonas e um quepe trançado de, no mínimo, um general. Mignon, pendurada no braço de Walser, olhava sem parar pela porta de vidro para o interior do país das fadas, o deslumbramento da eletricidade, os tapetes peludos, as belas damas, não mais bonitas do que ela, que mostravam os seios para cavalheiros curvados, em trajes de noite. Ela contemplava com alegre reverência, quase gratidão por tamanho luxo existir; nunca esperou que o porteiro pudesse ceder e deixá-los entrar, por que deveria? Sabia, melhor do que o palhaço tolo, que tais guloseimas não eram para gente como eles, mas, mesmo assim, só a visão daquela confeitaria proibida de um saguão de hotel já era suficiente por si só para compensá-la por um dia em que ela havia sido abandonada à mercê de um faminto tigre por seu amante, depois espancada por seu marido e jogada seminua nas invernais ruas russas. Com a parte de trás da garganta, emitia curtos sons guturais de melancólica admiração. Seus olhos eram grandes e redondos como pedras de moinho.

Então Walser achou que poderia subornar o porteiro, mas assim que vasculhou debaixo da camisa em busca do "saco rabugento", como Grik o chamava, onde lhe haviam ensinado a esconder seus rublos, uma firme mão em luvas de pelica cor de bronze desceu sobre seu ombro bom, enquanto outra, vestida de forma semelhante, fez florescer diante dos olhos do porteiro duas tiras de papel cor-de-rosa que ele reconheceu como cortesia pela noite de abertura da Maior Espetáculo na Terra. Ele e Mignon foram imediatamente arrastados para o ar quente e perfumado lá de dentro, no rastro de Fevvers, enquanto o porteiro se curvava quase até o chão com servilismo e gratidão.

A suíte dela parecia decorada exclusivamente com flores, mas, olhando por baixo de alguns alqueires de lilás branco, Fevvers localizou uma poltrona de veludo vermelho do tamanho de uma banheira de assento e caiu nela, livrando-se aos pontapés de seus sapatos de salto alto e tirando um xale espanhol florido com gestos de furiosa exaustão. Sob o xale, usava um extravagante vestido de cetim naquele tom de vermelho que as loiras são aconselhadas a evitar porque as "apaga"; mas não apagava Fevvers, cujo rouge era ainda mais vivo. Seu vestido era decorado com babados de renda preta e o decote na frente ia quase até os mamilos, provavelmente em uma tentativa de desviar a atenção da corcunda. Mesmo assim:

"Amanhã", ela rosnou melancolicamente, "todas as belas damas em Petersburgo ficarão corcundas. Outro triunfo social, sr. Walser."

A Misericórdia estava de mau humor.

"O que é isso que o gato trouxe?", ela perguntou, olhando friamente para Mignon. "Rápido, minha Liz, prepare um banho para ela antes que ela nos passe alguma coisa."

Lizzie, lançando a Walser um olhar antiquado, dirigiu-se em pasos pesados ao banheiro para fazer o que lhe fora solicitado.

Alegremente inconsciente de sua fria recepção, a moça, que na implacável luz elétrica dos lustres parecia ter não mais do que treze anos, ficou bastante impressionada com a sala de estar, e girou sem parar em um ponto fixo no tapete sorvendo tudo — os belos quadros nas paredes; as finas pernas das mesas com cinzeiros de ônix e cigarreiras de calcedônia; o alegre fogo de lenha; pelúcia, brilho e tapetes de pelo alto. Aaaaaah!

Enquanto observava o deleite da faminta moça, a natureza bondosa de Fevvers lutava contra seu ressentimento. Ela suspirou, abrandou-se e dirigiu-se a Mignon em uma confusão de idiomas, italiano, francês, alemão, tudo barbaramente pronunciado e gramaticalmente torto, mas rápido como tiros de metralhadora. Quando ela atingiu o alemão, a moça sorriu.

Remexendo por baixo de um buquê de orquídeas já apodrecidas, Fevvers encontrou uma caixa enfeitada com fitas do tamanho de um tambor, deixou a tampa de lado e revelou camada sobre camada de chocolates embalados em tutus com babados de papel branco. Empurrou a caixa para Mignon.

"Vai em frente. Se entupa. *Essen. Gut.*"

Mignon, desajeitada como um menino, apertou a caixa contra o peito, cheirando com os olhos semicerrados, quase desmaiando aos aromas misturados de voluptuosidade infantil, cacau, baunilha, pralina, violeta, caramelo, que se erguiam das profundezas cheias de babados. Ela parecia quase incapaz de ousar tocá-los. Fevvers bruscamente escolheu um chocolate gordo com um pedaço de gengibre cristalizado em cima e o enfiou na boca rosa-pálida que se abriu como uma anêmona-do-mar para engolfá-lo. Um luminoso rastro de lesma do sêmen seco do Homem-Músculos escorreu pelas pernas de Mignon. Ela fedia. Até se casar com o Homem-Macaco, exercera uma estranha profissão: costumava se passar por morta.

Era filha de um jovem que matou a esposa, a mãe de seus filhos, por ela se deitar com soldados de um quartel próximo. Esse jovem levou a mulher até uma lagoa na periferia da cidade, cortou sua garganta, jogou a faca na lagoa e voltou para seu alojamento em tempo hábil para preparar o jantar dos filhos. Mignon e sua irmãzinha estavam brincando no pátio lá fora. Mignon pulava e sua irmã girava a corda. Tinha seis anos, sua irmã tinha cinco.

Elas viram o pai voltar. "O jantar estará pronto em breve", ele disse. Entrou na casa. Havia sangue em sua camisa, mas ele não trabalhava no matadouro? Não era o trabalho dele lavar o chão do matadouro? Então elas não deram importância ao sangue em sua camisa, nem às suas calças molhadas.

Mas ele saiu de casa em um minuto. "A faca de pão foi perdida", disse. "Preciso encontrar a faca de pão." Mais tarde, as pessoas perguntaram às meninas se ele estava agindo de forma estranha, mas como pode uma criança de seis anos, uma criança de cinco anos, saber o que é um comportamento estranho e o que não é? A faca de pão nunca tinha sido perdida antes. Isso era estranho. Mas o pai muitas vezes preparava o jantar porque a mãe levava roupa para os soldados no quartel e saía à noite para entregar as camisas engomadas para que os oficiais as tivessem limpas a tempo do jantar.

"O banho está pronto", disse Lizzie de uma porta aberta, em uma onda de vapor com aroma de flores.

Mignon batalhou com a capa que vestia, mas, como não queria soltar a caixa de chocolates, deslocou-a para baixo de um braço e, depois, para baixo do outro, enquanto lutava com as mangas, levou algum tempo para ela emergir. Abraçou aquela caixa com fitas tão forte que se pensaria que tinha se apaixonado pelos chocolates.

Como não podia fazer a ceia sem cortar o pão, seu pai saiu para procurar a faca na lagoa e procurou-a tão diligentemente que se afogou em cinco pés de água. Eles encontraram a faca de pão quando drenaram a lagoa. "Esta é sua faca de pão?", perguntou o juiz, bastante gentil. "Sim", disse Mignon, e estendeu a mão para pegá-la, mas eles não permitiram que ela a pegasse de volta. Isso foi mais tarde.

As menininhas continuaram pulando corda no pátio até escurecer. Mignon teve seu turno balançando a corda. A outra ponta da corda estava amarrada na maçaneta. Agora todas as janelas da casa tinham luz, mas não a janela delas. Então, sua irmã ficou com fome, elas desamarraram a corda e subiram. Mignon não sabia acender a luz mas, pelo tato, encontrou o pão na mesa no escuro e partiu alguns pedaços para sua irmã e para ela, e foi isso o que comeram.

"Jesusamado!", exclamou Fevvers quando viu a nudez de Mignon. A pele de Mignon era toda lilás, esverdeada, amarelada dos espancamentos. E, mais do que as marcas de hematomas recentes de contusões passadas sobre contusões já desbotadas, era como se ela tivesse sido completamente espancada, como se todos os pelos, todo o brilho tivesse sido removido a golpes de sua pele adolescente, como se tivesse sido espancada até ficar em farrapos, ou como se tivesse sido debulhada, ou espancada até atingir a finura do metal batido; e as surras quase a tinham levado de volta à aparência da infância, pois suas pequenas omoplatas se erguiam em ângulos agudos, ela não tinha seios e era quase sem pêlos, exceto por um tufozinho de linho sobre seu montículo.

Indiferente àqueles olhares de perplexidade, ela deixou a capa cair no chão e correu para o banheiro, só pernas e cotovelos. Não se esqueceu de levar seus chocolates. Com as tenazes da lareira, Lizzie pegou a roupa descartada e jogou-a no fogo, onde o tecido queimou, estalou, virou um fantasma sombrio e desapareceu pela chaminé. Fevvers pôs um dedo convocador na campainha do serviço de quarto.

As menininhas choravam e dormiam. De manhã, o pai não veio, só os vizinhos vieram. Do inquérito, Mignon reteve apenas a memória mais vaga, mais vaga do que a do salto das vísceras na frigideira quando seu pai roubou um punhado de tripas do matadouro, ou da bela fita que um soldado lhe deu e que sua mãe tirou em seguida. (Por que será que ela fez aquilo?)

E, agora que ela era uma garota crescida, de seu pai conseguia se lembrar apenas de um cheiro de carne estragada e de um par de bigodes loiros que sempre caíam nas pontas, seu bigode, que havia sido submetido inteiramente ao desespero muito antes de ele agarrar a faca de pão, escondê-la na camisa, pegar na mão da mulher e a levar para fora para ver o pôr do sol refletido na água.

De sua mãe, mãos umedecidas com espuma de sabão; mãos que lhe tiravam coisas. E as lágrimas, inescrutáveis na memória como tinham sido em vida, aquelas lágrimas que vinham quando a infiel mulher apertava as filhas contra o peito, como às vezes, embora raramente, fazia.

No curto espaço de tempo que Fevvers tinha passado em Petersburgo, parecia que já conseguia se virar em russo, o suficiente para pedir refeições, e ela acrescentou, como uma reflexão tardia, uma garrafa daquela bebida internacional, champanhe. Claramente a condição de Mignon havia derretido seu coração, embora, pela aspereza de seus olhos azuis quando ela os voltou para Walser, não se pudesse julgar que fosse assim.

Alojadas no orfanato da cidade, as meninas oravam e, no resto do tempo, se ocupavam de tarefas domésticas. Então foi como se sua irmã fosse para um lado e Mignon para outro; uma manhã elas acordaram nos braços uma da outra na mesma cama e, naquela mesma noite, Mignon foi dormir sobre um monte de trapos no canto de uma cozinha cheia de formas escuras de espetos, potes, jarras e prensas para comprimir carne de pato.

Ela aguentou aquilo por seis meses, porque era inverno, e a casa em que ela trabalhava como criada estava metida no meio do país, no meio da neve. Mas quando chegou a primavera, ela fugiu, e um camponês que levava uma carga de repolhos para a cidade lhe deu uma carona em troca de ela chupar seu pau. Ela não ousaria voltar para o orfanato, embora por muito tempo costumasse ficar do lado de fora, na esperança de que sua irmã ainda pudesse estar por lá, mas nunca mais viu a irmã, então supôs que também tivesse conseguido um bom lugar, em alguma parte.

Durante todo o verão, Mignon ganhou a vida recolhendo flores descartadas no mercado e reunindo-as em buquês avariados. Aprendeu a exercer alguma engenhosidade arranjando esses pequenos buquês e também logo aprendeu a aumentar suas *trouvailles* com flores colhidas em jardins públicos, mas não era uma boa vida, era mendigar com pintura no rosto, e ela roubou outras coisas, comida, estranhas peças de roupas, a fim de sobreviver.

Ela dormia onde podia, nas ruas, debaixo de pontes, em portas de lojas, e estava tudo bem, desde que estivesse quente. Ela logo fez muitas amizades entre as outras crianças de rua, filhos acidentais da cidade, e quando o frio veio ela combinou esforços com toda uma gangue de jovens criaturas que fizeram seu quartel-general em um armazém abandonado.

De mendigo a ladrão é um passo, mas um passo em duas direções ao mesmo tempo, pois o que um mendigo perde em moral, ao tornar-se ladrão, ele recupera em autoestima.

No entanto, por mais talentosas que sejam como batedores de carteira, essas crianças das profundezas mais sórdidas permaneciam... crianças. Faziam grandes fogueiras, à noite, em parte para se aquecerem, em parte pela diversão das chamas crepitando, brincavam de pega-pega e de esconde-esconde, de pular sobre as brasas, e caíam em discussões infantis brigando entre si, e certa noite o fogo ficou grande demais para suas botas, consumiu seu alojamento, consumiu alguns deles também. O lar e a família que Mignon havia inventado para si virou fumaça, e ela estava sozinha novamente.

Assim, ela roubava, um pouco e, por alguns cobres, masturbava meninos nervosos em becos afastados, e os deixava colocar aquilo nela contra paredes sombrias por mais alguns cobres. Teria cerca de catorze anos, a essa altura.

O garçom bateu à porta e entrou empurrando um carrinho tilintante. Uma terrina e champanhe em um balde de gelo de prata, delirantemente embaçados pelo frio. O garçom abriu um lugar em uma das vistosas mesinhas com uma luzidia toalha branca, o tempo todo espiando furtivamente o nobre decote de Fevvers, até que Walser sentiu um estranho desejo crescer dentro dele de socar o nariz do jovem. Embora Fevvers tivesse pedido comida só para Mignon, havia quatro copos, parecidos com pires sobre hastes, e ela acenou peremptoriamente para que os copos fossem trocados por *flûtes*, um escrúpulo de refinamento que encantou Walser.

Fevvers levantou a tampa da terrina — pão e leite para a criança abusada, um toque maternal. Pegou um pouco com o dedo, provou, fez uma careta, polvilhou açúcar abundantemente do açucareiro de prata. Recolocou a tampa e pôs um guardanapo em volta da terrina, para manter quente seu conteúdo. Apesar desses hospitaleiros preparativos, a Vênus Cockney permaneceu de mau humor, lançando a Walser eloquentes miradas de desprezo e de irritação, com aqueles olhos que, essa noite, eram de um azul tão escuro quanto as calças dos marinheiros.

Salpicos de êxtase e murmúrios de deleite vieram pelas bordas da porta do banheiro, juntamente com pequenos sopros de vapor. Então Mignon começou a cantar.

Tinha uma voz de soprano doce e pura, até aí tudo bem; nesse sentido, a voz combinava com seu corpo imaturo. Mas era como se a tragédia inimaginável de sua vida, o mar de miséria e desastre em que ela nadou em seu precário estado de impureza inocente, tudo aquilo encontrasse expressão, para além da consciência de sua intenção, em sua voz. Ela cantou:

Então não vamos mais vagar
Até tão tarde no meio da noite
Embora o coração ainda possa amar
E a lua em brilhar não hesite.

Todos os três que a ouviram sentiram os pelos da nuca se arrepiarem, como se aquela linda voz fosse algo sobrenatural e sua possuidora fosse uma feiticeira ou estivesse sob algum feitiço.

"Pensei que ela não falasse inglês", murmurou Fevvers, arrepiada, como se a criança os estivesse enganando.

"Você não vê?", sussurrou Lizzie. "Ela conhece as palavras, mas não as compreende."

Em uma noite de inverno, enquanto os flocos de neve giravam em torno das chaminés, Mignon, corajosa por efeito da fome, extraviou-se nas galerias da parte comercial da cidade, onde raramente se aventurava. Um cavalheiro em um aconchegante sobretudo e uma cartola (que pendia melancólica pelo peso da neve em sua borda) veio correndo pela calçada em sua direção, absorto em seus próprios assuntos. Ela se colocou em seu caminho. Fazia já dois dias que não tinha comido nada. Era tão magra que não projetava nem sombra. Ele fez menção de afastá-la, como se ela fosse uma mosca que tivesse pousado em seu braço, mas então, olhando distraidamente para o rosto dela, uma expressão de sórdida astúcia e conjecturas vis cruzou seu rosto.

Ele era um médium e cumpria o horário de consultas em seu confortável apartamento em cima de uma mercearia no próximo quarteirão. Deliciosos odores de cravo, damascos secos e linguiça de presunto se infiltravam pelas rachaduras nas tábuas do assoalho e, pela primeira vez na vida, Mignon tinha comida suficiente; mas ela não aumentava de peso, era como se algo dentro dela comesse tudo antes que ela pudesse alcançá-lo, mas ela não tinha vermes.

No dia em que se encontraram, esse homem, Herr M., estava voltando para casa de um serviço na igreja espírita onde ocasionalmente oficiava, quando encontrara a pequena prostituta com o xale sobre a cabeça. Ele estava realmente preocupado com um problema sério, para o qual a aparição da garota fornecia a solução. Pois, ainda na semana anterior, sua assistente, uma moça rechonchuda de Schleswig-Holstein, em quem ele confiava totalmente, fugira com um senhor brasileiro, um caixeiro-viajante que visitara a mercearia no andar de baixo trazendo amostras de café. Tendo ela descido as escadas, certo dia, para comprar um sanduíche de queijo e alguns biscoitos, o latino expansivo e empastado de brilhantina tirou uma folga de seus saquinhos de grãos verdes para trocar palavras com ela com um sotaque irresistivelmente sincopado. Ela aceitou seu convite para almoçarem em um restaurante da moda em um domingo em que Herr M., o médium, estava visitando a tia idosa em um subúrbio cheio de árvores frondosas. Uma coisa levou a outra e, se o médium tinha olhos aguçados para o mundo do além, era cego como um morcego para o desenrolar dos acontecimentos que ocorriam debaixo de seu nariz — até que, sob aquele nariz, preso, na verdade, no próprio travesseiro em que ele estava acostumado a acordar e encontrar as tranças da cabeça dela, ele descobriu, em vez de tranças, um bilhete avisando que ela já estava no trem que a levaria ao porto de onde ela e seu namorado embarcariam para o Rio de Janeiro. Eita!

A assistente fugitiva levou alguns bens pessoais portáteis, como o relógio de ouro de Herr M. e um rolo de cédulas que, por segurança, ele havia depositado dentro do relógio de pêndulo, mas era um homem magnânimo e sentiu que devia mesmo *aquilo* a ela. Também sentiu algum alívio pelo fato de que, lá longe, no ensolarado Brasil, ela não estaria em condições de abrir o bico para outro tipo de grão que não fossem aqueles com que seu senhor negociava. Mas ele estava gravemente incomodado por estar sem uma assistente e considerou seu encontro com Mignon como verdadeiramente determinado pelos espíritos.

A grande semelhança da garota com um espectro foi o que mais o impressionou.

> Pois a espada supera a bainha
> E o coração o peito vai superar
> E o próprio amor ao fim caminha
> E o próprio coração vai descansar.

Mignon cantou sua canção estrangeira sem sentido, sem sentimento, como se a canção despontasse através dela, como se ela fosse de vidro, sem a noção de que estava sendo ouvida; cantou sua canção, que continha a angústia de um continente.

Herr M., um homem que dava uma por noite, de vez em quando trepava com Mignon com a regularidade distraída com que dava corda no relógio do avô, embora nunca por tanto tempo. Quanto a Mignon, ela mal podia acreditar na sorte: uma cama, com lençóis; uma poltrona; um fogão quente; uma mesa, com uma toalha; horário para as refeições! Ele providenciou para que ela se espiolhasse, pagou um médico para garantir um atestado de saúde — por milagre ela havia escapado da infecção; e a mandou para o dentista, que arrancou seus molares podres, aumentando muito a semelhança de seu rosto a uma caveira. Como ela possuía apenas os trapos que trazia sobre a pele, ele lhe comprou vários conjuntos de roupas íntimas, alguns vestidos de lã e mescla de algodão baratos, para o dia a dia, e, para o horário de trabalho, umas camisolinhas brancas bem bonitas, enfeitadas com bordados ingleses. Ela não precisava de um casaco porque ele nunca a deixava sair do apartamento. Mignon achou que estava no céu, mas era o paraíso dos tolos e, em termos literais, essa é a descrição exata do estabelecimento de Herr M.

Muito cedo Herr M. formulara a seguinte máxima: por que roubar, quando há mais satisfação intelectual em obter por trapaça?

O trabalho diário de Mignon passou a consistir em personificar pessoas mortas, posando para fotografias delas.

Todas as manhãs, durante o desjejum, Herr M. estudava a coluna de obituário no jornal, marcando as mortes de mulheres jovens com uma faixa de luto feita com um grosso lápis preto. Embora jovem esposas, de preferência aquelas que haviam morrido de parto, às vezes se revelassem bastante satisfatórias, as relações conjugais podiam, em certos momentos, tornar-se complicadas e, acima de qualquer coisa, ele dava preferência à morte de filhas únicas de pais idosos. Epidemias de difteria e escarlatina sempre colocavam um sorriso em seus lábios e o faziam quebrar a casquinha do ovo com um ar especialmente confiante. Após consumir seu ovo, seu queijo, seu salame, sua torrada e algumas colheradas de compotas — desfrutava de um farto café da manhã —, ele se acomodava com uma segunda xícara de café e fazia os registros dos resultados satisfatórios de suas pesquisas no sistema de arquivamento. Às vezes, solene como um agente funerário e vestido de maneira semelhante, ele comparecia àqueles funerais onde julgava que haveria tão poucos enlutados que sua presença seria lembrada e, a outros, enviava flores primorosamente escolhidas, como um ramo de violetas brancas ou uma guirlanda de botões de rosa mal abertos, acompanhados de seu cartão de bordas pretas. Mas, no geral, ele não acreditava em malhar o ferro enquanto estava quente. Não. Ele deixava a primeira dor atroz passar, antes de se apresentar. Preferia atuar sobre sujeitos que, por experiência, reconhecia como pessoas inconsoláveis.

Ele se orgulhava de seu conhecimento do coração humano.

Então, na maior parte dos casos, ele se baseava na propaganda boca a boca e mantinha excelentes relações com fabricantes de coroas, salões de embalsamamento e pedreiros de mausoléus. De todos os seus clientes, gostava mais de quem o procurava de forma espontânea. Com rostos enrugados por vestígios de lágrimas, muito tímidos, eles vinham fazer perguntas, frequentemente com um ar de embaraço, na Igreja do Espírito, onde o sacristão, um idoso swedenborgiano de integridade impecavelmente lunática, anotava os nomes e endereços a fim de que Herr M. se aproximasse deles no momento certo. Ele gostava de fazê-los esperar um pouco, não muito, apenas o suficiente para deixá-los entender o quão complexas eram as negociações que ele deveria fazer.

"E vamos vê-la? Vamos realmente vê-la?"

Ah, sim; ela atravessará do abismo do além, ela deixará seu leito em canteiros de asfódelo e se materializará aqui neste apartamento, quando as cortinas estiverem cerradas, na penumbra... ela não suporta a luz do sol, agora, veja bem, nem o brilho artificial do lampião a gás, mas trará consigo sua própria névoa radiante.

Todas as meninas parecem iguais depois de uma longa doença. Mignon usava uma camisola branca, abotoada até o pescoço, e deixava os cabelos soltos. Os enlutados sentavam-se à mesa redonda de mogno coberta por uma toalha de pelúcia vermelha bordada com uma franja de borlas. Davam-se as mãos. Herr M. era sólido e confiável como um gerente de banco, com seu colete amplo, sua jaqueta de veludo verde escuro e seu sentimentalismo untuoso. Havia um pequeno solidéu bordado com símbolos misteriosos que ele usava nas sessões. Sua tia o costurara para ele.

Ele acreditava que as melhores ilusões eram as mais simples. No entanto, como hobby, fazia experimentos com vários brinquedos óticos e lanternas mágicas das mais sofisticadas. Herr M. gastava somas consideráveis com tais dispositivos, envolvido em pesquisa plenamente respeitável sobre sistemas de reprodução mecânica e, de fato, tinha muitas das características de um cientista *manqué*. Era sinceramente fascinado pelas artes e artifícios da ilusão e, durante todo o tempo em que Mignon trabalhou para ele, manteve uma correspondência erudita com um certo sr. Robert Paul, em Londres, sobre uma invenção que o sr. Paul havia patenteado. O sr. Paul argumentava que sua invenção materializaria o desejo humano de viver no passado, no presente e no futuro, tudo ao mesmo tempo. Consistia em uma tela em que se projetava aleatoriamente um certo número de sequências de imagens simulando cenas do passado, do presente e do futuro, enquanto o público, sentado em confortáveis *fauteuils*, era submetido a uma brisa suave direcionada a ele por uma máquina de vento com manivela para simular o vento da viagem. Herr M. até iniciou conversações, em nome de seu colega, com uma trupe de dançarinos que trabalhava em uma cabaré que ele conhecia, para que personificassem personagens para sua câmera. (Ele era, desnecessário acrescentar, um excelente fotógrafo.) Tudo feito às claras e com bom gosto.

Mas, embora fosse apaixonadamente dedicado a este hobby e passasse a maior parte de suas horas livres fechado no escritório com seu Praxinoscópio, seu Fasmatrópio e seu Zoopraxiscópio, projetando em uma tela branca fotografias de plantas e animais que muitas vezes pareciam se mover, esses estudos permaneceram apenas periféricos em relação a seus negócios, que consistiam em espoliar os vivos, arranjando entrevistas com seus entes já idos.

Ela não vai falar; ela não vai sorrir.

Ah! como a doença a fez mudar! como devastou seu rostinho! mas, na terra feliz que agora habita, já não há doença, não há dor.

"Ah, minha querida!"

"Silêncio! Não a sobrecarreguem com sua dor, tenham piedade!"

Então, pode-se observar que ainda havia traços de humanidade comum em Herr M., traços estes que ele frequentemente aplaudia em si mesmo; afinal, ele não confortava, não consolava? A partir da bondade de seu coração compassivo, acaso não amenizava as sofridas almas que traziam sua dor àquela sala? Se ele não tivesse descoberto aquela inovação compassiva que o separava dos outros médiuns, não poderia vender aos clientes insatisfeitos fotos autênticas dos entes queridos e perdidos, que provavam, fosse em qual fosse o mundo que agora habitassem, que eles ainda floresciam?

Ele interpretava vozes inaudíveis com a melhor das intenções.

"Ela lhes implora: 'Papai! Mamãe! não chorem!'." Ou: "Ela está dizendo que não pode descansar em paz enquanto vocês sofrerem". Herr M. enfiava as cédulas no relógio de pêndulo de seu avô com uma satisfação que não era puramente fiscal, era pelo menos em parte a de um legítimo samaritano.

"Se não pagassem, eles não *acreditariam*, e então eles não obteriam nenhum benefício, nenhum mesmo."

Sua sala de estar em forma de L tinha cortinas de renda presas do arco até a base do L, ao lado da *jardinière* de vidro verde sobre a qual havia uma samambaia de Boston. Apontando para essa alcova ficava a câmara de mogno de Herr M., que parecia uma salinha de madeira. Atrás da câmera estava a mesa redonda em que Herr M. juntava as mãos dos pais tão solenemente como se os estivesse casando e lhes implorava, com um sussurro urgente, para que ficassem imóveis. Embora sua linha de visão fosse um tanto obscurecida pela câmara, eles sempre faziam o que fosse solicitado, nunca esticavam o pescoço e nem espiavam, assustados demais. Se a pessoa enlutada viesse sozinha, Herr M. apertava as mãos dele ou dela sobre a mesa dando a garantia de que, se por um único momento se perdesse o contato com a pelúcia, o espírito sumiria.

A própria alcova estava sempre na escuridão, e nuvens roxas de incenso saíam de vasos chineses. A estante de livros, na parede oposta, girava para dentro com dobradiças bem lubrificadas. Herr M. dava a volta na sala diminuindo o resto das luzes.

"É só mamãe e papai, pequenina, que vieram lhe visitar." Ou: "Você não quer aparecer para o maridinho? Não quer voltar para o maridinho?". O que quer que fosse adequado à condição dos clientes. Eles se sentavam à mesa, davam as mãos e esperavam.

"Venha quando eu bater na mesa, pequenina."

Mignon, em sua camisola, entrava na alcova por detrás da estante. Levava uma lanterna elétrica sob a camisola, para que seu contorno brilhasse. Simples assim. Iluminada por baixo, enevoada com incenso, meio escondida pelas cortinas de renda, pelas folhas rendadas da samambaia e pelo volume da câmara, ela poderia ser qualquer menina.

E, muitas vezes, quando os clientes viam o desejo de seus corações, seus olhos ficavam cegos de lágrimas.

Ela sorria. Às vezes segurava um lírio nas mãos e podia se esconder atrás dele, se as diplomáticas investigações de Herr M. tivessem descoberto alguma peculiaridade facial da falecida, um estrabismo, um lábio leporino, algo parecido.

Uma brisa soprava pela sala, sacudindo docemente as cordas de uma harpa de vidro atrás dela.

Herr M. enfiava a cabeça por baixo da capa da máquina fotográfica. No inesperado trovão e no relâmpago do *flash*, o rosto de Mignon parecia, a quem estava olhando, a imagem perfeita do ente perdido.

Quando a fumaça se dissipava, ela havia sumido e Herr M. ia acender os lampiões de gás novamente.

Por que ele era proficiente em invocar apenas fantasmas femininos? Porque, ele dava a entender, tirando o lenço com cheiro de tabaco e assoando o nariz como se escondesse a emoção viril de uma forma viril, ele próprio, uma vez, há muitos anos, em um reino junto ao mar... O parente bem-nascido da moça veio, no devido tempo, e a levou embora, mas Herr M. firmou um acordo com o parente, comprometendo-se a apenas invocar espíritos da mesma categoria, ou seja, moças muito jovens.

Apesar dessa especificação, Mignon levou um susto terrível na primeira vez que ele tirou uma fotografia dela. Ela entrou na sala escura com ele, por curiosidade e, toda entusiasmada, assistiu à imagem se cristalizar no papel, como que por magia, na cuba de ácido para revelação.

Mas então ela esticou o lábio inferior sob o dentes frontais bastante proeminentes; estava preocupada. Pois o rosto que nadava para fora do ácido emergiu da mesma forma para ela vindo de sua memória.

"Mãe..."

Herr M. abraçou-a com genuína compaixão.

"Acidentes podem acontecer", ele se desculpou.

Em seu uniforme funerário, ele entregava as fotos em mãos, cada uma embrulhada em uma mortalha de papel de seda. Os espíritos são tímidos, ele assegurava a seus fregueses; ela deseja que apenas aqueles que ela mais ama a vejam assim. Não mostrem essas fotos a *ninguém*, ou então seu rosto desaparecerá! As feições indistintas, que se fundiam na escuridão ao seu redor, pertenciam a quem a saudade e a imaginação determinassem.

Ele inclinava seu sombrio chapéu-coco e aceitava a gratidão como se fosse o que lhe era mesmo devido.

Mignon personificava uma morta com tanto sucesso que Herr M. até pensou, por um breve momento, em lhe dar um salário, além de seu sustento, mas decidiu que, se o fizesse, ela poderia economizar e fugir para longe. Assim eles seguiram vivendo juntos naquele tipo estranho de vida ilícita e respeitável. Ele ficou satisfeito ao descobrir que ela sabia cantar um pouco, e muitas vezes se perguntava se havia uma maneira de incorporar ao ato aquela voz fresca e não treinada; vozes angelicais, talvez? Mas então achou que aquilo complicaria muito as coisas; e a deixava sozinha por um bom tempo, enrolada em uma poltrona estofada na sala de estar, perdida em devaneios incoerentes, enquanto em seu escritório ele investigava os problemas da persistência da visão.

Ele durou tanto tempo no negógio porque, mesmo sendo corrupto, não era ganancioso, e sempre se comportava com tato, discrição e até gentileza. Por fim, uma mãe não resistiu, mostrou a fotografia da morta querida para uma irmã mais velha, que sempre sentira ciúmes da caçula e não pôde tolerar a ideia de que mesmo após a morte a irmã continuaria sendo sua rival, de modo que roubou o retrato e levou-o à polícia. Fazendo-se passar por um tio enlutado, um detetive corpulento derrubou a câmera no momento em que Herr M. disparou o *flash*, agarrando

Mignon pela parte de trás da camisola quando ela fazia uma saída apressada usando a estante giratória. Como ela riu! Aquilo nunca tinha sido nada mais do que uma brincadeira para ela.

A farsa estava terminada. Herr M., racional como sempre, confessou tudo de uma vez e apresentou Mignon, de camisola, no tribunal, como prova irrefutável. O escândalo matou sua tia idosa, infelizmente, mas Herr M. cumpriu apenas dois dos seis anos de prisão, com redução máxima de pena por bom comportamento, fazendo um bom número de contatos valiosos entre outros estelionatários, fraudadores e vigaristas enquanto estava na cadeia. Ao ser libertado, mudou-se imediatamente para outra cidade, onde, após alguns meses difíceis, voltou ao mercado, embora houvesse renunciado ao espiritismo para montar uma lucrativa linha de fotos instantâneas exóticas.

Ele retomou a correspondência com o sr. Paul com tal êxito que, um ou dois anos depois, conseguiu desistir da pornografia completamente e entrou no negócio dos filmes cinematográficos. Prosperou, embora às vezes, nas garras de seu próprio ceticismo, se sentisse quase tentado a romper o véu do além só uma vez, e agora *de verdade*, para trocar umas palavras com a tia, de quem sentia muitas saudades.

No entanto, muitos daqueles que tinham sido enganados por Herr M. não acreditaram em sua confissão. Tiravam as queridas fotografias de gavetas com cheiro de lavanda, onde dividiam espaço com um velho porta-luvas, talvez com um primeiro cacho de cabelos em um envelope, ou um chocalho feito de dentes de leite, e, por mais que examinassem cuidadosamente as impressões brilhantes, nunca viam o rosto de Mignon, mas viam outro rosto e escutavam, com o ouvido de suas mentes, a voz suave e familiar exigindo o impossível: "Mamãe! Papai! Não chorem!". Então, pode-se dizer que a evidência do crime de Herr M. permanecia em si perfeitamente inocente. Ah, caras ilusões! E Mamãe ainda dorme com a fotografia debaixo do travesseiro.

Mignon saiu impune, nenhuma acusação foi levantada contra ela, segura como estava na posição de vítima e com ausência de responsabilidade no caso. Agora que tinha algumas roupas bonitas, conseguiu por si só um emprego decente servindo as mesas em um bar de boa categoria, tinha um quartinho só dela e muitas vezes agradecia à sua estrela da sorte. Também cantava quando o acordeonista aparecia. Adorava cantar. Às vezes ia para casa com o acordeonista, às vezes não, escolhia com cuidado. Aqueles foram seus melhores dias, embora sempre houvesse nela uma espécie de debilidade, algo frouxo e quase assustadiço em seu sorriso demasiado frequente, de modo que, quando Mignon se sentia feliz, as pessoas sempre pensavam: "Isso não pode durar". Ela demonstrava a alegria febril de um ser sem passado, sem presente, porém existia exatamente assim, sem memória nem história, só porque seu passado era muito sombrio para ser lembrado e seu futuro, muito terrível para se contemplar; ela era a flor destruída do tempo presente.

Em uma noite de sábado, um cavalheiro em traje de gala noturno, sob uma elegante capa forrada de vermelho, entrou no bar de mãos dadas com uma edição em miniatura de si mesmo, exceto em relação aos pés, pois aquela pequena pessoa, de estatura atarracada, de braços um pouco longos, não conseguiria encontrar, em nenhuma loja do mundo, sapatos que lhe coubessem. Eles ocuparam uma mesa com divisórias em um canto, e Mignon, cheia de curiosidade, foi correndo atendê-los. O cabelo liso e preto da pequena pessoa estava penteado para trás a partir de uma risca central. Com grave cerimônia, ele tirou o cravo da lapela e o entregou a Mignon. Ela começou a rir. "Não fira os sentimentos dele", disse o Homem-Macaco, com um charmoso sotaque francês. Então Mignon pegou a flor e prendeu-a no cabelo.

O Homem-Macaco pediu uma garrafa de vinho, e Mignon implorou que alguém na cozinha lhe conseguisse uma banana. "Meu amigo e colega, o Professor. Dê um beijo na moça bonita, Professor." O Professor já estava investigando a banana, mas a colocou cuidadosamente em seu prato, ficou de pé na cadeira, inclinou-se por sobre a mesa, passou os braços pelo pescoço de Mignon e lhe deu um beijo estalado, fazendo cócegas na bochecha. Poder-se-ia dizer que o Professor fez a corte no lugar do Homem-Macaco. Sim; ela ficaria encantada em compartilhar o vinho com eles.

Tinha apenas quinze anos, e ele a contratou apenas para abusar dela. Ele tinha um faro tão bom para vítimas que era algo estranho que tivesse escolhido passar a vida entre os astutos chimpanzés, que sumiam do alcance de sua bota e, se ele não lhes trouxesse jantar, roubariam a carteira do bolso de sua jaqueta enquanto ele estivesse deitado no beliche, em um estupor bêbado, e então sairiam eles mesmo para comprar sua própria janta. Era um homem negro, natural de Lyon, e suas sobrancelhas se encontravam. Ela voltou com ele para o trailer — ele estava em turnê com um circo itinerante que montava suas tendas em parques — e, na manhã seguinte, ficou boquiaberta como uma criança ao ver os sábios macacos lavando o rosto em um balde e fazendo fila para pentearem os cabelos no quadrado de espelho rachado em suas jaulas de viagem.

Ela nem se preocupou em voltar para seu quarto a fim de pegar as roupas. Fugiu com o circo, embora ele tenha se revelado um homem que bebia, duro, taciturno, violento.

No terceiro dia de estrada, ele bateu nela porque ela queimou as costeletas. Era uma péssima cozinheira. No quarto dia, bateu nela porque ela se esqueceu de esvaziar o penico e, quando ele mijou, o penico transbordou. No quinto dia, bateu nela porque ele tinha desenvolvido o hábito de bater nela. No sexto dia, um trabalhador braçal a deitou de costas atrás do show de horrores. A surra agora era uma expectativa que sempre se cumpria. No sétimo dia, três acrobatas marroquinos a levaram para seu trailer, lhe deram um pouco de *raki*, que a fez tossir, um pouco de haxixe, que fez seus olhos brilharem, e então a possuíram, de várias maneiras engenhosas, um após o outro, entre os cintilantes ornamentos de latão e vidro lapidado com interior de teca. A notícia sobre Mignon começou a se espalhar rapidamente.

Tinha uma memória extremamente curta, o que, por si só, a salvava da desolação.

Havia um cavalariço da Inglaterra, um tipo estranho, que a escutou cantar enquanto ela varria as jaulas dos chimpanzés e lhe ensinou muitas canções novas, algumas das quais, embora não todas, continham palavras muito rudes — não que Mignon as entendesse. Ele gostava de ouvir a órfã de cara chorosa cantando obscenidades que não faziam sentido para ela, mas também gostava de ouvi-la cantar outros tipos de canções, pois ele era um jovem musical, e ela aprendeu com ele algumas canções alemãs, sobre a truta rápida, sobre a rosa na urze, e muito mais.

Ele falava bem o alemão, mas se mantinha reservado porque tinha um segredo: estava fugindo de um escândalo em seu internato, gostava demais de meninos e deixava Mignon em paz, pelo que ela era grata. Ela se sentava com ele em um canto cheiroso da baia e eles cantavam juntos: "Clima alegre para navegação"; "A cotovia agora deixa seu ninho aquático".

Um dia, o Homem-Macaco o deixou inconsciente com uma vassoura e bateu nela até a vassoura quebrar, mas o menino nunca recuperou a consciência. Eles estavam na estrada, acampados do lado de fora de uma conurbação de relógios de cuco na Suíça, e o Homem-Macaco arrastou o garoto para o meio de uns arbustos e o deixou lá.

O traje a rigor e a capa do Homem-Macaco, uniforme em que ele escoltava seus discípulos para dentro do picadeiro, eram pendurados em um cabide de madeira (roubado de um hotel de Paris) em algum cabideiro, em caravanas, em pensões, em vestiários. Ela não guardava rancor contra aquele traje, embora a tivesse enganado; e, embora logo houvesse perdido o interesse pelos chimpanzés, tampouco os tratava mal. Ela lavava a roupa e consertava suas fantasias. O Professor nunca mais lhe deu outra flor, mas, por outro lado, ela nunca mais lhe deu outra banana.

O que os chimpanzés pensavam sobre tudo aquilo é um problema. Alguém que houvesse feito um estudo profundo sobre essas criaturas, enquanto realizavam seus quadros rotineiros que zombavam de nós, a corrida de bicicleta, o horário do chá, a sala de aula, decerto concluiria que os macacos, por sua vez, estavam fazendo suas próprias observações analíticas de nós para usarem em rotinas de paródia, de ironia, de sátira. Quanto mais o Homem-Macaco bebia, mais eles o ignoravam.

Uma batida na porta anunciou a chegada do garçom com as taças de champagne adequadas. Fevvers, irritada, gesticulou para que ele ficasse em silêncio.

> Embora a noite seja feita para amar
> E retorne cedo demais o dia,
> No entanto, não vamos mais vagar
> À luz da lua.

Então veio o rugido da água do banho saindo pelo ralo.

"Ela não entende a letra", repetiu Fevvers. Seu rosto estava banhado de lágrimas. Ao ver isso, Walser experimentou uma sensação extraordinária dentro do peito: seu coração se dissolveu. Ele estendeu a mão para a mulher, e uma dor aguda disparou em seu ombro espancado; exclamou; descobriu que ele também estava chorando. Ela olhou para ele com os olhos escuros como a noite cheios de lágrimas e, pela primeira vez, não havia ironia, malícia e nem suspeita dentro deles. O coração derretido derramou-se do peito dele e fluiu em direção a ela, exatamente como uma gota de mercúrio flui para outra gota de mercúrio.

Nesse momento, Mignon voltou pela porta do banheiro.

Estava enrolada em um roupão imaculado e felpudo, e seu cabelo recém-lavado estava enrolado em uma toalha branca. Agora ela estava luminosamente limpa e envolta em sorrisos, embora esverdeada com os hematomas. Ainda segurava o tambor de chocolates debaixo do braço, mas tudo que havia sobrado da camada superior era uma massa de papéis chilreantes. Ela pareceu um pouco magoada quando Fevvers, depois de assoar o nariz de forma bastante repugnante entre os dedos, lhe serviu uma inocente tigela de pão e leite, mas se animou quando viu o champanhe, sentou-se à mesa com obediência de cordeiro e comeu de bom grado.

Fevvers agora teve uma breve conversa com o garçom, ao fim da qual ela procurou em sua bolsa outro ingresso de cortesia para a noite de estreia, e já devia ter aprendido russo o suficiente para fazer piadas, pois o homem abruptamente gargalhou, para, em seguida, se curvar mais uma vez. Lizzie já estava rasgando o papel alumínio da garrafa. Fevvers circundou a borda das taças. Seus olhos estavam bem secos agora e tinham se tornado estranhamente pálidos. Havia nela uma expressão dura, luminosa e nociva, de repente.

"Ainda vamos fazer dela uma prostituta honesta!", brindou à visitante com uma voz áspera como a língua de um tigre, e Walser, com uma alegria nervosa, percebeu que ela acreditava que Mignon era sua amante e estava — Deus seja louvado! — consumida pelo ciúme. Fevvers esvaziou seu copo em um gole, arrotou e jogou-o em um canto, onde ele se quebrou. Esse gesto parecia mais uma exibição de mau humor do que um comportamento de acordo com o costume do país.

"Venha aqui", ela ordenou a Walser peremptoriamente. "Liz — o creme de beleza."

"Ajoelhe-se, sr. Walser."

Preparado para qualquer coisa, Walser ajoelhou-se aos pés dela, e se viu firmemente preso entre coxas acostumadas a segurar firme o trapézio. Sofreu o súbito acesso de um vertiginoso desejo erótico e tentou envolver os olhos dela para outra troca de olhares, mas ela olhou firmemente para outro lado enquanto arrancava a peruca dele e bagunçava seu cabelo loiro todo achatado, com uma grande mão de enfermeira, competente, impessoal, irritadiça. Então ela o sufocou com creme de beleza.

"Deixá-lo bonito", disse ela. Quando ele tentou falar, ela enfiou um punhado de creme em sua boca. Ela pegou um guardanapo do carrinho e esfregou o branco fosco com com tanto vigor que ele emergiu vermelho-tijolo e polido como um piso. Mignon, já rindo do champanhe, se servia de uma segunda rodada de pão e leite. Lizzie, por algum motivo tensa em desaprovação, abstraiu-se daquela cena, tirou um ou dois panfletos de sua bolsa e mergulhou na leitura. Fevvers ajeitou a gravata de Walser e olhou para o traje dele com desagrado.

"Deusmeu, pobre garota! Da Casa dos Macacos direto pro Beco do Palhaço! Igual a sair da frigideira pro fogo! Não sabe como eu odeio palhaços, meu jovem? Eu realmente acho que eles são um crime contra a humanidade."

O garçom agora voltou e ficou esperando ao lado da porta. Lizzie virou uma página com um farfalhar de descontentamento. Mignon, tendo terminado o jantar, olhou em volta com curiosidade para ver o que aconteceria a seguir.

"Bem, continue", disse Fevvers. "Fique já de pé e vai abiscoitar ela de uma vez. Reservei a suíte nupcial pra você, afinal."

O risonho garçom curvou-se e abriu a porta. Walser levantou-se com toda a dignidade que pôde amealhar, abriu para Fevvers seu sorriso mais branco e ofereceu a Mignon seu braço bom, com uma demonstração de cortesia antiquada que fez a giganta tamborilar os dedos no braço da cadeira. Mignon se abaixou para pegar a caixa de chocolates que quase tinha esquecido nessa mudança repentina de eventos; ao sair, deixou uma trilha difusa de embalagens de papel. Quando deixaram as duas mulheres sozinhas, Lizzie lançou de lado seu material de leitura e anunciou sem alegria: "Pode rir! Um dia desses você ainda vai me matar".

Na suíte nupcial, um previsível ninho de cetim rosado e espelhos dourados, o garçom, com um nobre aceno, chamou a atenção de Mignon para um sério e inodoro buquê de florista, feito de rosas vermelhas, junto à cama, obviamente um toque especial encomendado por Fevvers, e então, com rosto radiante, até mesmo rindo, ele se retirou.

O primeiro e deplorável impulso de Walser foi lançar-se sobre a pobre criança e violentá-la, só para ensinar uma lição a alguém — ele não tinha certeza quem. Mas ele era um homem justo e a dor atroz em seu braço ferido quando ele agarrou Mignon pelo ombro o lembrou que seria injusto, então ele a deixou em paz.

Se o dia de Mignon havia começado mal, estava terminando bem. Estava terminando como um sonho de menina que se tornara realidade, especialmente quando Walser recuou. E ela não conseguia esquecer aquelas rosas! Arrulhou para elas, as acariciou, fez gestos delicados e amorosos, andou sussurrando ao redor delas com tal graça desconhecida e de partir o coração que Walser, de forma alguma um homem insensível, soltou um quase soluço de perplexa emoção.

"Ah, Mignon, o que devo fazer com você?"

Ser abordada diretamente no idioma inglês atingiu profundamente aquele órgão peculiar e seletivo, sua memória. Ela tirou a toalha da cabeça e seu cabelo loiro de Gretchen se espalhou em todas as direções. Ela sorriu. Esse sorriso continha toda a sua história e mal podia ser suportado.

"Deus salve a rainha", disse ela.

Walser já não pôde aguentar e saiu apressadamente do quarto.

Duas coisas, até agora, conspiraram juntas para deixar Walser fora de seu ponto de equilíbrio. Um: seu braço direito está machucado e, embora curando-se bem, ele não pode escrever nem datilografar até sarar por completo, então ele está privado de sua profissão. Portanto, por enquanto, seu disfarce disfarça... nada. Ele já não é mais um jornalista disfarçado de palhaço; queira ou não, a força das circunstâncias transformou-o em um palhaço *real*, para todos os efeitos práticos, e, ainda por cima, um palhaço com o braço em uma tipoia — o tipo do palhaço "guerreiro ferido".

Dois: ele se apaixonou, uma condição que lhe traz ansiedade porque nunca a experimentara antes. Até então, as conquistas vieram facilmente e foram desconsideradas. Mas nenhuma mulher jamais tentara humilhá-lo antes, até onde ele sabia, e Fevvers tinha feito as duas coisas: tentara e conseguira. Isso estabeleceu um conflito entre seu próprio senso de autoestima, até então inexpugnável, e a falta de estima com que a mulher o trata. Ele vive uma sensação, não tanto de que ela e sua amiga o trapacearam — ele segue convencido de que elas são trapaceiras de confiança, de modo que não seria mais do que parte da história —, mas de que ele passou a ser a vítima das duas.

Em um estado de confusão, conflito e desorientação mental, ele vagueia pela gélida noite da cidade, ora admirando o gelo que engrossa nas águas escuras do Neva, ora admirando o grande cavaleiro em seu pedestal, com um vago terror, como se o cavaleiro não fosse a efígie do fundador da cidade e sim o arauto de quatro cavaleiros ainda mais míticos que estão, de fato, a caminho para arruinar Petersburgo para sempre, embora eles não tenham chegado ainda, ainda não.

7

Manhã fria, luminosa e invernal, sob um céu que imita tão bem um sino de vidro azul que parece que soaria boas novas ao mais leve golpe de uma unha. Uma geada espessa em todos os lugares, dando às coisas um acabamento festivo e dourado. Vinda do norte, a rara luz do sol compensa em brilho o que lhe falta em calor, como certos temperamentos nervosos. No dia de hoje, as Estrelas e Listras ondulam bravamente, como que de forma deliberada, sobre o pátio do Circo Imperial, onde o pátio está tão cheio de pessoas e de alvoroço como um Breughel — tudo em movimento, tudo o maior burburinho!

Em meio a risos, brincadeiras e trechos de música, com as bochechas rosadas e assobiando, os cavalariços batem os pés, sopram os dedos, correm para lá e para cá com fardos de feno e aveia nos ombros, sacos de vegetais para os elefantes, pencas de bananas para os macacos, ou forcados (de revirar o estômago) de estrume sobre uma pilha de palha suja. Bem enluvados e agasalhados, os pequenos Charivaris praticam suas atividades familiares ao longo do varal da Princesa, balançando-se com muito júbilo enquanto a proprietária do varal, com um casaco longo sobre seu costumeiro *deshabille* matinal, para se proteger do frio, supervisiona o desembarque de uma monstruosa carga de carne sangrando, que chegou em uma carroça do abatedouro de cavalos, puxada por um pangaré tão macilento e indócil que estava ele próprio muito perto de virar um bife a cavalo, ou de cavalo.

Vendedores barulhentos da cidade invadem o império peripatético do Coronel para mascatear tortas quentes de geleia e *kvas* de barris com rodas. Um cigano lúgubre vagueia pelo pátio para adicionar o lamento de seu violino ao barulho de saltos de botas nos paralelepípedos da calçada, a babel de línguas, o retinir perpétuo e suave, enquanto os elefantes, dentro da construção, agitam suas correntes, um som que sempre faz o Coronel lembrar, com um sobressalto de prazer, a ultrajante ousadia de todo o seu empreendimento. ("Elefantes cruzando a tundra!")

Pois o Coronel Kearney, de pé desde muito cedo, preside os procedimentos carnavalescos; como ele adora um pega pra capar, adora completamente, adora apaixonadamente, ama a bagunça pela bagunça! Sente pela agitação o mesmo que os russos sentem em relação à preguiça. Enfia os dedos em cada bolso do colete estrelado que incha como se sua barriga estivesse grávida de lucro, enquanto ele se pavoneia para lá e para cá em suas perninhas cambaias vestidas de calças listradas, brilhantes e retorcidas como bastões de doces. Acabou de polir a fivela do cinto com o cifrão. É a imagem viva do empreendedor.

Ele se esquiva de seus funcionários, que zanzam por todos os lados cumprindo suas tarefas, e afasta os vendedores nativos com movimentos rápidos do cotovelo, sob o qual Sybil, guinchando inteligentemente, foi acomodada, com uma nuvem móvel e azul de fumaça de charuto em volta da cabeça e um sorriso afável e otimista no rosto satisfeito, enquanto lança uma palavra alegre para cada um e para todos.

Naquela manhã, os jornais publicam uma carta anônima alegando que Fevvers não é, de jeito nenhum, uma mulher, mas sim um autômato habilmente construído, feito de ossos de baleia, borracha e molas. O Coronel sorri com prazer mediante a consternação que essa estratégia vai provocar, pela forma como na bilheteria as caixas registradoras ressoarão na deliciosa maré crescente do boatos: "Ela é real ou ela é invenção?". Seu lema é: "Quanto maior a farsa, mais o público gosta". Essa é a maneira de se jogar o Jogo Lúdico! Sem restrições! Outro lema, em duas palavras: "Enganação geral". Jogue para ganhar!

Simssinhô!

Ele trama uma nota, para o dia seguinte, a ser inserida por seus contatos no jornal de notícias internacionais. Tal texto, contradizendo o perverso boato "mecânico", proclamará que Fevvers não apenas é inteiramente mulher, como também se tornou, em sua Inglaterra natal, noiva secreta do *príncipe de Gales*.

Simmsenhorrrr!

Os macacos já esvaziaram seus penicos no monte de estrume e os enxaguaram sob a bomba d'água. De volta aos alojamentos, varrem o local, colocam palha fresca e fazem seus beliches. Eles se organizaram em grupos silenciosos, as cabeças inclinadas sobre os livros. De vez em quando, algum deles gesticulava, daquela sua maneira comedida e urgente, e outro nutava ou balançava a bem-escovada cabeça, ou ainda respondia com uma dancinha dos dedos. Monsieur Lamarck, o Homem-Macaco, não era visto em lugar nenhum, caído que estava em um sono bêbado na serragem de um sórdido bar.

Um observador casual poderia ter pensado que os macacos, pequenos artistas dedicados ou organismos bem programados como eram, não poderiam deixar de atuar nem por um momento e estavam ensaiando para o quadro "macacos na escola". Na verdade, era sua dedicação ao autoaperfeiçoamento que era ilimitada. Nem mesmo a ausência de Mignon, de quem sentiam uma pena desinteressada, interferiu em seus estudos. A fêmea com a fita verde reservou um pensamento para o palhaço ferido, no entanto.

Se tudo estava quieto na área dos macacos, sons assustadores irrompiam das jaulas dos felinos enquanto eles vagueavam por seus espaços de confinamento. Os tigres rugiam, primeiro um, depois outro, depois todos ao mesmo tempo: Cadê nosso café da manhã? Ontem nós conseguimos comer o palhaço delicioso! Agora queremos nossa carne, nossa carne de cavalo, nossas pernas e costeletas de cabra!

Ao ouvir os imperativos dos felinos erguerem-se acima do clamor, a Princesa encheu os braços com carne sangrando.

A Princesa da Abissínia nunca tinha visitado, nem mesmo a trabalho, o país cujo título real ela usurpou, e nem sequer vinha de qualquer parte da

África. Sua mãe, nativa de Guadalupe, nas Ilhas de Barlavento, ganhara a vida dando aulas de piano até que, de repente, fugiu com um homem que estava em visita à sua pacata cidade com um espetáculo itinerante. Esse homem mantinha um leão sarnento e desdentado em uma jaula para um espetáculo à parte e se autodenominava etíope, embora fosse, de fato, do Rio de Janeiro. O ímpeto de sua fuga os levou bastante longe, a Marselha, onde nasceu sua filha. Os pais dela eram devotados um ao outro. Sua mãe sentava-se na jaula e tocava sonatas de Mozart. Eles prosperaram. Seu pai se autocoroou rei e passou aos tigres; se os tigres não são nativos do Chifre da África, então ele tampouco era. Quando seus pais morreram, a Princesa herdou piano e felinos. Aperfeiçoou o número até chegar ao seu presente esplendor. Isso basta como sua história, que só foi misteriosa porque ela não a contava a ninguém, porque nunca falava nada.

No picadeiro, ela parecia um membro da turma de graduandos em um conservatório provinciano, em um vestido branco com babados engomados, meias brancas de algodão, sapatos baixos com tiras, do modelo chamado "Mary Jane", e um laço de borboleta de cetim branco no cabelo crespo que descia até a metade das costas. Com esse traje, tocava piano, e os tigres dançavam.

No início do ato, os felinos entravam aos saltos no picadeiro, rugindo para ilustrar sua própria ferocidade, enquanto os cavalariços corriam em volta da arena enjaulada, disparando armas com balas de festim. Ela vinha atrás, em seu vestido de boa menina, e sentava-se ao piano de cauda Bechstein.

O momento em que se sentava de costas para os tigres era o único instante em que se sentia sozinha. Inquieta. Nos primeiros acordes, os felinos, que ela não podia ver, saltavam para o semicírculo de pedestais, armados especialmente para eles, e ali permaneciam, sentados sobre as ancas, ofegantes, satisfeitos consigo mesmos por sua própria obediência. E então lhes ocorria, sempre com surpresa renovada, que, não importando quantas vezes se apresentassem, não obedeciam em liberdade, mas apenas trocavam uma jaula por uma jaula maior. Então, só por um desprotegido minuto, eles ponderavam sobre o mistério de sua obediência e ficavam maravilhados com isso.

Só naquele momento, quando ela sabia que eles se perguntavam o que diabos estavam fazendo lá, enquanto suas costas vulneráveis estavam viradas para eles e seus eloquentes olhos não os divisavam, é que a Princesa sentia um pouco de medo, e talvez também se sentisse mais totalmente humana do que estava acostumada. Às vezes, ela refletia sobre o quanto gostaria de um cúmplice, outra pessoa no picadeiro com ela, não um cavalariço, não um empregado, mas alguém em quem ela confiasse, alguém que pudesse ficar de olho nos felinos durante aquele momento tenso em que ela tocava o convite para a valsa, enquanto se perguntava se hoje, dentre todos os dias, poderia ser o dia em que eles decidiriam não aceitar o convite dela. Se naquela noite, entre todas as noites de seu tratado mútuo, os felinos talvez não sucumbissem, um a um, ao som da música, tampouco descessem para escolher seus parceiros, mas, em vez disso...

Ela sempre mantinha uma arma em cima do piano, só por precaução, e *essa* arma não estava carregada com cartuchos de festim.

No entanto, ela vivia na maior intimidade com seus tigres, aninhando-se ao lado de suas jaulas em um fardo de palha limpa. Lavava os olhos deles com ácido bórico e Argirol para prevenir infecções. Esfregava suas patas macias com pomada. Mas nunca sorriu para seus felinos, porque o pacto entre eles não era amigável; existia para evitar hostilidades, não para promover a amizade. E: "O gato comeu sua língua!" poderia ser dito à Princesa. Porque, no início de sua carreira, ela descobriu como eles rosnavam no fundo da garganta e abaixavam suas orelhas quando ela usava aquele meio de fala humana que a natureza lhes negara.

Corria o boato de que ela própria era filha adotiva de uma tigresa, abandonada na selva e amamentada por ursos selvagens. Mas não há selva perto de Marselha. Como ela não dizia nada, essas histórias nunca foram negadas. O Coronel as espalhava livremente.

Nas raras e aleatórias ocasiões em que levava algum outro ser humano para sua cama na palha, ao lado dos tigres adormecidos, sempre fazia amor no escuro, pois cada polegada de seu corpo era encoberta por marcas de garras, como se fossem tatuagens. Esse foi o preço que a fizeram pagar por domá-los.

Agora o perfume crepitante das linguiças e do bacon fritando mistura-se a fortes odores de estrume, carne, massa e bestas ferozes no pátio. A cozinha — um fogão, um balcão — abriu e está, céu seja louvado! gritam os cavalariços, servindo um verdadeiro café da manhã inglês.

Quando Sansão, o Homem-Músculos, afastando os mascates russos com uma maldição xenófoba, foi pegar sua caneca matinal e sua grossa fatia de pão, sofreu uma série de piadas dos trabalhadores que mastigavam seus sanduíches de bacon, por ter perdido — segundo a fofoca rapidamente disseminada no circo — sua namorada para um palhaço. Sansão jamais deixou escapar que havia abandonado Mignon à mercê do tigre fugitivo e que *só então* o palhaço entrou; longe disso! Flexionando os peitos brilhantes, gabou-se do que faria com aquele palhaço bastardo quando pusesse as mãos nele e, de fato, seu orgulho estava genuinamente ferido porque Mignon tinha fugido para o Beco dos Palhaços com seu salvador. Nessa história toda, Mignon assumia a posição de uma mulher — ou seja, era causa de discórdia entre os homens; de que outra forma, para esses homens, ela poderia desempenhar algum papel real em suas vidas?

O Coronel tira seu chapéu-coco com uma exultação encantada enquanto Fevvers, não parecendo nem um pouco com borracha, mas muita carne para o príncipe de Gales, aquele *connoisseur*, passa pesadamente por ele. Ela é uma caminhante tão feia quanto uma Valquíria sem cavalo, mas suas curvas surpreendentes prometem delícias com as quais o Coronel costuma sonhar.

Lizzie, tão curvada de carregar a bolsa que poderia se passar por uma parteira ou aborteira, lançou ao Coronel um olhar sinistro, oriundo de alguma inimaginável profundeza de maldade siciliana. De si para si, o Coronel considerava a acompanhante um obstáculo embaraçoso entre si e um jantar íntimo à deux com a *aerialista* que poderia levar... quem sabe a quê? Simssinhô!

Ao pensar nisso, ele explodiu em uma verdadeira nuvem de fumaça, esmagando Sybil contra si em um entusiasmo tão vigoroso que ela gritou.

Lizzie fez uma pausa para jogar um copeque ao violinista cigano, recebendo em troca uma explosão de incompreensível gratidão e, por algum motivo, um folheto ou uma brochura com trovas de algum tipo, que ela socou dentro da bolsa sem nem olhar. O Coronel não pensou mais nisso, embora o vendedor de torta de geleia quente, na realidade um membro da polícia secreta, tenha ficado curioso ao ver a transação. Mas Fevvers escolheu exatamente aquele momento para liberá-lo de todo o seu estoque e distribuí-lo generosamente entre as crianças Charivaris, que desceram cambaleantes do varal para a guloseima, pulando sobre o vendedor de tortas com tal entusiasmo latino que ele mal podia enxergar para pegar o dinheiro.

As duas mulheres traziam uma garota com elas, ou melhor, uma jovem — cabelos loiros, esbelta, elegantemente vestida em lã vermelha. Deu ao Coronel uma vaga impressão de familiaridade: "Será que eu já não vi isso em algum lugar antes?". E ela não causou impressão alguma no Homem-Músculos, tão absorto estava ele descrevendo a seus amigos os ferimentos que Walser sofreria quando eles se encontrassem novamente.

O Coronel mascou o charuto e suspirou, porque Fevvers dispensara-lhe apenas um aceno brusco quando as duas fêmeas, com sua convidada, desapareceram em direção às jaulas dos animais, como se estivessem seguindo o rastro sangrento que a Princesa havia deixado. A admiração do Coronel por Fevvers crescia na proporção da indiferença dela e das reservas antecipadas de ingressos.

Mas: "Olá, todos aí! Oi, oi, oi!". Sua atenção, que facilmente se distraía, fixou-se na entrada tumultuada dos palhaços e seu bando de cachorros latindo. Seu próprio recruta, ele notou alegremente, estava presente e bem-comportado, embora parecesse um pouco abatido — braço em uma tipoia e tudo mais.

"Agora é sua chance!", disseram os cavalariços, gargalhando para Sansão, mas Sansão deu uma olhada para Buffo, grande como uma casa e já bêbado feito um gambá, pastoreando seu rebanho para o circo com a habitual e perturbadora majestade e o ar de alguém prestes a cometer lesões corporais graves. "Nem tanto", opinou o Homem-Músculos, julgando a discrição a melhor saída. Empurrou a caneca de volta ao balcão e foi embora. Pegar ele quando ele estiver na toca.

Buffo, liderando os palhaços. A dúzia de palhaços. Segure firme, o que é isso? Uma dúzia de treze palhaços! Se ontem havia doze, hoje há treze, e o décimo terceiro distintamente bem pequeno.

Os palhaços. Veja-os como um bando de terroristas. Não; isso não é certo. Terroristas, não, mas um grupo atípico. Um bando de atípicos, a que são permitidas as piratarias mais ferozes, desde que, apenas desde que se mantenha a bizarrice de sua aparência, de modo que a exposição violenta de suas maneiras fique do lado seguro do terror, mesmo que precisem *aprender* a rir deles, e pelo menos parte desse riso venha da supressão bem-sucedida do medo.

A relação do Pequeno Ivan com os palhaços deu-se da seguinte forma: primeiro, ele tinha medo deles; então, ficou fascinado por eles; por fim desejou tornar-se um deles, para que também pudesse aterrorizar, encantar, vandalizar, devastar, mas sempre ficar do lado seguro do ser, autorizado a cometer licenciosidades e, no entanto, proibido de agir, de tal sorte que a *babushka* lá na casa pudesse continuar avermelhando e escurecendo o carvão mesmo que os palhaços detonassem toda a cidade ao seu redor e nada realmente mudaria. Nada. Os prédios explodidos flutuariam no ar insubstanciais como bolhas e desceriam suavemente para a terra de novo, bem nos mesmos lugares onde tinham estado antes. O cadáveres se contorceriam, se separariam nas juntas, se desmembrariam — então pegariam seus próprios membros desmembrados para fazer malabarismos com eles antes de colocá-los de volta em seus bons e velhos encaixes, tudo ali e certinho, meu senhor.

Então daria para ter certeza, então daria para saber sem sombra de dúvida que as coisas sempre seriam como sempre foram; que nada resultou de catástrofes; que o caos invocava a estase.

Era como se uma fada madrinha tivesse dado a cada palhaço uma bênção ambivalente à hora do nascimento: você pode fazer qualquer coisa que quiser, desde que ninguém o leve a sério.

Buffo costurou guizos em um boné de três pontas para seu mais novo aprendiz, de modo que ele "não ouça o gotejamento enquanto seu cérebro escorre".

O Pequeno Ivan, de boné e guizos, dava cambalhotas ao redor do picadeiro, como que totalmente emancipado da postura bípede, até que esbarrou em Buffo dando uma cambalhota no picadeiro na outra direção. Então ele levou uma surra por se meter no meio do caminho e, por ao menos uns cinco minutos, reconsiderou a ideia de fugir com o circo; mas, embora tenha se sentado de mau humor na primeira fila, com o polegar na boca, ainda assim não conseguia tirar os olhos dos comediantes.

Buffo inventou um número especialmente para Walser, já que ele não podia mais se apoiar nas mãos.

"Cante como um galo."

"Cocóricó", disse Walser obedientemente.

"Cocórikoski!", emendou Buffo, como uma pequena homenagem ao Czar de Todas as Rússias. "Sacuda os braços um pouco."

"Cocórikoski!" Entrando no espírito do coisa, Walser levantou-se na ponta dos pés e amassou o ar com o braços o melhor que pôde, com um deles na tipoia.

"Senhoras e senhores, meninos e meninas", entoou Buffo, "eu o estou servindo — e vocês podem comê-lo! —, o Frango Humano!"

Grik encontrou um ovo não muito fresco dentro de seu violino e o jogou entre os olhos de Walser. Buffo guinchou em aprovação. Grok encontrou um par de ovos na cavidade de seu pandeiro. Entre ululações de alegria, todos os palhaços seguiram o exemplo, sacando ovos de várias partes de suas vestimentas e anatomias e os atirando em Walser até que o licor de ovo escorresse por seu rosto, cegando-o. Grik e Grok iniciaram "À caça nós iremos!" em seus vários instrumentos. O Pequeno Ivan pensou em quantas panquecas sua avó poderia ter feito com todos aqueles ovos que agora respingavam na serragem, mas não pensou nisso por muito tempo porque estava rindo demais para pensar.

Os invisíveis torturadores de Walser tiravam as abas de seus casacos de cetim do alcance, enquanto Walser se lançava sobre eles, e então metiam seus longos sapatos no caminho para fazê-lo tropeçar e brandiram suas próprias pernas de pau para derrubá-lo. Ao ouvir as gargalhadas do Pequeno Ivan, sua raiva cresceu: "Que diabos há de tão engraçado nisso?". E deu coices sem nem saber em quê.

Disseram-lhe, depois, que seus hesitantes gestos de fúria eram a coisa mais engraçada, enquanto o conduziam ao redor do picadeiro com golpes e gritos de zombaria; seus hesitantes gestos de fúria e sua ferida cômica.

Doravante, Walser usará uma crista de galo. E Buffo, depois de pensar um pouco, massageando seu grande maxilar branco, decidiu que, com sua crista de galo e seu cacarejar, o Frango Humano deveria figurar desde já no cardápio da Ceia de Natal dos Palhaços.

A nova profissão de Walser começava a exigir coisas dele.

Enquanto isso, Fevvers, na área das jaulas dos animais, mantinha uma conversa animada, embora unilateral, com a Princesa, em um francês tosco.

"*Quelle chantoqze!*", disse ela. "*Quelle spectacle!*"

A Princesa, em seu avental ensanguentado, abriu uma portinhola na jaula e jogou quase meio açougue lá dentro. Os tigres caíram sobre o banquete com muita avidez, rosnando e se esbofeteando uns aos outros nas orelhas. Enquanto os observava, o rosto escuro da Princesa era o de Kali, e o perfume ao seu redor era tão denso, tão fedido e tão penetrante que agia como uma barreira invisível entre ela e todos aqueles que não eram peludos. Fevvers sabia que ela era uma pessoa difícil. Não se assustou.

"*Elle s'appelle Mignon. C'est vachement chouette, ça.*"

Mignon encostou-se no ombro de Fevvers, olhando vagamente para grãos de poeira na luz, sem saber que ela era o motivo de tudo aquilo. Se seu novo vestido castanho-avermelhado, com alamares em estilo quase-militar, lembrava um pouco o uniforme dos porteiros no Hotel de l'Europe, era exatamente isso que, até as seis horas naquela manhã, ele tinha sido. ("Apenas um ponto aqui e ali, e vai caber perfeitamente nela. Você não se importa, não é, velha amiga.") Lizzie tinha ajeitado seu cabelo loiro em tranças retorcidas em volta da cabeça. Parecia a filha de um ministro, não a cria de um assassino.

A Princesa lançou a Fevvers um olhar inquisitivo, interrogativo, e deu um tapinha na própria boca. Fevvers entendeu.

"Cantar não é falar", disse Fevvers, com uma sintaxe mais sutil do que sua pronúncia. "Se eles odeiam a fala porque nos separa deles, cantar é subtrair a fala de sua função e torná-la divina. Cantar é para a fala o que dançar é para o andar. Você sabe que eles adoram dançar."

("Cruze os dedos e reze para ter sorte", ela acrescentou para si mesma.)

Os pupilos da Princesa bocejaram e se espreguiçaram. Ela tirou o avental. Olhou Mignon de cima a baixo. Elas tinham a mesma altura, as duas coisinhas, frágeis, uma tão clara quanto a outra era escura, gêmeas opostas.

E ambas possuíam aquela qualidade de exílio, de separação de nós, embora a Princesa tivesse escolhido seu exílio entre as feras, enquanto o exílio de Mignon havia sido lançado sobre ela. Talvez fosse aquele ar de sem-teto de Mignon que fez com que a Princesa se interessasse por ela. Assentiu.

Os felinos de barriga cheia deitaram-se com as cabeças pesadas entre as patas, no meio dos ossos ensanguentados, uma bela natureza-morta ou *nature morte* de formas fulvas e alaranjadas, compostas em torno do grande piano Bechstein aberto da Princesa; eles cochilaram como um desejo não despertado, como fogo apagado. Um filhote cor de tangerina enrolado para uma soneca na banqueta do piano.

Pela primeira vez, Mignon compreendeu os planos que os adultos haviam traçado para ela e, quando a Princesa entrou na jaula, ela ficou para trás, agarrada à mão de Fevvers e miando baixinho, alarmada, mas Fevvers, irradiando encorajamento, abraçou-a, ergueu-a e depositou-a lá dentro, fechando a porta bruscamente. A Princesa indicou a Mignon uma posição ao lado do piano, de onde ela poderia controlar os felinos com o olhar. Mas os felinos, aproveitando a soneca pós-prandial, registraram a presença de Mignon apenas com os mais leves espasmos de narinas e bigodes. A Princesa deu um tapinha no rifle no tampo do piano. Isso consolou Mignon um pouco.

A Princesa colocou o filhote adormecido na palha e tomou seu lugar. Ela dedilhou suavemente as teclas, como se o piano pudesse, por conta própria, sugerir a música mais apropriada.

Mignon ficou bem perto do piano, mas logo se sentiu tão encantada ao ver os dedos negros da Princesa nas teclas brancas que se esqueceu de ter medo. Fevvers, observando intencionalmente, tirou sua luva de pelica com distração, para que ela pudesse roer as unhas. Lizzie, aga-chada sobre sua bolsa, murmurou rapidamente para si mesma em al-gum idioma que não era exatamente o italiano.

Quando o piano disse à Princesa o que deveria tocar, ela empurrou o cabelo para trás das orelhas com um gesto de bravura e atacou o teclado com seriedade. Mignon sobressaltou-se, em reconhecimento.

Não pense que o estudante inglês a quem seu marido assassinara se omitiu de ensinar a Mignon a canção que fora escrita para ela antes de ela nascer; como ele poderia ter resistido a isso, depois de ter aprendido o nome dela? Ele havia hesitado deliciosamente entre o arranjo de Liszt e o de Schubert. Por mais estranho que soasse o acompanhamento em sua gaita ofegante, ele fez questão de que Mignon aprendesse a cantar sua própria música, embora ela não entendesse as palavras, mesmo que fossem em sua própria língua.

Falar é uma coisa. Cantar é outra bem diferente.

Aqui e ali, entre os felinos, uma pálpebra tremulava.

Quase como que surpresa ante sua própria ousadia, a voz de Mignon estremeceu quando ela perguntou se eles conheciam aquela terra.

Os felinos se mexeram na palha.

Não. Não, cedo demais a essa hora da manhã.

Conhece a terra onde crescem os limoeiros?

Ah! Vamos dormir mais um pouco. Acabamos de comer!

Conhecem aquela terra onde crescem os limoeiros, perguntou, implorou Mignon, ao ver seus olhos abertos, seus olhos como fruto precioso.

Eles se mexiam e rumorejavam. Pois não poderia esta terra ser o Éden de nossos primórdios, onde bestas inocentes e crianças sábias brincam juntas sob os adoráveis limoeiros, o tigre abnega sua ferocidade, e a criança, sua astúcia? É isso, é isso?

Todos os felinos levantaram as enormes cabeças e de seus olhos caíram lágrimas de âmbar como que por seus próprios destinos estúpidos. Lentamente, lentamente, todas as feras se arrastaram para a fonte da música, batendo suavemente o rabo na palha. No final do primeiro verso, um ronronar suave e extático ergueu-se de todos eles, até que a área das jaulas parecia o interior de uma enorme colmeia de abelhas.

E então, há as montanhas...

À medida que a voz de Mignon, a princípio um pouco incerta, foi adquirindo firmeza e força, e flutuou através das jaulas, os macacos olharam por cima de seus livros com perguntas irrespondíveis nos olhos; até os palhaços ficaram imóveis e quietos; os elefantes, enquanto durou a canção, pararam de sacudir suas correntes.

A Princesa sabia que o problema da pausa do terror estava resolvido.

Quando a música acabou, os felinos em transe suspiraram e deslocaram-se um pouco sobre as patas traseiras, mas a deixa para a dança nunca veio; a Princesa estava beijando Mignon.

Fevvers e Lizzie soltaram grandes suspiros de alívio e também se beijaram.

"O sexo cruel a jogou fora como uma luva suja", disse Fevvers.

"... mas nós, garotas, fomos e mandamos ela para a lavanderia!", Lizzie concluiu triunfalmente.

Isso parecia concluir a contratação. A Princesa mandou Mignon fazer uma reverência aos felinos. As moças saíram da jaula de mãos dadas. Os felinos repousaram o focinho sobre as patas. A Princesa beijou Fevvers em ambas as faces, em agradecimento.

"Um número de primeira classe, realmente", parabenizou Fevvers. Elas as deixaram quando estavam começando a ensaiar a valsa.

E agora o pátio se esvaziara como uma banheira sem o tampão, com o trabalho matinal feito. O Coronel tinha rumado à bilheteria para verificar o caixa; o balcão da cozinha estava fechado; empregados e cavalariços iam em direção ao cheiroso calor das jaulas dos animais para jogar cartas e beber vodca. Os pequenos Charivaris, acometidos de terríveis dores de estômago por terem devorado as tortas do policial secreto, estavam enfiados em seus beliches com bolsas de água quente na barriga. Mamãe culpou Fevvers. No silêncio deserto, os pássaros voltaram, para bicar o lixo, e havia um jovem com suspensórios de comediante curvando-se para enfiar o rosto debaixo da bomba d'água, da melhor maneira que conseguia com um só braço.

"É seu namorado", disse Lizzie sem prazer. "É o Hank, o Yank, o Joãozinho repórter."

Fevvers avançou sobre Walser por trás e, escolhendo o momento adequado, tapou os olhos dele com as mãos assim que o rosto de Walser emergiu da corrente de água.

"Buuu!"

Desacostumado ao amor, ele diagnosticou os efeitos de uma noite sem dormir quando seu coração disparou ao vê-la. Ela olhou para ele com relutante especulação, balançando para frente e para trás em saltos altos que lhe davam alguns centímetros de vantagem sobre ele em altura, vantagem esta que ela apreciava.

"Como está o braço vacilante?", ela perguntou.

Ele mostrou a tipoia.

"Cuide bem disso. Arranhão de um tigre pode infeccionar e virar algo podre, pode sim."

Ela baixou a voz alguns decibéis, até soar lúbrica.

"Ouvi falarem...", ela disse, "que você desistiu da Experiência Fatal noite passada, depois de tudo aquilo. Parece que entendi errado, querido. Parece que, no fim das contas, você não a estava importunando."

Walser escondeu o rosto, limpando a última mancha de ovo com a manga. Fevvers riu e bateu nele levemente com as luvas, o mau humor da noite anterior desaparecido há muito, substituído por um misterioso coquetismo.

"Devo dizer, sr. Walser", acrescentou ela em tom provocativo, "é muito lisonjeiro que você me persiga assim, até o finalzinho da terra, poderíamos dizer. Hein?"

Antes que Walser pudesse responder, Lizzie, como se já não conseguisse esperar mais tempo para que esse ritual de namoro atingisse sua consumação, puxou impacientemente a manga do braço bom dele.

"Ah, sr. Walser, há a questão de algumas *cartas pra casa*... nós, isto é, Fevvers e eu, estávamos pensando se... ah? Você não está despachando no momento, devido ao seu ferimento? Bem, então, tem mais espaço pras *nossas* coisas!"

De sua enorme bolsa, ela retirou uma cornucópia de papéis e os empurrou para ele.

Como a estrela nunca havia trabalhado em circos antes, houve uma boa dose de animosidade em relação a ela na companhia, especialmente entre os Charivaris, eles próprios dançarinos da corda-bamba há séculos, envolvidos no mesmo debate com a gravidade que ela desempenhava — a diferença era que ela estava trapaceando! Eles tinham certeza disso: sentiam isso até nos ossos; não precisavam de provas. E a trapaceira, com seus recursos mecânicos, os expulsara de seu lugar habitual no topo do programa. Eles até persistiram um pouco naquela teoria da "guta-percha" em relação à anatomia de Fevvers. Naquela mesma manhã, enquanto tomavam o café e o leite matinal, as crianças sugeriram que talvez houvesse alguma maneira de ela ser derrubada do céu — "pra ver se ela quicava". Mamãe protestou: "Travessos, travessos!", mas ela e Papai trocaram olhares pensativos. Quando Fevvers fez revirar o estômago das crianças com seu presente de tortas envenenadas, foi a gota d'água.

    Eles apareceram, ressentidos, para assistir ao ensaio da orquestra de Fevvers, dezenas e dezenas deles, Papai, Mamãe, irmãos, irmãs, primos. Tinham em vasta medida aquela habilidade italiana para formar uma multidão, de modo que os Charivaris *en masse* pareciam ser muito mais do que a soma de suas partes, mesmo sem as crianças pequenas que ficaram em casa nos beliches, gemendo. Como que por direito, os

Charivaris ocuparam o Camarote Imperial, pois a família havia entretido todos os imperadores europeus notáveis desde Nero. Na verdade, eles se consideravam uma parte vital da história do circo, e era dessa tradição tão rica que eles achavam que Fevvers estava desdenhando. Todos tinham sérias expressões de hostilidade e desprezo. Pessoas pequenas, de proporções delicadas, mas resistentes, em malhas de ginastas. As mulheres deixaram papelotes enrolados no cabelo, em sinal de desdém.

É um fenômeno do trapézio que seus praticantes sempre pareçam maiores nele do que são na vida. Pequeno e ágil é, portanto, a regra para o ar (e assim é, como os Charivaris bem sabiam, para a corda bamba); um voador grande parece um voador desajeitado, não importa quão grande seja sua arte. A voadora feminina ideal faz o ponteiro da balança se mexer em, digamos, quarenta e cinco quilos e, de chinelos, não ultrapassa um metro e meio de altura. Seu parceiro masculino pode ter, em relação a ela, talvez mais uns cinco quilos e mais uns oito centímetros de altura, mas ainda assim ele será um homenzinho no chão, embora possa parecer um deus grego quando se lança pelo ar naquelas velocidades que chegam a quase cem quilômetros por hora. Fevvers, lembremo-nos, tinha quase um metro e noventa de altura (de meias) e fazia o ponteiro da balança se mexer até a marcação de oitenta e oito quilos.

Deus, ela parecia *enorme*. Suas asas vermelhas e roxas, durante o voo, eclipsavam a cumeeira do Circo Imperial. Mas aqueles braços e pernas marmóreos e imensos, ao fazerem vagarosos movimentos de natação no ar, pareciam pouco convincentes, como que arbitrariamente pregados na vestimenta do pássaro.

Walser, atraído para o picadeiro como uma mariposa para a chama, pensou, como tinha feito antes: "Ela parece maravilhosa, mas ela não parece *certa*".

No entanto, ele não conseguia apontar o que estava errado, não conseguia identificar de que maneira as proporções pareciam distorcidas, já que não existiam proporções corretas para comparar com as dela; ou o problema era este: algo nela sugeria que, se por um lado convencia os outros, ela própria permanecia não muito convencida quanto à natureza precisa de sua própria ilusão.

A lentidão de sua trajetória, o modesto ronco de motor a quarenta km/h, era esse o truque. Isso fez os Charivaris bufarem.

Com a mão direita, ela segurou a barra do trapézio.

Um nítido e vibrante estalo foi ouvido.

Uma corda se rompeu.

O Coronel, observando-a, agora com atônito terror, como, um minuto antes, observara com atônito êxtase, havia considerado um bom golpe de publicidade usar não músicos charlatões, mas a nata do Conservatório de Petersburgo como orquestra acompanhante nesse contrato. O problema era que esses cabeludos não conheciam a primeira regra do espetáculo — que o show deve continuar. E agora "A Cavalgada das Valquírias" (tocada soberbamente) desabou em uma dissonância horrorizada quando o trapézio derrubou Fevvers a uns quatro metros de altura e a deixou balançando para lá e para cá como um pêndulo acima do pequeno centro de serragem, vórtice da gravidade, lá, lá embaixo.

Suas asas tremeram e as pequenas penas nas bordas chicotearam o ar nervosamente. Mas ela não demonstrou medo, mesmo que o sentisse. Virou-se e, com a mão livre, acenou, ou, como dizem no circo, "fez estilo" ao Camarote Imperial com um gesto irônico. Até mostrou a língua. Os músicos, com trompas e violinos pendurados nas mãos, o Coronel, Walser, olharam, impotentes, com o coração na boca, por um interminável minuto; os Charivaris, apreensivos, observavam.

Só quando decidiu que era o momento certo, ela movimentou seu pêndulo. Balançou sobre ele, cada vez mais rápido, e somente ao ganhar impulso o bastante ela se soltou e lançou-se novamente até chegar ao outro lado do topo, onde pousou em seu outro trapézio, sentou-se abruptamente, fechou rápido as asas, cruzou os braços como uma lavadeira furiosa e, incomensurável, imóvel, emburrada, ignorou a comoção que irrompia embaixo.

Um murmúrio confuso saía do Camarote Imperial, em meio ao qual se podia distinguir um som de decepção.

"Bastardos!", gritou Lizzie e repetiu e incrementou os xingamentos em vários dialetos italianos. Os Charivaris revidaram energeticamente.

O Coronel acendeu um novo charuto e pareceu estar implorando um conselho à sua porca. No alto, Fevvers permaneceu encolhida em sinal de aborrecimento.

Não. Ela não vai descer. Está mais segura lá em cima, não é? Por que ninguém testou a corda? Que filhos da puta assassinos andaram mexendo no equipamento?

Por mais alto que ela estivesse, dava para ouvir cada palavra.

Um dos empregados descobriu que a corda que se partiu tinha sido habilmente serrada pela metade.

Um complô!

A suspeita recai instantaneamente sobre os Charivaris. Os Charivaris protestam tumultuosamente levantando-se e correndo para lá e para cá ao longo do parapeito dos camarotes. Lizzie lança ao Coronel uma torrente de palavras rápidas e raivosas enquanto os Charivaris, gesticulando, apresentam todas as argumentações que acreditam serem plausíveis. O Coronel se delicia com seu charuto, faz cócegas nas orelhas de sua porca e sabe, em seu coração, quando Sybil grita e sacode a cabeça, que não restará nada a não ser despachar os Charivaris. Dar a eles uma gratificação além do pagamento não merecido, eliminá-los do programa, mandá-los de volta a Milão no próximo trem.

Ou isso, ou ele perde Fevvers. O que ele não consegue nem pensar. Especialmente desde que Fevvers consentiu em jantar com ele naquela noite, com a condição de que ele fizesse um teste com Mignon.

Isso não significa, claro, que esta seja a última que os Charivaris aprontam. Para o resto de suas carreiras profissionais, toda a família sofrerá de feridas nos pés, furúnculos no rabo, dores de cabeça, indigestão... todas as dorzinhas irritantes que envenenam a vida, que não causam danos duradouros, que não matam, mas mantêm você indisposto permanentemente. Nada tão ruim em si mesmo que mantenha qualquer um deles longe da corda bamba; somente que, doravante, todos realizarão seus números com menos qualidade.

Fora de forma. Seu destino coletivo é estar para sempre fora de forma. As crianças que queriam ver se Fevvers quicava nunca estarão suficientemente recuperadas das tortas do policial secreto. Sofrerão o destino de nunca se igualarem a seus pais, mesmo quando esses pais estiverem fora de forma. No futuro, se Lizzie alguma vez voltar a pensar nos Charivaris, um ou outro do clã sofrerá uma pontada indiagnosticável. A tribo histórica, que dançou na corda antes dos tempos de Nero, Carlos Magno, os Bórgia, Napoleão... os Charivaris agora entrarão em um longo e lento eclipse. Por fim, forçados a emigrar, dois milênios de arte circense se esgotarão em uma concessão de pizza na rua Mott.

Boa noite.

Quando o Coronel, relutantemente, consentiu em despedir os Charivaris, Fevvers desceu à terra, de novo, embora não tenha pulado, como havia feito no Alhambra, mas, como qualquer outro artista do trapézio, usou a escada de corda fornecida. Seus resmungos ficaram mais altos conforme ela se aproximava da terra firme.

Walser, meio rindo, meio imaginando, quase, mas não totalmente, convenceu-se de que a mulher não correra mais perigo do que um papagaio pode correr se você o empurrar do poleiro. E, embora ele não estivesse disposto a acreditar que pudesse ser assim, ele se encantou com o paradoxo: se ela fosse de fato um *lusus naturae*, um prodígio, então ela não seria mais uma maravilha.

Ela já não seria uma mulher extraordinária, não mais a Maior Aerialista do mundo, mas uma aberração. Maravilhosa, sim, mas um monstro maravilhoso, um ser exemplar a quem fora negado o privilégio humano da carne e do sangue, sempre objeto de observação, nunca o sujeito que é recebido com simpatia, uma criatura alienígena afastada para sempre.

Deve a si mesma continuar sendo uma mulher, ele pensou. É seu dever humano. Enquanto mulher simbólica, ela tem um significado, mas enquanto anomalia, nenhum.

Enquanto anomalia, ela voltaria a ser, como havia sido antes, uma peça em exposição em um museu de curiosidades. Mas o que ela se tornaria, se continuasse a ser mulher?

Então ele viu que ela estava pálida sob o rouge, como que se recuperando de um medo real, e enrolava-se na capa de penas, como se isso fosse aquecê-la. Deu a ele um sorriso desanimado.

"Quase que falhou, hein?", disse ela de forma ambígua.

Lizzie correu para ela com meia garrafa de conhaque do bar. O Coronel zanzava, proferindo palavras lisonjeiras e doces, mas Fevvers, acomodando-se em um assento ao lado do picadeiro, fez com que ele se calasse quando um tilintar de ferros anunciou a subida da enorme jaula em que a Princesa e seus felinos se apresentavam.

"Minha protegida", disse Fevvers, bebendo conhaque. "*Agora* você vai ver algo."

Walser tentou se sentar ao lado dela, mas Lizzie o tirou com firmeza do caminho, então ele se sentou ao lado do Coronel.

Preocupada com a estreia de Mignon, a Princesa não dispensara pensamentos a si mesma, esquecida até de aparecer em um vestido bonito, e tanto a anágua quanto o corpete também mereciam uma lavagem, pois a bainha daquela estava manchada com excrementos das jaulas, e a cintura deste tinha pegadas de sangue, vestígios de distraídos gestos para enxugar as mãos. Mas, quanto a Mignon — que fada madrinha havia tocado a pequena mendiga de rua com a varinha?

Seu cabelo loiro estava erguido em cachos macios e presos com uma rosa de cetim cor-de-rosa. Um vestido de baile completo, branco como glacê, todo cheio de babados e rendas românticas, fora talhado de forma a mostrar quão bem seus hematomas estavam sarando. Ela estufou o escasso peito como que para libertar um pássaro ali engaiolado.

Só que, no segundo verso, o Coronel começou a se agitar um pouco.

"*Lieder* na jaula do tigre!", ele pensou em voz alta. "Issaí é mesmo um número de muita classe, simssinhô. Mas será que não é de uma classe *muito* alta? Entende? Desperdiçado com a gentalha? Não poderia..."

"Psiu!", protestou Fevvers bruscamente.

Os olhos de Walser formigaram e aquela sensação vertiginosa que ele agora associava à presença da *aerialista* dominou-o, embora ele reconhecesse que, desta vez, a música era tão culpada quanto Fevvers.

Uma salva de palmas da pequena plateia, moderada por um silêncio agressivo de Sybil que, de algum modo, justificava as apreensões do Coronel, pois ele dava muita importância ao tino comercial de sua porca. Não. Não para *este* show. Não *aquela* música. Havia bastante dinheiro a ser ganho com a cantora, mas não se ela e sua acompanhante continuassem insistindo em transformar o picadeiro em uma sala de concertos. Ele se esforçou para lembrar como seu grande predecessor, Barnum, comercializara Jenny Lind, o rouxinol sueco, para o grande público norte--americano... Contratar Mignon, sim; mas contratá-la com *esse* número com tigres? Hum! Problemas.

"O que mais", ele perguntou com certa rispidez, mastigando o charuto, "você consegue fazer?"

Mignon, manipulando suas românticas saias com maravilhosa destreza, aproximou-se do maior tigre em seu pedestal e fez uma reverência. Um "com licença" das damas!

A cauda do tigre se contraiu e os túneis de suas narinas formigaram em resposta ao saboroso almíscar de seu perfume. A Princesa tocou o acorde introdutório. Ele pulou para baixo do poleiro.

A Princesa, por respeito à cidade, optou por tocar a grande valsa de *Onegin*. *Um,* dois, três. Mignon valsava com o tigre. *Um*, dois, três. O enorme animal, um pouco rígido e semelhante a um avozinho, ternamente curvou-se sobre a debutante, com mais de um metro e oitenta de altura nas patas traseiras, parecendo um pouco incomodado com as luvas de couro presas por barbantes às patas dianteiras, para que, na excitação do momento, não soltasse suas garras retraídas com consequências desastrosas para os ombros nus de Mignon, que de mármore tinham apenas a aparência.

Eles rodaram e rodaram, Mignon cantarolando junto à melodia, em uma voz distraída e encantadora, tão satisfeita consigo mesma e com o efeito que ela causava como qualquer garota em seu primeiro baile. Mas a noiva do tigre estava triste por ser cortada e, talvez, até com ciúmes por perder o parceiro para a garota bonita. Colocando para trás as orelhas, começou a rosnar uma sulfurosa música de fundo.

Com a mão na pata do tigre, Mignon "fez estilo" para a plateia, como a Princesa lhe ensinara, depois fez uma reverência para o tigre, para a outra dançarina, radiante com sua habitual falta de discernimento, pois para ela tudo fazia parte do trabalho do dia, fingir que estava morta ou dançar com vivos terríveis.

Mais aplausos, muito mais do que até então, porque cada um dos Símios Amestrados tinha se engueirado para se empoleirar ao longo da parte superior dos bancos. Poucos dos *habitués* não símios do Circo Imperial poderiam ter se comportado com mais decoro ao aplaudir quando viram sua ex-cuidadora em uma nova personificação. Um deles, com a fita de cabelo verde, chamou a atenção de Walser e piscou para ele. O Homem-Macaco estava, como sempre, em outro lugar, decerto derrubado pela bebida em algum bar sórdido.

Dessa vez, Sybil mal conseguiu conter seu entusiasmo, e as dúvidas do Coronel desapareceram. Ele se sentiu bastante consolado pela perda dos Charivaris.

"Isso supera tudo, não é, Sybil! Que coragem, que classe! Que atração essa! Se essa loirinha não é uma maravilha! E, quanto à garota de pele negra, ora, ela é simplesmente incrível! Vou te dizer uma coisa", ele confidenciou a Sybil, "que tal *deixarmos* a canção de lado; simplesmente tiramos. Esquecemos a canção. Pule a canção, vá direto pra dança."

Mignon conduziu seu parceiro de volta ao pedestal e deu um beijo em sua testa de pelúcia antes de, com toda cortesia, levá-lo para cima. Mas uma enorme lágrima cor de âmbar caiu do olho da tigresa, e depois outra. A Princesa bateu os dentes com as unhas quando viu aquelas lágrimas de decepção e acenou impacientemente para os observadores. Walser sentiu um cutucão em seu braço ferido e, olhando para baixo, viu que Sybil o estava cutucando com o focinho.

"Você não vê, cara", interpretou o Coronel, com um sussurro, "a Princesa quer um voluntário. A Sybil sabe. A Sybil pode dizer. Vái lá, meu jovem, e faça sua obrigação! Cumpra seu dever pelo Jogo Lúdico e pelo Circo do Coronel Kearney!"

"Ei, sr. Coronel", disse Fevvers. "Escute, não acha que isso é um pouco demais?"

A Princesa acenou novamente; Sybil cutucou novamente, dessa vez com ferocidade.

"Você não é *amurricano*?", implorou o Coronel. "Cadê sua coragem?"

"Mas esse é o tigre que tentou me comer!", exclamou Walser, horrorizado.

"Então vocês já foram apresentados? Ótimo!"

"Mas meu braço..."

"E é um soldado ferido, pobre imbecil..."

Walser olhou para todos os lados, buscando um jeito de escapar, mas, em vez disso, contemplou a aparição do Homem-Músculos, que viera para se embevecer perante Mignon. Feito um colosso torneado e cintilante, o Homem-Músculos viu Walser no mesmo momento. Seu bíceps subiu, como que por instinto. Fevvers cobriu os olhos com uma das mãos e levou a garrafa de conhaque aos lábios com a outra.

"Meu nome, Walser, pode sugerir 'valsa', minha senhora, mas temo que não seja dançarino", desculpou-se Walser com a parceira alaranjada, mas a adorável criatura, com o alívio de uma moça acanhada a quem convidaram para dançar, deitou a cabeça em seu ombro ferido com uma suave e reconfortante pressão, e ainda bem que ela estava de bom humor, já que não havia tempo para conseguir aquelas luvas de proteção. Ela liderou. Ela conduziu Walser ao redor do picadeiro com total segurança e uma diligência maravilhosamente grave.

Um, dois, três. *Um*, dois, três.

Mignon passou girando, lançou ao palhaço um sorriso brilhante, e Walser, sustentado pelo aço não forjado das patas dianteiras da tigresa, pensou: lá vai a Bela com a Fera. Então, olhando para os olhos rasos e adornados da tigresa, ele viu ali refletida toda a essência alienígena de um mundo de peles, força e graça em que ele era o intruso desajeitado e, como a tigresa dirigiu seu deslumbramento mais uma vez ao redor do piano branco da Princesa, ele se permitiu pensar como os tigres teriam feito:

Aí vem a Fera com a Bela!

A respiração da tigresa era incrivelmente fétida por causa dos restos pútridos do café da manhã ainda presos entre seus dentes. Essa foi a única coisa que causou abalo.

Agora, todos os tigres estavam nas patas traseiras, valsando como em um salão de baile mágico no país onde crescem os limoeiros.

As grades da arena iam passando, primeiro uma a uma, e depois, conforme o ritmo acelerava, reduziram-se a uma única barra desfocada, um confinamento percebido, mas não mais sentido, até que aquela única barra se dissolvesse, e tudo que restou foi a paisagem ilimitada da música dentro da qual, enquanto a dança durou, eles viveram em perfeita harmonia.

Dessa vez, os aplausos foram tumultuosos, e se a própria Princesa tomou parte da emocionante cena, todos os membros do circo também o fizeram (com exceção dos carrancudos Charivaris), pois, ao fazer sua reverência, Walser viu todos os cavalariços, trabalhadores e encarregados da limpeza, além dos elefantes e cavaleiros cujos nomes ele não conseguia lembrar, acrobatas, malabaristas, meninas que eram arremessadas dos canhões e todos os palhaços, todos atraídos pelo incrível espetáculo, todos sucumbiram a ele. O Coronel afundou em seu assento e sacudiu as perninhas no ar com prazer. Fevvers brindou a Walser com a garrafa de conhaque vazia.

Walser conduziu a tigresa de volta até o pedestal e fez uma reverência. Ela o empurrou para trás com seu estrondoso, satisfeito e fedorento ronronar. Requintadamente formal, a Princesa beijou-o nas duas faces, mas beijou Mignon na boca e as duas garotas se apegaram mais um pouco, apenas um momento a mais do que o decoro permitia, embora o vigor da ovação fosse tamanho que ninguém notou, exceto aqueles para quem aquele beijo não fora nenhuma surpresa.

Então a Princesa fechou a tampa do piano, pegou o rifle e gesticulou imperiosamente com ele. Os felinos pularam de seus pedestais e desapareceram na rampa. Abruptamente descontínuo, acabou o encantamento.

O Coronel estava muito satisfeito com o andamento do palhaço aprendiz que ele próprio havia selecionado, e que agora era Frango Humano e gigolô de tigresa. Mas, no final da tarde, o Homem-Músculos deu uma surra em Walser até ele virar polpa e só a intervenção da *aerialista* o salvou.

O corneador corno vestia um par duplo de chifres; a testa do Homem-Músculos cedia sob o peso. Ele ficou espreitando na tranquilidade alegre da área das jaulas, esperando chegar o momento exato até que Walser passou pelo interior do prédio a fim de mijar no pátio e pulou em cima dele por trás, derrubando-o nas pedras diante da indiferença elementar dos elefantes. A crista de galo e a peruca de Walser caíram.

O Homem-Músculos ajoelhou-se nas costas de Walser e deu uma joelhada em seus rins, e outra, e mais outra, mas se poderia pensar que isso doeu mais nele do que em Walser, porque ele chorava como uma criança. Walser, com o braço direito inútil, não podia fazer nada para se defender, e contorceu-se sob o grande súcubo grunhidor até que um jato de água desceu sobre os dois.

Aquilo apagou o fogo do Homem-Músculos. Ele saiu de cima de Walser, berrando e pingando, uma visão lamentável. Dessa vez foi Fevvers que brandiu a mangueira com a qual a Princesa já havia resgatado Walser em outra situação. Ela sacudiu as últimas gotas de um jeito perturbadoramente masculino e a deixou de lado. Com a barulheira do embate, Mignon se preocupou com o alojamento dos felinos. Ao ver Sansão, o Homem-Músculos, reduzido a tão patética miséria, liquefazendo-se, o rosto dela assumiu um tom solidário de chuvas de abril. Tinha uma memória muito curta para guardar rancor.

Walser, ignorado, levantou-se e procurou seus adornos de cabeça. A água escorria pelas mangas e pelas pernas da calça dele. Fevvers enxotou os ex-combatentes em direção aos aposentos da Princesa, contudo, quando o Homem-Músculos viu os tigres se animando e parecendo curiosos, ele começou a berrar novamente, dessa vez de medo. Estava vestido, como de costume, apenas com sua tanga de pele de tigre, para a qual a Princesa apontou significativamente.

"O que ela quer dizer é: tire já isso", disse Fevvers a ele. "Eles não gostam da aparência disso aí."

Ele apertou os olhos e não se mexeu, então ela removeu a tanga por ele, revelando por um momento seu enorme pau, agora curvo e encolhido, o fantasma completo de si mesmo, antes de ela o enrolar numa toalha e jogar sua tanga a uma distância segura. Walser apressou-se em tirar as próprias calças antes que, ah! angustiante ideia, ah! delirante ideia, antes que ela pudesse botar as mãos nele. Logo ambos estavam enrolados em toalhas e sentados em feixes de palha. Eram quatro horas da tarde e Mignon correu para a cozinha recém-aberta em busca de revigorantes canecas de chá.

O vestido de baile de Mignon estava pendurado em uma barra em um cabide de madeira marcado *Hotel de l'Europe*. Em casa, as domadoras de tigres pareciam um par de colegiais surpreendidas em um jogo no dormitório. Como a Princesa, Mignon não se preocupava em se vestir na intimidade do lar, embora *suas* roupas íntimas fossem novinhas em folha, de cambraia requintada e bordado inglês. Uma etiqueta de preço ainda estava pendurada na bainha da anágua.

O Homem-Músculos tomou um gole de chá e então suas lágrimas rebentaram de novo. Fevvers, com maternidade impessoal, pegou sua cabeça encaracolada nos braços e acomodou-a junto ao peito. Walser ficou ofendido, pois ele era o espancado e ninguém prestava atenção nele, exceto Mignon, que, descobrindo áreas de competência até então inexploradas dentro de si mesma, pegou um bife e o esticou sobre o rosto dele para acabar com o início de um monstruoso olho roxo. Mas não era a atenção dela que ele desejava e, quanto mais o Homem--Músculos soluçava e era aconchegado, mais Walser se sentia maltratado e desprezado.

"Eu nunca encostei um dedo nela!", ele declarou ao Homem-Músculos, apenas para desencadear uma nova tempestade. O Homem-Músculos murmurou algo entre os seios de Fevvers, onde só ela poderia ouvir.

"Ele falou que ama você", disse ela a Mignon. Mignon apresentou um semblante confuso. Fevvers traduziu-se apressadamente. Mignon sorriu. O Homem-Músculos chorou e murmurou mais um pouco.

"Ele diz que te ama, mas que é um covarde."

Dessa vez, Mignon não riu, mas chutou o feixe de palha com o pé descalço.

Murmúrios, murmúrios, murmúrios.

"Ele diz que ama você; ele é um covarde; e ele não aguenta imaginar você nos braços de um palhaço."

Foi a Princesa quem desatou a rir dessa vez, enquanto Mignon balançava a cabeça: "Não! Um palhaço nunca!".

O Homem-Músculos se animou com isso e conseguiu mandar o chá goela abaixo.

A palavra "ferro" tinha sido toscamente tatuada nos nós dos dedos da mão direita dele, e "aço" na esquerda: as tatuagens pareciam miseravelmente autoinfligidas, como que esculpidas com um canivete e então preenchidas com tinta durante uma infância carente e automutiladora. Todo o seu volume era músculo e simplicidade, não havia carne, nem flacidez, nem inteligência nele. Tinha um nariz bonito, e arrebitado, e, quando parou de choramingar, seu rosto mais uma vez assumiu a expressão habitual de inocência perplexa, de admiração perpétua pelos caminhos do mundo.

O Homem-Músculos era ingênuo e não conhecia truques. Durante o intervalos entre os atos, enquanto a jaula ou o trapézio subia, enquanto os palhaços entravam em cena, Sansão desfilava pelo picadeiro segurando um cavalo acima da cabeça.

Sim; ele era muito forte, e, como lá bem no fundo ele sabia, um fraco de espírito. Mas, e isso é o que ele *não* sabia sobre si mesmo, ele era um grande sentimental, de modo que, toda vez que esteve metendo na mulher do Homem-Macaco, nunca pensou muito sobre ela, exceto que ela era fácil, mas, assim que ela fugiu com o palhaço — ou assim ele havia achado — e tomou banho, arrumou o cabelo, colocou um vestido bonito, virou uma estrela, o coração dele passou a se transformar em uma panqueca sempre que ele pensava que não colocaria mais sua enorme ferramenta nela. Mas não julguem que grandes amores não brotaram de fontes menos prováveis do que essa na história do mundo. Se, quando o Homem-Músculos assistiu ao tigre valsar com Mignon para fora de seu alcance para sempre, ele pensou que seu coração estava se partindo, poderia ter sido sentimental, mas o coração se partiu de verdade. Da fratura, a sensibilidade pode projetar uma cabeça úmida e recém-nascida.

Enquanto todos se sentavam inconclusivamente ao redor do alojamento dos tigres, escutou-se um som de algo sendo arrastado e de batidas; o Professor entrou, de costas, pela porta aberta para o pátio, puxando pelos pés o Homem-Macaco inconsciente. O Professor estava tendo uma trabalheira, ofegava, arquejava, bufava, com nítida e dolorosa consciência da indignidade de sua tarefa. A cabeça do Homem-Macaco batia contra as pedras do calçamento a cada puxão que o Professor dava nas botas, mas o sorriso no rosto inconsciente não se desfazia.

"*Mein* marido!", disse Mignon.

"Escute, Sansão, meu velho, vá e dê àquele pobre sujeito peludo uma mãozinha antes que ele tenha um ataque cardíaco", disse Fevvers. O Homem-Músculos ergueu-se obedientemente, ajeitando as pontas da toalha em volta da cintura. Carregou o Homem-Macaco para o beliche, e o Professor foi trotando ao lado dele, tagarelando para a si mesmo com aborrecimento.

Fevvers soltou algum comentário em alemão que fez Mignon sorrir, outro em francês que fez a Princesa sorrir também, mas não estavam sorrindo para Fevvers, sorriam uma para a outra, e uma mão branca e uma negra foram estendidas e se enlaçaram.

"Então, é isso." Por fim ela se dirigiu a Walser. "Segure firme seus trapos e venha comigo, caro amigo de porcelana. Deixe as pombinhas juntas."

Pombinhas, era isso mesmo? Claro que sim!

De mãos dadas, as garotas agora voltaram para a jaula, onde os tigres dormiram a tarde toda, pois a Princesa estava ensinando Mignon mais *lieder*. Então ela não iria cantar no picadeiro; muito bem. Tanto melhor, na verdade! Elas iriam acalentar em amorosa privacidade a música que era sua linguagem, na qual haviam encontrado o caminho uma para a outra.

Quando o Homem-Músculos voltou correndo dos macacos, ele, com o amor trancado do lado de fora, sacudiu as grades que o mantinham longe de sua amada, mas as amantes musicais não ouviram, tão absortas estavam.

Deixado sozinho, o Professor vasculhou os bolsos do Homem-Macaco. Ele retirou a carteira vazia, encontrou o que estava procurando — o contrato de Monsieur Lamarck com o Coronel —, leu-o na íntegra e o rasgou. Trespassou o inconsciente Homem-Macaco com um olhar de puro desprezo símio. Pegou o sobretudo do Homem-Macaco, ao pé do beliche, a fim de passar despercebido no meio da multidão, e saiu em disparada.

No pátio, encontrou Walser lavando o rosto pela segunda vez naquele dia, livrando-se do sangue e da maquiagem toda enlameada. O Professor pegou seu braço ruim, fazendo-o dar um pulo e, depois de uma demonstração irritada de contrição, puxou Walser pelo beco; embora Walser, usando apenas uma toalha, protestasse ferozmente, ele deixou claro que queria que o palhaço chamasse um táxi.

Pretendendo convidar sua estrela para jantar naquela noite, um encontro que lhe fazia nutrir grandes esperanças, o Coronel voltou cedo para o hotel, a fim de cuidar da barba que crescia em sua mandíbula azulada. Em mangas de camisa, cantarolando "Casey Jones" para si mesmo, às voltas com seu charuto entesado, ele estava atacando suas bochechas com uma navalha de cortar gargantas, no banheiro da suíte, quando o Professor, com pressa demais para perder tempo com o balcão de recepção, subiu por um cano de esgoto e bateu peremptoriamente na vidro fosco da janela. O Coronel, depois de algumas exclamações kentuckianas de espanto, deixou o Professor entrar e o conduziu à sala de estar, para que a visita esperasse enquanto ele limpava a espuma das bochechas. Ao retornar, o Professor estava sentado na escrivaninha, escrevendo rapidamente no papel timbrado do hotel.

"A natureza não me deu cordas vocais, mas se esqueceu de botar um cérebro na cabeça de Monsieur Lamarck. Ele é um bêbado incorrigível, sem nenhum senso de negócios. Proponho, portanto, assumir a gestão de todos os negócios dos 'Símios Amestrados' e exigir que o salário e as despesas anteriormente devidas ao Monsieur Lamarck agora sejam pagas a mim."

"Bem, temos aqui um evento, Sybil." O Coronel Kearney dirigiu-se à porca. "Os loucos assumem o controle do hospício."

Resoluto, o chimpanzé anotou a quantia que considerava apropriada por seus serviços e pelos de seus colegas, soma que fez o Coronel levantar as sobrancelhas, para em seguida oferecer ao Professor um copo amigável que, dadas as circunstâncias, dificilmente corresponderia à mais diplomática das amabilidades, e que o Professor recusou com raiva. Abrindo uma nova garrafa de uísque com os dentes, o Coronel acariciou um queixo ainda duro de sabão e observou, festivo:

"Ah, droga, Professor! Se não tem um homem no picadeiro com vocês, as pessoas vão pensar que são apenas um bando de garotos do colégio com roupas de macaco!".

O Professor emitiu um ruído indescritível que não precisava de cordas vocais para expressar seu significado.

"Eu agradeço se mantiver a cortesia, Professor! Bem, senhor, sabe o que eu sempre digo — vamos consultar o oráculo."

Com um grunhido, Sybil se jogou no tapete enquanto ele espalhava os cartões com o alfabeto.

"Ba-ra-to pelo preço", ponderou o Coronel. "Bem, eu odeio discordar de você, Sybil, mas este cavalheiro certamente faz uma barganha poderosa e difícil. Você está *convencida* de que ele é insubstituível? Está? Maldito seja..."

Ele semicerrou os olhos para Sybil, ruminativamente, atacado pelas primeiras dúvidas jamais nutridas sobre a integridade da porca: que possa haver alguma solidariedade entre os animais mudos, que eles pudessem fazer um pacto de algum tipo contra ele, era uma possibilidade perturbadora que, até então, nunca passara por sua mente. Por fim, relutantemente estendeu a mão para o Professor.

"Lá de onde eu venho, o aperto de mão do cavalheiro é seu contrato. Oh. Entendi. Não de onde você vem. Bem..."

Relutante, sentou-se à escrivaninha e escreveu um novo contrato, mas, mesmo assim, foi obrigado a riscar um par de cláusulas e permitir que o Professor anexasse uma cláusula extra antes que o chimpanzé assinasse. Recusando-se a dar até mesmo uma mordiscada em uma das maçãs de Sybil para selar o acordo, o Professor saiu rugindo, pela porta desta vez, deixando o Coronel muito aborrecido.

"Porco com feijão", ele disse ameaçadoramente para Sybil. "Costelinha de porco. Presunto defumado."

Mas ela pulou de volta à almofada e fechou os olhos propositalmente, não admitindo mais discussão, embora o Coronel pudesse ter finalizado sua barba com menos equanimidade se soubesse que, no saguão, ao sair, o Professor havia recrutado a ajuda de uma Lizzie que passava para obter da recepcionista uma cópia do Quadro Internacional de Horários de Trens, de Thomas Cook.

9

Como acompanhamento às panquecas recheadas com caviar e creme azedo, carpa ensopada, cogumelos marinados e salmão defumado, o Coronel escolheu uísque em vez de vodca. Desde então, passou a achar que o uísque faz o *borsch* descer melhor. Fevvers bebeu um pouco de borgonha branco com o primeiro prato, borgonha tinto com a sopa, e manuseou seus talheres com vontade. Pessoa experiente em jantares de sedução, sua expectativa era de fazer uma lauta refeição, e o Coronel não poupou gastos. Ganso assado com repolho roxo e maçãs? Ela passou adiante, no entanto, preferindo carne de veado, e mudou para um clarete *mise en bouteille au château*. O Coronel permaneceu no uísque e limitou-se a comer as migalhas dos pãezinhos que agitava com dedos nervosos. Fevvers, no entanto, encontrou espaço para sorvete, para finalizar, e mais uma taça de Chateau d'Yquem, arrotou de forma amistosa e assentiu quando ele, com o rosto vermelho e já embriagado demais para a ocasião, lhe ofereceu uma saideira de boa-noite em sua suíte.

Ela desfrutou de champanhe bem gelado enquanto o empresário caía no sono no sofá ao lado dela. Removendo o garrafa de bourbon de suas mãos, ela cutucou curiosamente a fenda em sua braguilha, que ele tinha acabado de abrir antes de desmaiar, e retirou um cordão de pequenas bandeiras norte-americanas de seda. Sybil deu um grunhido de reprovação.

"Como foi?", perguntou Lizzie na sala de estar, nos aposentos delas, densa com o perfume de flores de estufa e o cheiro da cera derretida que a senhora ia cuidadosamente pingando de uma vela. Ela parecia estar realizando um ritual de bruxaria, mas a verdade era bem diferente.

"Impossível fazer a bandeira estrelada subir", respondeu Fevvers. "A vingança da Britannia pela Guerra de 1812. Escute, Liz querida, ainda não terminou sua escrita invisível?"

"Estará tudo pronto para a próxima remessa dele", disse Lizzie com toda calma.

Fevvers abriu a cortina de brocado e olhou para um pequena lua crescente congelada que jazia de costas no vasto céu. Suspirou.

"Acho uma vergonha pregar uma peça dessas num jovem..."

"... que ainda nem saiu do ovo", resumiu Lizzie. "Os palhaços podem atacá-lo com ovos como se os ovos não custassem nada, mas a casca dele não se quebrou ainda. É muito *jovem* para você, minha garota. Ele é prova viva de que viajar não amplia a mente; em vez disso, torna um homem *banal*."

"Não é a mente dele que me interessa", disse Fevvers.

"Ah, Sophie, você é doida por um rosto bonito."

"Não é o *rosto* que me interessa..."

Uma batida na porta a interrompeu. Um mensageiro bocejante entregou um monte perfumado e precioso de violetas de Parma fora de estação; sua flor da sorte! Ela exclamou com surpresa; como será que o remetente desconhecido sabia disso? Lizzie pegou o cartão que veio com elas, leu, comprimiu os cantos da boca e jogou o cartão no fogo, mas Fevvers, com mãos de enfermeira, avidamente investigou as úmidas hastes das flores envoltas em fitas, e descobriu uma caixa de couro *shagreen*. Dentro da caixa, para desgosto de Lizzie, brilhava um pulseira de diamantes, como uma fria atadura.

"Um rostinho bonito é uma coisa, Liz querida", opinou Fevvers, experimentando a pulseira imediatamente, "mas diamantes são outra. Aqui está um bom sujeito para esfolar."

Suas pupilas se estreitaram na forma do sinal de £.

Após o triunfo vertiginoso da Grande Estreia de Gala, Fevvers enjoou das flores, até mesmo das violetas, e solicitou ao porteiro o Hotel de l'Europe que encaminhasse seus tributos florais para a maternidade. Cheia de convites, permitiu-se aceitar apenas uma única ceia, e isso para a noite final do contrato. Esse convite veio acompanhado por uma caixa de couro *shagreen*, gêmea daquela que trouxera a pulseira de diamantes, contendo um par de brincos de diamantes do tamanho de avelãs e um bilhete prometendo o colar do conjunto na noite em questão. Portanto, ela concluiu que aquele sujeito estava preparado para colocar seu dinheiro onde estava sua boca — ou melhor, onde a boca dele esperava estar.

Na noite final, aconteceu que Buffo, o Grande, tendo escutado a voz da Rússia bêbada, saiu para comemorar sua partida da Capital da Vodca junto ao Homem-Macaco. O saturnino francês, primeira vítima da festa, sucumbiu em uma pequena loja de bebidas, foi empilhado em um canto, como entulho de madeira, e ali abandonado. Foi o Pequeno Ivan que, procurando ansiosamente pelos bares do beco, encontrou Buffo ainda de pé, embora cambaleante, e o conduziu de volta ao Beco dos Palhaços, onde o colocou em um banquinho virado para cima, diante de um retângulo de espelhos trincados, onde Buffo se debateu, se contorceu, gemeu e lutou para evitar que Grik e Grok reparassem os estragos que sua orgia tinha causado à maquiagem.

Pois ele apresentava uma aparência deplorável. Sua pele natural mostrava listras e riachos medonhos através do branco fosco e, no curso de sua farra peripatética, havia extraviado a peruca de careca, de modo que uma miserável franja de cabelos ásperos e grisalhos, espetada de suor, encimava um rosto manchado que, ao contrário de sua costumeira máscara de desumanidade, agora o fazia parecer horrível e parcialmente humano. Grik e Grok cacarejaram, balbuciaram e torceram as mãos com o estado em que o Mestre dos Palhaços tinha conseguido chegar, mas Buffo estava bem longe e berrou como um touro:

"Esta noite será minha Cavalaria! Deus, vamos fazer todo mundo se esborrachar de tanto rir!".

Ele tinha o ar de um fantasma voltando da sepultura em uma mortalha esvoaçante lambuzada com esterco, lama e vômito, mas estava teimosamente, de fato, feito um demente, ainda empenhado em uma farra. Esvaziou uma garrafa, extraída do bolso, enquanto cambaleava diante do espelho. Grik e Grok encontraram outra peruca de careca para ele e ajeitaram um chapéu cônico novo, em ângulo jovial. Isso o agradou, por algum motivo, e ele franziu os lábios pintados para si mesmo no espelho, fez beicinho como uma garota e então, de repente, seu intestino se soltou e Grik e Grok saíram correndo guinchando em busca de água, escovão e cuecas limpas, mas, a pedido do grande palhaço, o Pequeno Ivan trotou na direção contrária para buscar outro quartilho de vodca.

O Coronel, na bilheteria, contando as receitas, desprezou o relato de Walser sobre o comportamento obsceno e a condição perigosa de Buffo. "Quanto mais bêbado está, mais engraçado ele é", disse isso e enfiou um último punhado de notas com as cores do arco-íris na caixa e trancou-a com uma expressão satisfeita no rosto, pois era "casa cheia" e "somente lugares em pé" aquela noite, mais uma vez, e havia mais grão-duques, arquiduquesas, príncipes e princesas na plateia naquela "noite das noites" do que o próprio Coronel havia consumido de jantares de frango frito em toda a sua vida.

Quando a orquestra começou a "Marcha dos Gladiadores", o coração do Coronel se encheu de uma espécie de reverência sagrada, por ter providenciado para tão ilustre congregação um tão rico banquete de espanto, e ter conseguido tirar tanto lucro com isso. Ele sentiu-se ao mesmo tempo glorificado e também o empresário da glória; acima de sua cabeça esquálida flutuava uma auréola invisível composta por notas de dólar.

O desfile do circo transcorreu sem nenhuma ocorrência inconveniente. O andar cambaleante de Buffo e as gesticulações descoordenadas de seus braços e pernas passaram despercebidos entre as travessuras dos outros palhaços, que estavam tão preocupados em "acobertá-lo" que cada um se superava em cambalhotas bizarras, saltos e cômicas quedas. Quando Buffo tropeçou em um poodle, foi questão de segundos para que Grik e Grok agarrassem cada ponta de sua carcaça desarticulada e iniciassem uma versão improvisada de o "Funeral do Palhaço", enxugando lágrimas imaginárias de seus olhos com gestos generosos de suas mangas esvoaçantes. Buffo continuou se empinando e resistindo entre os ombros de seus carregadores, como se estivesse se divertindo tanto em sua agonia que simplesmente não conseguisse parar, enquanto sua voz estridente e ensurdecedora gaguejava imprecações que, desde que você não as entendesse, eram mais engraçadas do que se poderia crer: que fúria frustrada, que raiva incompreensível! Os palhaços carregaram Buffo pelo picadeiro e saíram, atrás de um seção de cavalos de passo alto e desdenhosos, que poderiam localizar um Yahoo quando vissem um, enquanto Buffo amaldiçoava o mundo e todos os que nele habitam, para o incompreensível deleite de todos os observadores.

Eles o deixaram jogado no alojamento dos animais para esperar o último número dos palhaços. Ele mandou o Pequeno Ivan correr para buscar outro quartilho de vodca e, quando chegou a hora da Festa dos Tolos, a Ceia de Natal dos Palhaços, o próprio Senhor do Tumulto, possuído como estava pelos espíritos na garrafa, perdeu a cabeça.

Eles carregaram a mesa de cavalete para dentro do picadeiro e, com sua habitual riqueza de ação secundária no palco, esticaram sobre ela a toalha branca e ali dispuseram facas, garfos e pratos de borracha, cutucando e esfaqueando uns aos outros o suficiente para arrancar uma tempestade de gargalhadas. Tomaram seus lugares em volta da mesa, enfiando os guardanapos nas golas, e o público tirou um tempo para recuperar o fôlego.

Buffo, nos bastidores, esvaziou a nova garrafa e jogou-a para o lado. Quando viu o brilho das luzes do arco, cobriu os olhos com as mãos e soltou um grito. "Ah, você não vê!" ele berrou para o Pequeno Ivan. "A lua se transformou em sangue!" Mas O Pequeno Ivan não falava inglês e só entendeu que Buffo estava berrando. No picadeiro, ele cambaleou com a criança ansiosamente em seus calcanhares.

Sua nova maquiagem já estava descamando e sua careca se enrugava tanto que já ameaçava desalojar o boné. Ele ergueu a faca de trinchar e a brandiu horrivelmente; da ponta pendia um nó sinistro de fitas vermelhas. O Pequeno Ivan foi encarregado de vesti-lo no avental azul de açougueiro, para em seguida pôr-se a rodear o colosso oscilante, ora para um lado, ora para o outro, com o intuito de empurrá-lo de volta a seu instável equilíbrio sempre que o palhaço parecesse prestes a perdê-lo. A audiência estourou os pulmões quando o viu, como se não rir tivesse provocado o mais selvagem dos castigos. Buffo, o Grande! Ninguém gosta de Buffo, o Grande!

O Pequeno Ivan o guiou e o puxou para a cabeceira da mesa, e Buffo desabou em sua cadeira que desabava. Se o combate que se seguiu com a cadeira tinha todo o desafio e a bravata de Jacó com o anjo, só os palhaços suspeitavam que, nessa noite, a cadeira inofensiva tinha, na imaginação de Buffo, de fato assumido a forma e a aparência de algum adversário nada angelical e, enquanto ele e a cadeira lutavam um com o outro, o grupo ao redor da mesa tornou-se um pouco mais próximo, suas vestes esfarrapadas farfalhando à medida que um vento de consternação soprava entre eles, e então eles também, junto a todas as crianças da casa, irromperam em um grande grito de prazer e alívio quando Buffo por fim, milagrosamente, conseguiu colocar a cadeira, sem mais protestos, sobre suas quatro pernas, amassou o assento com uma pancada estrondosa da palma da mão e, finalmente, plantou sua bunda nela.

Nos bastidores, Walser, o Frango Humano, com o fundilho das calças abarrotado de salsichas, agachou-se em reverência japonesa em uma bandeja de prata, no meio de um círculo de batatas de papel machê assadas. Grik enfiou um raminho de salsa em sua crista.

"Pegue os trinchantes", disse Grik. "Tire os trinchantes dele, se você tiver a oportunidade."

"Por quê?", perguntou Walser, inquieto.

"Quando está bêbado, ele *pode* ser homicida."

Então a cobertura prateada abobadada desceu sobre Walser, mergulhando-o em uma escuridão ressonante e com cheiro de metal, ao redor da qual silenciavam e sibilavam, como o som das ondas em uma concha, os ecos do sussurro do velho palhaço: "Homicida... homicida...".

"Aqui vamos nós", disse Grik para Grok. Pegaram o assado entre eles e cambalearam com ele pelo picadeiro.

Com uma leve surpresa, Buffo olhou para a grande travessa de prata colocada diante dele. Por um momento, um momento apenas, os horrores que arfavam e se contorciam ao seu redor se acalmaram em um tipo de tranquilidade turbulenta. O rugido da multidão, o fedor de maquiagem e de petróleo bruto, a estranha companhia de acólitos que rodeavam-no, levantando os rostos em direção a ele, o consolavam e o faziam relembrar e, embora a qualquer momento, um galo pudesse cantar três vezes, ele era, durante este último espaço de alguns batimentos cardíacos — dez; ou, quinze —, novamente o pai amoroso prestes a dividir a carne entre seus filhos. Um último toque de graça passou sobre ele; de fato, não era ele o próprio Cristo, presidindo a mesa branca, na ceia, com seus discípulos?

Mas onde estava o pão? E, acima de tudo, onde eles estavam escondendo o vinho? Olhou em volta procurando pão e garrafa, mas não conseguiu enxergar nenhum dos dois. Uma imensa suspeita despertou em seus olhos cobertos de rímel. Relembrou-se dos trinchantes nas mãos e bateu o garfo levemente contra a faca, agitando no ar as fitas cor de sangue.

O momento elástico se esticou e se esticou ainda mais e se esticou demais para sustentar a tensão cômica. A risada morreu. Um murmúrio queixoso percorreu a multidão. Embora Walser, no prato, não conseguisse ver nem ouvir nada, ele já havia adquirido bastante instinto de ator para saber que, se Buffo demorava tanto para revelar o prato principal, o próprio prato deveria revelar a si mesmo.

Walser flexionou os músculos com prazer já que sua posição era extremamente apertada e desconfortável, e soltou um provocante "Có-có--ricó!". A tampa da travessa foi caindo e ricocheteando na mesa, fazendo com que os adereços de borracha saltassem para lá e para cá. Walser levantou-se da guarnição como Vênus da espuma, salpicando salsinha e batatas assadas ao redor e cuspindo salsichas pela abertura da calça, e então, batendo os braços, cantou novamente:

"Có-có-ri- koski!".

Buffo soltou um horrível grito e baixou a faca de trinchar frango.

"Ah, meu *Deusdocéu!*", disse o Coronel na parte de trás do auditório, mastigando com tanto vigor o charuto que o partiu em dois e, segurando Sybil com tanta força que ela gritou. "Deusdocéu!" Ele viu sua glória ir embora, sua auréola voar para longe.

Mas Walser, com os reflexos primorosamente refinados pelo medo, deu um salto gigantesco no ar, no exato momento em que, refletido no terrível espelho do olho, viu o juízo do grande palhaço se esvair.

Buffo desceu a faca contra os fragmentos na travessa de prata, e nada mais; a ave tinha voado.

Uivos de deleite!

A auréola voltou a pairar sobre a cabeça do Coronel, ainda que agora tivesse uma aparência incerta e impermanente. Preocupado, ele cuspiu o charuto destruído, procurou outro e, provocado por uma convulsão furiosa de Sybil, correu para o vestíbulo para chamar um médico.

Assim que o Frango Humano ficou de pé outra vez, ele saiu correndo em disparada ao longo da mesa. Buffo se deteve por um momento, enquanto puxava a faca de trinchar para fora da mesa — pois tal fora a força de seu golpe que a lâmina havia perfurado a travessa até a madeira por baixo — e então, com um grito alto e relinchante, partiu atrás dele.

Todos os presentes concordaram que foi um clímax adequado para a carreira do grande palhaço, aquela perseguição ao Frango Humano, correndo em círculos e círculos, redondo como a menina de seus olhos, pelo picadeiro do Circo Imperial na Cidade Imperial de São Petersburgo. Os cachorrinhos gostaram da diversão, mordendo e roendo os tornozelos do caçador e da presa, fugindo com tiras de salsichas, jogando futebol com as batatas assadas, se enfiando debaixo de todos os pés enquanto os outros palhaços corriam para lá e para cá, perdidos quanto ao que fazer, preocupados apenas em manter a ilusão *intencional* de um Hospício de Bedlam, pois o show tem que continuar. E, mesmo que Buffo finalmente *tivesse* conseguido mergulhar sua faca de trinchar nas vísceras do Frango Humano, ninguém naquela vasta aglomeração de gente alegre teria permissão para acreditar que era homicídio real; teria parecido, em vez disso, o auge da brincadeira.

E agora Buffo, em seu delírio, começou a tremer, a tremer e estremecer horrivelmente, a horrivelmente caretear e convulsionar-se de tal maneira que sua forma imensa parecia estar em todos os lugares ao mesmo tempo, dissolvendo-se em uma dúzia de Buffos, armados com uma dúzia de facas assassinas, todas farrapos de sangue, e, por mais que pulasse e tropeçasse, Walser não conseguia encontrar lugar no picadeiro onde Buffo não estivesse, e quase considerou perdida a esperança para seu caso.

Por que Walser não saiu correndo do picadeiro como antes? Porque a saída já estava bloqueada pela parafernália de ferro da jaula da Princesa, e os tigres, farejando sangue e loucura no ar, rosnavam inquietos, andando para lá e para cá, balançando o rabo enquanto as duas garotas olhavam por entre as grades, perturbadas, até que a Princesa resolveu a questão com suas próprias mãos e saiu da jaula, com o esguicho da mangueira na mão.

O choque da água arremessou Buffo de volta a uma única forma, fez seus pés explodirem para fora do chão, lançou-o pelo ar na última cambalhota de sua carreira, e então achatou as costas contra o solo. Alguns momentos depois, enquanto a multidão segurava a barriga dolorida e enxugava os olhos de tantas risadas, Sansão, o Homem-Músculos, arrastou um Buffo prostrado, encharcado, semiconsciente e terrivelmente alucinado pela passarela que levava ao saguão; enquanto isso, as crianças, entre risadinhas discretas, lhe davam uma última cutucada antes de ele desaparecer da face da terra, e os palhaços corriam em círculos pelas fileiras de assentos, beijando bebês, distribuindo bombons e rindo, rindo, rindo para esconder seus corações partidos.

O médico de fraque aguardou no bar de champanhe acompanhado por dois gigantes que pareciam ter vindo da Mongólia, de rosto severo que, entre eles, seguravam uma camisa de força convidativamente aberta.

Quando a Princesa levantou a tampa de seu piano branco no picadeiro, enquanto Mignon balançava suas saias rendadas, Buffo, balbuciando obscenidades, foi depositado em um carro de aluguel que estava à espera, deixando o circo pela última vez, e agora o fez como jamais fizera antes, ou seja, à maneira dos cavalheiros, pela entrada da frente.

Adeus, meu velho. E do caixão de sua loucura não há escapatória.

Walser, pálido, trêmulo e mais uma vez encharcado até os ossos, esquivou-se de sua própria dança com a tigresa e buscou refúgio no camarim de Fevvers, só para encontrar o lugar supurando de discórdia. Lizzie se curvava sobre uma missiva para casa, deixando a *aerialista* vestir seu traje sem nenhuma ajuda. Fevvers deu conhaque a Walser e lhe alcançou gentilmente uma toalha, mas fez apenas um negligente *tsc tsc* ao ouvir a terrível história da Última Ceia de Buffo, de modo muito superficial, e era óbvio que sua mente se ocupava com algo bem diferente do espetáculo. Seu vestido de noite de cetim vermelho balançava atrás da porta, evidentemente pronto a levá-la a secretas delícias depois que a performance acabasse. O cartaz do anão francês, um tanto amassado e com orelhas nas pontas por causa da viagem, esvoaçava na parede, como que para lembrar que ela era capaz de tudo.

Parecendo febril e, de certa forma, ilícita de tanta excitação, vestindo um penhoar, ela sentou-se na frente do espelho. Trazia uma enorme pulseira de diamantes no pulso direito e colocara nas orelhas um par de brincos, cada peça composta por uma pedra própria capaz de fazer o famoso diamante Kohinoor piscar.

"Gostou deles?", disse ela, toda cintilante para Walser. "São os melhores amigos de uma garota."

Ao ouvir aquilo, Lizzie gaguejou zombeteiramente, e poderia ter falado, mas então um rugido de emoção apaixonada, mas não identificável, veio do público distante, tão forte que eles puderam ouvi-lo mesmo em seu pequeno ninho acima do pátio. O som que a plateia romana deve ter feito quando um leão comia um cristão.

Então, o disparo de um tiro.

Quando a orquestra começou a tocar uma música furiosa, veio um frenético bater na porta e houve balbúrdia à entrada do camarim.

Era o Coronel, agarrado a Sybil como um homem se afogando, sugando, como se fosse uma teta, o toco preto de um extinto charuto e com lágrimas nos olhos cheios de veias. Se, após o desastroso encontro dos dois, ele havia se esquivado de Fevvers por um tempo, agora ele vinha implorar sua atenção.

"Fevvers, minha querida, você é a próxima! Não ouse esperar pelo intervalo. Mudança inesperada de eventos. Catástrofe repentina..."

Ele entrou em colapso e chorou como um bebê. Fevvers se levantou impassivelmente, contemplando o Coronel da majestosa sacada de seu busto.

"Ouça bem", disse ela. "Seja *homem* e se controle."

Do pátio lá em baixo, elevou-se o som de um grande peso sendo arrastado pelas pedras, acompanhado pelo soluçar de uma mulher. Agrupando-se na janela, eles testemunharam, na penumbra da lua, uma triste procissão. Primeiro, Sansão, chamado por sua força pela segunda vez naquela noite, puxando uma corda amarrada no meio do corpo da ex-parceira de dança de Walser, a tigresa, que deixava um rastro de sangue, e, a seguir, os principais pranteadores da tigresa, com os ombros descuidadamente nus na noite gelada, em seus vestidos brancos, mas ambos manchados com sangue, e o vestido de Mignon todo rasgado e pendendo às suas costas.

A Princesa carregava o rifle com o qual havia atirado na tigresa, uma bala inigualável direto no espaço entre os olhos, exatamente um segundo depois de a tigresa ciumenta, privada de seu acompanhante, já não suportar a visão de Mignon dançando com seu parceiro felino. A Princesa atirou assim que a tigresa girou e desceu de seu pedestal entre os felinos que circulavam e enfiou as garras nos babados de Mignon; a Princesa atirou na tigresa pouco antes de ela colocar as garras nas carnes de Mignon. Mesmo assim, foi Mignon quem chorou.

Fevvers fechou a janela com estrondo. Os músicos eruditos do Conservatório tinham aprendido muito bem a lição; a apresentação realmente continuou, mas a alegria implacável da orquestra do circo não abafou os uivos da multidão.

"Anime-se, Coronel", disse ela. "Vou fazê-los esquecer. Eles nunca viram nada como *eu* antes."

Quando ela deixou cair o penhoar e colocou a tiara de plumas na cabeça, foi como se um pássaro enorme e não totalmente amigável tivesse aparecido entre eles. Ela lançou um olhar para a opulência refletida no espelho, admirou os próprios seios. Na plateia, eles exigiam sua presença. Ela ouviu atentamente.

"Trouxas", disse.

Lizzie taciturnamente jogou o manto de penas sobre os ombros de sua jovem amiga e a *aerialista* saiu batendo a porta, apenas para abri-la novamente e lançar um derradeiro e fulminante olhar.

"Espero uma gratificação por isso."

Dessa vez, a batida fez os bicos de gás tremerem.

"Ela está de péssimo humor", disse Lizzie. "Está decidida a jantar com o tal Grão-Duque. Não aceitará uma palavra de conselho. Cabeça dura. E mercenária. Teimosa e mercenária. Uma verdadeira tártara, isso que ela é. Escute, minha querida", de repente cantando para o porco, "quer um pouco de chocolate, hein?"

Enquanto ela remexia em sua bolsa, o Coronel recuperou-se o suficiente para se atirar porta afora atrás de Fevvers. Já tendo perdido duas de suas estrelas principais naquela noite, ele não ousava tirar os olhos da Vênus Cockney nem por um segundo. Sybil, frustrada pelo chocolate, protestou estridentemente e escapou de seus braços. Os acordes plangentes da música "A Bird in a Gilded Cage", um pássaro numa gaiola dourada, flutuavam no ar, vindos do auditório, como se todos estivessem rigorosamente seguindo um plano, como se o circo pudesse absorver a loucura e o abate em si mesmo com o entusiasmo de uma jiboia e assim continuar.

Walser lançou seu rápido olhar de repórter pelo camarim, avistou um bilhete dobrado e enfiado em um espelho e conseguiu captar duas palavras — "sozinha" e "desacompanhada" — antes de Lizzie lhe empurrar um enorme maço de papéis, insistindo para que ele fosse o mais rápido possível a fim de chegar a tempo de enviar a papelada pela mala diplomática, que corresse e cuidasse desse assunto imediatamente.

Se não fosse pela súbita pontada de ciúme que o atingiu quando pensou em Fevvers, "sozinha", "desacompanhada", em seu vestido berrante nos braços do Grão-Duque, ele teria, por pura curiosidade, parado para verificar as cartas que Lizzie estava tão ansiosa para despachar para Londres antes que o trem do circo partisse de Petersburgo. Poderia até ter descoberto o código; a escrita secreta. Ter encontrado uma história, ali, algo que o fizesse se transformar novamente em jornalista. Mas estava muito infeliz para se importar e deixou Lizzie, desatenta à sua dor, empurrá-lo irritadamente para fora do camarim.

Enquanto guardava em cestinhas de palha alguns frascos, tubos de rímel, rouge e pó de arroz, empacotava um tapete e grampos de cabelo, e enrolava o pôster autografado, Lizzie borbulhava de raiva como uma panela fervendo, e, quando Fevvers retornou toda ofegante, incandescente de aplausos, ela abriu a boca.

"Não, não, não!", disparou a enorme garota. "De uma vez por todas, você *não* vai lá comigo, coxeando como uma velha cafetina estropiada desse jeito que você faz, sua vaca velha."

"Bem, vê se toma cuidado", disse Lizzie sombriamente. "Esses aristocrata desgraçado. Não confie nesses aristocrata desgraçado."

Tendo retirado a maquiagem sozinha, vestido o traje de noite, Fevvers inclinou-se para frente e cumprimentou seu rosto real no espelho com um brilhante sorriso.

"Hoje aqui; amanhã, partimos. Na verdade, cara Lizzie, nós não partimos amanhã, de fato, mas esta maldita noite. O trem sai à meia-noite, não é? Não posso perder esse trem, não é, nem se fosse assim sempre."

Ela lançou um olhar significativo para o relógio parado e riu.

"Tsc, tsc!", murmurou Lizzie. "Se você acha que eu levantaria um dedo pra ajudar você, pode arrumar outro pensamento, minha garota. Pura *ganância*, é isso que é."

"Que mal pode fazer um toque de impostura com um grão-duque, minha cara Liz? Não quando a carruagem espera lá fora, queridinha! Ele não disse que esta noite ia me dar o colar de diamantes pra combinar? Desde que eu vá sozinha. Não quero você junto pra atrapalhar meu estilo, sua velha alcoviteira rançosa. Será que dá pra você, pelo menos, prender meu cabelo no alto?"

Lizzie resmungou na direção do espelho, mas não pôde evitar depositar um beijo na nuca da indefesa filha adotiva enquanto prendia os grampos nas madeixas.

"Bem, você se cuide."

"Você jogaria uma granada de mão no pobre velho, se tivesse meia chance. Quanto a mim, prefiro a sutileza."

Com um floreio de feiticeira, sacou do espartilho uma espada dourada de brinquedo e fez alguns passes de esgrimista.

"Lembre-se de que eu vou *armada* para o combate, Lizzie! Chame isso de 'o toque de Nelson'. Você acha que eu deixaria minha arma para trás, logo esta noite, dentre todas as noites?"

Lizzie estendeu a mão para testar a lâmina com o polegar.

"Acerte bem nas bolas, se for preciso", aconselhou ela, satisfeita.

Toda em rendas vermelhas e pretas, era de doer os olhos ver Fevvers, e ela estava, além disso, corada e resplandecente com um jeito de quem acabava de arrancar a vitória ao desastre, apagando as lembranças do louco e do carnívoro com o milagre alado da sua presença. Estava se sentindo sobrenatural naquela noite. Queria *comer* diamantes.

No portão do pátio, um glamuroso *droshky* estava pronto para recebê-la, atrás do melancólico carroção do matadouro. Enquanto o lacaio da carruagem, todo vestido de peles, ajudava Fevvers a entrar em um dos veículos, o Homem-Músculos lançava a carcaça no outro.

Em meio a toda a agitação e pressa do desmonte, trabalhadores e cavalariços correndo de um lado para o outro, cavalos relinchando, o revigorante tilintar das correntes dos elefantes enquanto as grandes patas dos machos eram enfiadas em botas de couro contra o frio, o Professor agora fez uma aparição.

Carregava uma sacola volumosa em uma das mãos e uma pasta brilhante e nova na outra. Seus colegas vinham marchando atrás. Todos usavam sobretudos resistentes e um ou dois vestiam largos chapéus de pele de carneiro ou *chapkas* de camponês, comprados nos mercados para manter aquecidas as orelhas. Todos estavam carregados de sacolas, malas de papelão e chapeleiras, ou levavam pequenos baús nos ombros. Um trazia uma lousa dobrada. Eram perseguidos pelo agitado

Coronel; Sybil, por conta própria pela primeira vez, acompanhou-o, demostrando uma considerável rapidez suína.

O Coronel alcançou o Professor, agarrou-o pelo ombros e sacudiu-o para que deixasse cair a pasta. Isso deixou o Professor terrivelmente zangado, ele gritou e balbuciou, e o Coronel então adotou um tom conciliatório, evidentemente implorando e argumentando com ele. Em determinado momento, Sybil levantou-se nas patas traseiras e colocou uma pata suplicante no antebraço do Professor. O Professor, distraído, deu um tapinha nela, mas não parou de balançar a cabeça enfaticamente para o Coronel e mostrou um pedaço de papel cheio de selos de lacre, que retirou do bolso interno. Espetou um atarracado dedo em uma cláusula do contrato sublinhada em tinta vermelha e marcada, à margem, com vários pontos de exclamação. Um por um, os cavalariços largaram o trabalho para aproveitar a discussão.

O Coronel tentou argumentar com o Professor. Os cavalariços observavam com interesse. O Professor perdeu a paciência completamente, amassou o papel, fez uma bola e a empurrou pela goela do Coronel. Os cavalariços saudaram aquela ação com uma explosão de irônicas exclamações e aplausos dispersos. O Professor, recém-consciente de sua plateia, concedeu-lhe uma espasmódica e breve mesura. Acariciou as orelhas de Sybil, aparentemente em despedida; então ele e toda a sua trupe se precipitaram porta afora, deixando o Coronel sufocado. Contudo, um dos chimpanzés, uma fêmea com uma fita verde no cabelo, apontando sob sua elegante boina, olhou para trás, melancolicamente, talvez esperando um último vislumbre de Walser, mas Walser estava longe, enviando as mensagens de Lizzie.

Assim que cuspiu o contrato, o Coronel desembuchou: "Tem reservas para eles no trem noturno para Helsinque. Porque o Professor me disse: 'Pra Sibéria é que nós não vamos'. Ou melhor: não disse, rabiscou. O sujeito vem até mim, com cara de pau, depois do espetáculo — me informa — rabisca um bilhete, terrível caligrafia, terrível! — me informa que merecem um bônus por que os aplausos no final de seu ato duraram mais de cinco minutos. Ele mesmo que escreveu a cláusula. Eu assinei, pra minha vergonha. *Meu* relógio marcou os aplausos em quatro minutos e noventa e nove segundos precisamente. O macaco maldito se recusa a me escutar, é um cabeça-dura. Maldito macaco."

O Coronel abriu os braços para Sybil e pressionou o rosto desconsolado contra o pescoço da porca, buscando conforto, embora Sybil, lealdades um tanto divididas, tenha bufado pensativamente para si mesma.

E os macacos não eram, de forma alguma, os únicos desertores daquela noite. Muitos cavalariços, já suficientemente saturados de aventura, caíram na rede, usando seus ganhos para comprar uma passagem para a Estação Finlândia e descer nas florestas de pinheiros, a caminho de casa. Buffo, o Grande, fora encarcerado em um hospício russo. A tigresa jazia no quintal de um matadouro de Petersburgo. O Coronel arrastaria pela tundra uma companhia esvaziada, em direção às ilhas onde o sol já estava subindo.

E, naquela noite, ele quase perdeu sua estrela também.

11

Em meio a um cheiro sutil e masculino de estofamento de couro, envolta até os olhos em uma grande estola de zibelina, Fevvers rodou pela bela cidade enquanto a neve caía rodopiando em flocos enormes e macios. A velha, a grande *babushka* no céu, estava sacudindo o colchão lá nas alturas, sacudindo-o com grande abandono, como que preparando um colchão de penas para uma gigantesca cópula. A neve caía rodopiando sobre o rio Neva, para ali se dissolver na água que o gelo tornava espessa; um pouco de neve grudava nas coroas e nos antebraços dos monumentos cívicos, nas cornijas esculpidas de frontões e pórticos, na crina e na cauda da montaria do cavaleiro de pedra, uma queda branca e transformadora — o primeiro toque do inverno, uma visita que chega com uma carícia tão mágica que mal se pode acreditar, a princípio, como o inverno dessas latitudes pode matar com sua vasta tranquilidade — se tiver a oportunidade.

Mas Fevvers não viu morte na neve. Tudo que viu foi o brilho festivo das luzes geladas, que a fizeram pensar em diamantes.

Ela abraçou a grande estola de zibelina que a envolvia enquanto subia a rampa derrapante que levava à porta da frente da casa dele, sob um guarda-chuva que os cocheiros seguravam acima de sua cabeça. Um casal de cariátides caprípedes cuidava da porta, e havia um brasão acima dela, um unicórnio chifrando um cavaleiro. A rua estava deserta.

Postes de luz amarela filtravam a neve inexorável. O cocheiro fez uma reverência e desapareceu, deixando Fevvers para puxar sozinha a campainha melodiosa. O Grão-Duque lhe concedeu a honra de recebê-la em pessoa. (Quer dizer que todos os serviçais foram dispensados naquela noite? Hum.)

"Quero a carruagem de volta precisamente às onze e meia da noite", ela informou secamente, deixando cair a zibelina no chão. Deixe que ele mesmo a pegue, se quiser.

A casa dele era o reino dos minerais, dos metais, das vitrificações — de ouro, mármore e cristal; salões descorados e espelhos infinitos, candelabros brilhantes que retiniam como sinos de vento na corrente de ar da porta de entrada... e uma sensação de frigidez, de esterilidade, quase palpável, quase tangível nas superfícies duras e frias e nos espaços vazios.

Sempre a mesma coisa! pensou Fevvers com certa censura. O dinheiro é desperdiçado nos ricos. Quanto a ela, se fosse tão rica quanto Creso, como era o caso de seu anfitrião, teria imaginado algo como o Pavilhão Brighton para chamar de lar, algo que extraísse um sorriso de cada um que por ali passasse, um presente recíproco àqueles de quem a riqueza viera.

E, invertendo o raciocínio, continuou para si mesma, zombando do Palácio do Grão-Duque, a pobreza é desperdiçada nos pobres, que nunca sabem como tirar o melhor proveito das coisas, são iguais aos ricos só que sem dinheiro, são igualmente incapazes de cuidar de si mesmos e, assim como os ricos, não conseguem administrar suas finanças, sempre esbanjando com coisas brilhantes, bonitas e inúteis.

Deixe-me contar algo sobre Fevvers, se você ainda não notou por si só: ela é uma garota com tendências filosóficas.

Já que é o *dinheiro* que nos torna ricos ou pobres, então: basta abolir o dinheiro! ela às vezes dizia isso a Lizzie. Apesar de tudo que o dinheiro é, é um meio simbólico de facilitar as trocas que deveriam, por direito, ser feitas livremente ou não serem feitas.

Mas Lizzie assobiava entre os fios do bigode perante a ingenuidade de Fevvers e vinha com a resposta: o padeiro não pode fazer um pão com suas partes íntimas, minha querida, e isso é tudo que você teria pra lhe oferecer em troca duma côdea do pão se a natureza não tivesse feito de você o tipo de espetáculo pelo qual as pessoas pagam um bom dinheiro pra assistir. Tudo que você pode fazer pra ganhar a vida é se exibir. Está condenada a isso. Deve dar prazer pros olhos, ou então não serve pra nada. Para você, as trocas são sempre um símbolo no mercado; você não poderia dizer agora que está envolvida em trabalho produtivo, poderia, garota?

Mas *este* sujeito não trabalha nem fia, pensou Fevvers no palácio do Grão-Duque. No entanto, é tão rico que o dinheiro não tem nenhum *significado* para ele. As somas que ele está prestes a esbanjar nesta coisa brilhante, bonita e inútil, que sou eu mesma, não têm nada a ver com o meu valor propriamente dito. Se todas as mulheres do mundo tivessem asas, ele guardaria suas joias pra si mesmo, pra brincar, atirando-as negligentemente nas águas geladas do Neva. Meu valor para ele é o de uma *avis rara*.

Naqueles salões de mármore, ela sorria como um predador. Aí vem a Redistribuição de Propriedades S.A. para confiscar seus diamantes, Grão-Duque!

Ela subiu altiva a escadaria de mármore, o Grão-Duque atentamente atrás dela, com os olhos fixos nas pulsantes protuberâncias na base de seus ombros, e, à medida que ela prosseguia, ia precificando os castiçais, os espelhos, os potes orientais — até as flores de estufa dentro deles. Fez a trajetória de um leiloeiro e, a cada passo, adicionava uma quantia ao preço que já havia estabelecido para qualquer serviço de entretenimento que lhe viesse a ser solicitado.

O escritório dele era mais ruminativo, uma sala oval e íngreme com uma galeria em mezanino envolta em sombras. Do alto das estantes, Bustos de Dante, Shakespeare e Pushkin lançavam seu olhar sobre uma mesa posta para um jantar íntimo. Copinhos para vodca, taças afuniladas para o champanhe e, no meio, algo que lhe arrancou um sibilar de surpresa: ela própria, em gelo. E em tamanho real! Com abertura total das asas, "fazendo estilo" e sorridente, uma obra-prima gelada que teria se transformado em uma poça de gelo no momento em que o amanhecer a encontrasse arrastando-se pela taiga, como ela novamente prometeu a si mesma que aconteceria.

A escultura de gelo estava na ponta de um dos pés, sobre uma camada de cascalho preto de caviar, e em seu pescoço fulguravam as milhares, milhares de facetas irisadas do mais magnífico colar de joias que ela já tinha visto. Ah, as pedras incendiárias! Seus dedos comichavam de vontade de pegá-las. Mas ela não conseguiria sair de dentro do corpete, bater suas asas e fugir com a joia antes que a sopa fosse servida, não é mesmo? Afinal de contas, era uma garota bem-educada; não era? Engasgou com a ganância reprimida. Sentiu que um certo mau humor podia estar chegando.

"Bem", ela disse e afundou em um sofá, puxando as longas luvas pretas só para ter algo para fazer. O Grão-Duque tomou uma de suas mãos, tão logo ficou desnuda, e pressionou sua boca barbuda na palma, dando-lhe uma sensação de pilosidade quente, úmida, turbulenta e desagradável.

"Que você se derreta no calor da minha casa, assim como *ela* se derrete", murmurou, com um aceno de cabeça para a escultura de gelo. Pouco provável, pensou Fevvers, puxando a mão e limpando no guardanapo o rastro de saliva que ele deixara. Ela não gostou da saudação dele; lançou um olhar inquieto para a escultura de gelo, a fim de certificar-se de que já não começara a derreter.

Ele era um homem de estatura mediana em um smoking de veludo verde de corte requintado. Seu francês combinava com seu estilo. Possuía um número infinito de verstas de terra preta, florestas de pinheiros e tundra estéril sob a qual o petróleo borbulhava. Fevvers manteve o xale espanhol enrolado firme. Evitava olhar diretamente para o anfitrião. Ele pensou que ela se sentisse intimidada por tudo aquilo. Ela precificou, com espanto, o velho tapete persa gasto sob os pés e acrescentou outro zero ao preço em libras esterlinas para bater uma para o Grão-Duque.

Ele ofereceu vodca. Ela ficou feliz com uma bebida, mas apreensiva com a pilha de copos ao lado da garrafa: será que ele pretendia convidar amigos para a ocasião? Mas agora, sorrindo, ele arrumou os copos em um série de letras romanas. Com os olhos semicerrados e desconfiados, ela observou o que ele estava fazendo, até perceber que ele estava escrevendo as letras do nome dela com os copos de vodca. Seu nome de batismo, S-O-P-H-I-A. Mas... como ele sabia disso?

Êpa, ela pensou. Aquela premonição familiar de que havia algo muito estranho no ar, a sensação que Tom Tit Tot sentiu no velho conto de fadas. Ela odiava ser chamada de "Sophia" por estranhos.

"Um velho costume russo", disse ele, fazendo uma breve e rígida mesura. "Em sua homenagem."

Então ele encheu todos os copos até a borda.

Ele não vai...

Um por um, ele tomou todos. Ela contou, hipnotizada. Trinta e cinco. E ainda estava de pé!

Nesse ponto, ela formou a opinião de que o Grão-Duque não era como os outros homens e que, afinal, ela *poderia* ter deixado Lizzie vir junto.

"Um pouco de caviar?", ele ofereceu.

Ela gostava de caviar, tanto que gostava de comê-lo em colher de sopa, e julgou melhor se fortalecer para o que pudesse acontecer em seguida. Enquanto ela se acomodava, o Grão-Duque disse: "Terá música para acompanhar a ceia. Você deve saber que sou um grande colecionador de todos os tipos de *objets d'art* e maravilhas. Entre todas as coisas, o que eu mais amo são os brinquedos — artefatos maravilhosos e não naturais."

Ele piscou para ela de uma maneira que Fevvers achou obscena e ofensiva. E lhe ocorreu: será que o Duque acreditou nas palavras do Coronel? Acha que eu sou realmente feita de borracha? Se sim — onde imagina que o caviar vai parar?

Ele apertou um botão ao lado do calefator, e uma parte da estante, com a qual as paredes estavam alinhadas, saltou para cima. Todas aquelas lombadas de couro dourado não passavam de imagens pintadas, *trompe l'oeil*! Um trio musical, formando um círculo em um estrado com rodas, rolou para fora da cavidade escura. A parede voltou ao lugar com um baque suave.

Esses músicos tinham quase a altura de humanos adultos, com o tamanho de bonecos sicilianos, apenas um pouco menores do que nós, feitos de metais preciosos, pedras semipreciosas e plumagem de pássaros, o que fez Fevvers estremecer como um cowboy ao ver um escalpo loiro no cinto de um indígena.

E, de fato, um deles tinha a forma perfeita de um pássaro, um tordo ou um rouxinol, mas era um pássaro muito grande, e os hábeis artesãos que o fizeram lhe deram um manto emplumado com todos os tipos de cores suaves, escuras, vinháceas e topázicas, além de pequenos olhos de pedras preciosas vermelhas. Ele se sustentava sobre duas pernas robustas incrustadas de lâminas de ouro batido. Em vez de bico, ostentava uma flauta, uma flauta primorosamente esculpida, de marfim.

Havia também um instrumento de cordas; uma harpa ou lira no formato de uma mulher oca, ou melhor, uma mulher sem torso. Pois havia uma cabeça, e ombros, e seios, e uma pélvis, mas não havia nada entre os seios e a pélvis, exceto um conjunto de cordas presas a cavilhas de cada lado. Também tinha braços, aliás, estendidos em um gesto suplicante, que surgira de forma acidental, pois os braços se congelaram naquela posição quando o mecanismo ficou sem corda e parou de funcionar. Aqueles braços terminavam em mãos belas e astuciosamente articuladas, com dedos e unhas, tudo completo, e ela era feita de ouro, com unhas de madrepérola, a massa de cabelos feita de fios de ouro e magníficos olhos de lápis-lazúli sobre esmalte branco. Sob o impulso de uma corrente aleatória de ar, ela emitiu um som único e fantasmagórico, por conta própria.

O naipe da percussão era o menos enervante. Apenas um gongo de bronze, engastado em moldura de ébano, mas não havia sinal de baqueta de gongo.

O Grão-Duque examinou sua orquestra mecânica, com ar satisfeito. Um imperador entediado os encomendara há muito tempo, na China. Um mandarim assassinou o imperador para obtê-los. Um ancestral entediado do Grão-Duque assassinara o mandarim para arrebatá-los. Os músicos tinham o autêntico e inestimável glamour de objetos destinados apenas ao prazer, o fascínio impuro das coisas que não têm função alguma. O Grão-Duque apertou outro botão.

O gongo se agitou e soltou um doce trovão. O ombro dourado da harpa feminina moveu-se e, ao se movimentar, acionou um mecanismo complexo e oculto de rodas e roldanas que levantavam seus cotovelos e traziam as mãos contra as cordas centrais. Os dedos dourados, as unhas peroladas se flexionavam e esticavam. Ela produziu um acorde, sozinha, enquanto o grande pássaro, pelo nariz, assoviava uma quase-melodia estranha e tritônica que serpenteava através de suas possibilidades matemáticas em um andamento que não parecia ser deste planeta, mas oriundo de algum outro lugar remoto e congelante.

Fevvers pensou: há uma caixa de música dentro do pássaro. E qualquer um que pudesse fazer um carrilhão poderia montar as peças daquela harpia. E o gongo é tocado por impulsos elétricos. Mesmo assim, os pelos de sua nuca se arrepiaram e o Grão-Duque lhe dirigiu um sorriso satisfeito, como se, desde o início, planejasse que ela sentisse medo dele.

Pela primeira vez na vida, ela recusou champanhe.

Acrescentando outra nota percussiva às estranhas harmonias, uma gota caiu do nariz de Fevvers de gelo e atingiu a borda do prato de caviar com um *plinc*. Por um momento de perplexidade, ela pensou que um diamante havia derretido.

O Grão-Duque deu-lhe o braço: venha à galeria e inspecione o resto de minha coleção! Sua respiração, ardente de vodca, chamuscou sua bochecha, que, a cada momento, ia ficando mais fria, à medida que a estranha geometria daquela música assombrosa, repetitiva, não exatamente aleatória, totalmente artificial, deformava os ângulos da sala.

A galeria estava repleta de cápsulas de vidro iluminadas com tão suave engenhosidade que cada uma brilhava como um pequeno cosmo em separado.

"Meus ovos", disse o Grão-Duque, "estão cheios de surpresas."

Aposto que sim, pensou Fevvers.

No entanto, cada caixa de vidro continha um ovo, um ovo de verdade, um ovo maravilhoso que não saíra de uma galinha, mas de uma oficina de joalheiro, e o Duque disse que ela poderia ficar com qualquer ovo que escolhesse, tão logo tirasse o xale e o deixasse ver suas asas.

"Primeiro o ovo."

"Depois."

"Não."

"Sim."

"Não."

O Grão-Duque encolheu os ombros e voltou-lhe as costas. De uma só vez, todas as luzes do local se apagaram, deixando-a no escuro, tendo por companhia apenas o chiar, dedilhar e chocalhar dos músicos artificiais lá embaixo e os débeis *plincs* do gelo que escorria de sua própria efígie, lá embaixo. Quando ouviu seu nariz derreter, sentiu que ia desmaiar.

"Muito bem", ela disse mal-humorada. Quando as luzes se reacenderam, o xale fora retirado e o Grão-Duque pôs-se atrás dela para dar uma boa olhada nas protuberâncias gêmeas em seu corpete.

"Mas você não pode tocar!", disse ela. Mesmo nesse momento extremo, o tom de aço em sua voz de peixeira o fez manter as mãos afastadas.

Que coisas cheias de reentrâncias eram os ovos dele! E, de fato, cheios de surpresas. Pois um é feito de esmalte cor-de-rosa e abre longitudinalmente revelando uma carapaça interior de madrepérola que, por sua vez, se abre para revelar uma gema esférica de ouro. Dentro da gema, uma galinha dourada. Dentro da galinha, um ovo dourado. Agora diminuímos para a escala de Lilliput, mas ainda não terminou; dentro do ovo há a menor das molduras, cravejada de brilhantes minúsculos. E o que continha a moldura senão uma miniatura da própria *aerialista*, com as asas totalmente abertas como no trapézio e com os cabelos loiros, os olhos azuis como na vida real.

Apesar da crescente sensação de diminuição que ela sentia, e das estranhas formas que a música impunha aos cantos da sala, Fevvers ficou lisonjeada com essa pequena homenagem, e seu senso bruto de justiça lhe disse que era justo dar ao Grão-Duque permissão para passar as mãos nos seus seios e ao redor de suas axilas. Depois que ele verificou que ela não era feita de borracha, suspirou, talvez de prazer, e começou a agitar a plumagem farfalhante sob o cetim vermelho.

Chiado, dedilhar, chocalhar e *plinc* lá de baixo; chiado, dedilhar, chocalhar e *plinc*.

Um simples ovo de jade repousava em um porta-ovos incrustado de pedras preciosas na vitrine seguinte, como se esperasse que uma colher batesse nele. Com expectativa, Fevvers olhou para o Grão-Duque, ansiosa como uma criança, apesar de sua apreensão. Suspeitava que o ovo guardasse mais algum segredo. Ele parou de apalpá-la por um momento.

"Deixe-me virar a chavinha..."

Percebendo como seu membro viril agora se delineava vigorosamente sob o tecido grosso das calças de montaria, ela conjecturou que em algum aspecto ele *devia* ser como os outros homens, e deu-lhe um tapinha rápido e conciliatório, como que dizendo que era para esperar a hora certa.

A casca do ovo se partiu em duas metades ocas, revelando uma arvorezinha em uma banheira de ágata branca revestida por uma treliça de ouro. A árvore estava coberta por folhas esculpidas individualmente em pedras semipreciosas verde-escuras. Seus ramos dourados eram cravejados de flores feitas de pérolas, divididas em quatro ao redor de um centro de diamante e frutas feitas de citrino. O Duque relutantemente interrompeu a atividade de sua mão direita sob as omoplatas dela e tocou uma dessas frutas, que também se abriu e fez voar o menor de todos os pássaros possíveis, feito de ouro vermelho. O pássaro movia a cabeça de um lado para o outro, batia as asas e abria o bico, produzindo um gorjeio estridente e doce: "Apenas um pássaro em uma gaiola dourada". Fevvers estremeceu. Terminou o coro, as asas foram dobradas e o jade oco se fechou novamente.

Apesar de toda a alegria que sentiu ao ver esse lindo brinquedo, Fevvers achou a árvore e seu pássaro extremamente perturbadores e se afastou com uma sensação de perigo iminente e mortal.

Êpa, ela disse para si mesma, novamente.

Chiado, dedilhar, chocalhar e *plinc*; chiado, dedilhar, chocalhar e *plinc*. E ela se sentia cada vez mais perdida, cada vez menos senhora de si. Walser teria reconhecido a sensação que se apossou dela; ele sentira o mesmo em seu camarim no Alhambra, quando a meia-noite soou pela terceira vez.

Posso estar perdendo o controle, pensou ela. Ah, Lizzie, Lizzie, minha querida! Onde está agora que eu preciso de você!

Mesmo assim, já que justo é justo e ele merecia *alguma coisa* por ter se dado tanto trabalho, ela estendeu a mão para trás e desabotoou os colchetes nas costas do vestido. Foi uma onda sibilante de plumagem liberada, e o Grão-Duque exclamou baixinho, em uma voz abafada.

Aninhando-se, implorou para ela abrir um pouco mais, e ela o fez, no mesmo momento em que, embora ele não tivesse pedido, um profundo instinto de autopreservação a levara a deixar o galo dele sair do galinheiro e eriçar suas penas, enquanto ele estava bagunçando as dela.

No entanto, foi então, quando seus olhos percorriam as sombras da sala de dois níveis, que ela viu que não havia janelas em nenhum lugar e, quando os braços do Grão-Duque a abraçaram, ela percebeu que ele era um homem de uma força física excepcional, o suficiente para prender mesmo ela, ao chão.

Então, o pior que ela poderia imaginar naquele momento ocorreu. A investigação que ele fazia no torso dela revelou a espada de Nelson em seu esconderijo no espartilho.

"Me devolva isso..."

Mas ele segurou o brinquedo letal fora do alcance dela, examinando-o curiosamente, rindo sob o bigode antes de dobrar o joelho para quebrar a espada em dois pedaços. Arremessou os pedaços em cantos opostos da galeria, onde elas desapareceram na escuridão que se infiltrava pelas paredes como água. Agora ela estava indefesa. Ela poderia ter chorado.

Lá embaixo, os músicos mecânicos continuavam a tocar e o gelo continuava a derreter.

Da forma como pôde, ela reuniu os fragmentos de sua inteligência dispersa e passou resolutamente para a próxima vitrine, continuando a manipulá-lo, como se sua vida dependesse disso. Ele arrastou os pés, tão feliz que mal notou que ela abrira a caixa com a mão livre.

E ali, dentro de um ovo prateado entrecruzado por uma treliça de lascas de ametista, ela encontrou, para seu incrédulo deleite, nada menos que um trem perfeito — uma locomotiva, em esmalte preto, e um, dois, três, quatro vagões de primeira classe em casco de tartaruga e ébano, todos enrolados uns nos outros como uma cobra, e a legenda em cirílico gravada na lateral de cada um: *O Expresso Transiberiano*.

"Vou querer esse!", ela gritou, estendendo a mão avidamente. A exclamação e o movimento brusco despertaram o Grão-Duque do transe que ela havia induzido, embora ela nunca parasse de acariciá-lo; não fora à toa que Fevver fizera seu aprendizado na casa de Ma Nelson.

"Não, não, não", ele a proibiu, embora sua voz estivesse viscosa e entumescida. Ele deu um tapinha na mão que segurava o trem, mas ela não o soltou. "Esse não. O *próximo* é para você. Eu o encomendei especialmente. Eles o entregaram esta manhã."

Era de ouro branco e encimado por um lindo e delicado cisne, uma homenagem, talvez, à sua suposta paternidade. E, como ela suspeitava, continha uma gaiola feita de fios de ouro e, dentro, um pequeno poleiro de rubis, safiras e diamantes, o bom e velho vermelho, branco e azul. A gaiola estava vazia. Nenhum pássaro se encontrava naquele poleiro, ainda.

Fevvers não diminuiu em tamanho; mas, naquele exato momento, ficou ciente da possibilidade hedionda de que poderia vir a diminuir. Disse adeus ao colar de diamantes lá embaixo e contemplou a vida como um brinquedo. Com inescrutabilidade oriental, a orquestra automática traçava as geometrias do implausível e, a julgar pelo engrossar de seu membro, os movimentos que agora vinham por conta própria, a respiração ofegante e os olhos vidrados, Fevvers julgou que a hora do Grão-Duque estava próxima.

Então veio um estrondo molhado e um barulho quando a escultura de gelo de si mesma desabou sobre os restos do caviar na sala de baixo, lançando o colar que a tentara entre as louças sujas da ceia. O amargo reconhecimento de que ela havia sido enganada estimulou Fevvers à ação. Deixou cair o trem de brinquedo nos trilhos de Isfahan — misericordiosamente, ele pousou sobre as rodas — ao mesmo tempo que, com um grunhido e um sopro de respiração expelida, o Grão-Duque ejaculou.

Naqueles poucos segundos de seu lapso de consciência, Fevvers desceu rápido e desordenadamente pela plataforma, abriu a porta do compartimento de primeira classe e subiu a bordo.

"Olha que bagunça ele fez com o seu vestido, o porco", disse Lizzie.

A menina chorosa se jogou nos braços da mulher. Era o abismo escuro da noite, em que a lua mergulha. Nesse abismo ela havia perdido sua espada mágica. O chefe da estação soprou o apito e agitou a bandeira. O trem, lentamente, lentamente, começou a arrastar seu longo corpo para fora da estação, transportando sua carga de sonhos.

"Aprendi minha lição", disse Fevvers e, sentando-se, arrancou a pulseira e os brincos.

No corredor ouviu-se uma agitação repentina e uma explosão de indignação juvenil. A porta da cabine de luxo se abriu, e Walser entrou, segurando em seus braços uma pequena trouxa vestida com trajes de palhaço e que protestava veementemente.

"Desculpe incomodá-la, minha senhora", disse ele a Fevvers. "Mas *este* bastardinho não vai fugir com o circo, não antes de alguns anos!'"

O trem deslizou lentamente por uma plataforma densamente encoberta de neve recém-caída. Lizzie baixou a janela, deixando entrar um rajada de ar frio, e Walser deixou cair a criança uivante lá fora, dentro de um monte de neve.

"Agora se levante e corra direto para a casa da vovó!"

"E dê *isso* a ela!", exclamou Fevvers.

O Pequeno Ivan rolou na neve, salpicado de diamantes. Por meio de nossos filhos, talvez possamos ser salvos.

O trem ganhou um pouco de velocidade. Walser permaneceu debruçado na janela da cabine até ter certeza de que o Pequeno Ivan não havia pulado de volta a bordo do final do trem, então puxou a janela novamente com sua tira de couro grosso. Quando tudo estava seguro, ele se virou para os ocupantes da cabine e ficou mudo ao ver Fevvers, coberta de lágrimas, o cabelo solto de novo, o vestido de cigana rasgado e coagulado com sêmen, tentando ao máximo cobrir os seios nus com um emaranhado imundo, mas incontestável, de pequeninas penas.

SIBÉRIA

Como é que eles vivem aqui? Como lidam com isso? Ou será que não sou a pessoa certa pra fazer essas perguntas, basicamente careço de simpatia pela paisagem, já sinto arrepios com a maldita charneca de Hampstead. Assim que me encontro longe do olimpo da humanidade, meu coração cede como tábuas de assoalho podres sob os pés, minha coragem míngua. Mas parques eu amo, e jardins. E pequenos campos com sebes, cercados por valas e repletos de vacas úteis. Mas se *tem de haver* uma encosta selvagem, que haja pelo menos uma ou duas ovelhas posando pitorescamente em um afloramento rochoso, prestes a ter sua lã tosquiada, ou algo assim... Eu odeio estar onde a mão do Homem trabalhou mal e, aqui, estamos naquela larga testa do mundo que foi assinalada com a marca de Caim quando o mundo começou, assim como o velho que, na estação de trem, veio nos vender suas esculturas de urso tinha a palavra "condenado" inscrita a fogo na bochecha.

Comprei todos os ursos que ele tinha, para mandar às crianças quando chegássemos a Vladivostok e a um posto do correio. Não se poderia chamar isso de gesto "barato", ele cobrou o suficiente pelas coisas, lamento dizer. *E* eu ganhei uma bronca de brinde, porque a Lizzie jurou que eu "fiz aquilo para a posteridade", ou seja, para que o jovem norte-americano notasse.

"Desde que ele se deu a conhecer pra nós em Petersburgo, você tem agido cada vez mais *como* você mesma", diz ela.

Do lado de fora da janela, desliza aquela inimaginável e deserta vastidão onde a noite vem caindo, o sol declinando em um medonho esplendor rajado de sangue como uma execução pública através de, ao que parece, meio continente, onde vivem apenas ursos e estrelas cadentes, e os lobos que lambem a água congelada que contém em si todo o céu. Tudo branco de neve, como se estivesse sob lençóis, como algo guardado eternamente assim que chegou da loja, para nunca ser usado nem tocado. Horrores! E, como em um ciclorama, esse espetáculo antinatural se desenrola a vinte e tantos quilômetros por hora em uma moldura ordenada de cortinas de renda apenas um pouco encardidas com a fuligem e drapeados de um veludo azul-escuro pesado e empoeirado.

O som de carvão sendo raspado, que vem do corredor, significa que estão atiçando o samovar para o chá. Quão aconchegadas estamos.

Terrivelmente frio lá fora, mas nossa cabine é confortável e quente — há um pequeno fogão. E uma mesa redonda coberta de veludo, azul para combinar com as cortinas, e uma poltrona estofada da mesma forma, em que nossa Lizzie se senta, baixando cartas de baralho para jogar paciência.

Paciência. Dai-me paciência.

"O que estou dizendo é que você está cada vez mais parecida com a sua publicidade", diz Lizzie. "Sempre a cockney de coração de ouro que não faz cerimônia. Tsc."

"Bem, com *quem* eu deveria me parecer, se não comigo mesma", protestei, mal-humorada, deitada de bruços como a srta. O'Malley, obrigatoriamente, no assento que à noite se transforma em minha cama.

"Essa aí já é outra questão", ela responde, imperturbável como sempre. "Você nunca existiu antes. Não há ninguém pra dizer o que você deve fazer, nem como fazer. Você é Ano Um. Não tem nenhuma história e não há expectativas sobre isso, exceto aquelas que você mesmo cria. Mas quando dá com os burros n'água, Deusdocéu — dá *de verdade*, não é mesmo? Você *flerta* com o adversário, como se ele fosse colocar de lado as artimanhas desde que você finja ser uma garota comum. Temo por você. É por isso que não gosto de deixar você sozinha. Lembre-se daquele maldito Grão-Duque. Quebrou sua mascote, a que você estimava tanto, não foi?"

Ela sabe como machucar. Encontre o ponto da ferida e, em seguida, cutuque bem fundo — esse é o estilo da Liz.

"Quebrou sua mascote e poderia ter quebrado *você*. Ele quase deu cabo de você de uma vez por todas, e então, sem futuro, sem Ano Dois e nem mais ano nenhum. Neca, nadica de nada."

Nada.

O trem parou com um suspiro exausto. O motor gemeu baixinho, as rodas travadas estalaram e rangeram, mas nada à vista, nem mesmo uma daquelas enfeitadas estaçõezinhas de madeira, parecidas com casas de biscoitos de gengibre decorados que eles erguem por aqui, zombando do deserto com a sugestão de conto de fadas. Nada além de faixas de neve se destacando de um branco artificial contra o horizonte roxo, a quilômetros de distância. Estamos no meio do nada.

"Nenhures", uma daquelas palavras, como 'nada', que se abre dentro da gente como um vazio. E não estávamos avançando através da vastidão do nada até as extremidades de nenhures?

Às vezes, os pontos distantes até onde chego por dinheiro me assustam.

No silêncio súbito, quase sobrenatural, podíamos escutar o estrondo do rugido de um tigre e o tilintar das correntes dos elefantes, que nunca cessa.

Elefantes cruzando a Sibéria! A arrogância do Coronel gorducho!

Muitas vezes o trem fazia essas paradas incompreensíveis. Da taiga, como diabinhos invocados do ar, surgem crianças que correm ao longo dos trilhos segurando pequenas oferendas — uma batata assada, um cone de papel com frutinhos congelados, leite azedo em uma garrafa preciosa demais para ser vendida, de modo que você tem de encher seu próprio copo de vidro lapidado com esse líquido. Mas, esta noite, alcançamos regiões tão ermas que não há qualquer rancho ou vilarejo nas vizinhanças. Os imundos ambulantes loiros nunca se aventuram por aqui, onde estão as coisas selvagens.

Um vento frio começou a se pronunciar um pouco e a ganir.

"Escute, Liz querida, será que não podemos... apressar um pouquinho as coisas?"

Lizzie, concentrada em suas cartas, balançou a velha cabeça grisalha. Sem truques. Por que não? Pois as coisas que minha mãe adotiva consegue fazer quando se propõe a isso, ninguém acredita! Encolhimentos e aumentos, relógios correndo à frente ou atrás da gente como cachorros brincalhões; mas há uma lógica nisso tudo, alguma lógica de escala e dimensão com a qual não se mexe, cuja chave só ela guarda, como guarda a chave do relógio de Nelson em sua bolsa, e não me deixa tocá-la.

Ela a chama de sua magia "doméstica". O que pensaríamos ao ver o pão crescer, se não soubéssemos o que é um fermento? Ora, você pensaria que a velha Liz era uma bruxa, não pensaria? Além disso, considere os fósforos! Lucíferes; os soldadinhos de madeira do anjo da luz, de quem se pensaria que ela era cúmplice se nunca tivéssemos ouvido falar em fósforo.

E quando penso que já suguei leite daquelas tetas velhas, caídas e secas sob o corpete de seda preta, Lizzie, ah, sim! Eu sei bem o que você quer dizer com "mágica".

Agora, em outro vagão do trem, no carro-salão, está a Princesa experimentando o órgão. Grunhido, grunhido, grunhido. Ah, que êxtases de tédio experimentei na Grande Ferrovia Siberiana!

Não digo que o carro-salão seja um local desagradável, a menos que lhe dê arrepios atravessar este deserto, que parece pertencer ao mundo pré-adâmico, em uma reprodução de sala de estar do Império coberta de laca branca e com espelhos de vidro laminado em número suficiente para um bordel itinerante.

Eu odeio isso.

Não temos o direito de estar aqui, em todo este conforto *gemütlich*, presos em nossas bundas gordas grudadas nestes trilhos em linha reta de onde nunca nos desviaremos, como equilibristas num sonho, atravessando um abismo desconhecido no conforto de cinco estrelas, através do profundo núcleo do inverno e deste terreno hostil.

"Você se sente como um pássaro numa gaiola dourada, não é?", perguntou Lizzie, notando a inquietação de sua filha adotiva. "Então como você prefere viajar?"

Fevvers, assim pressionada, não conseguiu pensar em nenhuma resposta. As molas vibravam sob ela enquanto se ajeitava para se agachar, com o queixo amuado sobre os joelhos e as mãos musculosas apertadas em torno dos fêmures. Há quanto tempo estamos sendo trituradas através do Limbo? Uma semana? Duas semanas? Um mês? Um ano?

A Princesa finalmente se entendeu com o órgão do salão e produziu uma fuga de Bach que silenciou os tigres enquanto o mundo se inclinava para longe do sol em direção à noite, ao inverno e ao novo século.

"Pense na sua conta bancária, querida", Lizzie ironicamente aconselhava sua taciturna filha adotiva. "Você sabe que isso sempre te bota pra cima."

Fevvers, de anágua, sem meias, sem espartilho, bisbilhotava a bolsa de Lizzie tentando achar uma tesourinha, e começou a cortar as unhas dos pés por falta de algo melhor para fazer. Apresentava um espetáculo esquálido, uma meia polegada escura nas raízes dos cabelos despenteados que se emaranhavam com a plumagem desgrenhada que já havia assumido um aspecto empoeirado. O confinamento não lhe caía bem.

Então, enquanto ela cortava as unhas dos pés, bem quando o trem havia parado sem motivo, assim, sem motivo nenhum, ela começou a choramingar.

Como posso saber por que comecei a chorar desse jeito? Eu, que não chorava desde que a Ma Nelson morreu. Mas pensar no funeral da Ma Nelson só me fez chorar ainda mais, como se a enorme angústia que eu sentia, aquela angústia da solidão de nosso estado de abandono neste mundo, que é perfeitamente suficiente em si mesmo e não precisa de nós — como se meu súbito e irracional desespero se enganchasse numa dor racional e lá se agarrasse como se disso dependesse pra salvar sua vida.

"Chore!", disse Lizzie, e, pelos ecos em sua voz, a filha adotiva notou que ela fora tomada por um clarão de presciência. "Chore quanto quiser! Não sabemos se terá tempo pra chorar depois."

Tão inexplicavelmente como havia parado, o trem agora voltava a se mover. Na classe econômica, os palhaços jogavam cartas sob um dossel malva de fumaça de cigarro, ou dormiam. Uma pesada sonolência pairava sobre eles; pareciam encontrar-se em um estado de animação suspensa, aqui e contudo não aqui. De vez em quando, um ou outro comentava que teriam de trabalhar na criação de todo um conjunto de novos números, agora que Buffo se fora. "Tempo de sobra pra isso", era a resposta. No entanto, os dias se passavam e eles não faziam nada além de embaralhar e reembaralhar as cartas. O ritmo de cavalinho de balanço do trem os embalava em um estado de passiva aquiescência em que eles esperavam, embora nenhum admitisse, que seu Cristo ressuscitasse. Então não havia necessidade de novos números, não havia necessidade. Passe a garrafa, distribua as cartas outra vez. Ele voltará. Senão... nós vamos voltar para Ele.

O Coronel, no entanto, trotava para cima e para baixo pelos corredores, todo borbulhante com a emoção do desbravador, uma impressionante figura em sua calça justa listrada e o colete estrelado — "mostrando a bandeira", ele enfatizava. Trouxera consigo um copioso suprimento de uísque e logo ensinou o camareiro do vagão-restaurante a preparar um julepo razoável usando galhinhos de um vaso de hortelã que ele tivera a previdência de comprar de um horticultor em Petersburgo.

Logo adquiriu a reputação de "extravagante". Ele e sua porca costumavam viajar na cabine do maquinista. O maquinista se recostava com a *papirosse* colada no lábio inferior e deixava o Coronel brincar com os controles. Mas, acima de tudo, o Coronel gostava de visitar os elefantes, alimentando-os com pãezinhos de frutas que comprava aos cestos de camponesas com lenços nas cabeças, nas paradas à beira do caminho, e contemplar a deslumbrante ocorrência: que ele, aquele bom rapaz do Kentucky, havia superado Aníbal, o cartaginês, herói clássico da antiguidade, pois, se Aníbal havia levado seus dumbos pelos Alpes, ele mesmo não levara seus elefantes além dos Urais?

No entanto, mesmo para seus olhos sempre otimistas, era evidente que os elefantes estavam passando mal com a viagem. Eles estavam alojados confortavelmente, enrolados em palha em um vagão de gado que geralmente levava imigrantes pelas estepes e, em uma medida especial para o conforto dos paquidermes, aquele vagão fora equipado com um fogão. Mas os elefantes já não pareciam os pilares do mundo, capazes de sustentar o céu nas testas largas. Seus olhinhos estavam cheios de remela, e às vezes eles tossiam. O trem os conduzia cada vez mais longe em um clima amargo que penetrava em suas botas de couro e congelava suas patas, invadia e devastava seus pulmões. Mais ao norte, muito mais ao norte, no extremo e inimaginável norte do qual este terreno era, comparativamente falando, a margem temperada, seus primos, os mamutes, jaziam presos no gelo; então parecia que o gelo já estava subjugando essas cariátides do mundo, e o Coronel, apesar de toda a Polyanna que havia em sua alma, ainda assim era tomado por momentos isolados e dolorosos de dúvida, ao ver que os elefantes estavam enfraquecendo, sucumbindo. Em seguida, instava o maquinista a alimentar a fornalha com mais carvão; certamente eles estavam apenas sofrendo um resfriado... e, quanto a seu estado depressivo, ora, alguns pãezinhos os animariam!

Ele tentava enganar as incertezas como se tenta enganar um dente dolorido, e se recusava a acreditar no que seus olhos viam.

Nesses dias, os tigres observavam a Princesa, assim como seus priminhos, que vivem entre nós, observam um pássaro em uma árvore muito alta para ser escalada. A Princesa solicitara ao Coronel, por intermédio de Mignon, que agora falava por ela e era mais ou menos traduzida por Fevvers, que a deixasse comandar o carro-salão, e o Coronel, depois de muita mastigação de charuto, permitiu que ela o fizesse, seguindo o conselho de Sybil, que achava que uma mudança de cenário iria distrair a todos. Nenhum dos condutores do trem ousara entrar no carro-salão depois disso, mas o os tigres apreciaram, à sua maneira, os novos aposentos. Rasgaram o brocado claro com que as poltronas eram estofadas, fizeram ninhos com o estofamento e estapearam seus reflexos nos espelhos, que faziam com que suas listras se multiplicassem, enquanto Mignon, encostada no ombro da Princesa, experimentava um repertório totalmente novo, buscando algo que se adequasse ao órgão, canções sentimentais de salão, corais de Bach, o hinário Metodista, qualquer coisa que pudesse acalmar os ânimos dos tigres. Mas a Princesa sabia que os tigres não confiavam mais nela e, pior de tudo, nem ela confiava neles. Foi consumida pela culpa e pelo desespero porque havia usado sua arma.

O Coronel não gostava de ouvir o órgão do salão porque, quando pensava no cadáver da tigresa, a última noite fatal em Petersburgo lhe retornava à lembrança, em uma fuga de fracasso. Na realidade, sua excitação constante tinha algo de febril e desesperado, pois os macacos o haviam deixado em apuros, seu Mestre dos Palhaços tinha dado uma cambalhota para fora do picadeiro, indo direto ao hospício — a perda da Princesa não foi nem a metade disso. E, em seu coração, embora a cabeça negasse veementemente, ele sabia que os elefantes estavam ficando cada dia mais fracos. Era um Grande Circo singularmente esvaziado que ele apresentaria diante do imperador-deus do Japão, a menos que pudesse adquirir, no caminho, um urso amestrado, ou talvez dois. A Sibéria não podia oferecer outra espécie de recruta.

Ele sabia muito bem que aqueles que jogam o Jogo Lúdico às vezes ganham, mas às vezes... perdem. (Ah, aquelas humilhantes manchetes na *Variety*!) Seu coração disparou quando Mignon cantou: "Ó cabeça sagrada, ferida cruel", e ele imaginava sua própria cachola raquítica golpeada pela fortuna.

Do lado de fora do carro-salão, o Homem-Músculos aguardava, de braços cruzados. Era o cão de guarda.

Se o coração de Sansão ainda batia em seu peito como um pássaro em uma caixa quando via a forma frágil de Mignon, ele aprendera a se controlar o suficiente para buscar e carregar humildemente o que fosse necessário para as garotas, cuidar delas, auxiliá-las em todas as tarefas a que seus músculos o condenavam.

O amor não correspondido estava realizando uma alquimia peculiar dentro do Homem-Músculos e, no entanto, o objeto de seu amor estava mudando de natureza. A forte luxúria pela Mignon perdida lentamente se convertera, pelo simples fato da proximidade, em uma veneração reverente por essas criaturas que pareciam, como casal, transcender suas individualidades. Ele sabia que não poderia amar a uma sem amar a outra, assim como não poderia amar a cantora sem sua canção, e deveria amar a ambas sem tocar em nenhuma das duas, então aos poucos foi se tornando menos físico. Começou a usar roupas, um sinal perceptível de seu senso íntimo de mudança, comprou para si uma robusta camisa russa cintada e, nela, já parecia menos um brutamontes. Alimentava a própria sensibilidade, que ainda estava no estágio de adolescente, ao se posicionar como guarda das garotas.

Deixou o Coronel passar, com um breve aceno de cabeça.

O Coronel contou suas bênçãos durante a sopa de peixe no vagão-restaurante: graças a Deus! ele mantinha o uso exclusivo da Vênus Cockney!

O suave tom rosado do candeeiro de mesa aplacava o brilho histérico do rouge com que ela havia escondido os vestígios de sua crise de choro. Embora a ideia de usar um espartilho fosse um exagero naquela noite, ela fizera um esforço simbólico para se arrumar de acordo com os padrões da primeira classe, colocara um vestido do horário do chá, de renda creme, e prendera o cabelo no alto da cabeça para que não se notasse a risca escura, mas o vestido de chá, talhado para cair sobre o peito, era inadequado, lhe dava uma pesada aparência de meia-idade, e seus cachos presos já estavam murchos. As violetas "da sorte" bravamente presas em seu ombro eram imitações nada convincentes, coisas baratas e ordinárias, presente de aniversário de criança, talvez.

O garçom observou fascinado enquanto o Coronel amarrava um guardanapo em volta do pescoço de Sybil.

"Os porcos comem tudo que o homem come", ele informou à mesa. "É por isso que um homem tem o mesmo gosto de um porco. É por isso que os canibais chamam o *Homo sapiens* assado de 'porco comprido', simssinhô! Onívoros, sabe; alimentação mista! Dá às nossas duas espécies aquele gostinho de caça."

Como se a noção de canibalismo refrescasse seu apetite, ele atacou com gosto uma costeleta de vitela, embora, pela textura, a costeleta tivesse sido preparada no bufê da estação em Irkutsk vários dias antes, carregada no trem e requentada em um molho marrom e brilhante demais para ser autêntico.

Quanto a mim, deslizei a coisa nojenta no meu próprio prato para Sybil, que rapidamente o despachou, do modo exato que o Coronel dissera que faria. Eu tinha uma grande afeição pela esperta porquinha, devo dizer, e ela parecia bem com a viagem, muito melhor do que eu. Os babados de sua roupa continuavam tão imaculados quanto no dia em que deixamos Petersburgo, talvez até mais; quem será que o Coronel conseguiu para fazer a plissagem? A garota que cuidava do samovar? O camareiro? E ela resplandecia com os óleos que o Coronel jamais deixava de usar para besuntá-la, por pior que fosse a bebedeira, e eu pensei que adoraria uma massagem, se fosse o jovem Jack-me-tidinho que fizesse em mim.

E aí vem, ele.

O que é que esse jovem me lembra? Uma peça musical composta para um instrumento e tocada em outro. Um esboço a óleo para uma grande tela. Ah, sim; ele é mal-acabado, bem como diz a Lizzie, mas, mesmo assim... seus ossos bronzeados! Os cabelos descorados pelo sol! Debaixo da maquiagem, aquele rosto que parece um rosto amado e conhecido há muito tempo, e perdido, e agora recuperado, embora eu nunca o tenha encontrado antes, embora ele seja um estranho, ainda assim aquele rosto que eu sempre amei antes de vê-lo, de modo que vê-lo é relembrar, embora eu não saiba quem estou relembrando, a não ser que seja a vaga e imaginária face do desejo.

Cabeçanasnuvens, ela mordeu um pedaço de pão que tinha a cor e a textura de bolo de chocolate intenso. Enquanto o Coronel punha Sybil no colo para abrir um hospitaleiro espaço para Walser, o jovem sentiu os olhos famintos sobre ele, e teve a impressão de que os dentes se fechavam em sua carne com a mais voluptuosa ausência de dano.

Tudo que ela fizera foi definir a inocência necessária do aventureiro e tirar vantagem dela.

Colher rangendo no prato de sopa; faca raspando contra costelinha; as lâmpadas cor-de-rosa com franjas balançavam para lá e para cá, refletidas nas janelas escuras como se fossem flores sobre os galhos das fileiras de árvores através das quais eles agora estavam passando; os garçons gingavam suavemente para lá e para cá como se estivessem sobre rodas invisíveis, com os pratos alinhados ao longo dos braços; da cozinha invisível vinha o barulho de panelas. Como sobremesa, salada de frutas.

Então, assim que a Princesa e Mignon chegaram ao vagão-restaurante com aventais ensanguentados, Sansão seguindo seus passos, a caminho da cozinha para recolher o jantar dos tigres, ouviu-se um retumbante estrondo. E, como se no comando do maior rufar de tambores de toda a história do circo, o vagão-restaurante ergueu-se no ar.

Por uma fração de segundo, tudo levitou — lâmpadas, mesas, toalhas de mesa. Os garçons se levantaram e os pratos se levantaram de seus braços. Sybil foi levantada, assim como o pedaço de abacaxi enlatado em que suas mandíbulas estavam prestes a se fechar. Os pés da garota negra e da garota loira na porta foram lançados para cima, para longe do piso. Então, antes que o choque ou a consternação pudesse cruzar seus rostos, tudo desmorou novamente e, com um estrondo dilacerante, se desfez em uma revoada de fragmentos.

O trem imediatamente deixou de ser um trem e se transformou em muitas lascas de madeira, muito metal retorcido, muitos gritos e choros, enquanto a floresta, em ambos os lados dos trilhos devastados, explodia em chamas, incendiada pelas toras incandescentes, lançadas para longe da fornalha da locomotiva agora destruída.

A giganta se viu presa sob a mesa desmoronada em que estivera empenhada em escolher pálidas cerejas ao marasquino da sua macedônia e colocá-las no prato da porca de estimação. Suas primeiras emoções foram surpresa e indignação. Ali perto, no escuro, sua mãe adotiva protestava eloquentemente em seu dialeto nativo, mas nenhum dos truques de Lizzie conseguiria tirá-las *desse* buraco. Apenas a força dos músculos que Fevvers agora estendia ao máximo poderia deslocar os destroços e possibilitaria que eles e suas contusões corressem para o ar livre, esse ar que, em si mesmo, era perigoso, cheio de chamas e destroços voadores. O vento, agora transformado em vendaval, os chamuscava.

Quebrei minha asa direita. Quando o primeiro choque passa, sinto a dor. Dói. Dói tanto quanto uma fratura total do antebraço. Mas nada mais. Bastante coisa a agradecer. Ainda consigo manter o uso do meu braço direito, mesmo que a asa esteja quebrada. Deus, isso dói. Poderia ser pior. Mantenha a pose, garota; continue dizendo a si mesma como poderia ter sido pior!

Realmente, parece que todos nós no vagão-restaurante tivemos sorte. Aqui está a Mignon vindo à tona! Tem um olho roxo, pelo golpe de uma garrafa de conhaque voadora, mas fora isso parece ilesa, e está arrastando a Princesa para fora de uma cascata de louças e talheres que a cortaram, arranharam e machucaram. Lizzie verifica rapidamente, nenhum osso quebrado, mas não consegue acordar a Princesa, que desmaiou... Quanto ao Coronel, deve ser *ele* que é feito de borracha, não eu, pois aí vem ele saltando dos escombros com sua porca firme contra o peito da jaqueta. Será que a Sybil previu *essa* encrenca, com todo o seu talento de vidente? Ela previu, diabos! Seus babados, no entanto, sofreram uma baixa; achatados como uma panqueca. O Coronel a despe e, de agora em diante, a porquinha vai ficar nua.

Do meu jovem, nenhum sinal.

Então, entre as ruínas do carro-salão, contemplo uma extraordinária maravilha. Pois todos os tigres tinham entrado nos espelhos. Como descrever isso? O carro-salão estava virado de lado, todo rasgado como a embalagem de um brinquedo de Natal aberto por uma criança impaciente e, dessas adoráveis criaturas, nem um traço de sangue, nem de tendões, nada. Apenas pilha sobre pilha de cacos quebrados de espelho, que segmentavam a noite ardente ao nosso redor em mil dissociações irregulares, de modo que se poderia pensar que, se você tivesse tempo ou paciência para encaixá-los, então tudo poderia ficar como antes, a floresta, a planície, os trilhos gêmeos das linhas férreas fazendo avançar em direção à infinitude do horizonte os lindos vagõezinhos e a locomotiva ofegante, que agora me pareciam um tipo de luva atirada contra a face da Natureza — um grande gesto de desafio que a Natureza apanhara, para em seguida atirá-lo desdenhosamente de volta à terra fervilhante, despedaçando-o em fragmentos.

E, quanto aos tigres, como se a Natureza os desaprovasse por sua dança antinatural, eles congelaram em seus próprios reflexos e foram também eles estilhaçados, quando os espelhos se quebraram. Como se aquela energia ardente que se podia vislumbrar entre as listras de suas peles tivesse se convulsionado numa grande resposta à energia liberada em forma de fogo ao nosso redor e, ao explodir, houvesse espalhado suas imagens naqueles vidros em cuja superfície criaram-se outrora as estéreis reduplicações. Em um fragmento quebrado de espelho, uma pata com as garras para fora; em outro, um rosnado. Quando peguei o pedaço de um flanco, o vidro queimou meus dedos e o deixei cair.

Mignon aconchegava a Princesa em seus braços. De vez em quando, como se ela mesma fosse um tigre, lambia a testa próxima ao seu ombro. Mas o que pode fazer a domadora quando os animais se foram? Ou Orfeu sem seu alaúde? Pois eu não conseguia adivinhar onde o piano dela poderia ter ido parar, e o órgão do carro-salão jazia totalmente desordenado em pedaços na neve derretida, uma coleção aleatória de tubos como se tivesse havido um cataclisma na oficina de um encanador.

Era uma noite gelada, mas a neve derretia com o calor. Bem no alto, nunca se viram estrelas como aquelas.

E do meu palhaço, nem sinal.

Mas o resto do Beco dos Palhaços começou a se levantar e borbulhar dos pedacinhos da terceira classe, limpando os escombros dos olhos. Acostumados como estavam à catástrofe, para eles não era nada mais do que qualquer outro veículo incendiário, ouso dizer, e seus cães se sacudiam, corriam, mordiam, choramingavam e rondavam os pés de todos, e eu ainda não conseguia encontrá-lo.

Mesmo mantendo o uso das mãos, sinto algum desconforto. Imagine que você tem um braço extra, articulado nas suas costas, e ele está pendurado, está quebrado.

Ajoelhei-me no vagão-restaurante, escavando um esconderijo de costeletas de vitela que haviam saltado para fora do refrigerador e estavam bloqueando um lugar onde meus olhos desnorteados pensaram ter vislumbrado um movimento, e os camareiros, os maquinistas e cada um dos garçons, todos mais ou menos inteiros, ou assim parecia, vieram me empurrar e impedir minha busca enquanto procuravam o suprimento de vodca do trem, mas, do jovem que era objeto da *minha* busca, nem sequer um dedão do pé, nem um dedo mindinho que eu pudesse guardar num medalhão como lembrança.

Então uma coisa macia, úmida e questionadora me atacou por trás do pescoço, fazendo-me pular. Era, pelo amor de Deus, a ponta da tromba de um elefante.

Pois, coitados, acontece que aquele exato momento estava fadado a ser o momento da sorte, o momento do destino, quando de fato suas correntes se romperam e eles ficaram livres! Mas livres para quê? Alcançaram a tão almejada liberdade no exato momento em que ela não lhes trará nenhum benefício!

Abriram caminho facilmente para fora dos escombros de sua prisão e, formando uma fila perfeita, alguns passavam adiante pedaços dos destroços, uns aos outros, enquanto outros enchiam o tanque com neve derretida e esguichavam sobre os focos de incêndio na tentativa de apagá-los. Tudo isso como se nunca tivessem ouvido falar de pneumonia. Esse animais colossais eram uma lição para todos nós e, se tivéssemos a chance de nos juntar a eles em seu excelente trabalho, sem dúvida até a manhã chegar teríamos deixado os escombros totalmente organizados, mas fomos forçados a deixá-los para lá porque, enquanto eu estava cavando em busca de alguma relíquia do jovem norte-americano, todos nós, sobreviventes do circo do Coronel Kearney, fomos sequestrados, todos.

A Liz disse que foi como se nossos sequestradores tivessem se materializado de um bosque de bétulas, como espíritos guardiões da floresta — um bando de criaturas de aparência rude em peles de carneiro, armados até os dentes. Evidentemente eles careciam de pôneis ou de animais de tração, pois um ou dois desses homens arrastavam atrás de si engenhocas estranhas — longas varas de madeira de larício com tiras de couro que as entrecruzavam, aquele tipo de carrinho que se poderia inventar se não tivessem pensado na roda. Tinham surgido como se estivessem preparados para transportar os feridos, embora apenas a Princesa precisasse de uma maca. Gritaram algumas ordens das quais meus amigos, relutantes linguistas, não entenderam uma palavra sequer, mas a linguagem da arma é captada muito rapidamente, e nossos captores, com suas coronhas, logo os empurraram até formarem uma fila.

Mas não me lembro bem de tudo isso; só sei o que a Liz me contou. Que eu estou gritando como uma possessa enquanto escavo e remexo os destroços e, muito irritada, os empurro para longe quando eles vêm me cutucar com suas armas. Eis que sou erguida e jogada de cara para baixo num dos carrinhos. Lizzie decide jogar sobre mim um cobertor que ela salvara do desastre, porque estou esgotada demais para pensar em me cobrir.

Então lá vamos nós sob a mira das armas, e o resto dos sobreviventes, ora, eles não dão a menor pelota! Acabaram de encontrar o armário de bebidas e nem sequer viram a cabeça para olhar, embora a Liz diga que estou fazendo uma terrível balbúrdia. Mas eu não me lembro de nada.

Dizem que o Anjo Tubiel cuida dos pássaros *pequenos*, mas já sou grandinha demais para receber tal proteção; pássaros grandes devem cuidar de si mesmos, então seria melhor eu sair dessa rapidamente, não seria?

 # 2

Walser estava enterrado vivo em um sono profundo. Nocauteado por uma pancada na cabeça quando, na antepara acima dele, a porta de um garda-louça se abriu, ele imediatamente submergiu sob um avalanche de toalhas de mesa e guardanapos que haviam sido guardados ali, alguns limpos, alguns sujos. Os azafamados elefantes empilharam vários outros itens do vagão-restaurante demolido, galhetas, saca-rolhas, caixas de biscoitos, em cima da tumba macia em que suas aventuras teriam terminado não tivesse, após um lapso de tempo e consciência, uma assassina vindo desenterrá-lo.

 3

Embora nenhuma placa indique o caminho até lá, e a trilha feita pelos pés acorrentados de seus habitantes no curso da dolorosa jornada até o local seja logo obscurecida pelo rápido crescimento veranil de musgos e de plantinhas, ou apagados pela neve do inverno, de modo que não restam vestígios de sua chegada, nos encontramos nas imediações do povoado de R., próximo do qual, nesse ano, 18—, a condessa P., após envenenar com sucesso o marido por vários anos com um composto de arsênico e permanecer impune, e encontrando-se, em sua viuvez, possuída pela ideia de que outras mulheres haviam cometido o mesmo crime que ela com menos sucesso, instituiu, com permissão do governo, um asilo privado para mulheres criminosas de sua mesma espécie.

Não acalente a ideia de que um sentimento de irmandade a comovesse. Se, apesar da passagem dos anos, ela mesma nunca esqueceu a natureza exata dos temperos que adicionara ao *borsh* e aos *piroshkis* do falecido marido, por outro lado ela acalmara as acusações de sua própria consciência tornando-se, ou assim afirmava, uma espécie de canal para o processo de arrependimento de outras assassinas.

Com a ajuda de um criminologista francês que se interessava por frenologia, ela selecionou, das prisões das grandes cidades russas, mulheres que haviam sido consideradas culpadas de matar os maridos e cujas protuberâncias cranianas indicavam a possibilidade de salvação. Estabeleceu uma comunidade fundamentada nas mais científicas normas disponíveis e fez com que as próprias presidiárias a construíssem, a partir do mesmo tipo de lógica que persuadiu os *federales* mexicanos a fazerem com que as vítimas que eles estavam prestes a fuzilar cavassem suas próprias sepulturas.

Um *panóptico* foi o que ela as obrigou a construir, um círculo de celas em forma de rosquinha, cuja parede interna era composta por grades de aço, e, no meio do pátio central coberto, havia uma sala redonda rodeada de janelas. Nessa sala, ela ficava sentada o dia todo e encarava e encarava e encarava suas assassinas, e elas, por sua vez, ficavam também sentadas o dia todo olhando para ela.

Há muitos motivos, a maioria deles bons, para uma mulher querer matar o marido; o homicídio pode ser a única maneira de ela preservar um pingo de dignidade em um tempo, em um lugar, em que as mulheres eram consideradas bens móveis, ou, na famosa analogia de Tolstói, garrafas de vinho que podiam ser convenientemente espatifadas quando seu conteúdo fosse consumido. Nenhuma mulher prudente condenaria a condessa P. por ter ela envenenado seu conde obeso e idiota, embora a mistura de tédio e avareza que a levou a fazê-lo fosse, em si mesma, produto do privilégio — ela sofria de ócio suficiente para se sentir entediada; a riqueza de seu marido provocou sua ganância. Mas, quanto a Olga Alexandrovna, que usou uma machadinha no carpinteiro bêbado que batia nela com exagerada frequência, Olga Alexandrovna agiu com a convicção de que Ele olhava pelo pardal e, assim, olharia mesmo por uma criatura tão fraca, tímida e indigna como ela, de modo que, no esquema geral de coisas, sua própria vida, que vinha sendo extinta à base de espancamentos, certamente valia tanto quanto a vida do homem com os punhos — talvez até mais, já que ela era uma mãe amorosa. Mas acabou que o tribunal pensava diferente, e assim, durante um tempo, ela sofreu dores atrozes por descobrir que o tribunal acreditava ser ela uma mulher perversa.

"Você está com sorte", disse o carcereiro à condenada depois que o frenologista francês mediu sua cabeça e apelou ao tribunal para que ela fosse transferida ao "estabelecimento científico para o estudo de mulheres criminosas" da Condessa. Boa sorte, de verdade! Sem trabalhos forçados, sem açoitamentos para Olga Alexandrovna, destinada como estava ao seminário da Condessa. E o carcereiro riu, estuprou-a e acorrentou-a. No dia seguinte, ela partiu para a Sibéria.

Durante as horas de escuridão, as celas eram iluminadas como muitos teatros pequenos em que cada ator se sentava sozinho na armadilha de sua visibilidade, naquelas celas em forma de porções de *baba au rhum*. A Condessa, no observatório, sentava-se em uma cadeira giratória cuja velocidade ela podia regular à vontade. Girava sem parar, às vezes em grande velocidade, às vezes lentamente, varrendo com seus olhos azul-gelo — era de origem prussiana — a fileira de mulheres infelizes que a cercavam. Ela variava a velocidade de seus olhares, para que as presas nunca pudessem adivinhar de antemão em que momento viriam a estar sob vigilância dela.

Quanto às internas, na verdade não trabalhavam nem teciam, exatamente como o carcereiro de Olga Alexandrovna havia previsto. Nem mesmo o chicote perturbava o teor uniforme de seus dias. Eram alimentadas de manhã e à noite; a comida, pão preto, mingau de painço e caldo, era entregue por uma portinha gradeada e era certamente tão boa quanto, ou talvez até melhor, àquela a que Olga Alexandrovna estava acostumada. Um balde de água chegava de manhã, quando o balde do vaso sanitário do dia anterior era levado e um limpo era entregue. A roupa de cama era trocada uma vez por mês. Nenhuma correspondência era permitida, e o próprio isolamento do local, na longínqua desolação da taiga, por si só teria excluído a possibilidade de visitantes, mesmo que não tivessem sido estritamente proibidos.

Pelos padrões da época e do lugar, a Condessa conduzia seu regime seguindo linhas humanitárias, embora autocráticas. Sua prisão privada, com uma seletividade pouco ortodoxa, não era essencialmente concebida como o domínio da punição, mas, no sentido mais puro, como uma penitenciária — era uma máquina destinada a promover a penitência.

Pois a Condessa P. havia concebido a ideia de uma terapia de meditação. As mulheres nas celas vazias, nas quais não havia nem privacidade nem distração, celas formuladas com base no princípio daquelas em um convento onde tudo era visível aos olhos de Deus, viveriam sozinhas com a lembrança de seu crime até que reconhecessem não sua culpa — a maioria delas já tinha feito isso —, mas sua *responsabilidade*. E tinha certeza de que, com a responsabilidade, viria o remorso.

Então ela as deixaria partir, já que, pela sua salvação, arduamente alcançada com a meditação sobre o crime que haviam cometido, teriam conquistado também a salvação dela.

Mas, até então, o portão nunca tinha sido aberto para permitir uma única partida.

Até se poderia pensar nessa rotunda Casa de Correção como uma espécie de roda de orações, destinada a resgatar da perdição a própria Condessa, que era o cubo da roda, embora a única coisa na casa que girava como roda fosse a própria Condessa em sua cadeira giratória.

Olga Alexandrovna não era uma grande leitora, embora, ao contrário de muitos de seus vizinhos, conhecesse bem as letras, ainda que a tarefa de aprendê-las lhe tenha parecido árdua e inútil quando imposta na infância. Mesmo assim, ela gostaria de ter as escrituras com ela, para ajudá-la em algumas das discussões éticas que conduzia consigo mesma, mas os livros eram proibidos porque ajudavam a passar o tempo.

Então ela ficava sentada ponderando, dentro da Casa de Correção, onde não havia nenhum indício do vasto mundo lá fora, pois não havia janelas para deixar entrar a luz do dia, sendo a ventilação fornecida por um sistema de dutos. Acima do portal arqueado que deixava entrar um vislumbre da luz do dia apenas quando se abria para admitir outra interna, havia um relógio que mostrava a hora de Moscou, que não era a mesma hora destas latitudes, e o relógio determinava quando as detentas se levantavam da cama e quando faziam suas refeições, registrando cada lento minuto de encarceramento, e, às vezes, o rosto desse relógio parecia indistinguível da face lívida da Condessa.

A Condessa pretendia olhar para elas até que se arrependessem. Mas às vezes as mulheres morriam, aparentemente sem motivo, ou como se a vida, naquela perversa colmeia, fosse um fio tão fraco e minguado que qualquer coisa seria uma melhoria. Quando uma delas morria, uma das guardas retirava o cadáver da cela e o enterrava sob as pedras da calçada da passagem circular onde eram feitos os exercícios matinais. Nem mesmo na morte era possível escapar da Casa de Correção. Assim que uma cela ficava desocupada, outra assassina era entregue no portão, que se fechava à sua passagem com um baque definitivo.

Assim começava a provação da penitência; uma provação composta por uma variedade perfeita da mais amarga solidão, pois você nunca estaria sozinha ali, onde um olhar fixo estava continuamente sobre você, e ainda assim você permanecia sempre sozinha.

Mas, até agora, embora a Condessa vivesse com esperança, nem um único dos objetos de seu olhar tinha mostrado o mais débil tremor de remorso.

Ao final do terceiro ano de reclusão, Olga Alexandrovna nunca teria dito que era inocente; sempre admitira seu crime de forma espontânea. Mas a cada novo dia ela oferecia, mentalmente, circunstâncias atenuantes ao juiz leniente e misericordioso, e todos os dias elas causavam maior impacto no juiz. Todas as noites, antes que ela se esticasse e dormisse no colchão de palha, o juiz apresentava outro veredicto de legítima defesa, de tal sorte que Olga Alexandrovna ficava cada vez mais assustada ao acordar novamente em sua cela fria para descobrir os olhos da Condessa passando por cima dela como se estivessem passando por cima das cinzas do crime, sempre encontrando ali mais significado do que mero homicídio culposo. Então o advogado do diabo, na mente de Olga Alexandrovna, achava necessário ordenar um novo julgamento, e ela teria que começar tudo de novo. Era assim que seus dias se passavam.

Os pisos das celas eram forrados com feltro e, além de um semelhante forro de feltro nas paredes, havia, a uma distância de doze centímetros da superfície tanto das paredes quanto do teto, uma tela armada, coberta com papel, estrutura destinada a impedir que as presas se comunicassem umas com as outras por meio de batidas e pancadas. Portanto, reinava nesse lugar um silêncio absoluto, exceto pelos passos abafados das carcereiras, que eram proibidas de falar. Silêncio, exceto pelos passos delas; e o som metálico das grades que deslizavam; e a insistência estridente do sino que tocava de manhã, para acordar você, e o sino que tocava à noite, informando que era hora de se deitar, o sino avisando que o jantar estava pronto, o sino que mandava você aprontar suas tigelas e seus pratos sujos para serem recolhidos, o sino que mandava você ficar de pé na porta, pronta para a hora do exercício, voltas e mais voltas no quintal, a Condessa virando-se lentamente em sua cadeira para acompanhar cada movimento. O sino que dizia que a hora do exercício estava terminando. Silêncio, exceto por esses sons; e o tique-taque do relógio.

A neve se amontoava contra as paredes externas da Casa de Correção; a primavera chegava e a neve derretia, mas as internas não viam nem a queda nem o desaparecimento, e nem mesmo a Condessa, pois o preço que ela pagava por seu hipotético arrependimento por procuração era seu próprio encarceramento, tão presa em sua torre de vigia pelo exercício de seu poder quanto os objetos desse poder em suas celas.

Essa mulher impiedosa, no entanto, acreditava ser a personificação da misericórdia, que ela concebia como o oposto da justiça, por acaso ela não havia retirado suas mulheres da esfera em que a justiça, necessariamente impiedosa, opera — o tribunal, a prisão —, e por acaso não as colocara neste laboratório para a fabricação de almas?

De tanto olhar, seus olhos ficaram bem brancos.

Como ela dormia, e seu sono era conturbado? Não; não era conturbado, mas aleatório e pouco frequente, pois nunca gostou de fechar os olhos, embora até ela, deficiente como era em humanidade comum, tinha a necessidade de recarregar as baterias ao bom e velho jeito humano. Mas quando tirava uma soneca, baixava as venezianas das janelas e deixava as luzes acesas, e assim suas prisioneiras não podiam saber se de fato ela dormia ou estava apenas fingindo que sim, porque às vezes baixava as persianas quando *não* estava dormindo, a fim de demonstrar que podia escapar à tirania dos olhos dela a qualquer momento que quisesse, embora elas nunca estivessem livres dos olhos dela. Essa era a única área em que era capaz de exercer a liberdade, embora fosse a inventora e a perpetradora desse encarceramento em massa.

As carcereiras também estavam encurraladas, mulheres — pois a Casa de Correção era administrada exclusivamente por mulheres — que viviam em estilo de quartel entre aquelas que guardavam, e estavam aprisionadas pelos termos de seus contratos tão seguramente quanto as assassinas. Assim, todas lá dentro estavam presas, mas apenas as assassinas sabiam disso.

Quanto mais tempo Olga Alexandrovna repassava na mente as circunstâncias da morte do esposo, nas horas de seu ócio vasto e, às vezes lhe parecia, póstumo — pois naquele lugar ela se sentia exatamente como se estivesse morta —, menos se sentia culpada. Repassava tudo, vezes sem conta, começando pelo início, a infância no cortiço. Sua mãe, cansada, curvada pela labuta, o casamento, o nascimento do filho que ela nunca mais veria, o jeito que seu marido repetia com gosto velhos provérbios russos em apologia aos espancamentos da esposa, a ocasião em que ela penhorara sua aliança de casamento para comprar comida, mas o marido roubou o dinheiro para beber — culpem a vodca! Culpem o padre que os casou! Culpem o taco que batia nela e as velhas serras que ajudaram a moldá-lo!

Mas não me culpem. E, tendo-se absolvido, deixe que o juiz pense o que quiser — ela finalmente dormiu tranquila, a primeira noite tranquila que passou naquele lugar.

Era uma mulher de inteligência considerável, que o frenologista havia classificado como "astúcia camponesa baixa". Tinha aprendido rapidamente a marcar a passagem dos dias arranhando com a unha o reboco ao redor das grades através das quais ela e a Condessa faziam sua recíproca observação; essa era a única área de sua cela que não podia ser vista de fora. Embora nunca houvesse demonstrado grandes aptidões para a matemática, exceto ao ser pressionada pelas circunstâncias, dera passos consideráveis em adição simples desde que tinha entrado ali, e a superfície interna secreta já tinha muitas cicatrizes de dias vazios quando, na manhã seguinte àquela boa noite de sono, ela fez suas contas e descobriu que terminara seu terceiro ano naquele lugar e que o quarto ano apenas começara.

Tendo sobrevivido a todas aquelas que estavam no local quando ela chegou, agora se qualificava como uma prisioneira de "longa permanência". Decidiu que havia chegado a hora de se sentir em casa e começou a prestar atenção nas coisas.

Agora, de acordo com os regulamentos, as vigilantes silenciosas usavam capuzes quando entregavam refeições, capuzes que ocultavam todas as características de seus rostos, exceto os olhos, pois até mesmo a Condessa fora forçada a admitir que elas deveriam ser capazes de ver aonde estavam indo. Mas queria que elas permanecessem instrumentos anônimos, para não exibirem nenhuma qualidade pessoal que pudesse interferir no isolamento de cada reclusa, portanto elas nunca levantavam os olhos do chão, nem quando serviam o café da manhã, nem quando serviam o jantar, nem quando abriam as celas para deixar as mulheres saírem para os exercícios.

Mas suas mãos enluvadas corriam riscos ao deslizar as bandejas pelas grades. Olga Alexandrovna, que, em uma antiga vida, havia exercido a profissão de costureira, tinha dedos finos e esguios e, além disso, era de temperamento sociável. Embora falar e olhar lhe fossem negados, ainda assim ela imaginou que poderia tocar uma dessas companheiras de prisão — porque Olga Alexandrovna, sentada e pensando, pensando e sentada, enquanto o relógio marcava os dias que se transformaram em semanas e em meses e em anos, tinha chegado à conclusão óbvia de que as guardas eram tão vítimas do lugar quanto ela.

Naquela manhã, ela estava sentada perto da grade esperando o café da manhã, um olho fixo na Condessa giratória, o outro no relógio, e, no instante em que o ponteiro dos minutos marcou a hora e o sino tocou e a grade se abriu com um ruído metálico, ela deslizou uma adorável mão (pois era mesmo adorável) pela abertura e apertou a mão na luva de couro que empurrava a bandeja na outra extremidade.

Ao toque dos dedos brancos de Olga Alexandrovna, a mão sob a luva preta tremeu. Encorajada, Olga Alexandrovna apertou a luva de couro mais calorosamente. Com um coragem muito além da imaginação de Olga Alexandrovna, a mulher de capuz levantou os olhos para encontrar aqueles olhos que Olga Alexandrovna agora concentrava nela.

Então o sino tocou e a grade baixou, e Olga Alexandrovna perdeu o café da manhã porque a bandeja caiu no chão fora da cela e o mingau foi derramado, mas ela não se importou com isso.

Embora a luz estivesse ardendo por trás das venezianas, a Condessa deve ter cochilado por um momento, pois não viu esse contato mudo, embora tivessem ambas se visto claramente. E esse foi o momento, mesmo antes do portão se abrir e deixar todas saírem, como estava predestinado, mais cedo ou mais tarde depois daquele toque — naquele momento, Olga Alexandrovna soube que quem quer que pudesse realmente julgá-la havia optado por rejeitar a acusação.

Naquela noite, depois de uma espontânea embora sub-reptícia troca de olhares enquanto o jantar era servido, Olga Alexandrovna encontrou um bilhete escondido no centro oco de seu pãozinho. Ela devorou as palavras de amor com mais entusiasmo do que teria devorado o pão, e com isso obteve muito mais nutrição. Não havia lápis nem caneta na cela, claro, mas aconteceu de ela estar menstruada, e — engenhoso estratagema que só uma mulher poderia executar —mergulhou o dedo no fluxo, escreveu uma breve resposta no verso da nota que havia recebido e a entregou, na privacidade imutável de seu vaso sanitário, àqueles olhos castanhos que agora ela poderia identificar entre mil, mil pares de olhos castanhos.

No sangue de seu ventre, no lugar secreto dentro de sua cela, ela desenhou um coração.

O desejo, aquela eletricidade transmitida pelo toque carregado entre Olga Alexandrovna e Vera Andreyevna, transcendeu a grande divisão entre vigias e vigiados. Ou foi como se uma semente selvagem criasse raízes no solo frio da prisão e, ao florescer, espalhasse sementes ao seu redor. O ar estagnado da Casa de Correção se elevou e se movimentou, foi sacudido por correntes de pressentimento, de expectativa, que sopravam as sementes amadurecidas do amor de cela em cela. A hora lenta do passeio pelo pátio interno coberto, onde as guardas acompanhavam o ritmo das internas e, por apenas uma hora, as grades não as separavam, adquiriu uma espécie de atmosfera nupcial, uma qualidade comemorativa, enquanto as flores que brotaram daquelas sementes cresciam em silêncio, como crescem as flores.

O contato foi efetuado, primeiro, por toque ilícito e olhar, e depois por bilhetes ilícitos, ou, se a guarda ou a presa fosse analfabeta, por desenhos feitos em todos os tipos de substâncias, em trapos de roupas se não houvesse papel disponível, e com sangue, tanto menstrual quanto venoso, e até mesmo com excrementos, pois nenhum dos sucos dos corpos há tanto tempo reprimidos eram estranhos a elas, naquela situação extrema — desenhos, como se pôde verificar, toscos como grafites, mas com o efeito de toques de clarim. E se as guardas foram todas subvertidas à humanidade das presas através do olhar, do carinho, da palavra, da imagem, também as internas despertaram para o conhecimento de que, em ambos os lados de seus próprios cubos de espaço em forma de cunha, viviam outras mulheres tão intensamente vivas quanto elas mesmas.

Silenciosamente, sub-repticiamente, como o outono não percebido mudara para inverno lá fora, um calor e um brilho inundaram a Casa de Correção, um calor tão inapropriado para a estação que a própria Condessa sentiu dentro de si mesma os efeitos daquela tangível mudança de temperatura, e então começou a suar, mas, por mais que olhasse, não conseguia detectar uma única mudança visível na ordem mecânica que ela havia estabelecido e, embora tivesse desistido completamente de dormir e incorporasse uma aleatoriedade histérica às suas rotações, de modo que às vezes ficava bastante tonta ou mesmo paralisada por quase um minuto pela autoridade do relógio, nunca viu qualquer coisa suspeita.

Jamais cogitou que as guardas pudessem se voltar contra ela; por acaso não guardava seus contratos em uma caixa de ferro trancada na sala de vigia? Não as comprara? Não foram proibidas de conversar com as internas? Não proibia a própria coisa que era proibida?

Seus olhos brancos agora tinham veias e bordas vermelhas. À medida que dava voltas e mais voltas, tamborilava nervosamente deixando riscos no braço da cadeira.

As notas, os desenhos, as carícias, os olhares — tudo dito de várias maneiras, "se ao menos" e "eu desejo...". E o relógio marcava o tempo de outra vida, de outro lugar, sobre o portal que dilatava cada vez mais sua imaginação, até que o relógio e o portal que haviam significado o fim da esperança agora falavam para elas só de esperança.

Então foi um exército de amantes que finalmente se levantou contra a Condessa na manhã em que as celas se abriram para a hora final do exercício — se abriram para nunca mais serem fechadas. De comum acordo, as guardas tiraram os capuzes, as prisioneiras saíram e se voltaram para a Condessa em um grande e coletivo olhar de acusação.

Ela sacou a pistola que guardava no bolso e disparou tiro após tiro cujas detonações ressoavam mas não reverberavam, pois acabavam ricocheteando nos tijolos e nas barras daquela câmara sem eco. Seus disparos atingiram um alvo; ela parou o relógio, lançou o tempo para fora de si mesmo, quebrou o visor e silenciou o tique-taque para sempre, de modo que, doravante, quando olhasse para ele, ela se lembraria apenas do tempo em que *seu* tempo havia terminado, a hora da libertação de todas. Mas isso foi um acidente. Estava muito abalada com a surpresa para apontar a arma em linha reta, não feriu ninguém e foi facilmente desarmada, balbuciando com indignação.

Trancaram a porta de seu quarto, tiraram a chave e a jogaram no primeiro monte de neve que encontraram ao abrir o portão. Deixaram a Condessa presa em seu observatório sem nada mais para observar além do espectro de seu próprio crime, que entrou imediatamente pelo portão aberto para assombrá-la, enquanto ela continuava a girar e girar em sua cadeira.

Beijos, abraços e a primeira visão dos até então invisíveis rostos amados. Terminada a primeira alegria, as mulheres traçaram um plano — dirigirem-se ao terminal ferroviário, pois careciam de mapas e até mesmo de bússolas, e orientarem-se pelos trilhos da via férrea. Tão logo soubessem com certeza onde estavam, escolheriam o caminho a seguir, decidindo se, independentemente do que pudesse ocorrer depois, percorreriam os sete ou oito mil quilômetros que as separavam de suas aldeias ou de suas cidades, onde suas mães ainda cuidavam de crianças que a lei considerava órfãs — opção que algumas delas, mesmo nas primeiras agonias de seus novos amores, preferiam —, ou se iriam lançar-se em sua própria jornada e fundar uma Utopia original na vastidão que as cercava, onde ninguém pudesse encontrá-las.

Vera Andreyevna conhecia o lugar que Olga Alexandrovna guardava em seu coração por conta do filho pequeno que vira pela última vez quando ele tinha dentes de leite, e manteve-se calada.

Estavam armadas e todas elas vestidas com sobretudos bons e resistentes e botas de feltro forradas com palha retirada da guarita. Tinham trazido comida. O mundo branco ao redor delas parecia recém-feito, uma folha em branco de papel novo na qual poderiam inscrever o futuro que desejassem.

Então, orientando-se pelo sol pálido, partiram de mãos dadas e logo começaram a cantar, de alegria.

 4

Quando veio a escuridão, acharam-se protegidas pela floresta e decidiram acampar em abrigos feitos de mato com medo de se perderem na noite. Assim que se instalaram, notaram um clarão vermelho no céu acima das árvores, na direção da ferrovia. Olga Alexandrovna e Vera Andreyevna foram escolhidas, de comum acordo, como patrulha avançada, e foram se esgueirando na frente, escondendo-se entre os arbustos que conseguiam encontrar, até que, de um penhasco, tiveram uma visão inacreditável: um trem inteiro, desarticulado como um brinquedo roto, os vagões espalhados pela explosão, que havia torcido os trilhos até que parecessem um tricô destruído por gatinhos. Muitos dos vagões ainda ardiam com o mesmo fogo que iluminava as árvores mais próximas da linha férrea, embora alguns esforços ineficazes parecessem ter sido feitos para aplacar o fogo.

E, deitados entre os escombros, tombados como bolas de boliche gigantes, havia algo inadequado, algo extraordinário — seres semelhantes aos que Olga Alexandrovna, em sua infância, uma vez vira no zoológico do czar em sua cidade natal, São Petersburgo. Elefantes! Elefantes mortos, em quantidade suficiente para encher um cemitério de bom tamanho; e então um movimento entre os destroços lhes indicou que um enorme animal daqueles ainda estava vivo e tentava, com a tromba, mesmo *in extremis*, erguer e remover vigas e rodas retorcidas.

Então, o mais estranho, o som da música, de violino e pandeiro, e Vera Andreyevna puxou Olga Alexandrovna para trás de uma árvore a fim de deixar passar uma peculiar procissão. E realmente passou, sem que os bandidos que a policiavam vissem as duas mulheres, pelo que ficaram gratas. Bandidos, cheios de armas. Bandidos, com reféns — uma moça loira, chorando; e um enorme brutamontes, vestido como camponês, confortando-a em um língua que não era o russo. E um homenzinho de calças listradas que gritava, embora as duas mulheres não pudessem entender: "Exijo ver o cônsul dos EUA". E havia um par de carretas primitivas, sem rodas, arrastadas por mais bandidos, nas quais jaziam dois montículos tapados por cobertores, um deles silencioso, mas o outro berrando tanto que parecia prestes a rebentar. E uma mulher negra e grisalha resmungando para si mesma em uma língua diferente daquela que o outros falavam, mas que também não era russo. Tudo deveras inesperado. E então mais bandidos.

Mas o que fez as mulheres se persignarem foi o grupo heterogêneo que finalizava a procissão, pois era formado por homens de todas as formas e tamanhos, alguns pequenos como anões, alguns compridos e esguios como postes de varais de roupas, menos de uma dúzia deles, com trapos esfarrapados do que antes tinham sido roupas brilhantes nos estilos mais estranhos. Alguns tinham enormes narizes vermelhos, outros grandes anéis escuros em volta dos olhos, mas a tinta estava descascando dos rostos, de modo que pareciam sarapintados. Dois desses homens, enrugados e muito velhos, inclinados mais à estatura de anões do que de gigantes, proporcionavam a música para a festa — mas a rabeca era pequena, como se tivesse encolhido, e o outro aumentava seu pandeiro com um triângulo de metal pendurado nas costas, que chutava a cada passo que dava. E estavam tocando, com um bravata que teria sensibilizado o coração de Vera Andreyevna e Olga Alexandrovna, se elas conhecessem a melodia: a canção patriótica "Rule Britannia"!

Alguns cães de raças tão variadas quanto aquele zoológico humano de tipos estranhos latiam e corriam de um lado para o outro, muitas vezes recebendo chutes de um dos bandidos.

As fugitivas olharam de soslaio para esses exemplos representativos do mundo do qual haviam sido exiladas na Casa de Correção.

Assim que os bandidos e seus cativos estrangeiros desapareceram de vista, as mulheres voltaram para suas companheiras e debateram sobre o que deveria ser feito. Logo chegaram a uma decisão: concluíram que não poderiam enfrentar os bandidos, então deixariam os prisioneiros nas mãos do destino, que tomaria as providências mais adequadas, mas elas podiam ir, e iriam, até os destroços do trem, mesmo que uma equipe de resgate chegasse e as prendesse como fugitivas e desertoras enquanto ofereciam o tipo de assistência possível aos feridos e moribundos.

Sob as estrelas, a neve brilhava como um pesadelo, em um azul ofuscante e luminoso, como se a própria neve exalasse uma espécie de luz cadavérica. Mas, embora os focos de incêndio estivessem diminuindo, ainda havia luz suficiente para as mulheres verem que, de fato, pouco sobrara para se fazer.

Ao se aproximarem, o último elefante vivo reuniu as reservas finais de força para levantar um guarda-louças quebrado e arremessá-lo na direção da mata, onde se espatifou em uma saraivada de saleiros, pimenteiras e garrafas de vinagre. A seguir, com um berro dilacerante que encheu por um momento a imensa solidão, o elefante caiu de lado, não caiu lentamente, em etapas, mas com um estrepitoso movimento, sobre a neve derretida. Depois disso, um silêncio terrível, exceto pelo crepitar do mato que ardia como se não pudesse ser consumido.

Então Olga Alexandrovna tropeçou em um corpo e a princípio pensou que fosse um cadáver, mas, quando viu a garrafa presa no punho fechado, notou que ainda estava vivo, embora, por mais que ela chutasse e beliscasse, o corpo não se mexesse. No fim das contas, toda a tripulação do trem, condutores, garçons, cozinheiros, estava jogada de borco no meio dos escombros, como no desfecho de um casamento camponês. O calor das fogueiras os impedia de congelar. Pareciam ser os únicos sobreviventes e todos demonstravam estar em perfeita saúde. As mulheres julgaram mais sensato deixá-los ali deitados, pois estava claro que eles não lhes fariam nenhum mal.

Olga Alexandrovna, atraída pelas cores vivas — ela estava com fome de cores —, escolheu uma colcha de um monte de neve, uma colcha feita de quadrados de tricô costurados uns aos outros, como fazem as crianças.

"Temos aqui um tesouro de coisas muito úteis deixadas no deserto como que por algum milagre, especialmente para nós!", disse ela. Era uma mulher prática.

Depois de uma refeição reconfortante de pão e linguiça, que elas haviam trazido consigo, feita no calor muito bem-vindo do fogo da floresta, começaram a salvar todo e qualquer equipamento que pudessem.

Primeiro, Olga Alexandrovna encontrou a figura dourada de um velho homem com uma foice que evidentemente se soltara de uma caixa quebrada de molas e pequenas rodas de latão. Vera Andreyevna, hesitante, identificou a figura do Pai Tempo.

"Mas, onde quer que formos, não precisaremos de mais pais", ela declarou. Então o jogou fora.

Seguindo essa ideia, Vera implorou à amiga que se abstivesse de usar o patronímico quando se dirigisse a ela, o que Olga prometeu fazer, solicitando à amiga que fizesse o mesmo em relação a ela.

Sob uma massa de candelabros quebrados e estofos rasgados, Olga logo encontrou um caco de espelho estranhamente pintado com listras ocre e laranja. Quando o tocou, teve os dedos queimados. Deixou-o cair. Ele se espatifou em mil fragmentos menores, deixando, para seu horror, um rastro de líquido fumegante na neve. Foi dominada por um medo supersticioso.

"Vamos sair daqui", disse a Vera.

"Para onde devemos ir, minha querida?"

Sob as estrelas vítreas, os trilhos da ferrovia se estendiam a partir de sua estação terminal, que ardia em fogo, correndo e correndo de volta pelos milhares de milhões de quilômetros até São Petersburgo, até o pequeno cortiço em que a velha mãe de Olga se agachava diante do carvão sob o samovar na contínua repetição de sua labuta cotidiana, enquanto o menininho que não se lembrava mais dela brincava lá fora, no beco, em brincadeiras que ela já não podia mais adivinhar. Vera manteve os olhos baixos, como tinha feito antes de seus dedos se tocarem. Sabia que olhar é coagir, e, fosse o que fosse que o futuro lhes reservava, neste momento estavam livres para escolher.

Olga, em confusão interior, sentou-se sobre a pilha de toalhas de mesa e guardanapos que fora descoberta quando o último elefante removeu o último guarda-louças. Pelos restos quebrados de mesas, vasos, garrafas e talheres ao redor delas, esse devia ter sido o vagão-restaurante. Outras mulheres, com as decisões já tomadas, escolhiam os entulhos da cozinha, colocando à parte todo tipo de coisas que poderiam ser úteis — panelas, chaleiras, caldeirões, facas, todos de tamanhos tão grandes que serviriam em cozinhas comunitárias.

Retiraram estoques de alimentos, sacos de farinha, açúcar e feijão, embora tenham deixado para trás o corante de molho de carne com que a cozinha estava tão abundantemente abastecida. Havia até mesmo muitos ovos, em cestos de arame, que, por capricho da explosão, tinham escapado da tragédia.

Acima do barulho e das exclamações: "Aqui tem geleia de morango!", "Olha só, chocolate!", "Acredite se quiser, minha querida, um *balde de gelo* patenteado!", os ouvidos de Olga, aguçados pela prisão, agora acreditavam ter detectado um gemido como o de um doente ou de uma criança assustada, vindo de dentro do lugar onde ela estava sentada. Ela se levantou de um salto e jogou para o lado os panos e guardanapos.

Então ela o descobriu, um jovem rosado e de cabelos loiros usando calças curtas e brancas de criança, dormindo como se estivesse entre lençóis limpos em um colchão de penas. Seu hálito não cheirava a bebida. Tinha uma contusão na testa.

"Como vamos acordá-lo?"

"As histórias antigas diagnosticam um beijo como a cura para beldades adormecidas", disse Vera, com certa ironia.

O coração maternal de Olga não deu ouvidos a essa ironia. Pressionou os lábios na testa dele, e suas pálpebras tremeram lentamente, lentamente se abriram, e ele levantou os braços e lentamente os colocou em volta do pescoço dela.

"Mamãe", disse ele. Essa palavra universal.

Sorrindo, ela balançou a cabeça. Notou que Walser não sabia o suficiente para perguntar: "Onde estou?". Assim como a paisagem, ele era um completo vazio.

Puseram-no de pé, para ver se conseguia andar. Após algumas tentativas e demonstrações, ele pegou o jeito e riu alto de alegria e de orgulho enquanto cambaleava, com crescente confiança, indo e vindo dos braços de Olga para os menos acolhedores de Vera, até que conseguiu se movimentar sozinho. Pouco depois, descobriu algumas sensações em si mesmo. Esfregou a mão na barriga em um movimento circular e procurou a ausência que tinha sido sua memória, mas não conseguiu encontrar nada ali que lhe indicasse o que dizer. Então, continuou esfregando.

Olga Alexandrovna encontrou uma lata de leite na cozinha, pôs-lhe uns farelos de pão e fez com que ele engolisse um pouco da mistura, dando-lhe de comer com seus próprios dedos, porque ele não sabia mais usar uma colher. Ele estava satisfeito com tudo e arrulhava, olhando em volta com grande atenção, com olhos do tamanho de pires. Quando terminou o pão e o leite, esfregou a barriga novamente, para ver o que poderia surgir *dessa* vez.

Olga Alexandrovna pegou a cesta de arame com os ovos.

"Ele quer um bom ovo, então?"

A visão dos ovos botou em movimento a confusão que acontecia atrás de seus olhos. Todos os tipos de conexões surgiram. Ele se levantou na ponta dos pés e agitou os braços.

"Co-cocó-ricoski!"

"Coitado", disse Olga Alexandrovna. "Perdeu o juízo, que o Bom Deus o proteja."

Então, um silvo estridente perfurou a noite e, ao longe, elas viram as faíscas e o tênder cintilante de uma locomotiva, vindo da direção da linha férrea de R., e viram formas de homens com tochas, lanternas, cordas e machados, andando ao lado da locomotiva que vinha em marcha lenta. O avental branco de um enfermeira se destacou de repente, quando ela se inclinou para fora da cabine a fim de vislumbrar o trabalho que tinha pela frente. Assim, a decisão que Olga Alexandrovna tinha tomado se efetivava; agora todos se apressavam para juntar montes de ferramentas e utensílios úteis e fugir para a floresta, rumo às radiantes incertezas do amor e da liberdade.

Olga, apressada, enfiou um alfinete em um ovo e deu-o para que Walser o chupasse, o que ele fez com entusiasmo.

"Co-cocó-ricó!"

"Detesto deixar o coitado aqui", disse ela a Vera.

"Ele é um homem, mesmo que tenha perdido o juízo", respondeu Vera. "Nós podemos passar muito bem sem ele."

Ainda assim, Olga hesitou, como se pensasse que *deveria* haver algo útil que esse jovem pudesse fazer por elas, se ela pelo menos conseguisse pensar no quê... Mas o tempo estava acabando. Quando deu um beijo de despedida em Walser, deu um beijo de despedida no próprio filho e em todo o passado. As mulheres sumiram.

Walser se agachou sobre a cesta de ovos, mas descobriu que eles estavam certamente esmagados. Decepcionado, chutou a cesta e se divertiu vendo os ovos que haviam ficado inteiros rolarem em volta. A equipe de resgate se aproximou, em um ritmo pomposo, pois, por maior que fosse a emergência, a máquina de modelo antigo só se locomovia à mais geriátrica das velocidades. Walser teve mais alguns momentos de diversão pulando sobre os ovos rolantes e esmagando-os, mas nada mais tão divertido, afinal. Entediado, ele voltou a bater os braços.

"Co-cocó-ricó! Co-cocó-rikoski!"

Quando percebeu que todas as gentis senhoras tinham ido embora, as lágrimas correram livremente de seus olhos. Cantando como um galo, batendo as asas para cima e para baixo, ele correu por entre as árvores em busca delas, mas logo esqueceu sua busca no encantamento de ver a luz das estrelas salpicar a neve.

No momento em que viramos as costas para o trem, ele deixou de existir; fomos transportados para outro mundo, lançados no coração do limbo para o qual não tínhamos mapa.

Eles nos levaram cada vez mais para dentro das orlas da floresta, que não costuma devorar às pressas, então nos engoliu com sua primeva lentidão. Levei muito tempo para recuperar um pouco da compostura e, a essa altura, já estávamos certamente no interior da floresta, assim como Jonas no ventre da baleia, e andávamos numa escuridão quase tão profunda quanto as entranhas daquele monstro, já que os galhos próximos das sempre-vivas encobriam o céu, exceto quando uma porção da neve com o qual eles foram forrados caía sobre nossas cabeças como o excremento de um grande pássaro de sangue frio, e então a brecha revelava alguns relances da luz vermelha do fogo que deixamos para trás, ensanguentando as nuvens noturnas.

Nossos anfitriões, cujas intenções eu temia cada vez mais, pareciam não precisar de luz para guiá-los ao longo do caminho que abriram entre os troncos cerrados, avançando no escuro, decerto graças ao longo hábito e ao íntimo conhecimento da floresta, e não se comunicavam conosco nem uns com os outros. De vez em quando eu sentia o cheiro daqueles que me arrastavam e posso garantir que eles fediam como o inferno.

Assim que voltei a mim mesma, deitada de bruços naquela liteira sacolejante, esmurrei as costas deles até que me soltaram, e lá estava minha querida Liz de novo, então eu dei um beijo nela, na parte de sua anatomia que consegui alcançar, o que acabou por ser o nariz.

"Contente, agora que está de pé?", ela me cumprimentou, a velha bruxa. "Acha este método de transporte mais adequado à paisagem, não acha?"

Agora, quando eu chamo a Liz de "bruxa", deve-se compreender isso com um certo cuidado, porque sou um ser racional e, ainda por cima, absorvi minha racionalidade com o leite dela, e pode-se dizer que é racionalidade em demasia, que a fez conquistar uma reputação não de todo imerecida, pois quando ela soma dois e dois às vezes dá cinco, porque ela pensa mais rápido do que a maioria. Como ela concilia sua política com seu comportamento desonesto? Não me perguntem! Perguntem àquela família dela, de anarquistas fabricantes de bombas! Quem colocou a bomba no *bombe surprise* no casamento da Jenny? Trabalho de segundos para o nosso Gianni, apesar de ter os pulmões fracos; e quem pensaria em procurar dinamiteiros numa sorveteria, entre aqueles bebês bonitos, para começo de conversa?

E, nesse exato momento, lá na casa em Battersea, nossas criancinhas poderiam estar perguntando: "Onde será que está a nossa tia Liz, agora? Onde está a Fevvers?". Mas, quanto a Fevvers e Liz, ora, nem elas conseguem responder a essa pergunta! Quando penso nas criancinhas, toco o peito buscando sentir as violetas da sorte que minha Violetta me deu no último Natal, e, claro, não estão ali, estão caídas em algum lugar da Sibéria.

Ao me ouvir soltar um pequeno soluço, Liz diz baixinho: "Como é que está a asa quebrada?".

"Bem mal."

Ela dá um firme aperto na minha mão.

"*E* perdi minhas violetas da sorte", acrescento. Ela solta minha mão rispidamente; ela odeia sentimentalismo.

"Danem-se suas violetas da sorte, onde quer que estejam", diz ela. "Prepare-se para o pior, garota; nós perdemos o maldito relógio, não foi? Queimado entre os escombros, provavelmente. Primeiro foi sua espada, agora meu relógio. Em breve perderemos toda a noção de tempo, e então o que será de nós? O relógio da Nelson. Perdido. E não foi só isso. Minha bolsa. Também se foi."

Isso representava um desastre tão grande que eu sequer ousaria pensar na angústia que nos causaria.

Em frente fomos seguindo, cada vez mais fundo num desconhecido terreno que era ao mesmo tempo claustrofóbico, devido às árvores que nos cercavam, e agorafóbico, por causa do enorme espaço que as árvores ocupavam. Arrastávamos um pé cada vez mais cansado à frente do outro pé cansado, tudo melancólico e incompreensível como um domingo chuvoso, até chegarmos a uma clareira cheia de neve suja em que, por trás de uma paliçada pontiaguda, havia todo tipo de habitações aleatórias, algumas como tendas feitas de peles, algumas como barracas armadas por soldados, e alguns galpões de toras brutas e rachadas ao meio com todas as características das mais apressadas construções, as frestas tapadas com terra. Eu podia ver tudo à luz de tochas crepitantes de pinheiro que nossos captores agora acendiam, e minhas suspeitas de não haver mulheres entre eles foram totalmente confirmadas. Não diria que essa constatação tenha me trazido mais confiança em relação aos meus anfitriões.

Todos eles se aglomeraram em volta especialmente de mim, olhando fixo apenas para mim, e murmuravam e exclamavam para si mesmos, mas para a Princesa ou para a Mignon não deram nem uma olhadela. Parecia que eu era um item especial no cardápio, embora eu tenha mantido o cobertor apertado em volta de mim, posso garantir.

Mas eles nos trataram com muita gentileza. Deram-nos chá quente e aguardente e nos ofereceram um assado frio, acho que de alce, mas eu não conseguia ingerir nada, fui tomada por um choro bobo à visão de comida, que a Liz na hora disse ser o efeito do choque, mas, depois, me garantiu que me ver recusar algum alimento era o primeiro motivo de real preocupação que lhe dei desde que eu era bebê.

Naquela noite, eles mostraram ainda mais consideração por nós; se abstiveram de nos submeter a interrogatório ou coisas desse tipo, já que estávamos tão perturbados e cansados da viagem, mas colocaram todos nós em um galpão bem amplo, onde, para dormir, havia uma plataforma de madeira com pilhas de peles, principalmente de urso, não muito bem curadas, a julgar pelo cheiro. Nos deixaram amontoados, os pobres restos do circo do Coronel, e ele tagarelando de indignação porque, além das indignidades que sofremos, ele não nutria nenhum grande gosto pela vodca que eles hospitaleiramente nos ofereceram, desejando seu uísque perdido como um bebê arrancado precocemente do mamilo e exigindo desesperadamente que um cônsul norte-americano fosse chamado o "mais *rapide*", disse ele. "O mais *rapide*, com os diabos."

Um clangor e um estrondo vieram lá de fora — os canalhas tinham passado o ferrolho, em meio a muita disputa em idioma russo. Pois esses homens não são nativos do lugar. Os lenhadores nativos são de baixa estatura, de pele amarela; às vezes nós os víramos nas estações, tirando altas pilhas de peles de trenós e levando-as aos vagões de bagagem, e usavam chapéus curiosos, triangulares, e tilintavam com ornamentos feitos de estanho. Mas nossos homens eram grandes e robustos, embora estivéssemos demasiado longe de terras agrícolas para que viessem daquele tipo de camponeses importados para a Sibéria séculos atrás para cultivar o solo. E eu acabo achando que eles são tão estranhos aqui quanto nós.

Em nosso alojamento havia uma fogueira, e parte da fumaça saía por um buraco no telhado. Um garoto ficou conosco, cuja tarefa era sentar-se junto ao fogo a noite toda e alimentá-lo com gravetos, pois não nos confiaram os meios de combustão. Os cachorros dos palhaços pularam para ver o garoto, achando que talvez pudessem se divertir com ele, mas quando uma cadela poodle preta, com seu laço de cetim vermelho ainda em seus cachos, pulou sobre ele, implorando amizade, o alegre garoto agarrou-a e fraturou seu pescoço com um firme estalo das mãos de longos dedos, o que deixou todos os palhaços de péssimo humor e não me tranquilizou nem um pouco quanto ao bom coração de nossos anfitriões.

E os olhares que o tal garoto da fogueira dava à pobre Sybil, a porca, eram exatamente aqueles que moleques esfarrapados que pulam amarelinha na estrada Queenstown dão a Gianni quando ele grita: "Sorvetinho, sorvetinho!". Então eu não dei a Sybil muito mais tempo neste mundo, posso lhe dizer, e ela está claramente apreensiva, sobe para dentro do colete do Coronel e enterra o focinho no peito dele, choramingando ocasionalmente.

Mesmo assim, convenci o garoto da fogueira a partir uma tora ao meio para que Liz pudesse fazer talas para minha asa quebrada, amarrando-as com tiras que ela tirou de nossa roupa de baixo, e então me senti mais aliviada. Mas não podíamos esconder o que estávamos fazendo do garoto da fogueira, e seus olhos ficaram grandes como rodas de carroça quando viu o que eu tive que mostrar. Deus, ele olhava atônito. E, acreditem, ele se persignou.

A Princesa finalmente acordou e quebrou seu longo silêncio com um desejo de vingança, mas sem propósito, já que ela balbuciava histericamente e suas palavras não faziam sentido. Nem mesmo Mignon conseguia consolá-la, pois era fácil perceber que ela sabia que os feitos de Otelo se foram. Ela mantinha as mãos esticadas à sua frente como se não mais lhe pertencessem, como se, doravante, não mais existisse utilidade para elas *enquanto* mãos. Seus pobres dedos estavam rígidos como chapeleiras de uma capela.

Ela fazia tanto barulho, presumivelmente lamentando o falecimento de seu teclado e de seus tigres, que os palhaços ficaram inquietos e queriam que o garoto da fogueira abrisse a porta e a empurrasse para fora, sobre a neve, mas Lizzie encontrou um maço de cartas em sua bolsa e eles se acalmaram, ressentidos, mas silenciosos, enquanto a fúria da Princesa se consumia até ela ficar imóvel nos braços de Mignon, atormentada apenas por soluços de exaustão.

Liz me abraçou e me beijou e, fosse qual fosse o estado em que se encontrasse sob a aparente calma, muito em breve já dormia profundamente sob as fedorentas peles de urso, mas meus nervos estavam tão destruídos pela terrível tragédia que havíamos sofrido que eu não conseguia fechar os olhos, embora enfim os palhaços tenham caído no sono, com cartas e copos nas mãos, e o Coronel adormeceu, e Mignon e a Princesa também se deixaram embalar pelo sono.

O silêncio da floresta era interrompido apenas pelo uivo dos lobos, um som que arrepia até os ossos em função de sua distância da humanidade, e me revela o quão solitária eu estava e como a noite ao nosso redor não continha nada que amenizasse a melancolia infinita desses espaços vazios.

Lá estava eu, o rosto enterrado nos braços, e então ouvi passos muito leves no chão de terra, e depois um toque, o mais gentil e mais terno toque que se pode imaginar, nas minhas costas. Por mais rápido que eu tenha me levantado, não o surpreendi, e então o garoto da fogueira estava novamente agachado, de pernas cruzadas, perto do fogo, segurando uma pena roxa.

Não tive coragem de repreendê-lo.

Meu movimento incomodou o Coronel; ele rolou de costas e logo estava roncando junto de sua porca. Talvez o dueto tenha me embalado, pois devo ter adormecido, embora meu rapaz tivesse sido queimado até ficar crocante, porque a próxima coisa da qual me lembro é o destrancar da porta.

Acontece que o líder dos bandidos quer me ver sozinha e eles vieram para me conduzir até sua cabana. Me colocaram num cavalete tosco em frente a um café da manhã passável com leite azedo, pão preto e chá. O sono me reanimara e pensei: enquanto há vida, há esperança. Então, apesar da minha tristeza, mergulhei meu pão no leitelho e acabei engolindo alguma coisinha. Enquanto isso, ele puxava os bigodes, que pendiam em duas tranças finas, de seu lábio superior até o pomo de adão, e me submetia a um exame minucioso com seus olhos estritos, mas não inerentemente malévolos.

Devo ter parecido uma figura ridícula, embrulhada no que restava daquele vestido rendado para hora do chá, que nunca me serviu direito, mesmo quando novo, e que eu comprara por brincadeira na Swan & Edgar. Menos uma anágua. Mais um cobertor em volta de mim, à moda de uma toga. Suas maneiras, no entanto, tinham toda a cortesia majestosa dos pobres; ele nunca me solicitou que eu mostrasse minhas penas, embora se pudesse imaginar que ele desejasse muito isso, mas sabia que seria rude.

"Agora você está na Transbaikalia, onde os rios se congelam até o fundo e aprisionam os peixes como moscas no âmbar", ele anunciou. Sabem que tenho jeito com línguas estrangeiras, as apanho como pulgas, e embora o russo dele não fosse o de Petersburgo, eu conseguia acompanhá-lo o bastante e lançar minhas próprias palavrinhas também.

"Encantada, com certeza", eu disse.

"Bem-vinda à irmandade dos homens livres."

"Irmandade", é? Eu não sou um homem, muito menos seu irmão! Suas saudações fraternas não caem tão bem quanto a refeição, e eu dou um sorriso de escárnio, o qual ele ignora, mas se mostra animado:

"Não somos prisioneiros, nem exilados, nem colonos, madame, embora nossas fileiras, ocasionalmente, tenham sido engrossadas por todas as três condições dos homens; existimos fora de uma lei que não nos demonstra pena e evidenciamos, por meio de nossas vidas e ações, que a vida selvagem na floresta pode trazer liberdade, igualdade e fraternidade àqueles que pagam o preço de viver sem teto, em meio ao perigo e à morte. As espadas são nossas únicas irmãs agora: nossas esposas são esses rifles com quem fielmente, a cada noite, compartilhamos nossos colchões e, com ciúmes, nunca deixamos que saiam de nossa vista. Nós vamos para a morte tão alegremente quanto iríamos para um casamento".

Não julguem que sou insensível ao espírito de seu discurso, embora, no meu entender, aqui e ali o sentido mereça atenção. "Espadas como irmãs, rifles como esposas", de fato! Que tipo de intercurso é esse? E qualquer um com um pouco de noção iria para o *casamento* deles como se fosse para a forca, e não o contrário. Esse camarada mistura suas metáforas da mesma forma que um bêbado o faz com suas bebidas e, ouso dizer, fica igualmente embriagado com elas. Além do mais, me parece que sua fala soaria bem ajustada à música, com um arranjo para metais e tímpanos, e um coro de vozes masculinas não ficaria mal em alguns trechos. Contudo, embora ele tenha nos sequestrado, neste momento estou mais a favor dele do que contra ele.

"Apenas a catástrofe", ele prossegue, "pode conduzir um homem a este território remoto."

Mas não sou a prova viva de que as mulheres não vêm aqui por conta própria, também? Para disfarçar minha irritação, peço a ele outro copo de chá. Ele cortesmente atende ao meu pedido, em meio a um estrondo de armamentos, pois, além da espingarda apoiada no cavalete de fácil alcance da mão, tinha um par de pistolas no cinto e sua túnica de camponês era entrecruzado com bandoleiras. Tinha uma espada de lâmina bem larga, com formato meio turco, completando o conjunto. Era a roupa de um homem visivelmente indomável, bem compensado pela extraordinária ferocidade de seus bigodes. Se essa roupa cheirava um pouco ao bandido da ópera-bufa, deve ter sido porque copiaram a indumentária dele, não o contrário, e sua arma não apresentava nada do enfeite de madeira, embora parecesse velha o suficiente para ter servido na Crimeia.

"Cada um de nós, incluindo até o primeiro garoto da fogueira, está aqui em fuga de uma lei que extrairia de nós o castigo pela vingança que tomamos contra aqueles oficiais menores, oficiais do exército, proprietários de terras e outros pequenos tiranos, que à força desonraram as nossa irmãs, esposas e parentes de carne e sangue que todos nós já tivemos e que agora foram deixados para trás."

Então é aí que as mulheres entram no libreto! Amigas ausentes!

"O que quer dizer com 'desonrar'?", eu pergunto, retirando com repugnância uma mosca morta no meu chá, mas aqui é demasiado frio para moscas, e acontece que não passa de uma folha de chá, para meu alívio. Eu o sondo ainda mais sobre a questão da "desonra".

"Onde reside a honra de uma mulher, meu velho? Na vagina ou no espírito dela?"

Tal reclamação enérgica também não soaria mal se ajustada à música. No entanto, isso o incomodou, embora pudesse ser que eu tivesse pronunciado algum palavrão que momentaneamente interrompeu seu fluxo. Ele chupou as tranças do bigode e as mastigou com veemência, desacostumado a ter suas opiniões questionadas.

"Eu mesma acho", acrescentei, "que uma moça deveria atirar em seus próprios estupradores."

E dei um olhar tão autoritário para seu rifle que, se ele tivesse qualquer coisa dessa natureza no fundo de sua mente, então ele tinha que encontrar outro pensamento.

"Foram meus rapazes", disse ele, evidentemente não querendo debater o tema comigo, "que explodiram os trilhos da via férrea."

"Muito bem!", digo ironicamente. "Jogada inteligente! Dinamitar um trem de circo! Que tipo de estratégia é essa?"

E então, ah! então, grande, inocente, estúpido de grande coração que era, seus olhos derramaram grossas lágrimas e ele deixou de lado o cavalete, derrubando, em seu entusiasmo, os restos do meu mal-acabado café da manhã, para que pudesse cair de joelhos diante de mim e entrar em sua grande ária.

"Senhora notável de além das montanhas e do mar distante! É sabido que o czar, o Paizinho de Todos os Russos, se soubesse disso, nunca permitiria que camponeses honestos como nós fossem afastados do arado para viver como bestas longe de casa e fora da lei, porque não fizemos mais do que ele mesmo faria se a desonra ameaçasse a Mãezinha ou suas preciosas filhas.

"Na última vez em que assaltamos o terminal ferroviário de R., pegamos os jornais para ver se eles traziam alguma história sobre nós e ali lemos que a senhora, a famosa trapezista, o prodígio alado, o anjo britânico, íntima da família real inglesa..."

Maldito seja o Coronel com seus truques publicitários!

"... passaria pela Transbaikalia a caminho do Grande Oceano, que cruzaria para chegar à Terra da Libélula a fim de confraternizar com outro imperador. Nós explodimos os trilhos, querida senhora, apenas para tomá-la como refém para que possamos lhe implorar, lhe suplicar, implorar de joelhos batendo minha testa no chão diante de você...", e ele ia adequando suas ações às suas palavras, "para que interceda junto à sua futura sogra, a rainha da Inglaterra."

O que o Coronel havia armado agora? Que novas mentiras ele estivera espalhando? Ele vai me pagar por isso!

"Para que interceda junto à grande rainha Vitória, a bem-amada *babushka* que se senta no trono da Inglaterra e com seu fole real mantém aceso o carvão sob o borbulhante samovar do Império em que o sol nunca se põe. Eu lhe imploro, graciosa e admirável criatura, que interceda junto a essa rainha imperatriz, para que ela peça ao marido de sua neta, o czar — veja! isto é um assunto de família! —, para que peça ao czar que nos perdoe a todos, de tal sorte que possamos voltar como homens livres às nossas aldeias nativas, pegar no arado que deixamos largados nos campos, ordenhar as vacas que há muito mugem sem cuidados e com os úberes inchados, desde que fomos forçados a sair, colher o milho que deixamos sem ceifar.

"Pois o czar é amigo da verdade pura e simples e não sabe a metade do que seus empregados fazem às escuras."

Eu poderia ter rido se, a essa altura, não estivesse perto das lágrimas, pela lamentável simplicidade do homem, por sua verdadeiramente espantosa grandeza de coração, por ele acreditar, em seu infortúnio, haver alguma autoridade superior que fosse infalível e que devesse sempre reconhecer e amar a verdade quando a visse, como em *Fidelio*, de Beethoven; nobreza de espírito de mãos dadas com ausência de análise, é isso que sempre estragou a classe trabalhadora. Embora eu tentasse parar o chefe dos bandidos, ele cobriu a bainha do meu vestido com beijos úmidos.

"Senhora maravilhosa, você deve — você deve! escreva-lhe uma carta, uma carta à rainha Vitória, e vamos levá-la para um trem e o trem vai longe com ela, muito, muito longe, tão longe quanto a cidade de Londres. E lá, em uma manhã de nevoeiro, um mordomo de libré mostrará nossa carta, com sua carga invisível de esperança e fé de homens honestos, até a rainha imperatriz quando ela, sentada, tendo por apoio os travesseiros em sua cama no Palácio de Buckingham, estiver batendo com a colherzinha dourada no ovo de seu café da manhã, dentro do suporte de ouro. Quando ela vir sua bem conhecida e amada escrita no envelope, com que contentamento gritará: 'Uma carta! Uma carta da minha querida quase nora!'. E então..."

A essa altura, meus joelhos estavam encharcados de lágrimas e beijos e não pude mais suportar.

"Ah, meu querido, você não deve acreditar em tudo que lê nos jornais! Nunca fiquei noiva do príncipe de Gales! Ele já não tem uma esposa perfeitamente legítima? Eu sequer sou *amiga íntima* dele, meu querido, e tal intimidade que ele poderia oferecer a gente como eu não cairia bem com a Viúva de Windsor de jeito nenhum, nenhum! Que loucura inútil é essa, pensar que essas pessoas grandes se importam, um pouco que seja, com a injustiça que você sofre? Não são os próprios grandes que tecem a teia gigante de injustiça que circunscreve o globo?"

Primeiro, ele não acreditou em mim; então, quando meus argumentos o convenceram, ele irrompeu numa furiosa tempestade de raiva, dor e desespero, quase wagneriano em termos de intensidade, repreendendo o mundo, os jornais, a duplicidade dos príncipes e sua própria credulidade, e devo dizer que simpatizei sinceramente com ele, mas então ele começou a quebrar todos os objetos na tenda, chutou até o cavalete e as cadeiras, tal era a fúria causada por sua decepção. Todos os outros bandidos entraram correndo, mas não conseguiram fazer nada para conter seus excessos, então eu disse: "Mande chamar o Sansão", e o bom e velho Sansão, o Homem-Músculos, pegou-o dando-lhe uma chave de braço e bateu na cabeça dele e, no silêncio que se seguiu, nos dirigimos para nossa cabana, que, tamanha é a capacidade do coração humano de se fixar em qualquer tipo de segurança que se ofereça, mesmo em circunstâncias extremas, já era tida como "lar".

"Bastardos", disse Liz quando lhe contei tudo, e ela não estava se referindo aos bandidos. Até o Coronel parecia envergonhado, como devia mesmo estar, embora ele não assumisse nenhuma responsabilidade por nossa situação, resmungando que era um caso de *caveat emptor* e os tolos devem assumir a responsabilidade por si mesmos.

Mas... o que o chefe-bandido fará conosco, quando ele acordar? Será que descarregará sua raiva sobre nós? Não adianta se apoderar de suas armas, já que todos os bandidos estão armados até os dentes e têm seus focinhos apontados para nós. Sem dúvida estamos numa bela enrascada!

A Princesa está andando de um lado para o outro, desamparada, suas mãos inúteis estendidas, horrivelmente parecida como Lady Macbeth na cena de sonambulismo, com a Mignon um passo atrás para ter certeza de que ela não fará mal a si mesma, mas os palhaços se animaram o suficiente para entreter o garoto da fogueira com alguns truques simples de baralho, o episódio da poodle esquecido ou perdoado, mas posso prever tempestades à frente quando acabarem seus cigarros. O Coronel, possivelmente pela culpa não reconhecida, agora supera sua resistência à vodca a tal ponto que logo fica bem longe e, num alto barítono, canta canções do Velho Kentucky, repetidamente, para si mesmo. Portanto, todos aqueles que ainda desejam e são capazes de formar um conselho de guerra assentam-se juntos naquela plataforma de madeira, e são eles: a atenciosamente sua, Lizzie, e — o Homem-Músculos.

Estou ciente de que estranhas mudanças estão acontecendo nos lobos frontais de Sansão. Seus olhos, que costumavam ser tão brilhantemente vazios, estão ficando mais escuros e mais introspectivos a cada hora que passa e, embora o momento ainda não seja propício para ele se lançar ao discurso, já começo a depositar grandes esperanças nele nesse departamento, caso todos nós vivamos o bastante. Se ele não participa da nossa discussão, segue-a com viva compreensão e, como nós, está dilacerado entre a compaixão genuína pelos bandidos enganados e a preocupação quanto à nossa própria situação calamitosa.

"O sol brilha forte", gorjeia o Coronel, "no meu Velho lar lá no Kentucky."

A Sybil parecia ter desistido dele, agora que ele tinha enchido o caneco e se aninhava nas peles de urso, se escondendo o máximo possível do garoto da fogueira, mas consideramos que poderíamos muito bem "consultar o oráculo", e Lizzie extraiu as cartas com letras do bolso do Coronel sem que ele percebesse. Mas todo o conselho que Sybil nos deu foi: "e-s-p-e-r-e-m-p-r-a-v-e-r", enquanto, lá fora, a neve começava a cair novamente, o que estimulou o garoto da fogueira a entrar em ação, fico feliz em dizer.

Então ouvimos os sons inconfundíveis dos bandidos afogando suas mágoas e, bandidos de operetas cômicas que eram, agora se entregavam a um coro de lamentos, em baixo-barítono, embora, com o passar do tempo, esse canto se tornasse cada vez mais estropiado. E era uma música triste, daquelas de fazer você querer cortar a própria garganta.

"Cá estamos", opinou Liz, "alojados no cu do universo com um bando de bandidos sarnentos tão afundados em falsa consciência que pensaram que a rainha da Inglaterra iria dispensar uma lágrima pra eles, como se ela conhecesse sua miséria, e sua asa está quebrada, então não podemos voar pra longe. E nosso relógio se foi pra sempre. *E* sem nenhum jeito de saber se aquele último lote de correspondência chegou em casa ou não."

O que parece ser o menor dos nossos problemas, se os camaradas em Londres receberam notícias atualizadas da luta ou não. Quando digo isso, nós duas discutimos pela primeira vez na vida! Trocamos palavras duras. Retiramo-nos para cantos separados do galpão, ambas de mau humor e com os nossos maus pressentimentos, e a Princesa deprimida e resmungando, e a Mignon seguindo, e o Coronel percorrendo o cancioneiro de Stephen Foster de um jeito cada vez mais desafinado, como que competindo com as lamentações dos bandidos ao ar livre, como se estivessem sentados chorando, todos perto da água da Babilônia, e acrescente-se a isso os uivos dos lobos e as gargalhadas estridentes que acompanham os jogos cada vez mais indecentes em que os palhaços envolvem o garoto da fogueira, eu começo a pensar que devo ter feito algo perverso em alguma vida anterior para me ver metida numa confusão como esta.

E, bobo e supersticioso estremecimento que seja, infantil e caprichoso... mesmo assim, a espadinha que sempre me armou, e o Pai Tempo, que já esteve do nosso lado — ambos se foram, se foram para sempre.

Além disso, suspeito que não só minha asa, mas também meu coração esteja um pouco partido.

Nenhum jantar nos é trazido, porque os bandidos estão preocupados demais com suas funestas lamentações. Mas Lizzie, cujas ações eu fico observando com o rabo do olho, implora por uma faca ao garoto da fogueira e começa a cortar as peles de urso, então percebo que ela planeja fazer para todos nós algumas roupas novas, adequadas para suportar o clima lá fora, e não posso deixar de me perguntar se ela está tramando algum esquema próprio naquela sua velha e astuta cabeça. Mas me abstenho de perguntar, já que não estamos nos falando.

Então vem uma batida na porta e uma voz estranha e desconhecida pergunta, em tom educado: "Tem alguém em casa?".

"O ferrolho está aí desse lado!", eu grito. "Abra e entre!"

Foi assim que conhecemos o condenado fugitivo.

De manhã cedo. O céu azul-escuro mancha a neve de azul-escuro. A lua aparece e desaparece, provocante, atrás de um lenço de gaze azul. Tudo parece transparente. Uma figura volátil com a mandíbula agora levemente coberta por uma barba prateada esvoaça pelas moitas, evidentemente imune ao frio, pois não apresenta desconforto, embora esteja seminua, pois perdeu a calças, seus suspensórios cômicos e sua peruca. Há penas da coruja branca, do pato selvageme do corvo presas em seu cabelo, junto com rebarbas, espinhos, galhos, cogumelos e musgos. Esse homem parece ter nascido na floresta e também nascido da floresta.

Ele confunde as estrelas com pássaros e chilreia para elas como se não conhecesse outra língua. Talvez aquele anjo que guarda os pequenos pássaros sob sua asa, apesar de seu tamanho, tenha-o adotado, pois, além de canelas arranhadas, nenhum dano lhe foi causado, e as pontas e estilhaços de refugos da caixa que costumava conter sua inteligência às vezes se juntam, em forma de caleidoscópio, na imagem de uma coisa emplumada e tenra que poderia, uma vez, ter chocado seu ovo.

Embora sua crista de galo tenha desaparecido há muito tempo, ele ainda grita: "Co-cocó- ricó!".

O centro vazio de um horizonte vazio, Walser palpita pelos desertos nevados. Ainda é um ser senciente, mas não mais um ser racional; de fato, agora ele é todo sensibilidade, sem um grão de bom senso, e somente as impressões dos sentidos têm o poder de chocá-lo e arrebatá-lo. Em seu estado elevado, ele acompanha o ritmo do tambor.

Estranho fenômeno da paisagem! como se pudessem existir sons da terra sob a neve, ou dos céus acima dela. Um tamborilar oco e insistente, suave a princípio, depois aumentando de intensidade... um pá-pá-pá, um ra-ta-plã, e então um bim-bam-bom. Tum-tum-tum e rá-tá-tá, um rufar e um refrão de uma complexidade superior à afro-caribenha.

Não que ele consiga identificar a percussão *como* percussão. Poderia ser, não é mesmo, apenas o produto de seu cérebro desordenado. Ele faz uma pausa sobre uma das pernas, como uma cegonha, farejando o ar como que para cheirar de que direção, se é que há alguma, essa invocação vem, mas o frio estala em seus testículos quando fica parado e, com um curto grito, ele salta novamente, indo descansar diante dos chifres de uma rena macho saindo da neve e procurando por todo o mundo, como um porta-chapéus abandonado.

Quando Walser cheirou o ar *dessa* vez, suas narinas se dilataram com um sopro de algo saboroso, algo aromático no ar frio. A batucada ficou cada vez mais forte, cada vez mais ritmicamente inovadora, enquanto ele perseguia o delicioso aroma; até que, entre as árvores, encontrou um braseiro contendo uma pequena fogueira de onde saía uma fumaça perfumada. Ao lado do fogo estava um ser composto, ou assim parece, de couro com franjas, trapos espalhafatosos e ornamentos metálicos tilintantes, aplicando o bastão de madeira que segurava em uma das mãos a um tambor de pele do tamanho de uma tampa de lata de lixo, do tipo que os músicos irlandeses chamam de *bodrum*, brilhantemente pintado com todos os tipos de dispositivos estranhos, esticado em uma moldura de madeira. Esse tambor estava falando com o deserto em sua própria língua.

O Xamã não ficou nem um pouco surpreso ao ver Walser, pois ele havia se colocado naquele estado de êxtase transcendental exigido por sua profissão, e seu espírito estava agora se divertindo com uma companhia de ancestrais com chifres, de pássaros com barbatanas e peixes sobre palafitas e muitas outras aparições fisiologicamente anômalas, entre as quais Walser parecia ser uma figura um tanto cotidiana. Walser agachou-se perto do fogo, apreciando a fumaça e reencontrando-se com a sensualidade do calor até que os olhos do Xamã se arregalaram, seus lábios espumaram e ele caiu, largando o tambor, que rolou um pouco na neve e depois tombou.

Walser estendeu a mão para pegá-lo, mas descobriu que só conseguia tirar dele alguns ruídos abafados. Não sabia como fazer o tambor falar e, mesmo que descobrisse por acaso, não poderia ter entendido.

O tempo passou. O Xamã suspirou, levantou-se, sacudiu a neve das saias de sua indumentária de couro e viu que Walser ainda estava ali. O Xamã estava preparado para tudo quando fazia uma viagem espiritual e cumprimentou Walser afetuosamente, presumindo que ele fosse uma emanação da floresta que tinha escolhido ficar ali por algum tempo, após o cessamento do rufar que o convocara, e no devido tempo iria desaparecer de forma suave e silenciosa. Mas quando Walser, recordando que boas coisas tinham acontecido após esse gesto, começou a esfregar a barriga com um movimento circular, o Xamã pensou duas vezes.

Ele se dirigiu a Walser em sua língua nativa, um obscuro dialeto fino-úgrico prestes a deixar perplexas três gerações de filólogos.

"Donde vens? Aonde vais?"

Walser deu uma risadinha, não saiu do lugar, continuou esfregando a barriga. Da sacola em que transportava seus fetiches, o Xamã desempacotou o copo em que pretendia servir-se de chá (preparado no braseiro com auxílio de um bloco de ervas prensadas) para se restaurar após seus esforços. Ele modestamente virou as costas, levantou a saia e mijou no copo. Então, com sorridente formalidade, ofereceu o copo fumegante com fluido ambarino a seu convidado inesperado.

"Sem açúcar", reclamou Walser. "Sem limão."

Mas estava com sede e bebeu.

Então seus olhos começaram a girar e girar na sua cabeça e a emitir faíscas, como rodas de Catarina. Até o Xamã, bastante acostumado com os efeitos da *Amanita muscaria* destilado pelos rins, levou um susto. Walser entrou em uma imediata fuga de alucinações, nas quais pássaros, bruxas, mães e elefantes se misturavam com visões e cheiros do Cais do Pescador, do Teatro Alhambra, Londres, o Circo Imperial, Petersburgo e vários outros lugares.

Toda a sua vida passada desfilou pela sua mente em fragmentos concretos, mas discretos, e ele não conseguia distinguir nem pé nem cabeça daquilo tudo. Começou a balbuciar impotente, em uma língua desconhecida pelo Xamã, o que fez com que a curiosidade do Xamã aumentasse ainda mais.

O Xamã empacotou seus pertences e pendurou seu tambor no ombro. Esvaziou o combustível do braseiro e pisoteou as brasas para apagá-las. Guardou o braseiro. A essa altura, ele mesmo tinha plena certeza de que Walser, seja lá o que ele fosse, *não* era uma de suas próprias alucinações, e poderia, conjecturou, ser um aprendiz de xamã de outra tribo, de, notou, um tipo físico marcadamente diferente, que tinha se desviado do curso durante uma viagem mal planejada. Colocou Walser nos ombros — era um homem pequeno, mas muito forte — e partiu de volta à sua própria aldeia com ele.

De cabeça para baixo, Walser continuou a repreender o bordado da parte de trás da indumentária cerimonial do Xamã. A urina alucinógena levou o motor lento em seu crânio à aceleração.

"Ah!", declamou ao amanhecer siberiano que se aproximava. "Que obra-prima é o homem!"

O Fugitivo abriu a porta, entrou, aqueceu-se perto da fogueira e ficou maravilhado ao descobrir que uma tripulação tão heterogênea como aquela estava refém no acampamento dos bandidos. Ele era um homem bem-educado — um rapaz, melhor dizendo, pois não tinha mais de vinte anos e não aparentava sua idade, um pequeno e ansioso querubim de rosto jovial, de olhos brilhantes e ansioso que falava francês muito bem e inglês o suficiente para sobreviver. E ele foi uma lufada de ar fresco nesse lugar miserável, posso garantir, pois nunca mencionou "ontem". Tudo que *ele* conseguia falar era sobre "amanhã", um brilhante amanhã de paz, amor e justiça em que a alma humana, sempre ao longo da história lutando por harmonia e perfeição, finalmente as alcançaria. E para o século vindouro, ele buscava a entrega da essência concentrada de todas as coisas boas desse "amanhã" ideal.

Ele havia sido enviado para o exílio por tentar trazer a Utopia um passo mais perto, explodindo uma loja de cobre, o que fez nossa Liz olhar gentilmente para ele, a princípio. Mas quando ele, envergonhado, confessou que não houvera estrondo nem danos porque a dinamite estava úmida, Liz fez um "tsc, tsc" para sua ineficiência, seu rosto se anuviou de desgosto por ele, e quanto à sua "alma" e ao seu "amanhã", ela os questionou ferozmente.

"Em primeiro lugar, o que é essa *alma* da qual você fala? Me mostre sua localização na anatomia humana e então eu posso acreditar nisso. Mas eu lhe digo diretamente, pode dissecar o quanto quiser, e não vai encontrá-la. E você não consegue tornar perfeito algo que não existe. Portanto, limpe a 'alma' do seu discurso. Em segundo lugar, como dizemos em nosso país: 'o amanhã nunca chega', e é por isso que você prometeu geleia amanhã. Nós vivemos, sempre, no aqui e agora, o presente. Fixar suas esperanças no futuro é consignar essas esperanças a uma hipótese, ou seja, um nada. Aqui e agora é o que devemos enfrentar. Em terceiro lugar, como você vai reconhecer a 'perfeição' quando a vir? Só se consegue definir o *futuro perfeito* pelo *presente imperfeito*, e o presente, em que inevitavelmente todos vivemos, parece sempre imperfeito a *alguém*. Este tempo presente parece suficientemente perfeito àqueles como o Grão-Duque, que queria minha filha adotiva, esta aqui, para aumentar sua coleção de brinquedos. Para os miseráveis camponeses, cujos aluguéis pagam pelas extravagâncias dele, o presente é um feliz inferno.

"Se abandonarmos a metáfora gramatical, eu certamente concordo com você que este presente que nós contemporaneamente habitamos é *imperfeito* até certo ponto. Mas essa condição grave não tem nada a ver com a alma, ou, como você também pode chamá-la, removendo a conotação teológica, a 'natureza humana'. Não é da natureza daquele Grão--Duque ser um bastardo, embora seja difícil acreditar nisso; nem é da natureza de seus empregados serem escravos. O que temos de enfrentar aqui, meu rapaz, é a longa sombra do *passado histórico* (retornando à analogia gramatical, por um momento), que forjou as instituições que criam a natureza humana do presente em primeiro lugar.

"Não é a 'alma' humana que deve ser forjada na bigorna da história, mas a própria bigorna que deve ser transformada para transformar a humanidade. Aí talvez podemos ver, se não 'perfeição', então algo um pouco melhor, ou, para não levantar muitas falsas esperanças, algo menos pior."

Então, se poderia concluir que ela estava se sentindo mais alegre e o Fugitivo estava recebendo mais do que esperava quando se abrigou no acampamento fora da lei, mas antes que ele e a Liz começassem a discutir sobre como a humanidade pode ser mais eficazmente transformada em algo virtuoso, eu entro rápido e pergunto a ele o que está acontecendo lá fora.

Parece que os bandidos estão tão afundados na tristeza por terem descoberto que eu *não* sou a princesa de Gales, nem nunca serei, que estão afogando suas mágoas, mas isso não os anima. Quanto mais bebem, mais choram, como se o que entra devesse sair e, se não os consolarmos de alguma forma, o Fugitivo acha que muito provavelmente eles farão uma festinha de tiros e, assim, boa noite. Deus nos abençoe. *Finito*.

Mas ele tem mais novidades. Pois parece que ele se encontrou com um bando de mulheres que caminhavam para o interior, todas elas fugindo de uma instituição para criminosas insanas nas proximidades, e tinham deixado a diretora trancada lá dentro, coisa que aliás ela merecia, segundo o que ele disse que elas disseram. Essas mulheres planejavam fundar uma Utopia feminina na taiga e pediram um favor ao Fugitivo: que ele lhes desse um quartilho ou dois de esperma, que, congelado rapidamente à temperatura inóspita da região, poderia ser mantido num balde de gelo patenteado, como uma enorme garrafa térmica, que elas carregavam consigo para que pudessem usá-lo, quando se estabelecessem, a fim de engravidar aquelas que ainda estavam em idade fértil e então garantir a sobrevivência dessa pequena república de mulheres livres. Esse pedido, ele tinha cumprido. Podia-se ver que ele era um perfeito cavalheiro.

"O que eles vão fazer com os bebês meninos? Alimentar os ursos polares? Para as *fêmeas* dos ursos polares?", perguntou Liz, que estava com um humor truculento e claramente se via de volta a Whitechapel numa reunião da Sociedade Debatedora Godwin e Wollstonecraft. Eu a silenciei. A referência ao balde de gelo patenteado despertou minha curiosidade.

"Eu perguntei a elas onde o tinham conseguido", disse o Fugitivo. "E me disseram que fora da sala de jantar de um trem destruído na Grande Ferrovia da Sibéria."

O Coronel desabou ao ficar sabendo dos elefantes, e que aquelas mulheres tinham visto os corpos sem vida deitados ao redor dos trilhos como caminhões de mudança tombados, e só conseguiu evitar as lágrimas assoando o nariz várias vezes, com força, numa sucessão de pequenas bandeiras norte-americanas de seda, das quais ele, tudo levava a crer, mantinha em seu próprio corpo um suprimento inesgotável. Mas pressionei o Fugitivo por notícias de humanos sobreviventes e — abençoado seja! — descobriu que a mulher tinha encontrado um *estrangeiro loiro* enfiado entre algumas toalhas de mesa sem um arranhãozinho, mas o deixaram para trás quando viram que um grupo de resgate estava a caminho e, quando o Fugitivo as encontrou, já estavam arrependidas de terem abandonado tão belo repositório de sêmen. Fiquei tomada de emoção ao ouvir tudo isso. Perdi a noção a ponto de gritar:

"Meu jovem virá e nos salvará!".

"Alto lá, sua sentimental idiota, parece que ele não está nem em condições de salvar a si mesmo", disse Lizzie. "Me agrada mais a notícia sobre a equipe de resgate!"

Mas acontece que o Fugitivo está fugindo principalmente da equipe de resgate, que iria "resgatá-lo" de volta para o Colônia Penal. E os bandidos também deveriam se mudar depressa ou terão muito o que responder quando o fogo, a ambulância e a polícia chegarem.

O Coronel está muito satisfeito, no entanto. Posso prever que ele já está imaginando as grandes manchetes em todos os jornais — apenas espere até ele chegar a um telégrafo! Conjectura que essa catástrofe vai acabar lhe trazendo dinheiro, de uma forma ou de outra. Seu otimismo é do tipo impiedoso, que não consegue ver o lado trágico pois só vê as vantagens, e sua súbita explosão de bom humor renovado — ele solta uma série de gritos de guerra dos indígenas norte-americanos e começa a dançar — sua exuberância me puxa de volta para a realidade porque, aconteça o que acontecer, neste momento estamos presos e encalhados num monte de neve entre uma multidão de bandidos que adoram dar tiros, totalmente bêbados e armados até os dentes, a que precisamos persuadir, para seu próprio bem, a nos deixar para trás e fugir.

"Agora, rapazes", diz Lizzie aos palhaços. "É chegada a hora de afugentarem a letargia. Devem fazer um tal espetáculo para os nossos anfitriões que consiga acordá-los, para que passem a ouvir a razão. Fazer com que sorriam, fazer com que gargalhem — então poderemos falar com eles. Trazê-los de volta à vida, meus rapazes." Talvez sua escolha de palavras tenha sido infeliz, pois relembrava o antigo número do Funeral do Palhaço, que eles nunca mais fariam. A princípio, ficaram desconfiados com a ideia, porque, com Buffo de fora e todo o seu equipamento perdido, sobravam apenas os trapos que estavam usando e a rabeca, o pandeiro, o triângulo, nada mais; eles não conseguiam ver como dar o melhor de si, embora os truques com as cartas tivessem funcionado com o garoto da fogueira.

"Pensem nisso", implorou Lizzie, "como um réquiem para o Buffo."

Com isso, trocam um olhar, um olhar estranho, sombrio e triste, que, se fosse um som, teria reverberado e circulado entre eles como as notas de um órgão solene numa grande catedral. Quando os últimos ecos daquele olhar, daquela silenciosa mensagem, daquela declaração muda de alguma intenção desconhecida para nós, se extinguiram, o velho Grok pega seu triângulo, dá-lhe um chute, e Grik tira o pequeno violino do chapéu. Não vou dizer que eles me tragam grande alegria ao iniciar a Marcha dos Mortos, de *Saul*; eu experimento aquela sensação de ganso-andando-sobre-meu-túmulo que me diz que algo ocorre, mas é só o começo. Um sujeito ruivo, depois de uns segundos, pega um tronco de madeira e atinge um anão com ele. O garoto da fogueira tem comnvulsões de tanto rir. Abro a porta e eles saem em bando.

Os bandidos tinham reunido ânimo para acender uma fogueira no meio do acampamento e estavam todos em volta do fogo, sentados em toras de árvore na posição d'*O Pensador*, de Rodin. Uma neve fina caía e se acomodava sobre suas cabeças. Os palhaços tinham perdido o líder, então demorou um pouco para que descobrissem o que fazer. Um executou uma estrela de maneira desconexa até que outro o fez tropeçar, e então, porque os bandidos eram gente simples, as bochechas do chefe se enrugaram sob o brilho de um sorriso. Aquilo pareceu dar ânimo aos palhaços, ou alguma motivação mais complexa, pois todos eles se juntaram e, com Grik e Grok tocando uma melodia mais ritmada, começaram a dançar.

Mas qual era a música que eles tocavam? Diabos me carreguem se eu consigo dar um nome a ela; música sobrenatural de um sabá das bruxas. E em relação à dança — "dança" seria a palavra certa para aquilo? Nada naquela dança podia alegrar o coração. Deus, pensei, como somos *tolos*; você alguma vez, Fevvers, já riu de um palhaço, fosse qual fosse o teor da palhaçada? Será que os palhaços não convocavam sempre para sua mente desintegração, desastre, caos?

Aquela dança era a dança da morte, e eles dançaram por George Buffins, para que pudessem ser como ele. Dançaram para os miseráveis da terra, para que pudessem testemunhar sua própria miséria. Dançaram a dança dos párias, para os proscritos que os observavam entre as árvores frondosas, com uma nevasca chegando. E, um por um, os bandidos proscritos levantaram suas cabeças para assistir, e todos realmente irromperam em riso, mas era um riso sem alegria. Foi o riso amargo que se dá quando se percebe que não há triunfo contra o destino. Quando vimos aqueles arabescos tristes como os dos condenados, e ouvimos aquele riso dos que estão presos nos círculos do inferno, Liz e eu demos as mãos, para nos confortar.

Eles dançaram e sua dança conduziu a noite para dentro da clareira, e os bandidos os receberam com aplausos. Dançaram o espírito perturbado de seu mestre, que veio com um grande vento e soprou frio como a morte na medula dos ossos. Dançaram o redemoinho além de tudo, o fim do amor, o fim da esperança; dançaram amanhãs em ontem; dançaram a exaustão do implacável presente; dançaram a dança mortal do *passado* perfeito, que corrige tudo rapidamente para que não possa se mover de novo; dançaram a dança do Velho Adão que destrói o mundo porque acreditamos que ele vive para sempre.

Os bandidos entraram no espírito da coisa com vontade. Com "urras" e "bravos", todos pularam e se atiraram na gavota selvagem, disparando as armas. A neve lançava camadas úmidas de branco em nossos rostos, e o vento espalhava a música medonha dos velhos palhaços e a amplificava até quase nos enlouquecer. Então a neve nos cegou e Sansão nos recolheu, um por um, e nos levou de volta àquele galpão e se inclinou com força contra a porta, forçando-a com seus ombros poderosos até que ela se fechasse contra o tempestade.

Embora as balas colidissem com as paredes e o vento entrasse assobiando pelas frestas de madeira arrancando brasas incandescentes da fogueira e as arremessando ao redor até pensarmos que poderíamos morrer queimados no meio da neve e do gelo, o galpão se manteve firme. Balançava de um lado para o outro e parecia que a qualquer momento o telhado seria arrancado, mas nosso grupinho, embora incoerente, depositava fé na razão, e não fomos expostos ao pior da tempestade. Já o

Fugitivo, diante dessa insurreição de pessimismo militante, empalideceu e murmurou para si mesmo frases reconfortantes de Kropotkin etc., como outros poderiam em tais circultâncias difíceis recitar o rosário.

Quando passou a tempestade, como de fato passou após longo tempo, a recém-caída neve havia deixado tudo como novo e apagara a fogueira do acampamento. Aqui, havia um trapo de cetim escarlate e, ali, o pequeno violino de Grik com as cordas arrebentadas, mas, das tendas, casebres, mosquetes e couraças dos bandidos e dos próprios palhaços, nem sinal, como se todos juntos tivessem sido varridos da face da terra.

Mas um pobre cão fora deixado para trás. Decerto se perdera no turbilhão, o pobre coitado. Um cachorrinho mestiço com um pompom no rabo, correndo em círculos, ganindo.

E espero que o chefe dos bandidos tenha sido levado de volta à sua própria aldeia, para encontrar o arado esperando por sua mão, os úberes inchados da vaca antecipando seus dedos, a galinha parda cacarejando para ele recolher os ovos negligenciados, e tudo como tinha sido — a morada querida da saudade, enriquecida pela ausência. Mas onde foram parar os palhaços, eu não sei. Foram se juntar a George Buffins no grande hospício no céu, sem dúvida.

Lizzie não oferece nenhuma desculpa por ter involuntariamente desencadeado esse desenlace. Ela dá de ombros; observa: "Boa viagem para o lixo ruim"; tira a roupa e veste um conjunto de peles de urso que ela costurou em casacos e calças para todos nós. Com seu bigode e rosto negro, e o barrete que ela mesma fez para manter as orelhas aquecidas, ela parece um ursinho.

"O jeito é ir andando", diz ela. "Vamos dar o fora."

Embora o galpão danificado ainda esteja de pé, nenhum de nós, sobreviventes, tem qualquer inclinação por permanecer naquele lugar de mau agouro. Devemos partir corajosamente e nos salvar. Vestimos os produtos da alfaiataria improvisada da Lizzie para nos aquecer no caminho e partimos na direção que o Fugitivo considera ser a da linha férrea. Depois de pensar um pouco, ele consente em vir conosco como guia; o Coronel fez promessas extravagantes sobre passaportes norte-americanos, e esse jovem tem cara de quem vai acreditar nas belas promessas da Estátua da Liberdade.

Os outros estão surpresos com o que aconteceu, mas tudo que Liz e eu sabemos é que os palhaços fizeram uma invocação ao caos, e o caos, sempre imanente nos assuntos humanos, aceitou a deixa. Mas o Fugitivo continua com a cabeça muito perturbada em relação à ocorrência, e tenta me envolver no debate sobre seu significado.

"Olha, querido", digo a ele, finalmente, porque não estou com disposição para crítica literária. "Se eu não tivesse quebrado uma asa no acidente de trem, poderia levar a todos nós *voando* para Vladivostok em dois tempos, então não sou a pessoa indicada para fazer perguntas quando se trata do que é real e o que não é, porque, como o bico de pato do ornitorrinco, metade das pessoas que me olham não acredita no que elas enxergam e a outra metade pensa que estão vendo coisas."

Isso o calou de imediato.

Fico feliz em ver que o Coronel lida bem com a perda dos palhaços, sem dúvida ensaiando na cabeça as entrevistas que vai dar à imprensa: "Palhaços arrasados na nevasca! Testemunha ocular do famoso proprietário do circo". Mas alguns de nós são menos resistentes. A Mignon se agarra com força à mão da Princesa, mas os olhos da Princesa estão vazios.

"Se não levarmos logo aquela garota até um teclado, as coisas vão ficar bem ruins pra ela", digo a Liz.

Sansão a envolve em peles e a carrega, com Mignon trotando atrás. E assim deixamos o acampamento dos bandidos, ou o que resta dele, e o último cachorrinho dos palhaços vem com a gente, pois não quer ficar sozinho. E o que me deixa triste: descubro, na neve soprada pelo vento, um pouco adiante, aquela pena, a pena roxa que o garoto da fogueira roubou de mim, que deve ter caído de sua jaqueta quando o vento o varreu.

E assim nossas viagens recomeçaram, como se fossem algo instintivo para nós. Jovem como sou, tem sido uma vida picaresca; será que não haverá fim para isso? É meu destino ser uma Quixote feminina, tendo Liz como meu Sancho Pança? Se sim, o que dizer do jovem norte-americano? Será que se revelará como a bela ilusão, a Dulcineia daquele sentimentalismo pelo qual Liz me repreende, dizendo que nada mais é do que o oposto do meu entusiasmo por dinheiro vivo?

Arraste-se, garota, continue se arrastando, e deixe os acontecimentos ditarem a si mesmos.

Mas, embora tenhamos nos arrastado por muito tempo e para muito longe, permanecemos na floresta e parecia que não estávamos mais próximos da linha férrea do que ao começar a caminhada, e o Fugitivo adota um semblante preocupado. Teria ele pegado uma curva errada, bem ali, onde *não* há voltas? Ou melhor, neste deserto sem trilhas, em qualquer ponto se está numa encruzilhada imaginária, na confluência de todas as direções, nenhuma das quais pode ser a direção correta. E lá vamos nós, com medo de congelar no local se ficarmos parados.

Então as árvores passam a rarear e desaparecem, e o Fugitivo está intensamente desconfortável, pois chegamos à margem de um amplo e congelado rio, que ele não havia levado em consideração. Mas, do outro lado do rio, tem uma casinha daquelas de tipo inadequado, cheia de babados e adornos que os russos decidiram construir bem ali, e o Fugitivo adivinha, por sua solidão, que é a casa de um exilado, como ele, e que o dono nos dará boas-vindas. Então nós escorregamos e deslizamos pelo rio, com alguns redemoinhos espectrais e flocos de neve soprados pelo vento ao nosso redor como agentes do mau tempo, e caminhamos até o porta da frente, muito agradáveis, como se estivéssemos fazendo uma visita formal a Belgravia, Londres.

Pregada na parede ao lado da porta há uma placa na qual, em escrita cirílica, pode-se ler a inscrição: "Conservatório de Transbaikalia". E então um nome, com uma sequência de letras depois. Mas essa placa está tão manchada de musgo e pela idade que o nome é indecifrável; parece que o anúncio na placa está procurando alunos há algumas décadas.

O Fugitivo bateu à porta. Sem resposta. Nenhuma luz brilhou lá dentro, não saía fumaça pela chaminé. Ele bateu uma vez mais, e então abrimos a porta para encontrar o fedor de humanidade lá dentro, certamente, mas, na primeira sala a que chegamos, nenhum outro sinal disso. A própria casa fora construída em pinho, sendo que o piso era uma camada espessa de espinhas de peixe que brilhava como marfim, revelando que o morador daquele lugar desolado comia principalmente peixes do rio.

Na sala ao lado, um fogão, com cinzas de um fogo extinto, e uma lâmpada apagada. O Coronel mergulhou o dedo na lâmpada, descobriu que estava cheia de óleo de peixe e imediatamente aplicou uma dose para dar polimento a Sybil, cuja pele estava perdendo o brilho e a maleabilidade sem a manutenção diária, de modo que ela parecia cada vez mais uma carteira. Liz deixou-o borrifar um pouco em uma de suas bandeirinhas. Ele se agachou imediatamente, esfregando como se ela não fosse um porco, mas a lâmpada de Aladim. Que aroma — eca!

Devo dizer que o lugar era mobiliado — grosseiramente, até mesmo minuciosamente, com algumas cadeiras e uma mesa cujas capas de pelúcia vermelha, por mais mofadas que estivessem, de maneira tocante sugeriam pretensões anteriores. Na parede, um daguerreótipo de um jovem parado entre um vaso de palmeira e um piano de cauda. E, além do mais, uma gravura, como se fosse antiga, de um menino usando uma peruca, que Liz jurou ser Mozart. Então quem viveu aqui, ou *o que* tinha ali vivido, que, pelo cheiro, parecia ter caído recentemente de seu poleiro, tinha alguma inclinação musical. Eu imediatamente chamei a atenção da Princesa para essas relíquias, mas elas não foram suficientes para animá-la.

Acendemos a lamparina e ateamos fogo no fogão, com um pouco de madeira que o Sansão encontrou em uma casinha anexa, para fumigar a velha mortalidade do local antes de abrirmos a porta para a terceira peça da casa.

Para encontrar, de todas as coisas, como se em resposta a uma oração, não a fotografia de um piano de cauda, mas a própria coisa! Com a tampa aberta, como uma grande borboleta preta que acabara de pousar para descansar e, sobre ele, um metrônomo. A Princesa não disse nada, mas a opacidade de seus olhos se dissipou, e ela flexionou os dedos e bateu palmas como uma criança encantada. Voltando a si num instante, saltou para a frente em direção ao instrumento, mas, nesse exato momento, uma coisa alta e esguia, até então escondida de nós pelas laterais de ébano, começa a aparecer, vinda de um banquinho invisível no teclado, e se apresenta com um gemido.

As sombras lançadas pelo lampião que Liz segurava o transformaram em algo assustador, até macabro. Cabelo até a bunda, misturado com a barba que chegava ao umbigo, e suas unhas eram tão longas quanto as de Struwwelpeter no livro infantil ilustrado, notava-se que há muito ele não tinha ânimo para tocar seu piano, embora tenha se atirado protetoramente sobre as teclas, causando tal barulho de notas dissonantes que se poderia afirmar que o instrumento também não era afinado há anos.

Sem dúvida, quando nos avistou pela primeira vez, pensou que um bando de ursos tinha vindo lhe fazer uma visita. Relinchou de terror, sacudindo seus membros de gafanhoto em todas as direções, produzindo uma cornucópia de efeitos atonais, e então subiu no topo da coisa, agitando os braços como se fosse protegê-la com sua vida ou então mergulhar em suas entranhas para se esconder — parecia indeciso quanto ao curso a seguir. Desalojou o metrônomo, que caiu de lado no chão sobre o tapete de espinhas de peixe e começou a tiquetaquear como um relógio.

"Louco como um chapeleiro", disse nossa Liz. "Apto pra ser amarrado."

A Princesa emitia sons fracos e miados, esticando as mãos em direção ao piano suplicantemente de uma maneira capaz de derreter um coração de pedra, mas o velho louco não sabia mais que tinha um coração. Foi Mignon que, contendo Lizzie com um brusco gesto, chutou o metrônomo até a morte, liberou sua garganta, expectorou profundamente e começou a cantar.

Quando a ouvimos cantar pela primeira vez, em meu quarto no Hotel de l'Europe, parecia que a canção cantava sozinha, como se a canção não tivesse nada a ver com Mignon e ela fosse apenas uma espécie de fonógrafo de carne e osso, feito para transmitir música da qual ela não tinha nem consciência. Isso foi antes de ela se tornar uma mulher. Agora ela arrebatava a canção no suave laço de sua voz e a casava com sua alma recém-descoberta, assim a música foi totalmente transformada, embora sua essência não tenha mudado, da mesma forma que um rosto familiar muda e ainda assim permanece o mesmo após uma recente visita do amor. Embora ela cantasse *a capella* e, portanto, só nos oferecesse metade da música, ainda assim foi quase demais para mim porque ela escolheu a última canção de *Viagem de Inverno*, em que o jovem louco se afasta na neve, seguindo o realejo. E será que a jornada de inverno do jovem vagando distante de mim acabou assim tão mal? E quanto à minha própria jornada, o que será dela? Desprovida de minha espada, como estou; aleijada, como sou... a sensação de ontem, uma maravilha desgastada — ora, controle-se, garota.

O velho peludo continuou se coçando durante o primeiro verso, mas desacelerou um pouco durante o segundo e, no terceiro, esticou primeiro uma perna, depois a outra, você podia ouvir os ossos rangendo, e caiu de volta na banqueta do piano. Nunca ouvi um instrumento tão desafinado e áspero como quando ele tocou a pequena frase no acompanhamento que imita o realejo. Muito lentamente, com um clique perceptível das juntas dos dedos, ele fez tentativas com a frase musical, novamente, então novamente, e as discórdias não fizeram diferença porque era para soar desafinado, como se fosse mesmo um realejo.

"Claro que um barítono é que deveria cantá-la, na verdade."

Eu nunca tinha ouvido a Princesa dizer sequer um "bom dia", então foi um choque, o francês real e rude de Marselha e, como era de se esperar, uma voz baixa, como um rosnado.

"Foda-se essa merda", disse ela. "Esse piano precisa de uma chave de afinação."

Felizmente o velho, depois de pensar um pouco, descobriu um pouco de francês enferrujado, experimentou-o e deixamos os três discutindo alegremente sobre a melhor forma de desmontar o piano e assim por diante. Não se conseguiria perceber nenhuma mudança na antiga expressão facial do velho, devido à abundância de pelos faciais, mas ele parecia estar levando tudo com tranquilidade.

Tudo que havia em sua despensa era uma pequena porção de algo defumado, acho que alce, e um rato semirrefrigerado, sendo que este último — conjecturei — tinha mais jeito de ser a vítima acidental de um infortúnio privado do que um item regular da dieta. Quando encontramos a despensa tão vazia, surgiu um desacordo feio entre o Coronel e o Fugitivo a respeito da Sybil, que parecia um bom jantar para um, mas, para o outro, encontrava-se protegida pelo tabu que proíbe o abate de animais que amamos. Apesar desse tabu, Sybil poderia ter escapado da gula do garoto da fogueira simplesmente para sucumbir ao apetite democrático de seus amigos porque finalmente o Fugitivo disse: "Vamos votar sobre isso".

Embora fosse uma admiradora da porquinha, nem uma lasquinha de comida tinha passado pelos meus lábios já que meu café da manhã tinha sido interrompido, e nenhum porco tem maior amor do que aquele que dá a vida pelos amigos... Sybil sabia que havia algo no ar, embora seus talentos de clarividente não fossem amplos o bastante para lhe revelar o que era. Em busca de proteção, enterrou-se no colete do Coronel, e lá ficou tremendo como uma pança perturbada.

"Coma-me antes de comê-la!", gritava o Coronel. "Faça uma ceia de *porco comprido* antes de comer *minha* porca, seu canibal!" Mas o Fugitivo ignorou a chantagem emocional.

"Todos que são a favor do porco assado, levantem a mão!"

Bem quando ele, Liz, eu e Sansão formávamos uma maioria relutante, o cachorro dos palhaços, que tinha nos acompanhado até ali, tolamente chamou a atenção para si mesmo, choramingando na porta para ser solto, talvez pensando em uma fuga, mas nós evitamos isso e o comemos em vez de Sybil, fervendo-o em neve derretida porque ele era muito duro para assar, então havia um pouco de caldo também. Fido ou Bonzo, ou qualquer que fosse o nome dele, não foi muita coisa para ser dividido entre sete, mas afastou o desespero, de modo que essa última relíquia da gigantesca inutilidade dos palhaços teve alguma função, no fim das contas. E, na manhã seguinte, ou quase ao meio-dia, devo dizer, pois o dia amanhece de maneira lenta no inverno destas latitudes, o velho louco se afastou da sala de música por tempo suficiente para levar os não músicos entre nós até o rio e nos mostrar como ele fazia sua pesca. Então, no que diz respeito à gororoba, as coisas estavam melhorando.

As roupas do velho, se perfeitamente aceitáveis na tribuna da sala de concertos, estavam descontextualizadas ali no meio do nada, especialmente porque, como traje de passeio ao ar livre, ele vestiu uma cartola um tanto sanfonada no topo. Mas ele sabia o que estava fazendo. Deixou para trás a vara e as linhas e levou uma grande faca, e o que ele fez foi o seguinte: se ajoelhou no gelo sólido, cortou um bloco e levantou-o para ver se havia peixe ali dentro. Terceira vez, sorte; ele cortou ao meio uma carpa congelada. Então todos nos preparamos e levamos para casa o suficiente para o café da manhã, embora o gelo pesasse muito.

Muito antes de chegarmos à porta da frente, nós os ouvimos. O som viaja longe naquele ar vazio e é possível que o salões de madeira da casinha, servindo de caixa de ressonância, melhorassem o tom do piano enquanto ampliavam seu som. De qualquer forma, era claro como um sino. Ela o tinha consertado, aquela garota maravilhosa, então o piano estava novo em folha, e, se eu pudesse profetizar futuras brigas quanto a quem deveria fazer os solos, naquele momento o velho estava muito emocionado e, ao ouvi-los, não reclamou.

A canção de Mignon *não* é uma canção triste, nem comovente, nem uma súplica. Há uma grandeza em seu questionamento. Ela não pergunta se você conhece aquela terra sobre a qual ela canta, porque ela própria não tem certeza de que essa terra exista — ela sabe, ah! quão bem ela sabe que está em algum lugar, em outro lugar, além da ausência das flores. Ela afirma a existência daquela terra e tudo que ela quer saber é se você também a conhece.

No momento em que, atraídos pelo ímã da canção e insensíveis a tudo mais, chegávamos ao portão do jardim, carregando o pedaço gotejante de gelo cujo peso havíamos esquecido, enlevados em nosso prazer, Sybil, enfiada no colete do Coronel, choramingou e seu nariz começou a se contorcer.

Vimos que o telhado da casa estava tomado por tigres. Tigres autênticos e terrivelmente simétricos, ardendo tão brilhantemente quanto aqueles que se haviam perdido. Eram tigres nativos do lugar, que nunca conheceram confinamento nem coerção; não tinham vindo até a Princesa para sofrerem algum tipo de domesticação, tanto quanto eu conseguia ver, embora se estendessem sobre as telhas como sobretudos abandonados, deitados ali pelo prazer, e se podia ver como as caudas que pendiam sobre os beirais, feito pingentes de pelo, pulsavam com maravilhosa sintonia. Seus olhos, dourados como o fundo de uma imagem sagrada, tinham convocado o sol que lustrava suas pelagens até que parecessem indescritivelmente preciosas.

Sob aquele sol fora de estação, ou sob a influência da voz e do piano, todo o deserto se agitava, como que dotado de vida nova. Veio o sutil bruxuleio do canto de um pássaro e um zunido como que de asas. Rosnados suaves, miados e guinchos de pata sobre a neve. E um ou dois estalos distantes, como se o gelo no rio tivesse se quebrado em êxtase.

Pensei comigo mesma: quando aqueles tigres se levantarem nas patas traseiras, inventarão suas próprias danças — não ficariam satisfeitos com as que ela lhes ensinaria. E as meninas terão que inventar músicas novas e inéditas para eles dançarem. Haverá um tipo de música totalmente novo, ao qual eles dançarão por vontade própria.

Os felinos não eram nossos únicos visitantes. Um pouco mais longe, na direção das margens da floresta, avistei um grupo de criaturas vivas que, a princípio, pareciam quase indistinguíveis da vegetação rasteira, pois estavam vestidas com peles e couros da mesma cor acastanhada e acobreada. Mas um daqueles vultos trazia pendurados pequenos talismãs de estanho esculpido, que cintilavam com um brilho artificial agora que o sol saía e o atingia. Primeiro um, depois outro se moveu e avançou cautelosamente; embora suas feições vindas da Mongólia fossem caracteristicamente inescrutáveis, me parecia que a maioria deles apresentava um olhar de perplexidade. Eram os lenhadores nativos; eu podia declarar com uma olhada de relance.

Não avistei o grandão cavalgando a rena até que o animal, atraído pela música, deslocou-se de trás da proteção dos ramos dos pinheiros. Era grande, era enorme, o dobro do tamanho dos outros. E, ah! como brilhava! Tinha tantas bugigangas penduradas que parecia iluminado como o Piccadilly e, embora estivesse longe demais para que seu rosto pudesse ser claramente visível, consegui ver que o rosto era branco como leite. A luz do sol removia a prata de seu cabelo e de sua mandíbula, que a princípio parecia banhada a prata, mas era uma barba.

A barba, a princípio, me confundiu; e as saias longas e felpudas, cobertas por fitas vermelhas. E o grande tambor que ele segurava como um escudo, o que lhe dava uma aparência selvagem. Que mudança oceânica! Ou, melhor dizendo, que mudança florestal, pois estávamos tão longe do oceano quanto se pode estar neste planeta Terra. Eu pensei que ele havia se tornado uma mulher muito selvagem e então eu vi suas mandíbulas brilharem, como que folheadas a prata, mas tudo aquilo era apenas, era... uma barba. Ele estivera longe de mim por muito tempo, o suficiente para que lhe crescesse uma barba! Ah, meu coração...

Meu coração disparou, posso garantir, enquanto o observava escutar com atenção, como se ele também, como as feras selvagens (só que ao contrário de seus selvagens irmãos adotivos), estivesse em transe, embora conhecesse a cantora e a música tão bem. Meu coração seguiu disparado e se revolveu até transbordar.

"Jack! Jack!", exclamei, interrompendo a última estrofe, sinto informar, tal era a minha impetuosa pressa, e — ai de mim! — quebrando todo o encantamento.

"Jack Walser!"

Os tigres levantaram a cabeça e rugiram de modo tumultuado e irritado, como que perguntando como haviam se metido naquela situação, para início de conversa. Todas as pessoas que saíram da floresta também estavam aturdidas, deram uma boa olhada no tigres, como se não os tivessem notado antes, e não ficaram muito animadas com o que viram. Será que iriam fugir? Será que *ele* fugiria sem me ver?

Eu abri as asas. Na emoção do momento, abri as asas. Abri forte o suficiente, rápido o suficiente para rebentar a costura do meu casaco de pele de urso. Abri as asas; arrebentei meu casaco e para fora saltaram minhas você-sabe-bem-o-quê.

A boca do Fugitivo ficou totalmente aberta, o que é um risco nesse clima, seus pulmões podem congelar. O velho caiu de joelhos e se benzeu curiosamente. Todos os homens da floresta olharam na minha direção e, do meio deles, um grande grito se elevou. Na lacuna deixada pela música interrompida, veio um rufar de tambor; o outro sujeito com lantejoulas de estanho começou a bater repetidamente seu tambor como se disso dependesse sua vida.

Meu entusiasmo me levou alguns metros no ar; na verdade, esqueci que minha asa estava quebrada. Com a ajuda da outra, eu flutuei torto mais alguns metros, até que não consegui mais me sustentar no alto e cai de cara num monte de neve enquanto os homens da floresta metiam a espora em suas montarias e fugiam, o tambor ainda soando ao longe, e os tigres, tão assustados quanto todos os outros, sumiram também, feito um raio, e ficamos sozinhos de novo.

Quem tem um olho em terra de cegos só será rei se chegar lá em plena posse de suas faculdades parciais — ou seja, desde que esteja totalmente ciente da natureza precisa da visão e não a confunda com intuição, nem com as visões do olho da mente, nem com a loucura. À medida que Walser lentamente começava a recobrar o bom senso entre os habitantes da floresta, esse bom senso se mostrava tão pouco útil para ele quanto seria um olho maluco na companhia de cegos. Quando era visitado por memórias do mundo de além da aldeia, como por vezes acontecia, ele pensava estar delirando. Todas as suas experiências anteriores se tornavam nulas e sem efeito. Se até então essas experiências nunca haviam modificado sua personalidade em qualquer grau, agora já tinham perdido todo o potencial que poderiam ter para restabelecer a credibilidade existencial de Walser — a não ser sua credibilidade como um demente.

Felizmente para Walser, seus anfitriões não pensavam o pior dele por falar em línguas estranhas. Longe disso. Não o tratavam como um rei, mas eles *realmente* se comportavam de modo muito gentil — exatamente por acreditarem que ele era alucinado, pois, tradicionalmente, os nativos daquelas remotas partes da Sibéria consideravam a alucinação como um trabalho como qualquer outro.

Não quer dizer, é claro, que a terra deles fosse o país do cegos, em qualquer sentido. No que diz respeito à visão, eles faziam bom uso de seus olhos. Rastros de pássaros e animais na neve eram legendas que eles interpretavam como escrita. Liam o céu para saber de que direção viriam o vento, a neve e o degelo. Estrelas eram suas bússolas. A selva, que parecia um feixe de papel em branco para o ignorante olho urbano, era a enciclopédia, cheia de informações, que eles consultavam todos os dias para cada necessidade, controlando a paisagem como se ela fosse um manual de instruções de conhecimento universal do tipo "Informações aqui". Eram analfabetos apenas no sentido literal e, no que diz respeito à teoria e ao acúmulo de conhecimento, eram pedantes.

O Xamã era o mais pedante dos pedantes. Não havia nada vago sobre seu sistema de crença. Seu tipo de mistificação necessitava de fatos sólidos, ainda que ilusórios, e sua mente estava abastecida com especificidades concretas. Com que academicismo apaixonado ele se dedicava a atribuir aos fenômenos seus devidos lugares em sua sutil e intrincada teologia! Se era sempre procurado para exorcismos e profecias, e muitas vezes instado a usar seus poderes necromânticos para detectar itens domésticos menos importantes que haviam sido extraviados, essas eram distrações frívolas da tarefa principal, premente, urgente e árdua que tinha em mãos, e que era a interpretação do mundo visível que o cercava por meio de informações adquiridas em sonho. Quando dormia, o que ele fazia na maior parte do tempo, poderia ter posto uma placa em sua porta, se soubesse escrever, com os dizeres: "Homem trabalhando".

E mesmo quando seus olhos estavam abertos, se poderia dizer que o Xamã "vivia em um sonho". Mas todos os outros também viviam. Compartilhavam um sonho comum, que era o mundo deles, e que deveria ser chamado de "ideia" em vez de "sonho", uma vez que constituía todo o sentido da realidade vivida, que colidia com a realidade *real* apenas inadvertidamente.

Esse mundo, sonho, ideia sonhada ou convicção estabelecida se estendia para cima, para os céus, e para baixo, para as entranhas da terra e as profundezas dos lagos e rios, com cujos moradores viviam em íntima relação. Mas não se estendia lateralmente. Não levava, não poderia levar em conta qualquer outra interpretação do mundo, ou sonho, que não fosse a sua própria. O sonho deles era infalível. Uma fabricação acionada por um motor. Um sistema fechado. Infalível porque *era* um sistema fechado. A cosmogonia do Xamã, apesar de toda a sua complexidade de formas, impulsos e estados de ser perpetuamente em fluxo, era finita, apenas por ser uma invenção humana, e não tinha nada da implausibilidade da história autêntica. E "história" era um conceito totalmente desconhecido para eles, como, de fato, era qualquer tipo de geografia exceto a misticamente quadridimensional que eles inventaram para si.

Conheciam o espaço que viam. Acreditavam em um espaço que apreendiam. Entre conhecimento e crença, não havia espaço para suposições nem dúvidas. Eram, ao mesmo tempo, pragmáticos como o inferno e, intelectualmente falando, permanentemente embriagados.

Até conhecerem o comerciante de peles russo que, meio século antes, havia introduzido na tribo a linhagem de gonorreia, responsável por sua taxa de natalidade historicamente baixa nessa época, eles nunca haviam encontrado um estrangeiro — ou seja, aquele cujos termos de referência não eram seus próprios termos. Como não tinham uma palavra para "estrangeiro", usaram a palavra usada para "diabo" a fim de designar o comerciante de peles e, mais tarde, decidiram que tinha sido uma escolha tão adequada que continuaram a usar a palavra "diabo" como termo genérico para aqueles seres de olhos redondos que logo começaram a brotar em todos os lugares.

Porque, antes que se pudesse piscar, um povoado alienígena inteiro estava se aglomerando em volta daquela primeira cabana de madeira; e, agora que a ferrovia passava tão perto deles a caminho de R. que suas criancinhas trotavam ao lado das enormes, pesadas e ofegantes locomotivas, saudando-as, por quanto tempo mais essa comunidade de sonhadores seria capaz de manter a integridade primitiva de sua inconsciência coletiva contra a brutal atualidade tecnológica da Idade do Vapor?

Talvez pelo tempo que conseguissem conspirar para ignorá-la. Enquanto nenhuma daquelas crianças que aplaudiam decidisse que queria ser maquinista quando crescesse. Até o momento em que um deles se perguntasse de onde os trens realmente vieram e para onde estavam realmente indo, em vez de olhá-los com maravilhamento indiferente. E era com indiferença, com uma indiferença cultivada, que o povo da tribo se defendia de toda a significação do município de R. e de seus moradores.

Essa indiferença mascarava o medo. Não temiam os estrangeiros em si mesmos; aquele que introduzira a esterilidade entre eles também introduzira as armas de fogo, e os nativos e colonos aprenderam rapidamente que uma neutralidade armada era melhor. Também não temiam os gonococos; era outro tipo de infecção que temiam — uma infecção espiritual de descontentamento, contraída pela exposição ao desconhecido, cujos sintomas eram perguntas. Por isso, só visitavam o povoado de R. para negociar e para catar comida. Nada mais. Para eles, R. era uma cidade dos sonhos tanto quanto sua própria aldeia, e eles pretendiam manter tudo assim.

Embora Walser tivesse o dobro do tamanho médio deles, fosse branco como madeira de bétula descascada, e seus olhos redondos não apresentassem a dobra típica do povo da Mongólia, eles sabiam que ele não era um "diabo" no sentido de um "diabo estrangeiro", e sim um "diabo" no sentido de "demônio visitante", ou "demônio da floresta", ou "representante do mundo dos espíritos", devido ao extraordinário êxtase que se apossava dele durante a maior parte de suas horas de vigília. O Xamã apresentou seu enjeitado ao resto da tribo: "Eis aqui este sonhador!". Eles ouviram respeitosamente os murmúrios de Walser e, ao não conseguir compreendê-lo, tomaram isso como prova de que estava em um transe sagrado.

Então, quando Walser se recuperou da amnésia que se seguiu ao golpe na cabeça, viu-se condenado a um estado permanente de delírio santificado — ou teria se encontrado condenado, se tivesse sido apresentado com qualquer outra identidade que não fosse a dos loucos. Da forma como as coisas ocorreram, seu eu permaneceu em um estado de limbo.

Walser vivia com o Xamã. Até o pai do avô do Xamã tinha sido um xamã. Quando menino, fora adoentado e sofrera de desmaios, assim como eles tinham sofrido antes ele. Durante um desses desmaios, todos os seus maravilhosos antepassados visitaram o menino. Alguns usavam chifres, outros tinham úberes. Eles o colocaram de pé como um bloco de madeira e, com seus arcos, atiraram flechas nele até que ele desmaiou novamente e teve outro desmaio — dito de outra forma: durante seu desmaio, sonhou que desmaiava. Então seus ancestrais o cortaram em pedaços e o comeram cru. Contaram os ossos que tinham sobrado. Havia um a mais do que o número normal. Aquilo foi o sinal que fez com que os ancestrais identificassem que o rapaz era feito do material certo para seguir a profissão da família.

Esse ritual durou um verão inteiro e, enquanto os ancestrais estavam ocupados com isso, o garotinho não tinha permissão para comer nem beber nada e, por consequência, ficou muito pálido. Agora que crescera, o Xamã olhou para a pele pálida de Walser e pensou que a contagem dos ossos *dele* deve ter levado muito mais tempo do que um verão. Será que houve algum problema? Ossos demais? Ossos de menos? E o que pode significar ossos demais ou de menos no grande esquema das coisas? Exatamente o tipo de quebra-cabeça que o Xamã gostava!

Depois que os ancestrais contaram os ossos, eles voltaram a reuni-los e restauraram o menino com uma bebida fortalecedora, feita de sangue de rena. Enquanto ele jazia na cabana, sua língua começou a cantar por conta própria. Sua mãe e seu pai, ambos também xamãs, vieram ouvir. A língua cantante disse que tipo de tambor o filho deles deveria carregar quando fosse invocar os espíritos. Eles saíram para matar uma rena e começaram a trabalhar imediatamente para esfolá-la e curar a pele.

O Xamã deu a Walser outro copo cheio de mijo e Walser começou a cantar. O Xamã ouviu com muita atenção. Walser cantou:

> Então não vamos mais perambular
> Noite afora até a madrugada
> Embora o coração ainda esteja a amar
> E a lua brilhe ainda animada.

Que terna consideração o Xamã sentiu ao ver as lágrimas descerem pelas bochechas de seu jovem protegido! Mas o som de seu canto pareceu consideravelmente estranho para o Xamã, desacostumado como estava à música europeia. Contudo, tinha certeza de que interpretara os sons corretamente, então matou uma rena e esticou a pele entre dois postes para secar. Devido à inclemência do tempo, foi obrigado a fazer isso dentro da cabana, que logo cheirava a pele maturada. Ele alimentou o fogo com galhos secos de tomilho e zimbro, não para que a fumaça perfumada disfarçasse o fedor do couro de rena que apodrecia — ele até gostava daquilo, embora Walser tenha ficado um pouco enjoado —, mas porque o incenso das ervas ardentes proporcionava visões. Os olhos de Walser mais uma vez se reviraram e giraram nas órbitas; esplêndido!

Normalmente, Walser dividia as ceias com o Xamã, mas, hoje, como um experimento, o Xamã decidiu alimentar Walser com a mesma dieta que oferecia na cabana austera e sem janelas dedicada aos deuses da aldeia, os seres quase antropomórficos diante dos quais ele praticava os mistérios de sua religião. Vicejavam à base de um mingau de cevada moída com pinhões e caldo de tetraz cozido. Walser comeu com desconfiança, em seguida empurrou o mingau em círculos na tigela de madeira com a colher de chifre. As ervas secas estalavam sobre o fogão. Os olhos de Walser se fundiram.

"Hambúrgueres", ele ruminou em voz alta. O Xamã aguçou os ouvidos. Walser desbravava meandros gastronômicos da memória; quem pode adivinhar que litania o Xamã pensou que ele estava recitando?

"Sopa de peixe." O rosto de Walser era o espelho de sua memória; ele fez uma careta. Tentou novamente. "Ceia de Natal..."

Seu rosto se convulsionou e ele se lamuriou. As palavras "Ceia de Natal" o fizeram lembrar-se de algo muito temeroso, de algum perigo hediondo; lembraram-no do prato principal, lembraram-no de... "Có-có-ricó!".

Ele soltou um grito, tomado por terríveis, embora incompreensíveis lembranças, e então caiu em um obsessivo silêncio até que outro pensamento, mais feliz, lhe veio à mente:

"Torta de enguia e purê."

Com isso, ele sorriu e esfregou a barriga com a mão. Arrebatadamente atento, o Xamã, leitor de sinais, derramou-lhe mais caldo e esperou por mais revelações.

"Torta de enguia com purê, meu velho camarada", disse Walser com apreço.

O Xamã concluiu que Walser queria dizer que havia chegado a hora de preparar seu tambor xamanizante. Na manhã seguinte, vendou Walser com uma tira de couro de rena, agasalhou-o bem, levou-o para fora, girou-o três vezes para desorientá-lo e lhe deu um forte empurrão. Walser se afastou, o Xamã o seguindo com um machado ao ombro, ouvindo atentamente as vozes suaves dos larícios, bétulas e abetos murmurando doces nadas para ele.

Walser caminhou desnorteado para a frente, cada vez mais estimulado por voltas desagradáveis que sua imaginação fazia, sem olhos, com aquela venda, até que ele poderia jurar ter ouvido, no zunido do vento no matagal, o sibilar de uma só palavra: "Homicida!".

Nesse momento, Walser arrancou a venda e deu um soco no nariz do Xamã. Mas o Xamã estava confiantemente prevendo comportamentos irracionais e socou Walser de volta, embora tivesse que pular no ar para fazê-lo, já que Walser era muito mais alto do que ele. No entanto, depois disso, deixou Walser caminhar sem a venda.

Depois de um tempo, o Xamã ouviu uma batida suave e persistente. Walser, que não conseguia ouvir nada — e, de fato, não havia realmente nada para ser ouvido —, observou o Xamã suspeitosamente, pelo canto do olho, enquanto ele subia em uma árvore cujo nome Walser não sabia e encostava o ouvido no tronco. Pouco depois, o Xamã balançou a cabeça irritado e fez sinal a Walser para seguir em frente.

Eis o que a árvore ruidosa disse ao Xamã: "Sim! Enganei você!".

Logo outra árvore começou a tamborilar, mas acabou que ela também estava se divertindo às custas do Xamã. Ele começou a murmurar baixinho. Mas a terceira árvore tamborilante anunciou desconsoladamente: "Sou eu". O Xamã imediatamente a cortou e fez Walser carregar o tronco até a casa. Sentado em frente ao fogão em sua casa fedorenta, ele talhou o aro do tambor com a madeira daquela árvore.

A casa do Xamã, de um só andar, tinha aposentos limpos, confortáveis e quadrados, e fora construída com toras de pinheiro. Do samovar pendia um bolsa de couro decorada com penas de águia, rabos de esquilos e de coelhos, discos de estanho e pequenas tranças de couro; essa bolsa continha seu amuleto, que ele não deixava ninguém ver, nem mesmo Walser, embora logo tenha passado a amar Walser profundamente. Seu amuleto era a fonte de todos seus extraordinários poderes. Seu pai, de quem o herdara, lhe assegurou que ele nunca, nunca deveria revelar o conteúdo. Era tão sigiloso sobre o conteúdo de sua bolsa-amuleto que é bem possível que ela não contivesse coisa nenhuma.

O Xamã e Walser não viviam sozinhos. Havia um urso, um urso preto, que ainda não completara um ano, ainda quase filhote. Esse urso era parte animal de estimação, parte familiar; era um urso real, peludo e amado e, ao mesmo tempo, uma espécie transcendental de meta-urso, uma divindade menor e também um ancestral parcial, porque os habitantes da floresta estendiam consideráveis oportunidades procriativas às outras espécies da mata e havia ursos em abundância no lado masculino da linhagem tribal.

O Xamã acreditava que o urso, quando bebê, havia sido baixado do céu em um berço de prata. Vira o berço cair em um matagal por um cordão de prata, mas tanto o berço quanto o cordão tinham desaparecido quando ele alcançou o bebê urso. Trouxe-o para casa em sua bolsa de fetiches e lhe deu um trapo embebido em leite de rena para sugar. Quando o filhote progrediu para alimentos sólidos, passou a comer o que o Xamã comia — peixe de água doce, mingau, caça. Só lhe ofereceriam bifes de urso depois que ele estivesse morto.

O Xamã furou as orelhas do filhote e lhes pôs bolas de cobre, para deixá-lo bonito; também lhe colocou um colar de cobre e botou uma pulseira de cobre na pata esquerda. Em seu primeiro aniversário, seria levado para a cabana dos deuses e sua garganta seria cortada na frente de um ídolo ursino sentado em cima de um amontoado de caveiras de ursos, que haviam encontrado seu destino de maneira semelhante.

Não era o próprio Xamã que praticava aquele ato. O carrasco do urso era eleito entre os aldeões pelo espíritos, que manifestavam sua escolha em sonhos ou por outros meios extraterrestres, e o Xamã ficava feliz com isso porque sempre estabelecia relações tão próximas com os ursos que teria partido seu coração ter de eliminá-los, mesmo sabendo que era para a melhor das finalidades. Toda a aldeia se amontoava na cabana dos deuses para assistir à cerimônia, lamentando vigorosamente e se desculpando de forma profusa: "Pobre urso-pardo! Sentimos muito, urso-pardo! Como te amamos, pobrezinho urso-pardo! Como nos sentimos mal porque devemos acabar com você!". Então a cabeça do urso seria cortada e o resto seria assado em uma fogueira ao ar livre. A cabeça decepada, ainda com as bolas de cobre nas orelhas, era colocada no meio de uma mesa comum, e os melhores petiscos, o fígado, o pâncreas, a carne tenra do lombo e das ancas, eram colocados na frente da relíquia ensanguentada enquanto todos os outros se deliciavam com o restante da anatomia do urso. Os celebrantes desse sacramento siberiano fingiam não notar que o próprio provedor do banquete nunca tocou em um pedaço de carne.

O ursinho-pardo, agora livre de seu envelope de carne, carregaria mensagens aos mortos; aqueles que o comessem compartilhavam da força e da valentia do urso; e, além disso, como a morte era não precisamente mortal nesta teologia, o urso-pardo logo estaria de pé e apto a nascer de novo, para ser novamente capturado, criado e morto, em um ciclo de retorno perpetuamente recorrente.

E, puxa vida! como ele era gostoso!

Depois que a carne fosse cozida, seu crânio seria jogado na pilha, na cabana dos deuses, pilha essa que, se fosse dividida e contabilizada, poderia anunciar a extrema antiguidade desses costumes. Mas ninguém nunca contou os crânios da pilha porque nenhum deles sabia de que maneira o passado diferia do presente. Também não tinham muita certeza do que havia de diferente em relação ao futuro. Enquanto isso, o urso vivia em feliz ignorância.

Walser compartilhava com o Xamã e o urso um grande leito de bronze que o Xamã (quem guarda tem, quem não guarda a pedir vem) tinha retirado do lixão do terminal ferroviário de R. Logo, Walser também compartilhava os parasitas do urso.

O Xamã acreditava que os ursos podiam falar com todos os outros animais na floresta, e, assim, mais cedo ou mais tarde, seu urso iria iniciar uma conversa significativa com Walser, mas o tempo passava e, embora o jovem e o urso se dessem bem, não mostraram sinais de conversa. No entanto, por falta de algo melhor para fazer, o tempo pesando em suas mãos durante as longas noites, Walser ensinou o urso a dançar. Seguindo uma inspiração profunda, quase instintiva, Walser liderava, embora o urso também fosse macho.

A primeira vez que o urso pegou o jeito, outro pedaço do quebra-cabeça do passado de Walser caiu na incoerência de seu presente, embora o quebra-cabeça não estivesse apenas incompleto, mas também ainda não reconhecido *como* um quebra-cabeça. Ele e o urso rodeavam a cabana. Seus pés sabiam melhor do que seu cérebro o que ele estava fazendo e obedeciam aos ditames de um certo ritmo de outra forma esquecido: *um*, dois, três, *um*, dois três... Ele e o urso grunhidor descreviam círculos pelo chão em frente ao fogão em que o zimbro seco crepitava e fumegava, como outrora dançara no chão de serragem com outro predador com garras. Como uma vez ele tinha dançado uma...

"Valsa!", exclamou ele. E então, com alegre reconhecimento: "Walser! Eu, Walser!".

E soltou o urso para bater no próprio peito.

"Walser sou eu!"

O Xamã entendeu perfeitamente e, pela primeira vez, corretamente. Ficou muito satisfeito quando seu aprendiz, extasiado, executou uma dança bárbara e, em êxtase, deu a si próprio um nome profissional. Walser seria capaz de fazer sua estreia como feiticeiro muito, muito em breve. O Xamã esticou sobre o aro do tambor o couro de rena que tinha preparado, e ali o deixou para curar. O Xamã esculpiu uma baqueta de madeira de amieiro, pegou com uma armadilha uma lebre-da-eurásia, esfolou-a e cobriu a baqueta com a pele que, nessa época, era tão branca quanto a neve que estava por toda parte. Agora tudo que restava era a espera paciente até que Walser exibisse os sinais, o espumar pela boca, as quedas, os gritos, que demonstrariam que ele estava apto a começar a tocar o tambor.

Walser, a essa altura, querendo ou não, estava aprendendo algumas palavras da linguagem do Xamã, dura e irregular como era, cravada de "kk" e "tl", entupida com oclusivas glotais, todos os cliques, ruídos de machado na madeira e botas na neve. Ao modo casualmente funcional de uma criança aprendendo a falar, ele aprendeu primeiro os substantivos: "Fome"; "Sede"; "Sono". Depois foi adquirindo um número crescente das setenta e quatro palavras que expressavam, naquela língua, as diferentes variedades de frio. Em pouco tempo, começou a se aventurar com sua gramática rococó.

Essa aquisição gradual da linguagem do Xamã estabeleceu um conflito dentro dele, pois suas memórias, ou seus sonhos, ou o que quer que fossem, passaram a ser dramatizados em outra linguagem, muito diferente. Quando falava em voz alta naquela língua, o Xamã prestava muito mais atenção a ele do que quando pedia outro copo de chá em proto-fino-úgrico, porque o Xamã presumiu que o inglês que Walser lembrava era o discurso astral que devia ser interpretado de acordo com sua própria grande hipótese, um conjunto de enigmas que se tornaram perfeitamente escrutáveis com a ajuda da meditação e daquele destilado cujas doses ele continuava a dar a Walser.

O Xamã ouvia com atenção máxima o que Walser dizia depois de um sonho porque isso dissolvia a tênue margem que o Xamã apreendia entre o real e o irreal, se bem que o próprio Xamã não teria expressado as coisas dessa forma, pois só percebia a margem, rasa como um passo, entre um nível da realidade e outro. Não fazia nenhuma distinção categórica entre ver e acreditar. Pode-se afirmar que, para todos os povos daquela região, não existia diferença entre fato e ficção; em vez disso, havia uma espécie de realismo mágico. Destino estranho para um jornalista, encontrar-se em um lugar onde nenhum fato, como tal, existia! Não que Walser ainda soubesse o que era ser um jornalista. Ele era cada vez mais visitado por recordações; sem que soubesse, sua cabeça estava clareando mais e mais, a cada dia — não mais cantava como um galo —, mas suas lembranças eram incompreensíveis para ele até que o Xamã as interpretasse.

O Xamã conciliava sem esforço a facilidade com que Walser falava línguas com os princípios de sua própria metafísica complexa. Mas, se Walser aceitasse a ideia de que era extraordinariamente dotado com o poder de sonhar, pois essa era a única teoria de sua diferença disponível para ele, às vezes, como ao redescobrir seu próprio nome, ele subitamente se perguntava:

"Existe, como às vezes imagino, um mundo além deste lugar?".

Então ele mergulhava em uma perturbada introspecção. Assim, Walser adquiriu uma "vida interior", um reino de especulação e suposição dentro de si que era inteiramente seu. Se, antes de partir com o circo em busca da mulher-pássaro, ele tinha sido como uma casa mobiliada para alugar, agora ele estava finalmente alugado, mesmo que aquele inquilino interior fosse insubstancial como um fantasma e às vezes desaparecesse por dias seguidos.

Mas, nessas circunstâncias, era inútil perguntar se havia um mundo além — porque o Xamã sabia muito bem que havia! Pois não o visitava constantemente? Durante os transes para os quais tinha uma disposição hereditária, costumava viajar para lá. O Xamã não estava sozinho em sua familiaridade com o mundo do além; sempre que fazia uma viagem, encontrava o ar acima da Transbaikalia cheio de xamãs voadores! Aquele mundo era tão familiar para ele quanto aquele em que havia temporariamente ancorado para discutir a proposição de outro mundo com Walser, e aquele mundo e este mundo deviam certamente ser o mesmo mundo que Walser visitava em *seus* transes, porque todos os mundos eram únicos e indivisíveis.

E foi isso. Fim de discussão. O Xamã se pôs a acariciar seu urso.

Mas Walser, um dia, vagou pela linha férrea e encontrou lá um menino tribal agachado em um toco na neve, os olhos fixos na distância média em cuja brancura uma mancha de fumaça de um trem partindo gradualmente se apagava. No rosto dessa criança, Walser viu um expressão de saudade que o comoveu e, mais do que isso, despertou sua memória, pois reconheceu aquela expressão, não com os olhos, mas com o coração; por apenas um momento voltou a ser o moleque de cabelos loiros que, um quarto de século atrás, havia contemplado as velas enfunadas e as chaminés que arrotavam, nos navios que partiam da Baía de São Francisco em direção aos quatro cantos do mundo.

E então ele se lembrou do mar. Quando se lembrou das vastidões sem terra, a liberdade infinita da eterna mudança das águas, a música de fuga das profundezas, entendeu que o Xamã nunca poderia acreditar em tudo aquilo; o Xamã vivia tão longe da costa que teria achado que um remo, se já tivesse visto um, era uma pá de joeira. E não poderia interpretar *aquela* visão; não conseguiria decidir o que o mar *significava* — embora Walser, tendo já maior domínio da língua do Xamã, conseguisse esboçar certas interpretações do material do sonho à medida que avançava.

"Vejo um homem carregando um" — ele se atrapalhou com a palavra — "um porco. Você sabe o que é um porco? Um animalzinho, bom de comer. A parte superior do vestuário desse homem imita o céu estrelado. A parte inferior, por um sistema de barras paralelas, representa, talvez... árvores derrubadas... Ele traz luz, e ele traz comida, mas também parece trazer... destruição..."

Walser aprendera a falar por imagens para contar suas visões a fim de que o Xamã as entendesse, mas o Xamã as entendia ao seu próprio modo. Considerou que "animalzinho delicioso" era o urso, do qual Walser gostava quase tanto quanto ele e, portanto, interpretou esse sonho como aquele em que os espíritos nomeavam Walser como o carrasco do urso, pois a hora do animal se aproximava. Os espíritos também deviam estar usando o sonho para fazer o pedido do traje xamanístico para Walser.

O Xamã portanto talhou uma indumentária de couro de alce e cortou algumas estrelas dos restos de uma velha lata de carne bovina que recolhera em R. Foi até uma prima que trabalhava em uma função pastoral menor, como parteira e sábia da aldeia, e lhe pediu para costurar o traje de couro e aplicar as estrelas de estanho no peito. Ela consentiu em fazer isso nos intervalos dos complexos rituais que envolviam o nascimento do primeiro filho de sua filha mais velha. Esses rituais eram especialmente complexos porque, naqueles dias, os nascimentos eram relativamente raros na comunidade, e era necessário enganar os espíritos — convencê-los de que nenhum nascimento ocorrera, de fato, para que não viessem roubar o pequeno recém-chegado para aumentar o população do outro mundo, ao invés deste.

Walser sentou-se em frente ao fogão, pensou nas estrelas e nas listras, e cantou:

> Ah, diga que você consegue ver
> À primeira luz do amanhecer...

Tentou traduzir a letra da música para o Xamã, mas as palavras falharam e ele continuou em americano. O Xamã gostava de ouvir Walser cantando, embora, a seus ouvidos, o barulho fosse extremamente estridente e dissonante, mais uma prova das coisas extraordinárias que os espíritos guardavam na manga para os semelhantes a ele. Gostava de cantar junto com Walser, principalmente depois de um golinho de mijo, modificando as melodias alienígenas com um ou dois quartos de tom de sua autoria.

E não só o rubro clarão dos foguetes,
E das bombas que explodem no ar...

Mas não! a bandeira *não* estava ali; nenhum estandarte estrelado se desdobrava na fumaça perfumada e nebulosa da cabana do Xamã, com sua cama de latão, o samovar, a bolsa de amuletos e o urso com brincos arranhando as axilas em frente ao fogo. O Xamã estava ocupado montando o tambor. Um ensopado de peixe defumado borbulhava para o jantar, acrescentando aos ricos odores do homem e da fera o cheiro da calcinha de uma prostituta.

"Calcinha de uma puta", disse Walser para si mesmo, pensativo. "As calcinhas de uma puta..."

Quanto mais peças do passado Walser juntava em uma maluca colcha de retalhos retirados do saco de trapos da memória que ele não sabia que *era* uma memória, mais improvável a coisa lhe parecia. Sentou-se em um canto e ficou intrigado com tudo isso até que o Xamã o arrancou do devaneio com uma sacudida, para lhe dar algumas lições.

Essas lições consistiam em:

a) prestidigitação, ou destreza das mãos — a habilidade de esconder pelo corpo seixos, gravetos, aranhas e, se possível, filhotes de camundongos, e exibi-los no decorrer de um diagnóstico ou de uma operação;

b) ventriloquismo — a assunção de uma voz aguda e esganiçada do tipo especial associado a vozes dos espíritos, e "jogá-la", de modo que pudesse parecer oriunda de dentro do próprio paciente, ou do fogo, ou da boca do ursinho com brincos, ou da boca esculpida de um ídolo na cabana dos deuses.

c) por fim, mas não menos importante — o poder de parecer sobrenaturalmente solene, como se fosse o possuidor de conhecimentos ocultos aos mortais comuns.

Que não se chegue, com base nisso, à apressada conclusão de que o Xamã era um farsante e que teria ganhado um prêmio extra naquela série de Walser, "Grandes Embusteiros do Mundo", se ainda estivesse procurando por candidatos. O Xamã certamente *não* era um farsante. O que praticava era uma forma suprema de trapaça — os outros tinham confiança nele por causa de sua confiança absoluta em sua própria integridade. Ele era o médico e a parteira da aldeia, o intérprete de sonhos e o adivinho, e ainda por cima o intelectual e o filósofo; também realizava casamentos e enterros. Além disso, interpretava o significado e negociava com as forças naturais às quais as circunstâncias de suas vidas os tornavam especialmente vulneráveis.

Mas, embora o Xamã tivesse certeza de que a diarreia de seu paciente era causada por um espírito maligno na forma de, digamos, um rato, o próprio paciente só ficaria convencido diante de uma prova oracular, e continuaria a cagar livremente até que o rato hipotético tivesse sido removido de seu ânus. Os espíritos tomavam formas infelizmente visíveis apenas para o próprio Xamã, de tal sorte que, para manter seus pacientes satisfeitos, ele tinha de se munir com imitações corpóreas dessas formas malévolas, e então poderiam ver que tinham sido removidas. ("Ver é crer.")

Ouvir era crer também. O Xamã ouvia os ídolos na cabana dos deuses falarem com bastante clareza e ouvia avidamente as vozes do vento, mas era necessário persuadir aqueles cujos ouvidos não eram tão aguçados quanto os dele para que ouvissem também.

A aparência solene era o pré-requisito para toda a performance; quem acreditaria em um xamã todo risinhos?

E uma vez que a tribo parasse de acreditar nos poderes do Xamã, então... os feitos de Otelo estariam acabados. Eles podiam até começar a pensar que ele estava desequilibrado. Ou pior, pois alguns de seus hábitos, se não tivessem sido santificados pela tradição, pareceriam distintamente perversos. Pior de tudo, se eles parassem de acreditar, poderia-se esperar do Xamã que ele se envolvesse — os espíritos proíbem! — em trabalho produtivo, na labuta da caça, do tiro, da pesca e do esporádico cultivo de cevada tardia a que seus vizinhos estavam sujeitos, de cujo trabalho, no momento, ele confortavelmente desfrutava o excedente, pago em espécie por pacientes agradecidos ou por aqueles cujos sonhos ele interpretara com um contente grau de precisão.

Ele esperava totalmente que Walser, o vagante a quem os espíritos o conduziram na floresta, o passarinho chocado de um ovo cuja casca havia desaparecido da mesma forma que o berço celestial do filhote de urso — ele esperava que Walser, seu filho adotivo, um dia herdasse todo o seu poder, toda a sua autoridade, suas habilidades especiais, até mesmo suas renas e seu samovar. Dia após dia, ia se afeiçoando cada vez mais a Walser. À noite, acariciava e aconchegava Walser afetuosamente antes de irem dormir. Era ainda mais apaixonado por Walser do que por seu urso. Agora que Walser estava ali, ele não sentiria falta do urso quando chegasse a hora de imolá-lo.

A tribo calculava a passagem do tempo por blocos de luz e escuridão, de neve e verão; já que seu almanaque era o das estações e a exposição aos demônios estrangeiros que colocavam o fogo na bexiga não os tentara a adotar nenhum outro calendário, eles comemoravam o solstício de inverno com muita cerimônia. Um grande larício, sem folhas nessa estação, erguia-se do lado de fora da cabana dos deuses, e, à medida que a fresta de luz do meio-dia ia decrescendo diariamente, o Xamã e sua lugar-tenente, sua prima-irmã, abriam uma série de caixas dentro da cabana dos deuses e tiravam enormes quantidades de fitas vermelhas e também de pingentes de estanho em vários formatos de estrelas, luas crescentes e homens e mulheres estilizados como bonecos de gengibre. O Xamã encorajou Walser a ajudá-los a escalar a árvore e pendurar esses enfeites para decorar seus galhos. Walser achou que a árvore ficaria ainda melhor se os ramos fossem iluminados por velas também, mas não havia velas disponíveis. Walser achou que o Natal devia estar chegando, mas ele não conseguia se lembrar o que era o Natal e, claro, o Natal não tinha nada a ver com isso. A aldeia também permaneceria em ignorância em relação àquele momento, agora se aproximando com grande velocidade, quando o século XIX se transformaria em XX.

Não se poderia nem dizer que eles eram exilados da história; ao contrário, eles habitavam uma dimensão temporal que não levava em conta a história. Eram anistóricos. O tempo não significava nada para eles.

A essa altura, o ápice da era moderna, na virada do século XIX, se um plebiscito fosse feito entre todos os habitantes do mundo, de longe o maior número deles, ocupados como estavam em todo o planeta com atividades diárias de negócios de agricultura do tipo derrubada e queimada, guerra, metafísica e procriação, teria concordado entusiasticamente com esses indígenas siberianos que toda a ideia do século XX, ou qualquer outro século, aliás, era uma noção esquisita. Se esse plebiscito global tivesse sido posto em prática de forma democrática, o século XX teria imediatamente deixado de existir, todo o sistema de divisão dos anos por cem teria sido abandonado e o tempo, por consentimento popular, teria parado.

No entanto, mesmo àquela altura, mesmo nessas regiões remotas, naqueles dias, aqueles últimos e desconcertantes dias antes que a história, isto é, a história como nós a conhecemos, isto é, história branca, isto é, a história europeia, isto é, a história ianque — naquela pequena pausa para respirar antes que a história *como tal* estendesse seus tentáculos para apreender o globo inteiro, os membros da tribo já estavam viciados em chá e já eram hábeis com armas de fogo e machados importados que não conseguiam fabricar, sendo essencialmente pessoas da Idade da Pedra. Sabiam mais do que revelavam. O futuro era mais presente para eles do que eles estavam preparados para admitir; todos os dias eles o bebiam e lidavam com ele.

Portanto, não estavam exatamente na mesma posição daqueles indígenas norte-americanos que, naquele dia em 1492, acordaram felizes acreditando que eram os únicos habitantes do planeta, presunçosos na traiçoeira segurança da convicção de que, como nada havia mudado em seu mundo, nada *jamais* mudaria, e assim, em sua inocência, estavam condenados. Essas tribos siberianas sabiam que não estavam sozinhas, e suas vidas já haviam mudado, embora, nesse momento, ainda parecesse possível que sua mitologia flexível e resiliente fosse capaz de incorporar o futuro em si mesma e, assim, evitar que seus crentes sumissem no passado.

A prima do Xamã terminou de costurar a indumentária xamânica de Walser. Como solicitado, havia estrelas no peito e listras na saia, embora o Coronel não teria reconhecido a bandeira "Velha Glória" nesta encarnação, tão completamente a prima do Xamã assimilara os motivos do desenho à iconografia tradicional da tribo. Ela ficou sem estanho antes que terminasse os enfeites, então foi de rena ao povoado de R. e trocou uma dose por uma chaleira nova. Quando retornou à casa, cortou a chaleira em vários pedaços e fez muitos sininhos de metal. Costurou os sinos no traje, nas omoplatas, sob os braços e nas articulações dos cotovelos.

"Você deve ouvir o tilintar dos sinos para descobrir...", e aqui o Xamã pareceu incrivelmente solene, "... certas coisas."

Mas o tilintar sugeriu a Walser que saltasse e desse cambalhotas. Ela costurou um pequeno tufo de penas em cada ombro, também. Embora tivessem a intenção de ajudá-lo a levitar, Walser desabou e chorou como um bebê quando viu as penas. Por que será?

O Xamã misturou pigmentos extraídos de várias terras, musgos, liquens e bagas, e começou a pintar a superfície do tambor. Na parte de cima, pintou o sol, a lua, bétulas, salgueiros e mamíferos com chifres de espécies indeterminadas. Na parte de baixo, pintou rãs, peixes, caracóis, minhocas e homens. No meio, com pés na parte inferior e cabeça na parte superior, pintou uma figura antropomórfica projetada para viajar facilmente entre as duas zonas; essa figura era humana, ou, pelo menos, bípede, sem nada que sugerisse se era supostamente homem ou mulher, e de tamanho impressionante. Para facilitar suas viagens, o Xamã pintou asas na figura, asas grandes, asas estendidas, e pintou as asas com pigmento vermelho, fosco mas vibrante, que obteve moendo piolhos secos com pilão e almofariz.

Essa figura perturbou e encantou Walser ainda mais do que os sinos e penas em sua roupa. Ele olhou para o tambor por horas a fio, arrulhando e rindo, como se estivesse exercitando sua sensibilidade recém-nascida. Bateu e bateu no tambor com a baqueta peluda, tentando convencê-lo a falar com ele. Nada feito. Ele sorriu para a figura e dançou para ela, tanto com o urso quanto sem ele. Finalmente, estendendo os braços para o ser pintado, em um gesto suplicante, ele saiu com essa, em inglês:

"Apenas um pássaro numa gaiola dourada!".

Então uma porta se fechou em sua memória e, por um tempo, ele seguiu vivendo como um filho da tribo, privilegiado apenas porque era excepcionalmente talentoso.

Em seguida veio a questão de seu chapéu, sem o qual a indumentária de xamã não estaria completa. O modelo desse chapéu também deveria se originar na inspiração visionária, assim como ocorrera com o resto de sua indumentária. O Xamã considerou que a melhor coisa seria pôr Walser montado em uma rena e deixar a própria rena julgar onde se encontraria a inspiração para o chapéu. Quando fazê-lo, porém? — ora, que ocasião seria melhor que o próprio dia necromântico do solstício de inverno! quando o sol temporariamente baixava e estranhas bestas da noite saíam para brincar no ar escuro.

Como o inverno já durava dois ou três meses, a maioria dos aldeões estava pronta para se divertir quando rompeu o amanhecer tardio do solstício de inverno; e, embora o sol só tenha conseguido se erguer do horizonte bem após a hora em que, em um país civilizado, já se estaria tomando o café das onze, ele finalmente chegou com esplendor. Um esplendor quase excessivo; tão fora de época era aquele tempo que o Xamã, que estava esperando a escuridão, sentiu-se estranhamente incomodado, como se algum tipo de magia fora de seu controle pudesse estar acontecendo. No entanto, o sol trouxe os aldeões para fora e, estando o Xamã e Walser já vestidos e prontos para partir, um bom número de viajantes se reuniu ao seu redor, bem fornidos com todas as variedades possíveis de coisas de piquenique. Mas a prima do Xamã ficou em casa para acomodar a filha no abrigo a alguma distância da aldeia onde a mãe e o bebê deveriam ficar em isolamento por dez dias após o nascimento, a fim de que os espíritos malignos nunca soubessem que algo havia ocorrido.

A rena de Walser, deixada livre para seguir seu próprio caminho, os conduziu rumo ao santuário dos demônios estrangeiros e sua maldita estrada de ferro. O Xamã ainda estava secretamente inquieto, porém tudo era possível, até mesmo uma visão que significasse um chapéu de xamã confeccionado ao estilo daqueles usados pelos maquinistas da

Grande Ferrovia Siberiana, por isso todos deviam marchar atrás. Com muito zelo, Walser pôs em prática as lições para parecer solene, e o fez com tanto sucesso que o Xamã, a despeito de toda a perturbação interior, sentiu um orgulho sentimental.

Era um dia tão belo quanto a região poderia produzir nessa época do ano — um céu tão azul quanto o globo ocular de um bebê; um pálido e reticente sol, que oferecia o prazer agridoce e eslavo da evanescência, pois desapareceria muito em breve; e, nesse dia, a neve não parecia um cobertor mortal, mas um delicado lençol projetado para manter o frio longe das sementes que germinavam. As crianças escavavam a neve, faziam bolas e as jogavam umas nas outras. Uma bola de neve atingiu a parte de trás do chapéu do Xamã, causando um tilintar dos sinos e um risinho entre os petizes. O Xamã, taciturno, notou esse sinal de desrespeito. Embora estivesse orgulhoso de Walser, o sexto sentido ainda lhe dizia que o dia poderia não correr muito bem. Ele ficou encantado quando a rena de Walser desviou dos trilhos para R. e começou a traçar um curso na direção do rio; de imediato, animou-se. Todos deslizavam e saltitavam, alegres e bem-humorados.

E então a radiante sombra do implausível lançou seu feitiço transformador sobre a manhã.

Vinda do nada, ou vinda do céu azul pálido, ou então emanando do coração frio do sol branco e frágil, brotou uma voz que entoava uma canção — uma voz humana, uma voz de mulher, uma voz adorável. Uma voz daquelas que nos fazem acreditar que traria a primavera prematuramente. Uma voz capaz de acelerar a brotação das pequenas flores e fazê-las emergir da neve para secar as pétalas. Uma voz capaz de fazer os larícios tremerem de prazer e esticarem seus galhos como crianças ansiosas para dançar. Toda a revivificação, toda a renovação era anunciada por aquela voz.

Voz de soprano e acompanhamento de piano.

Os passarinhos se chocalhavam e voavam dos galhos através do ar iluminado em direção à fonte da música. A vegetação rasteira farfalhava com os movimentos de pequenos mamíferos e roedores, enquanto eles também iam beber com sede da fonte milagrosa da canção. Até as renas, em suas patas que pareciam raquetes de neve, aceleraram o ritmo oscilante da marcha.

Contudo, se a fauna e a flora da floresta siberiana responderam como as da floresta trácia outrora fizeram ante a música de Orfeu, os habitantes humanos da floresta eram surdos às ressonâncias míticas, já que estas não despertavam ecos em suas próprias mitologias. Aquela música não tinha encanto para eles, tampouco acalmava em qualquer medida seus âmagos selvagens; eles mal reconheciam o *lied* de Schubert *como* música, pois tinha pouco em comum com as escalas e modos musicais que eles mesmos, a pedido esporádico dos espíritos, produziam em tambores de pele, flautas de fêmur de alce e xilofones de pedra. No que se referia ao canto, preferiam a aspereza de uma lixa a uma voz educada; os tons melífluos da garota soprano não atingiam *seus* palatos como mel. A magia de sua canção era magia alienígena e não os encantava. No entanto, aquilo os intrigava, até os excitava; também se aproximaram à fonte do som, pensando que talvez fosse a cacofonia de deuses indesejados que houvessem escorregado pela fronteira entre o visível e o invisível nesse solstício excepcionalmente brilhante. Cada testa estava franzida e todos os lábios se apertavam em interrogação.

Mas Walser percebeu que estava tremendo como os lariços, pois a música tinha a familiaridade de um sonho relembrado. Ao divisar a habitação na clareira, com o telhado abarrotado de tigres desfalecidos, aquela visão foi tão complexa que ele não conseguiu, pelo menos de imediato, decifrá-la, mas sofreou a rena por um momento enquanto os ansiosos e curiosos membros da tribo avançavam.

O Xamã, no entanto, suspeitou de algo. Estava acostumado a ver, ou a ter visões, e a persuadir os outros de que tinham visto as mesmas coisas que ele; mas agora todos ao seu redor estavam vendo a mesma coisa que ele, espontaneamente. Achou isso muito esquisito. O piano, cuja escala bem temperada lhe pareceu intensamente irritante, saía do sonho de outra pessoa, não de seu próprio sonho, não de algum sonho com o qual ele estivesse familiarizado. Se aquilo estava saindo do sonho de Walser, então Walser estava muito mais adiantado na estrada para o xamanismo completo do que o Xamã tinha percebido. A herdade diante deles, a música que brotava de dentro dela, os tigres sonolentos lá em cima e o estranho grupo de indivíduos de olhos redondos que agora vinham da direção do rio, carregando blocos de gelo que continham peixes, tudo isso se combinava para perturbar o Xamã, que sentiu estar perdendo o controle da situação.

Quando os olhos redondos apareceram, Walser sentiu como se um degelo precoce estivesse amolecendo seu cérebro; sem saber o que pensar, incerto até mesmo sobre como pensar, incitou a rena para que avançasse, com o intuito de olhar tudo aquilo mais de perto.

"Jack! Jack!"

Ela poderia estar imitando o corte de lenha, tão pouco sentido aquelas palavras faziam para ele. A música cessou com uma nota dissonante; alto e claro no súbito silêncio, soou:

"Jack Walser!".

O seu nome, na boca da criatura alada. Um sinal! Mas não bastava para deixar o Xamã feliz. Estava acostumado a negociar com todos os tipos de coisas anômalas imaginárias, aladas ou não, com cabeça de urso e patas de alce, torsos de peixe e lombos de águia, e, aos seus olhos, ela, com seu cabelo amarelo, pernas cobertas de peles e plumagem de cores brilhantes e artificiais, vistas anteriormente apenas em cobertores no comércio, podia ser algo hostil ou não. Mesmo que ela soubesse o nome de seu aprendiz, ainda assim estava fazendo um barulho, em seus termos, sobrenatural. Além de tudo, suas asas ostentosas não eram sequer funcionais; agora elas a deixaram cair, sem qualquer cerimônia, sobre um monte de neve, com um baque úmido. Incompetência da aparição! E agora ela estava soltando os tigres furiosos sobre eles!

Impulsivamente, o Xamã começou a percutir uma defesa mágica em seu tambor enquanto os membros da tribo se espalhavam para todos os lados, em desordem, emitindo gritos agudos de decepção e indignação. Walser, que parecia tomado por um êxtase totalmente igual a qualquer um que o Xamã pudesse lançar, tentou impedir a fuga precipitada de sua montaria, mas sem sucesso; a rena não parou de correr até voltar à aldeia, onde se sacudiu até derrubá-lo de seu dorso, depois soltou um grande suspiro de alívio e saiu para mordiscar musgo. Walser rolou no chão nevado, dando risadinhas e falando atabalhoadamente. Pegou a baqueta de pele de coelho e usou-a para soltar um hino de alegria da superfície do tambor.

"Eu já a vi antes!", ele disse, todo ansioso, ao Xamã, quando o Xamã o alcançou. "Eu a conheço muito bem!"

O Xamã achou muito provável, mas não necessariamente um bom presságio, pois seu aprendiz estava a caminho de ultrapassá-lo e já conseguia desvendar, por meio do tambor, os segredos dos espíritos.

"Mulher, pássaro, estrela", balbuciou Walser. "O nome dela é..."

 # 9

Embora, à distância, ela ainda pudesse passar por loira, havia uma boa polegada de castanho na raiz do cabelo de Fevvers, e o castanho também estava aparecendo em suas penas, porque ela estava no tempo da troca de plumagem. Talvez houvesse, na bolsa de Lizzie, um pouco de água oxigenada, para disfarçar o crescimento das raízes, e um frasco de tinta vermelha, para disfarçar as penas — magia doméstica elementar! —, mas a bolsa havia sumido, irremediavelmente perdida nos destroços do trem, e, a cada dia, o pássaro tropical parecia cada vez mais o pardal londrino que havia sido no início da vida, e era como se um feitiço estivesse se desenrolando. Fevvers ficava taciturna e irritada sempre que dava uma furtiva olhada em si mesma no pedaço de espelho do velho, com o qual Lizzie aparara sua cabeleira comprida até o comprimento digno de um maestro, na altura do colarinho.

"Olha! Se ele não parece uma joia!"

A história do Maestro era simples. Já na meia-idade, fora convencido a abandonar um emprego seguro como instrutor de música em uma escola para meninas em Novgorod, pelas promessas do corrupto prefeito de R., que embolsou uma gorda soma do governo para seu projeto de um Conservatório Transbaikaliano. O quê?, perguntou o músico com cautela: ensinar a escala aos ursos e o solfejo aos corvos e patos selvagens?

Não, nada disso!, o prefeito lhe assegurou, servindo mais vodca. As filhas pequenas dos mercadores de peles, dos funcionários do governo, dos chefes de estação, dos serralheiros e assentadores de trilhos vão se aglomerar no conservatório, e, além disso, já imaginou que um talento incalculável pode ser descoberto entre os filhos dos próprios camponeses siberianos nativos? A vodca ajudou a pintar quadros irresistíveis do inexplorado talento musical da região. Diante do calor do fogão na distante Novgorod, o idealismo do Maestro se inflamou.

Mas o Maestro não tinha experiência para saber que não era feito do mesmo material de que são feitos os pioneiros, nem percebeu que o prefeito, assim que conseguiu seus ilícitos ganhos, iria esquecê-lo completamente. Faltando-lhe até a passagem para voltar, o Maestro logo ficou desamparado naquela casa, a quilômetros de distância da cidade, designada para sua academia musical, apenas com o piano, a cartola e a placa indicativa a lembrá-lo de quem fora antigamente. Estava profundamente afundado em desespero quando, como um milagre, eles chegaram.

"É como se ele tivesse encontrado sua filha há muito perdida", disse Lizzie. "Como no final de uma das últimas comédias de Shakespeare. Só que ele encontrou *duas* filhas. Um final feliz ao quadrado. Escute-os."

O Maestro e a Princesa estavam ensaiando uma harmonia a quatro mãos, enquanto Mignon, testa franzida, estudava elementos de contraponto. Sob a cuidadosa instrução do Maestro, ela demostrava um talento incomum para a composição.

Fevvers, observando o peixe ferver, resmungou que estava satisfeita por *alguém* ali estar feliz. A asa fraturada, que se quebrara mais uma vez em sua última tentativa de voar, agora estava bem amarrada com as linhas de pesca do Maestro, e Lizzie prescreveu firmemente, por ora, repouso, alimentação e mais repouso. Estava de todo indiferente aos protestos da filha adotiva, em cuja opinião eles deviam partir de imediato para resgatar o jovem norte-americano às garras da tribo.

"Ele parecia ter se sentido à vontade. Notei que até se tornou um nativo nas roupas."

"Mas não faz nem uma semana desde que nos separamos! Você não pode se tornar um nativo em uma *semana*!"

"Não sei se *faz* apenas uma semana desde que o perdemos", disse Lizzie. "Você viu a longa barba que ele tinha?"

"Eu vi a barba dele", assentiu Fevvers, incerta. "O que você quer dizer com não saber se *faz* apenas uma semana..."

Lizzie virou para a outra mulher um rosto solene o suficiente para impressionar até mesmo o Xamã.

"Algo está acontecendo. Algo que *não sabemos o que é*, minha querida. Lembre-se de que perdemos nosso relógio; lembre-se que o Pai Tempo tem muitos filhos e acho que foi seu filho bastardo que herdou esta região, porque, pelo comprimento da barba do sr. Walser e pela habilidade com que ele montava aquela rena, o tempo tem passado — ou então está passando — de forma maravilhosamente rápida pra essa gente da floresta.

"Talvez", ela refletiu, "o tempo deles esteja se esgotando."

Fevvers não se deixou impressionar por essas argumentações. Serviu-se de caldo de peixe com uma colher, provou, fez uma careta, vasculhou o guarda-louças do Maestro e não encontrou sal. A gota d'água. Muita bagunça, mas nada servia para comer. Se ela não fosse tão orgulhosa, teria desmoronado.

Sua tristeza era exacerbada pelo conhecimento de que o jovem norte-americano por quem ela se sentia tão atraída estava tão perto dela e, ao mesmo tempo, tão longe. Exacerbada, mas não causada. Sua melancolia tinha outros motivos. Será que a velocidade com que ela perdia a boa aparência a estava deixando consternada? Era isso? Tinha certa vergonha de admitir; mesmo assim, sentia como se seu coração estivesse se despedaçando quando olhava no espelho e via suas cores brilhantes desaparecendo. Mas havia mais do que isso. Sabia que tinha realmente perdido algo vital, algo de si mesma ao longo da estrada que a trouxera àquele lugar. Ao perder sua arma para o Grão Duque no palácio congelado, havia perdido um pouco daquele sentimento de sua própria magnificência, que antes sustentava sua trajetória. E, tão logo sua sensação de invulnerabilidade desaparecera, o que havia ocorrido? Ora, ela quebrou a asa. Agora era um prodígio aleijado. Por mais que tentasse manter a aparência de bravura, essa era, em suma, a verdade dos fatos.

A Vênus Cockney!, pensou amargamente. Agora parecia mais uma daquelas ruínas que Cromwell vandalizou um pouquinho. Helena, outrora grande equilibrista, agora estava permanentemente presa ao chão. Pobre da Nova Mulher, se for tão fácil de demolir quanto eu.

Dia a dia ela se sentia diminuindo, como se o Grão-Duque tivesse encomendado outra escultura de gelo e agora, como requintada vingança por sua fuga, se empenhasse em derretê-la muito, muito lentamente, talvez pela aplicação criteriosa de pontas de cigarro acesas. O jovem norte-americano era quem preservava toda a história da velha Fevvers em seus blocos de anotações; ela ansiava que ele lhe dissesse que ela era verdadeira. Desejava ver-se refletida nos olhos cinzentos dele, em todo o seu esplendor. Ela desejava; ela ansiava. Tudo em vão. O tempo passava. Ela repousava.

As mãos do Coronel tremiam porque a bebida tinha acabado e ele estava em sua última caixa de charutos, mas estava em um humor exaltado porque havia encontrado um público cativo no Fugitivo, que o encarava com o despontar de loucas especulações.

"Esses contratempos menores são enviados apenas para nos testar, jovem. Eu concebi o feito incrível — elefantes cruzando a tundra! E, sim, falhei. Muito bem. Falhei. Falhei *prodigiosamente*. Você já encarou o fracasso total, meu jovem? O truque é *superá-lo*! O fracasso é o perigo de todo grande empreendimento. Assim é que caem os dados no Jogo Lúdico; às vezes você ganha, às vezes perde, e perder como eu perdi, perder com tal magnificência, tal enormidade, perder cada derradeira coisinha, cada bem, bolsa e botão... simssinhô! isso, por si só, é uma espécie de triunfo."

Ele se ergueu nas patas traseiras e balançou o toco de seu último charuto.

"Que a Transbaikalia esteja avisada! Eu retornarei! Das cinzas do meu empreendimento, ressurgirei renovado! O Coronel Kearney lança seu desafio aos desertos gelados, aos ursos, às estrelas cadentes — ele voltará, com mais e maiores elefantes; tigres maiores e mais ferozes; um exército inteiro de palhaços infinitamente mais hilariantes! Sim! A bandeira dos Estados Unidos da América vai tremular mais uma vez através da tundra!

"Coronel Kearney, o antigo e futuro empresário! Coronel Kearney saúda a Nova Era! Cuidado, século xx, aqui vou eu!"

Lá fora, sob um céu que tinha cor e textura de um cobertor de exército, animais selvagens, caçadores, parteiras, comerciantes, mercadores de peles e aves de rapina cuidavam de seus negócios, ignorando o desafio do Coronel. Se o tivessem ouvido, não teriam entendido; se tivessem entendido, teriam zombado. Sansão deixou entrar o silêncio irônico da noite ao trazer uma braçada de toras que pegara na pilha de lenha, mas o Coronel, cujos olhos opacos se tornavam cada vez mais proeminentes à medida que novas rajadas de excitação o dominavam, expulsou a noite novamente.

"Meu jovem, conheça minha *porca*."

Sybil pensava em molho de maçã toda vez que olhava para o Fugitivo, e tentou recusar a patinha, mas o Coronel deu-lhe um forte golpe na nuca para que lhe deixasse apertá-la.

"Sybil, a porca mística, minha parceira no Jogo Lúdico. Sim, senhor, somos veteranos, Sybil e eu. Anos atrás, muitos anos, lá na fazenda do meu pai em Lexington, Kentucky — você já ouviu falar falar de Kentucky, o 'Estado da Grama Azul'? A terra do próprio Deus, meu menino; simssinhô, a terra do próprio Deus... lá na fazenda do meu pai, eu era apenas uma criança, então na altura do joelho de um porco, quando conheci pela primeira vez, com exceção da companhia atual, a maior senhorinha que já comeu lavagem..."

O Fugitivo ficou emudecido ante a eloquência do Coronel. Jamais conhecera ninguém como o Coronel. Embora o Coronel não se parecesse em nada com uma sereia, a música que ele cantava era tão doce quanto a delas. Após o peixe ser cozido e comido, o Fugitivo concordou em conduzir o Coronel até o terminal ferroviário de R. e, daquele ponto em diante,

"Se necessário, montarei minha porca!"

por quaisquer meios disponíveis para onde quer que o jornal pudesse ser alertado sobre o impressionante destino do Circo do Coronel Kearney e se pudesse obter crédito para começar a coisa toda de novo.

A resiliência do pequeno e gordo Coronel! Era como um daqueles bonecos de fundo arredondado que não se pode derrubar, por mais que o empurrem. Com que zelo missionário ele confrontava a virtude perplexa do Fugitivo! O Fugitivo, que acreditava na inocência inata e na boa vontade natural do homem, não tinha nenhuma defesa contra o Coronel porque, é claro, o Coronel acreditava nessas mesmas coisas, embora as avaliasse a partir de um ângulo bem diferente.

"E esta mocinha aqui, sua bisavó, a primeira daquela longa estirpe de porcas patrióticas, se levantou nas patas traseiras e me ensinou uma lição que nunca aprendi na escola. E, meu jovem camarada, essa lição foi: 'Nunca dê uma chance a um trouxa!'.

"Ha, ha, ha!", ele gargalhou, tendo avaliado rapidamente o Fugitivo como um trouxa. Seus olhinhos percorriam inquietos a cabana ascética, que a geometria da música rapidamente transformava em um alto e branco palácio de pensamento transcendental. Ele não gostava nem um pouco da aparência daquilo. Sabia que Mozart morrera sem um tostão, na palha.

"Enganar eles!", confidenciou ao Fugitivo, cuja vida, até então, havia sido dedicada ao projeto de aperfeiçoar a humanidade, quer ela quisesse ou não. O Fugitivo demorou um tempo até entender o sentido de "enganar" e depois culpou seu pobre inglês por não ter conseguido entender o que o Coronel queria dizer, pois isso decerto não era o que ele tinha dito! Mas o Coronel riu consigo mesmo ao fitar o rosto corado e os olhos brilhantes do Fugitivo, e pensou: se o rapaz se mostrasse um recruta útil para o grande projeto do Jogo Lúdico, ele lhe daria o nome de "Enganação" para usar nos EUA. Indagou a Sybil como ele poderia melhor empregar o Fugitivo quando voltassem para a Civilização. Ela inclinou a cabeça e ponderou. O oráculo respondeu assim:

"G-E-R-E-N-T-E-D-E N-E-G-Ó-C-I-O-S".

Pois um coração puro se torna o melhor cofre. O Fugitivo contemplou a perspectiva de uma nova vida no Novo Mundo. Isto o fez vibrar intensamente. Ele teve vontade de partir de uma vez, mas acontece que Mignon e a Princesa não queriam se mexer. Nem um centímetro! Quando o Coronel tentou convencê-las a voltar com ele para as luzes brilhantes, elas balançaram a cabeça. O Maestro, que mostrava todos os sinais de estar prestes a expirar de pura alegria por ter fundado inadvertidamente aquela Academia Musical de Transbaikalia, mesmo após perder todas as esperanças, apertou junto ao peito suas inigualáveis pupilas. Pela vastidão imensurável ao redor deles, vagava o selvagem público para o qual as mulheres deviam fazer uma música nunca antes ouvida na terra, embora não fosse a música das esferas, mas de sangue, de carne, de nervos, do coração.

Essa, proclamou Mignon, era a música que elas haviam nascido para executar. Tinham sido reunidas ali, como mulheres e como amantes, apenas para executá-la — uma música que era ao mesmo tempo um domesticar e um não domesticar; música que selava o pacto de tranquilidade entre a humanidade e seus irmãos selvagens, suas irmãs selvagens, mas os deixava livres.

Mignon fez seu discurso com tanto vigor e força que todos ficaram comovidos.

"Pode ser ser esta realmente a mesma criança esfarrapada que veio até mim em busca de caridade há poucas semanas?", ponderou Fevvers. "O amor, o verdadeiro amor a transformou completamente." Ao considerar que era a presença da outra que tornava Mignon tão linda, pequenas lágrimas brotaram no fundo de seus olhos, pois ela, Fevvers, estava ficando mais feia a cada dia.

O Coronel resmungou e gaguejou, mas não insistiu. O número que elas apresentavam estava tomando um rumo no qual ele via pouco lucro. "Pérolas aos porcos", ele teria dito, se não fosse a grande consideração que tinha por Sybil.

E o Homem-Músculos? O Coronel, lembrando-se de seus feitos, tentou-o com fama e dinheiro, lembrou-lhe que tudo que ele podia esperar dessas mulheres era amizade. Sansão limpou a garganta e moveu-se de um pé para o outro, de modo envergonhado, antes de falar.

"Toda a minha vida fui forte e simples e... um covarde, escondendo a fragilidade do meu espírito por trás da força do meu corpo. Abusei de mulheres e falei mal delas, me achando superior a todo o sexo por causa dos meus músculos, embora, na realidade, eu fosse fraco demais para suportar o fardo do amor de qualquer mulher. Não sou vaidoso a ponto de pensar que, um dia, também Mignon ou a Princesa podem aprender a me amar como homem; talvez algum dia elas me considerem como um irmão. Essa esperança expulsa o medo do meu coração, e eu aprenderei a viver entre os tigres. Fico mais forte em espírito quanto mais sirvo."

A Princesa e Mignon estenderam a mão para apertar as mãos dele quando ele terminou seu pequeno discurso, mas um discreto olhar de constrangimento cruzou seu rosto e ele deu o fora, novamente, para buscar mais lenha.

"'É do forte que sai a doçura', como está escrito nas latas de Xarope Dourado", disse Lizzie. "Sansão revelou seus trunfos. Com eu nunca tinha visto."

Enquanto isso, Fevvers chutava as espinhas de peixe no chão, com ar rebelde. Em resposta à pergunta silenciosa do Coronel, anunciou com voz rouca e zangada:

"Quanto a mim, estou indo na direção oposta a você, seu bastardo podre; vou procurar o jovem norte-americano que você atraiu pro circo e agora se propõe a abandoná-lo ao destino entre os pagãos!".

O Coronel apagou a última ponta do último charuto na sola do sapato, lançou um olhar de infinito pesar aos restos destruídos e, por falta de um charuto novo, enrolou uma tira de papel manuscrito, dando-lhe forma de tubo, e começou a mastigá-la. Olhou de soslaio para sua antiga estrela. A Emplumada Desleixada.

Livre dos limites do espartilho, sua outrora surpreendente forma cedia, como se a areia estivesse vazando da ampulheta, e como se *esse* fosse o motivo pelo qual o tempo, naqueles confins, não conseguia se controlar. Ela não tinha ânimo de lavar o rosto, e ainda havia coalhos de rouge alojados nos poros, e a pele estava coberta de manchas e erupções cutâneas. Tinha amarrado de qualquer jeito o cabelo, como um ninho de ratos, no topo da cabeça, e o prendera firmemente com a espinha dorsal de uma carpa. Desde que parara de se incomodar em esconder suas asas, os outros passaram a se acostumar àquela visão, que já não parecia impressionante. Além disso, uma asa havia perdido todas as suas cores glamurosas, e a outra estava enfaixada e era inútil. Quanto tempo levaria até que ela voasse de novo? Onde estava aquela demanda silenciosa de ser *olhada* que uma vez a fizera se destacar? Desaparecera; e, sob as atuais circunstâncias, era bom que ela a tivesse perdido — naquele momento, faria melhor se implorasse por ser ignorada. Estava tão esfarrapada que parecia uma fraude e, assim pareceu ao Coronel, uma fraude barata. No entanto, ele exclamou alegremente:

"Quebrando seu contrato?".

A cabeça de Fevvers se ergueu.

"Ei, sem dinheiro nenhum?", ela perguntou.

"Sem dinheiro nenhum", afirmou o Coronel com uma alegria rancorosa. "E, de acordo com as letras pequenas, se você quebrar seu contrato agora, antes de chegarmos a Yokohama, sem mencionar Seattle, você perde a soma to-tal devida por suas apresentações em Petersburgo.

"Ha, ha, ha!", ele explodiu, com o ânimo totalmente restaurado. Removeu uma série de bandeiras da orelha de Sybil, ignorando o olhos da porca, que o reprovavam pela prática desonesta.

"Você tem que levantar bem cedo de manhã pra fincar uma no Coronel Kearney!", gritou, acenando com suas flâmulas.

"Meus advogados vão entrar em contato!", disse Fevvers com uma tentativa patética de desafio.

"Envie-me a ordem judicial por *alce*."

Após essa troca amigável, o Coronel partiu em direção à ferrovia, com seu guia saltando entusiasticamente à frente. Lizzie foi até o portão para despachá-los, com o aspecto mais ominoso e desagradável de que era capaz. Seus olhos diziam tudo, mas ela estava muda de fúria, porque não podia mais se vingar com alguma coisa concreta, como hemorroidas ou pés-de-atleta. Fevvers pode ter perdido sua magnificência ao longo da estrada de Londres, mas Lizzie tinha se saído muito pior — havia perdido a capacidade de causar problemas domésticos, de pequena escala; ela guardava esse poder (onde mais poderia ser?) na bolsa.

Ela se consolou; não precisaria infligir calvície ao Coronel, porque ele já era careca.

Ela não sentia nenhum rancor em relação a Sybil, no entanto, e ficou emocionada ao ver como a porquinha escondia o rosto atrás das orelhas, envergonhada por causa de seu protetor, fungando com desgosto, tentada a pular dos braços dele e tentar a sorte com aqueles que o Coronel estava deixando para trás. Mas Sybil sabia de que lado o calo apertava, e achou melhor ficar com o Coronel, que sempre achava um jeito de massagear os calos. O Coronel anunciou o já exuberante entusiasmo de sua alma com uma interpretação de "Yankee-doodle-dandy", e o Fugitivo acrescentou seu pesado sotaque ao refrão, primeiro hesitante, depois com mais e mais mais convicção.

"Lá se vai um soldadinho perdido para a livre iniciativa", lamentou Lizzie. Então, gritou de volta para Fevvers, dentro da casa: "Veja em que confusão você nos meteu agora!".

10

As duas mulheres, pesadamente cobertas de peles, entregaram-se à paisagem. Logo perderam de vista a casa do Maestro e então se viram completamente sozinhas.

"Você se lembra de como éramos uma equipe heterogênea quando partimos da Inglaterra?", disse Lizzie, toda formal como se estivesse se dirigindo a uma assembleia pública, de modo que Fevvers ficou tensa, na expectativa de uma repreenda que, até então, havia sido adiada.

"Um bando heterogêneo, mesmo — um bando de estranhos vindos de muitos países diversos. Bem, se poderia dizer que nós constituíamos um microcosmo da humanidade, que éramos um grupo emblemático, cada um significando uma proposta diferente no grande silogismo da vida. Os acasos da viagem nos reduziram a um grupinho de peregrinos abandonados na desértica imensidão, peregrinos sobre os quais essa imensidão agiu como uma lupa moral, exagerando as máculas de uns e trazendo à tona as melhores qualidades daqueles que pensávamos não terem nenhuma. Aqueles dentre nós que aprenderam as lições da experiência já terminaram suas jornadas. Aqueles que nunca aprenderão nada estão retornando à civilização, tão rápido quanto possam e tão alegremente não iluminados quanto sempre foram. Mas, quanto a você, Sophie, parece ter adotado o lema: viajar com esperança é melhor do que chegar."

"Como", perguntou Fevvers, com cautela, "chegou a esse conclusão?"

"É uma missão tola, Sophie. A partir daquele vislumbre fugaz que tivemos de seu jovem adorado, montado numa rena e vestindo uma túnica, parece que ele não é o homem que era. Nada sobrou, Sophia! Não há mais nada ali... Mas eu é que sou mais tola do que você, porque pelo menos você está indo atrás dele, usando de seu livre-arbítrio, enquanto eu sigo atrás de você, no meio do nada, apenas por causa dos laços do antigo afeto.

"Eu sou", ela acrescentou amargamente, "a escrava da sua liberdade."

Fevvers ouviu tudo isso em um silêncio cada vez mais raivoso e então estourou.

"Eu nunca pedi pra você me adotar, pra começo de conversa, sua velha bruxa miserável! Lá estava eu, única e sem pais, liberada, livre do passado, e no minuto em que você botou os olhos em mim, *me* transformou num ser aleatório, me escravizou como sua filha, eu que tinha nascido filha de ninguém..."

Mas aí ela parou, pois a percepção de que a filha de ninguém atravessava lugar nenhum na direção do nada produziu nela uma vertigem tal que foi forçada a fazer uma pausa e respirar profundamente algumas vezes, o que lhe queimou os pulmões de tanto frio. Acometida por tamanha angústia do vazio que nos cerca, ela teve vontade de chorar e só se conteve por causa da satisfação que suas lágrimas trariam à mãe adotiva.

"Pronto, pronto", disse Lizzie mais gentilmente, notando com o canto do olho o tormento da garota. "Eu não te faço companhia porque sou forçada, minha querida. Todos nós devemos nos contentar com os trapos de amor que encontramos pendendo no espantalho da humanidade."

Mas essa ideia encheu Fevvers de renovada melancolia. Ela queria mais da vida do que aquilo! Além disso, no momento, ela mesma se sentia como um espantalho. Encolheu os ombros miseravelmente.

"Mas, ah, minha querida", prosseguiu Lizzie, alheia ao cavernoso silêncio de Fevvers. "Amor é uma coisa e fantasia é outra. Você não percebeu que há um sentimento ruim entre nós desde que o sr. Walser apareceu? O infortúnio tem perseguido nosso passos desde que você botou os olhos nele pela primeira vez. Você é metade da garota que foi um dia — olhe só pra você! Perdeu sua arma na casa do Grão-Duque. Depois quebrou a asa. Acidentes? Muitos acidentes consecutivos para que sejam totalmente acidentais. Cada pequeno acidente levou você a um passo na estrada que a afasta da singularidade. Você está desaparecendo, como se, desde sempre, tudo que a mantinha esbelta fosse a disciplina do público. Você quase nem é mais loira.

"E então, quando você encontrar *mesmo* o jovem norte-americano, que diabos vai fazer? Não conhece os finais habituais das velhas comédias de amantes separados, a desgraça vencida, aventuras entre bandidos e tribos selvagens? Os verdadeiros reencontros entre amantes sempre terminam em casamento."

De repente, Fevvers parou.

"O quê?", ela perguntou.

"Orlando conquista sua Rosalinda. Ela diz: 'A você, dou a mim, porque sou sua'. E isso", ela acrescentou, em um golpe baixo, "vale igualmente para a conta bancária da garota."

"Mas não é possível que eu desse a mim mesma", disse Fevvers. Sua dicção era extremamente precisa. "Meu ser, meu eu, é único e indivisível. Vender o uso de mim mesma para o gozo do outro é uma coisa; posso até oferecer livremente, por gratidão ou na expectativa de prazer — e só o prazer é minha expectativa em relação ao jovem norte-americano. Mas a essência de mim mesma não pode ser dada e nem tomada, ou o que sobraria de mim?"

"Exatamente", disse Lizzie, com soturna satisfação.

"Além disso", acrescentou Fevvers apressadamente, "aqui estamos longe de igrejas e padres, quem vai falar de casamento..."

"Ah, ousaria dizer que descobrirá que esses habitantes da floresta entre os quais seu jovem amado encontrou refúgio defendem a instituição do casamento tão entusiasticamente quanto os outros homens, embora possam celebrá-lo de forma diferente. Quanto mais difícil a barganha que os homens têm que fazer com a natureza para sobreviver, mais regras eles provavelmente têm que estabelecer entre si para manter a ordem. Decerto eles têm igrejas aqui, e vigários também, mesmo que os vigários usem batinas estranhas e realizem estranhos sacramentos."

"Vou sequestrá-lo. Nós vamos fugir!"

"E se ele não quiser vir?"

"Você está com ciúmes!"

"Nunca imaginei", disse Lizzie severamente, "que eu viveria para ouvir minha menina dizer uma coisa dessas."

Envergonhada, Fevvers caminhou mais devagar. Ela ininterruptamente revirava na cabeça as palavras de Lizzie.

"Casamento!", exclamou.

"O príncipe que resgata a princesa do covil do dragão é sempre forçado a se casar com ela, quer gostem um do outro ou não. Esse é o costume. E não duvido de que esse costume se aplicará à trapezista que resgata o palhaço. O nome desse costume é 'final feliz'."

"Casamento", repetiu Fevvers, em um murmúrio de aversão reverente. Mas, depois de um momento, aprumou-se.

"Ah, mas Liz... pense no olhar maleável dele. Como se uma garota pudesse moldá-lo da maneira que ela quisesse. Por certo, ele terá a decência de se entregar a mim, quando nos encontrarmos novamente, em vez de esperar o vice-versa! Deixe-o se entregar à minha custódia e vou transformá-lo. Você mesmo disse que ele ainda não eclodiu, Lizzie; muito bem — vou me sentar nele, vou chocá-lo, vou fazer dele um novo homem. Vou transformá-lo no Novo Homem, de fato, companheiro adequado à Nova Mulher e, de mãos dadas, avante marcharemos pelo Novo Século..."

Lizzie detectou um tom de crescente histeria na voz da jovem.

"Talvez sim, talvez não", disse ela, colocando um amortecedor nas coisas. "Talvez seja mais seguro não planejar com antecedência."

Fevvers achou aquela conversa de sua mãe adotiva tão sombria quanto a paisagem ao redor delas. Assobiou, para manter o ânimo, "A Cavalgada das Valquírias". Algo de patético pairava sobre seu assobio no meio da Sibéria, mas ela perseverou. Após uma pausa, Lizzie optou por outra estratégia.

"No entanto, lhe direi algo: a menos que você se proponha a vender sua história para o jornal, minha querida, e vença o Coronel Kearney na corrida..."

Fevvers, esperando mudar de assunto, parou de assobiar para interpor:

"... ao qual, Liz, poderíamos desmascarar na imprensa por causa de suas práticas de negócios e pelo seu tratamento aos empregados...".

"A menos que você planeje se vender na imprensa, não vejo nenhum proveito nisso tudo, por mais que tente. E talvez seja um sinal de crescimento moral em você, minha menina..."

Fevvers começou a assobiar novamente, mas Lizzie insistiu:

"... que você persiga esse sujeito somente pelo corpo dele, não pelo que ele vai lhe gerar de lucro. Por mais inconveniente que seu ataque agudo de moralidade possa mostrar-se a longo prazo, caso se torne crônico, no que diz respeito ao financiamento da luta".

"Já terminou? Já terminou mesmo? Por que você veio comigo, se tudo que você sabe fazer é resmungar?"

"Você nada sabe sobre o coração humano", disse Liz tristemente. "O coração é um órgão traiçoeiro e você não é nada mais do que uma impetuosa. Temo por você, Sophie. Vender-se é uma coisa e entregar-se é outra bem diferente, mas, ah, Sophie! e se você *se lançar* precipitadamente? Então, o que acontecerá com aquele seu 'eu' único? Vai parar na pilha de sucata, é o que vai acontecer com ele! Eu criei você para que voe até o céu, não pra chocar uma ninhada de ovos!"

"Ovos? O que os ovos têm a ver com isso?"

E elas teriam imediatamente começado a brigar de novo se, naquele momento, não tivessem avistado, o primeiro sinal de humanidade em quilômetros, um pequeno e frágil abrigo construído com galhos apoiados contra um pinheiro de dimensões antiquíssimas. À primeira olhada, o abrigo poderia passar despercebido, pois não havia portas, nem janelas e nem aberturas de qualquer espécie, de modo que parecia mais uma pilha de toras do que uma cabana primitiva, mas, naquela imensidão desértica, uma pilha de toras parecia tão deslocada quanto um iate oceânico, e, além do mais, ao se aproximarem, elas ouviram alguns gemidos e soluços abafados vindos lá de dentro.

Liz fez sinal para que Fevvers ficasse para trás, pois a mulherzinha era muito mais ágil no andar do que a lenta *aerialista*, e rastejou até o abrigo, de modo furtivo o suficiente para surpreender o que quer que se ocultasse lá dentro. Mas a mulher que estava deitada ali em um monte de palha imunda não se encontrava em condições de ser surpreendida.

Removendo um tronco, Lizzie espreitou. Fora havia a luz cinza do final do curto dia e dentro não havia luz nem fogo, então Lizzie se apressou para encontrar os fósforos que havia roubado do Maestro. À pouca luz, viu a mulher deitada, que, apesar do frio cortante da noite que se aproximava, vestia apenas um velho vestido de pele de gamo com franjas, que fora cortado ao meio para expor a barriga ainda protuberante. Talvez ela tivesse afastado as roupas de cama, pois parecia febril, até delirante; de qualquer forma, estava sem roupas de cama, embora houvesse algumas peles curadas aqui e ali. Um tosco recipiente de madeira, ao lado dela, revelou-se um berço, quando o bebê dentro dele acordou e começou a chorar.

Lizzie removeu cuidadosamente mais algumas toras e passou pelo buraco. Encontrou um toco de vela na bolsa e o acendeu. A princípio, achou que o bebê, com bochechas rosadas, parecia muito saudável; então, ao tomá-lo nos braços para acalmá-lo, viu que o que disfarçava sua aparência de cera era sangue, besuntado como rouge, uma prática antiga da tribo. A mãe abriu os olhos. Se pensou que um urso havia invadido a privacidade de seu ritual pós-parto, aceitou isso com calma. Outro urso desmantelou ainda mais a parede de seu abrigo e se arrastou dentro. A expressão da mãe não mudou. Com o dorso da mão, Lizzie sentiu a temperatura na testa da mulher. Estava muito quente.

"Cubra-a", disse Liz a Fevvers, encarregando-se do bebê.

"Que diabos está acontecendo?", perguntou Fevvers, enquanto fazia o que lhe fora pedido.

"Tenho certeza de que não sei", disse Lizzie. "A menos que esse quadro de uma mulher escravizada ao seu sistema reprodutivo, uma mulher amarrada de pés e mãos àquela Natureza que sua fisiologia nega, Sophie, tenha sido colocada aqui de propósito para fazer você pensar duas vezes antes de passar de singularidade a mulher."

Lizzie segurou o bebê próximo ao peito da jovem mãe, mas ou o leite ainda não havia descido ou ela não tinha leite algum, pois o bebê prendeu o mamilo na boca e sugou furiosamente, depois o soltou com um grito agudo de decepção e, enrugando todo o rosto, começou a berrar e sacudir os punhos. Com isso, a mãe chorou tanto quanto a exaustão e a febre lhe permitiram. Fevvers esfregou as mãos frias em sua pele quente enquanto Lizzie colocava o bebê confortavelmente dentro de sua roupa de pele.

"Não vou deixar esse bebezinho aqui, e isso é certo", ela anunciou. "Pobrezinho, vai acabar morrendo, além de passar fome."

"Você sempre gostou de um enjeitado", disse Fevvers com uma pitada de acidez, mas também com afeto renovado. "E quanto à pobre mãezinha? Ela também não é uma enjeitada?"

"Você pode cuidar dela, querida."

"Ela não pesa muito", concluiu Fevvers, levantando-a. A mulher voltou a si, brevemente, e sorriu. Se tivesse percebido que Fevvers não era um urso, mas uma mulher, reclamaria amargamente, pois os tabus que cercavam o parto tinham sido interrompidos. Naquelas circunstâncias, ela se deixou levar de bom grado para, como acreditava, a terra dos mortos. Ficou satisfeita ao ouvir o choro baixinho de seu bebê que seguia na mesma direção.

Lizzie e Fevvers chutaram as paredes do abrigo, a maneira mais fácil de voltar ao ar livre. Quando Fevvers passou por cima dos galhos espalhados, com a jovem mãe bem agasalhada nos braços, vislumbrou algo na neve agitada que a fez exclamar.

"Ah, Liz!"

Um milagre de frágeis violetas, pálidas e enregeladas, da cor de pálpebras cansadas, mas cheias de perfume e otimismo, estava em plena floração entre as raízes protegidas do grande pinheiro. Violetas!

"Violetas", disse Lizzie, "na véspera de Ano-Novo."

"Olhe só pra elas, que lindinhas", vibrou Fevvers. "Como uma mensagem da pequena Violetta, para dizer que não fomos esquecidas. Ei, você disse que é véspera de Ano-Novo?"

Liz assentiu. "Eu tenho contado. Pelos *meus* cálculos, é véspera de Ano-Novo; estamos na cúspide, minha querida, amanhã é outro esquema de tempo."

Fevvers ergueu a jovem mãe por cima do ombro e inclinou-se, mas Liz suplicou:

"Não as colha, deixe que espalhem suas sementes. Violetas da neve. Devem ser extremamente raras".

Sob uma aparente indiferença, também ela se comovera, e as duas mulheres sorriram uma para a outra, reconhecendo que uma trégua, ou mesmo a paz, havia sido declarada novamente.

"Estou admirando." E Lizzie apontou. Havia uma pegada na neve ao lado das violetas; elas não tinham sido as primeiras a parar e admirá-las. A marca de uma bota de solado macio. Uma pegada apenas, como a do Sexta-Feira, tão misteriosa, tão ameaçadora.

"Ali em frente!", Fevvers voltou-se para apontar. Um pedaço de fita vermelha estava preso no galho de uma árvore. A parteira mágica tomara cuidado para esconder os rastros que deixara quando viera cuidar de sua paciente no esconderijo; mas seu cuidado não fora suficiente. Afinal, os ursos não tinham vindo e sequestrado mãe e bebê? Alguns metros adiante da fita vermelha, encontraram um pequeno sino de estanho ao lado de uma rastro de neve pisada que se dissolvia. Agora elas estavam em uma estrada para algum lugar e caminhavam a passos largos com um ânimo melhor do que tinham experimentado por vários dias.

Logo viram luzes adiante, brilhando através de grossas janelas envidraçadas com molduras de chifre, e os telhados de casas compridas e baixas, de madeira, com fumaça saindo das chaminés, e um cheiro forte e estranho de jantares desconhecidos cozinhando em lares desconhecidos, e já era noite.

O coração de Fevvers, já agitado pela surpresa das violetas, se aqueceu ainda mais com essas visões e odores caseiros. Uma aldeia! Lares! Os sinais da mão humana mantendo longe a vastidão desértica! A vida lhe parecia ter sido mantida em suspenso durante suas andanças pela solidão; agora a solidão não existia mais e as coisas estavam prestes a engatar de novo. Ela poderia até encontrar um descolorante ou uma tintura nessa aldeia, não é mesmo, e então começaria a se recompor.

E, certamente, ele estava ali; uma das casas de madeira devia abrigar o jovem norte-americano. E ela veria, mais uma vez, a maravilha nos olhos do amado e se tornaria inteira. Já se sentia mais loira.

"Pense nele, não como um amante, mas como um escriba, como um amanuense", ela disse a Lizzie. "E não apenas da minha trajetória, mas da sua também, Lizzie; da sua longa história de exílio e astúcia, que você mal insinuou a ele e que preencherá dez vezes mais blocos de anotações do que *minha* história jamais preencheu. Pense nele como o amanuense de todas aquelas histórias que nós ainda temos para contar, as histórias daquelas mulheres que, caso contrário, desapareceriam sem nome e esquecidas, apagadas da história como se nunca tivessem existido, e que ele também arregace as mangas e ajude a dar ao mundo um empurrão em direção à nova era que começa amanhã.

"E uma vez que o velho mundo tenha dado uma volta em seu eixo para que possa nascer uma nova aurora, então, ah, então! todas as mulheres terão asas, assim como eu. Esta jovem em meus braços, que encontramos com as mãos e os pés amarrados com os terríveis grilhões do ritual, não sofrerá mais com isso; ela vai arrancar de sua mente as algemas forjadas, ela se levantará e voará para longe. As portas das casas de boneca se abrirão, os bordéis derramarão suas prisioneiras, as gaiolas, douradas ou não, em todo o mundo, em todas as terras, soltarão suas prisioneiras cantando juntas o coro do alvorecer do novo, do transformado..."

"Será mais complicado do que isso", interpolou Lizzie. "Esta velha bruxa vê tempestades à frente, minha menina. Quando olho pro futuro, vejo através de um vidro, obscuramente. Você deve melhorar sua análise, garota, e *depois* discutiremos isso."

Mas sua filha continuou, independentemente, como se estivesse embriagada pela visão.

"Nesse dia luminoso, quando eu não for mais um ser singular, mas, com verrugas e com tudo mais, o paradigma feminino, não mais uma ficção imaginada, mas um fato simples — então ele vai bater o caderno na palma da mão e dará testemunho de mim e do meu papel profético. Pense nele, Lizzie, como alguém que carrega as evidências..."

"Cuti-cuti", disse Lizzie para o bebê inquieto.

Não havia ruas, nem praças, nem becos naquela aldeia; as casas ora ficavam próximas, ora afastadas, como se o arranjo tivesse sido copiado do modo aleatório como as vacas se deitam nos campos. Nenhum sinal de habitantes, todos dentro de casa àquela hora, mas uma ou duas renas ergueram suas cabeças galhadas para espiar as recém-chegadas, depois relaxaram e voltaram a catar musgo. Sinos e fitas tinham sido presos a um larício do lado de fora da construção mais comprida, mais baixa e, de alguma forma, de aparência mais oficial da aldeia, dando-lhe um ar festivo. Lizzie bateu à porta, notando como o caixilho fora decorado com mais fitas vermelhas, penas e (hum) ossos. Quando ela bateu, veio um rosnado abafado lá de dentro, um alvoroço e um baque, e uma voz de homem se elevou em língua desconhecida.

"Será que isso significa 'pode entrar'?"

Fevvers deu de ombros.

"Abra. Estou congelando."

Empurraram a porta rangente. Nenhum sinal de vida lá dentro, até onde se podia ver — o que não era muito, pois o interior, com correntes de ar, era iluminado apenas intermitentemente por uma lamparina primitiva composta por um pires de lata cheio de gordura de urso derretida, em que o pavio flutuava em perigo iminente de naufrágio. Essa lamparina pendurada por cordas na viga transversal se movia nas correntes de ar, de modo que as sombras iam e vinham com sobrenatural imprevisibilidade, oferecendo vislumbres nada atraentes de objetos de formas e cores estranhas contra as paredes e nos cantos, insinuando ocupantes atarracados e silenciosos agachados aqui e ali, mas quase que imediatamente cobrindo tudo de novo com escuridão.

Sob a lamparina havia uma longa mesa marcada com uma ou duas manchas estranhas, sobre a qual jazia uma grande travessa de madeira, escavada não com um cinzel, mas pela aplicação de fogo, e uma faca de pedra de formato antigo, mas com uma lâmina muito afiada. Salpicados no chão de terra batida ao redor da mesa, havia vestígios de sangue velho, de peles e de penas, sopeados no chão, presumivelmente, pelos pés de sacerdotes e adoradores. O cheiro era horrível, como de incenso misturado com a morte, e estava muito frio.

"O que foi que eu lhe disse?", comentou Lizzie. "Uma de suas igrejas. Atmosfera típica de igreja."

Algo — o vento nas vigas, um rato, um sacerdote escondido — sussurrou quando ela falou. E o lugar estava tão mal iluminado que toda a população da aldeia poderia estar escondida no denso e assombroso escuro. Havia uma claustrofóbica sensação de pesadelo naquele lugar, que ainda estava tenso com a expectativa, como se algo hediondo tivesse sido impedido de acontecer por sua chegada, mas os atores do rito interrompido fossem pacientes e pudessem aguardar, estivessem esperando e vendo o que pretendiam aquelas criaturas que haviam trazido a mãe e o bebê de volta para a aldeia. Construída sob medida para práticas sagradas, ancestrais e arcaicas, para revelações, consultas com os mortos e para sacrifícios, a igreja selvagem fora planejada para impressionar, e era impressionante.

Mas Lizzie e Fevvers deviam sua capacidade de sobrevivência à recusa de se impressionar com o ambiente. Fevvers deitou suavemente a jovem mãe sobre a mesa com um grunhido de alívio e esticou os braços cansados. A jovem mãe abriu os olhos e observou o local onde se encontrava. A cabana dos deuses de sua aldeia nativa! E por que o bebê parara de chorar? Ela achou que se sentia um pouco menos indisposta e começou a juntar forças para se levantar e investigar os preparativos para seu próprio funeral que tinha certeza de que estava em andamento.

"Cuidado!", sibilou Lizzie.

Havia um *homem* no canto.

Não; não um homem. As mulheres voltaram a respirar. Lá no canto, ora iluminado, ora novamente escuro, de acordo com o balanço da lamparina, havia uma imagem de madeira, um pouco maior do que a pequena estatura real dos habitantes da floresta, envolta em peles, xales e faixas, e vestindo uma camisa branca com o peitilho endurecido por licor de ovo. O coração de Fevvers disparou quando ela viu isso. A cabeça do ídolo tinha vários chapéus de três pontas, feitos de pano preto, azul e vermelho, mas era difícil ver qualquer parte de seu rosto por causa das peles, xales e pedaços de rendas, latas e fitas que o cobriam. Sua boca parecia voraz, porém, e seus olhos, feitos de discos de estanho batido, brilhavam quando visitados pela chama oscilante da lamparina.

O ídolo falou.

"De onde vens? Para onde vais?"

O bebê assustado gritou ao ouvir o ídolo falar em bom idioma norteamericano. A jovem mãe saltou da mesa — *aquele* grito nunca foi póstumo! — e brigou com Lizzie pela posse do bebê, adicionando seus próprios gritos ao barulho. Lizzie entregou a criança, para poder pegar algo que rosnara debaixo da mesa para onde o Xamã a tinha chutado quando o sacrifício foi interrompido antes de começar. O urso, afrontado, deu uma palmada na cabeça de Lizzie, e começaram a brigar, acabando por derrubar a mesa. A travessa e a faca caíram com estrépito no chão. Os lutadores chocaram-se contra o ídolo. O ídolo foi derrubado contra outro ídolo, vestido de forma semelhante, com uma aparência mais próxima à de um veado. Caindo por sua vez, a divindade parecida com um veado derrubou o próximo na fila de ídolos de seu poleiro e assim por diante, em um efeito dominó de abrangente profanação. Vários crânios rolaram pelo chão, libertos de seu esconderijo sob o ídolo ursino. A princípio, era difícil notar que se tratava de crânios de ursos. A agitada lamparina sibilava de um lado para o outro, cada vez mais rápido, espalhando gordura quente por cima de tudo. Fevvers manteve a cabeça fria o suficiente para recuar do entrevero, esquivando-se com passos de dança e bradando:

"Apareça, apareça, onde quer que esteja!".

A lamparina tremeluzia e oscilava com tanta força que o pavio aceso voou, bateu na parede e se extinguiu, deixando a cabana dos deuses escura como breu, e naquela escuridão presenças invisíveis se faziam sentir com violência, beliscando, socando, e às vezes eram feitas de pele, às vezes de couro, e emitiam guinchos estranhos e tocavam sininhos; e se as mulheres estivessem sendo atacadas pelos fantasmas de um grupo que praticava a antiga dança folclórica de Morris? Fevvers se atracou com algum ser invisível até sentir cheiro de carne e morder com força. Mordeu até o osso e sentiu gosto de sangue. Estava vivo. Ouviu-se um grotesco guincho, inconfundivelmente humano. Ela tentou agarrar; outro guincho, enquanto ela se certificava que estava lutando com um homem.

Assim que Lizzie aplicou uma chave de braço no urso, ela localizou com o pé a faca de pedra caída no chão e manteve o pé firme sobre ela, apesar dos golpes que recebia de uma coisa de couro, tagarela e tilintante. Fevvers não soltou aquela mão que prendia entre os dentes enquanto jogava no chão o resto da anatomia sem rosto, e em seguida ela mesma se atirou sobre o peito da criatura, respirando pesadamente. A coisa gritou em um idioma que soou como se não fosse falado, mas tricotado com agulhas de aço. A criatura devia ter pedido um pouco de luz no recinto, pois, no momento seguinte, de algum lugar em um canto, surgiu um estranho brilho cadavérico, acompanhado de um cheiro peculiar.

A balbúrdia diminuiu, como se a luz os acalmasse; um último choramingo do bebê, uma derradeira fungada do urso, e, no silêncio que se seguiu, Fevvers viu sobre quem ela montara.

Walser usava seu traje cerimonial e um gorro triangular com uma guarnição de pele e um pedaço de estanho cortado na forma de um cifrão na frente. Seu rosto estava um pouco mais magro. Para um olho europeu, a barba cor de ouro pálido, que agora chegava até a metade do peito, combinava mal com as saias de couro, e ele bem que poderia ter feito uso de água e sabão; fedia. E isso não era nem a metade, pois havia um brilho de vaticínio em seus olhos cinzentos, seus olhos de brilho lustroso, seus olhos de pupilas minúsculas e pretas como furos de alfinete. Um brilho de vaticínio e absolutamente nenhum traço de ceticismo. Além disso, pareciam ter perdido a capacidade de refletir.

Fevvers sentiu os pelos da nuca se arrepiarem ao ver que ele a estava olhando como se, horror dos horrores, ela fosse perfeitamente natural — natural, mas abominável. Com seu olho fosforescente, ele fixou o olhar nela e, após um momento, sua voz elevou-se em uma canção:

"Apenas um pássaro numa gaiola dourada..."

"Ah, *Deus* meu!", disse Fevvers. Pois ele havia traduzido a melodia familiar em algum tipo de canto, algum tipo de canto fúnebre, algum tipo de invocação siberiana dos habitantes espectrais do outro mundo que coexiste com este, e Fevvers pressentiu que aquela canção era entoada para prejudicá-la.

O Xamã identificou sua pele, seu cabelo, sua asa quebrada e ficou um pouco consolado ao ver a rapidez com que ela parecia desaparecer. Ele observou detalhadamente a jovem mãe e seu bebê; os espíritos-ursos pretendiam usá-las como substitutos do filhote? Tudo indicava que sim. Contudo, a criatura menor ainda estava pisando firme na faca sacrificial.

Talvez pretendessem fazer o trabalho sozinhas. A coisa a ser feita, obviamente, era ajudar os espíritos-ursos a desaparecer tão rapidamente quanto possível, antes de estenderem a mãe e o bebê na altar de novo. Ele pegou o tambor, que estava apoiado contra a parede, e percutiu um exorcismo com a energia dos desesperados. A voz de Walser investiu e tremeu com um som que, para Fevvers, era a própria essência da loucura.

Fevvers experimentou aquela sensação de tremor que sempre a visitava quando magos, feiticeirose empresários vinham confiscar sua singularidade, como se fosse uma invenção deles, como se acreditassem que ela dependia da imaginação deles para ser ela mesma. Sentiu que, querendo ou não, estava se transformando de mulher em ideia. O Xamã redobrou o vigor da percussão e começou a cantar uma canção com estranhos latidos e uivos. De um incensário invisível, um incenso roxo e inebriante encheu a cabana do deuses, de modo que o Xamã pareceu se multiplicar até que houvesse dezenas dele, percutindo dezenas de tambores no mesmo apelo a essa coisa que era e não era Fevvers. Nos olhos de Walser, ela se viu, afinal, nadando para uma definição, como a imagem em papel fotográfico; mas, em vez de Fevvers, ela viu duas miniaturas perfeitas de um sonho.

Sentiu seus contornos vacilarem; sentiu-se presa para sempre no reflexo dos olhos de Walser. Por um instante, apenas um instante, Fevvers sofreu a pior crise de sua vida: "Eu sou fato? Ou eu sou ficção? Sou o que sei que sou? Ou sou o que ele pensa que eu sou?".

"Mostre suas penas pra eles, rápido!", insistiu Lizzie.

Fevvers, com uma estranha sensação de desespero, uma miserável consciência de sua asa quebrada e da plumagem descolorida, não conseguia pensar em mais nada a fazer senão obedecer. Livrou-se de suas peles e, embora não pudesse abrir as duas asas, abriu uma — anjo torto, esplendor parcial e gasto! Nem Vênus, nem Helena, muito menos Anjo do Apocalipse, nem Izrael ou Isfahel... apenas uma pobre aberração em dificuldade, e um objeto do tipo mais duvidoso de realidade para os observadores, já que ambos os homens na cabana dos deuses estavam acostumados a alucinações, e aquela que parece uma alucinação mas não é não tinha lugar em sua visão das coisas.

A porta rangeu e rangeu de novo, e Fevvers soube, sem se virar, que alguns dos novos amigos de Walser tinham chegado para ver do que se tratava aquela confusão. Todo tipo de rostos agora apareciam na porta, como luas nascidas da luz das lamparinas que carregavam. Sentiu os olhos deles mirando suas costas e, toda hesitante, agitou a asa inteira. A princípio, ela titubeou, incerta; mas, então, a plumagem — sim! Foi isso mesmo! — a plumagem se ondulou ao vento do assombro, e eles exalaram um som de espanto. Oooooooh!

Como sempre, aquele vento refrescou seu ânimo. Soprou sem parar pela cabana dos deuses, levando para longe os perfumes entorpecentes e o odor de sangue antigo. Ela inclinou a cabeça para saborear o brilho das lamparinas, como que em uma ribalta, sob os refletores; era bom como um conhaque forte, ver aquelas luzes todas e, por trás, os olhos fixos nela com espanto, com admiração, os olhos que diziam quem ela era.

Ela seria a loira das loiras, de novo, assim que encontrasse água oxigenada; era simples assim, e, no meio-tempo, quem se importava! E é claro que sua asa iria se recuperar — iria se recuperar quando a neve derretesse para revelar toda a taiga coberta de violetas; e então ela se elevaria, com a asa curada, acima da aldeia, acima da floresta, acima das montanhas e mares congelados, com seus entes queridos nos braços. Para o lar! Sim! Ela veria Trafalgar Square, novamente; e Nelson em seu pedestal; e a ponte Chelsea a se dissolver no Tâmisa ao entardecer... e a catedral de St. Paul, seio único de amazona de sua amada cidade natal.

Arrogância, imaginação, desejo! O sangue cantava em suas veias. Aqueles olhos todos restauravam sua alma. Ela se levantou da posição em que se encontrava, de joelhos sobre o peito de Walser. Abriu um sorriso brilhante e artificial, estendendo os braços como se quisesse envolver todos os presentes em um enorme abraço. Inclinou-se em uma reverência em direção à porta, oferecendo-se ao público como se fosse uma gigantesca braçada de gladíolos. Então, inclinou-se em uma reverência para Walser, que agora lutava para se levantar, com uma expressão no rosto como se uma clareira se abrisse na névoa. E então ela notou que ele não era o homem que tinha sido ou que seria novamente; alguma outra galinha o tinha chocado. Por um momento, ficou ansiosa para saber quem esse Walser reconstruído poderia vir a ser.

"Qual é o seu nome? Você tem uma alma? Você pode amar?", ele lhe perguntou, em uma grande e rapsódica afobação quando ela se ergueu da reverência que fazia. Ao ouvir isso, o coração dela se elevou e cantou. Ela pestanejou para ele, radiante, exuberante, recém-armada. Agora parecia grande o suficiente para romper o teto da cabana dos deuses, toda cabelos e penas selvagens, seios triunfantes e olhos azuis do tamanho de pratos de jantar.

"É assim que começa a entrevista!", exclamou ela. "Pegue seu lápis e vamos começar!"

ENVOI

"Pois você deve saber que a Liz tinha acabado de perder um filho quando me encontrou, então ela me levou ao peito e me amamentou. E, claro, nunca foi a *religião* que a tornou uma prostituta tão inconveniente, mas seu hábito de palestrar aos clientes sobre o tráfico de escravas brancas, os direitos e deveres das mulheres, o sufrágio universal, bem como a questão irlandesa, a questão da Índia, o republicanismo, o anticlericismo, o sindicalismo e a extinção da Câmara dos Lordes. Por tudo isso, Nelson tinha total simpatia, mas, como ela disse, o mundo não vai mudar da noite pro dia e temos que comer.

"Aquelas cartas que enviamos para casa através de você na mala diplomática eram notícias da luta na Rússia para camaradas no exílio, escritas em tinta invisível, então nós o usamos de maneira atroz, lamento dizer, pois se a polícia secreta tivesse descoberto, você seria enviado para algum lugar na Sibéria onde não poderíamos encontrá-lo. Mas Liz *faria* isso, tendo prometido a um pequeno e ágil cavalheiro de bigode que ela encontrou na sala de leitura do Museu Britânico.

"Além disso, pregamos uma peça em você com a ajuda do relógio da Nelson na primeira noite em que nos conhecemos, no Alhambra, em Londres; mas o relógio se foi e já não vou pregar peças em você.

"Nós não lhe contamos nenhuma outra mentira, nem nos desviamos da verdade legítima. Acredite ou não, tudo que eu lhe contei é real, os acontecimentos foram assim, de fato; e quanto às perguntas sobre eu ser real ou invenção, você deve responder por si mesmo!"

Sem as roupas, ela parecia ter o tamanho de uma casa. Estava empenhada em se lavar, parte por parte, em um pote de água retirada do samovar enquanto Walser, nu exceto pela barba, esperava na cama de latão do Xamã. Ele viu, sem se surpreender, que ela realmente parecia não possuir umbigo, mas já não tinha nenhuma vontade de tirar conclusões definitivas desse fato. As penas soltas roçavam as paredes; ele lembrou como a natureza a equipara apenas para a posição "mulher por cima" e se remexeu no colchão de palha. Era ele mesmo novamente, como ele sempre seria, e ainda assim esse "eu" nunca mais seria o mesmo, pois agora ele sabia o significado do medo na medida em que se define na sua forma mais violenta, ou seja, o medo da morte do ente querido, da perda do ente querido, da perda do amor. Era o início de uma ansiedade que nunca terminaria, exceto com a morte de um ou de ambos; e a ansiedade é o começo da consciência, que é a fonte da alma, mas não é compatível com a inocência.

Lizzie podia depreciar: "Olhe pra ele, Sophie, está que é só feitiços e roupas femininas agora!". Mas, após lançar esse raio, ela olhara para ele quase com bondade pois, à luz daqueles olhos cinzentos, sua filha adotiva voltara a se transformar em seu antigo eu, sem sequer aplicar a água oxigenada. Após uma série de acenos e piscadelas de Fevvers, Lizzie tinha ido, com o Xamã, a prima dele, a filha mais velha da prima e o bebezinho, para a casa da prima, onde improvisaram uma maternidade e ela embarcou na elaboração de um extenso ritual de cuidados mãe--bebê que, religiosamente implementado na década seguinte, mais do que compensou a baixa taxa de natalidade pela redução da mortalidade perinatal conquistada.

A prima do Xamã, a parteira mágica, guardava uma bolsa de amuleto ao lado do samovar, do jeito que ele fazia. Lizzie levantou um olho interessado; será que ela não poderia conseguir uma nova bolsa entre aquele povo amistoso e inteligente, embora um tanto atrasado e supersticioso?

O Xamã, fascinado pelo bigode dela, dirigiu-se a ela com reverência como "mãezinha de todos os ursos"; o filhote de urso ia atrás dela, como que vitimado por uma paixão adolescente. Lizzie reprimiu severamente a tentação de tirar — só desta vez, só por aquela noite — umas pequenas férias da racionalidade e brincar de ser uma divindade menor.

"Existe algum lugar onde possamos ficar sozinhos?", Fevvers tinha sugerido, piscando de forma inequívoca. Walser, cuja cabeça clareava minuto a minuto, agarrou a mão dela e correu para a casa do Xamã, mas logo perdeu a iniciativa quando ela o prendeu alegremente à cama e lhe disse para esperar enquanto ela se refrescava. Parecia que, lavando-se, a cor voltaria ao seu rosto. Cantava enquanto se lavava; o que mais senão a "Habanera" de *Carmen*. Será que eu estou abocanhando mais do que posso mastigar?, ponderou Walser.

Contemplou, como que em um espelho, o eu que ele estava tão ocupado em reconstruir.

"Eu sou Jack Walser, um cidadão norte-americano. Entrei no circo do Coronel Kearney para encantar meu público leitor com relatos de algumas noites no circo e, como palhaço, me apresentei perante o Czar de Todas as Rússias, recebendo grande aplauso. (Que história!) Fui descarrilado por bandidos na Transbaikalia e vivi, por um tempo, como mago entre os nativos. (Meu Deus, que história!) Deixe-me apresentar minha esposa, sra. Sophie Walser, que anteriormente teve uma carreira de sucesso nos palcos das salas de espetáculos sob o nome de...

"Ah!"

Sem o conhecimento dos amantes, a meia-noite, aquela festa móvel, rolou sobre a taiga naquele momento, sem perturbar nada em sua passagem, apesar da era que arrastava. Precipitado em ignorância e felicidade para o próximo século, ali, depois que tudo acabou, Walser se desmontou e recolocou as partes novamente.

"Jack, sempre um menino aventureiro, fugiu com o circo por causa de uma loira pinguça em cujas mãos ele foi uma massa de modelar desde o primeiro momento em que a viu. Meteu-se em apuros, um após o outro, dançou com uma tigresa, posou como uma galinha assada, finalmente se tornou aprendiz da forma suprema de trapaça, iniciado por um velho pederasta astuto que o enganou completamente. Tudo isso pareceu ter acontecido comigo na terceira pessoa, como se, pela maior parte da minha vida, eu tivesse só assistido, mas não vivido. E agora, feito eclodir da casca do desconhecimento, por uma combinação entre golpe na cabeça e um espasmo agudo de êxtase erótico, terei que começar tudo de novo."

Sufocado de penas e de prazer como estava, havia ainda uma pergunta que o atormentava.

"Fevvers...", ele disse. Algum sexto sentido o impediu de chamá-la de Sophie. Eles ainda não eram suficientemente íntimos.

"Fevvers, só uma pergunta... por que você não mediu esforços para, tempos atrás, me convencer de que era a 'única *intacta* totalmente emplumada na história do mundo'?"

Ela começou a rir.

"Enganei você, então!", ela disse. "Deus meu, enganei você!"

Ela riu tanto que a cama tremeu.

"Você não deve acreditar no que está escrito nos jornais!", ela lhe assegurou, gaguejando e soluçando de alegria. "Pensar que enganei você!"

A risada dela saiu pela janela e fez os enfeites de estanho na árvore junto à cabana dos deuses tremerem e tilintarem. Ela riu tão alto que o bebê na casa da prima do Xamã a ouviu, agitou os pequenos punhos no ar e também riu de prazer. Embora não tenha entendido a piada que convulsionava o bebê, o Xamã se deixou contagiar e começou a rir. O urso ofegou solidariamente; teria rido se pudesse. A prima do Xamã cruzou com os olhos de Lizzie e as duas se esborracharam de rir. Até a jovem mãe, em sua tranquila cama de peles de rena, sorriu enquanto dormia.

A risada de Fevvers passava pelas frestas dos caixilhos das janelas e pelas rachaduras nos batentes das portas de todas as casas da aldeia; os aldeões se remexeram em suas camas, rindo da enorme piada que invadira seus sonhos, da qual não se lembrariam pela manhã, exceto a alegria que havia causado. Ela riu, ela riu, ela riu.

Parecia que esse riso da jovem feliz se elevava na desértica imensidão em uma espiral e começava a se revolver e estremecer pela Sibéria. Fez cócegas nas partes adormecidas dos habitantes do terminal ferroviário de R.; penetrou no contraponto da música na cabana do Maestro; as participantes da república das mulheres livres a experimentaram como uma brisa refrescante. O Coronel e o Fugitivo, aconchegados em um compartimento para fumantes no trajeto para Khabarovsk, captaram os ecos e encontraram sorrisos envergonhados transparecendo em seus rostos.

O tornado espiralado da risada de Fevvers começou a se retorcer e estremecer em todo o globo, como se uma espontânea resposta à comédia gigante que se desenrolava infinitamente abaixo dele, até que tudo que vivia e respirava, em todos os lugares, estivesse rindo. Ou assim pareceu ao marido enganado, que se pegou rindo também, embora não tivesse certeza se poderia ou não ser ele mesmo o alvo da piada. Fevvers, finalmente parando, agachada sobre ele, cobria de beijos o rosto de Walser. Ah, como estava satisfeita com ele!

"E pensar que eu realmente enganei você!", ela se maravilhou. "Só revela que o melhor jeito de trapacear é com plena confiança."

NOITES NO CIRCO ANGELA CARTER

CRONOLOGIA

1939 • Início da Segunda Guerra Mundial

1940 • Nasce Angela Olive Stalker no dia 7 de maio, no condado de Sussex, Inglaterra
• Filha de Sophia Farthing Olive, caixa da loja Selfridges, e do jornalista Hugh Alexander Stalker
• Angela passa a morar com a avó materna em South Yorkshire

1945 • Final da Segunda Guerra Mundial
• A família Stalker muda-se para Balham, sul de Londres

1946 • Início da Guerra Fria

1947 • Independência da Índia

1951 • Winston Churchill renuncia ao cargo de primeiro-ministro
• Aprovada no exame 11-plus, recebe "bolsa direta" para estudar na Streatham and Clapham High School

1953 • Coroação da rainha Elizabeth II do Reino Unido

1957 • Sofre de anorexia, o que afeta seu desempenho escolar

1958 • Trabalha como repórter no *Croydon Advertiser*

1959 • Revolução Cubana com Fidel Castro no poder

1960 • Casa-se com Paul Carter

1961 • Construção do Muro de Berlin

1962 • Inicia o curso universitário na Universidade de Bristol

1963 • Assassinato de John F. Kennedy

1965 • Morte de Churchill; EUA entra na Guerra do Vietnã
 • Gradua-se em Literatura Inglesa pela Universidade de Bristol

1966 • Publica seu primeiro romance, *Shadow Dance* (nos EUA, *Honeybuzzard*)
 • Publica duas coletâneas de poesia, *Five Quiet Shouters* e *Unicorn*

1967 • O romance *The Magic Toyshop* é publicado
 • Recebe o Memorial John Llewellyn Rhys Prize por *The Magic Toyshop*

1968 • M. Luther King é assassinado; Tchecoslováquia é invadida pela URSS
 • Publicação do romance *Several Perceptions*

1969 • Tropas britânicas ocupam a Irlanda; Neil Armstrong pisa na Lua
 • Publica o romance *Heroes and Villains*
 • Recebe o Somerset Maugham Award por *Several Perceptions*
 • Viaja para o Japão; mora em Tóquio por dois anos
 • Morte de sua mãe

1970 • Publica dois livros infantis ilustrados por Eros Keith, *Miss Z. The Dark Young Lady* e *The Donkey Prince*

1971
- Marcha pela Liberdade das Mulheres em Londres
- Publicação do romance *Love*

1972
- Escândalo de Watergate; Domingo Sangrento na Irlanda
- Divorcia-se de Paul Carter
- Publicação do romance *Infernal Desire Machines of Dr Hoffman,* também conhecido como *The War of Dreams* (no Brasil, *As Infernais Máquinas* de *Desejo do Dr. Hoffman*)

1973
- Grã-Bretanha entra para a Comunidade Econômica Europeia

1974
- Publica a antologia de contos *Fireworks: Nine Profane Pieces*

1975
- Fim da Guerra do Vietnã com a derrota dos EUA

1976-78
- Pelo Conselho de Artes da Grã-Bretanha, leciona na Universidade de Sheffield
- Apresentação da peça radiofônica "Vampirella", escrita por Carter para a BBC

1977
- Traduz *The Fairy Tales of Charles Perrault*
- O romance *The Passion of New Eve* (*A Paixão da Nova Eva*) é publicado
- Casa-se com Mark Pearce
- Torna-se membro do conselho editorial da Virago Press

1979
- Margaret Thatcher é eleita a primeira-ministra do Reino Unido
- Publica o ensaio feminista *The Sadeian Woman: An Exercise in Cultural History,* o livro infantil *Comic and Curious Cats*, ilustrado por Martin Leman, e a antologia de contos *The Bloody Chamber and Other Stories* (*A Câmara Sangrenta e Outras Histórias*)
- Recebe o The Cheltenham Festival of Literature Award
- Escreve a peça radiofônica *Come Unto These Yellow Sands*

1980 • Assassinato de John Lennon
• Com Leslie Carter, publica o livro infantil *The Music People*
• Professora visitante no programa de escrita criativa da Universidade Brown

1981 • Reagan presidente dos EUA; protestos em Greenham Common contra armas nucleares; primeiro caso de aids

1982 • Guerra das Malvinas (Falklands)
• Traduz e edita *Sleeping Beauty and Other Favourite Fairy Tales*
• Publica a coleção de ensaios *Nothing Sacred: Selected Writings* e *Moonshadow*, livro infantil ilustrado por Justin Todd
• Recebe o Kurt Maschler Award
• Apresentação na BBC da peça radiofônica *Puss-in-Boots*, adaptação feita por Carter de seu conto homônimo

1983 • Nasce seu filho Alexander Pearce
• Publicação da coletânea de contos *The Bridegroom*

1984 • Atentados cometidos pelo IRA; assassinato de Indira Gandhi
• Publicação do romance *Noites no Circo* e do livro de contos *Fireworks*
• Recebe o James Tait Black Memorial Award por *Noites no Circo*
• Escritora residente na Universidade de Adelaide
• Lançamento do filme *The Company of Wolves* (*A Companhia dos Lobos*), roteirizado por ela e baseado em conto homônimo

1984-87 • Leciona na Universidade de East Anglia

1985 • Início da Glasnost e da Perestroika na União Soviética
• Publicação da antologia de contos *Black Venus* (nos EUA, *Saints and Strangers*)
• Leciona na Universidade de Austin
• Publicação de *Come Unto These Yellow Sands: Four Radio Plays*

1986 • Leciona em Iowa
• Edita *Wayward Girls and Wicked Women: An Anthology of Subversive Stories*

1987 • Lançamento do filme *The Magic Toyshop*, adaptado por ela de seu romance homônimo

1988 • Leciona em Albany
• Morte de seu pai

1989 • Queda do Muro de Berlin

1990 • Thatcher renuncia; Mandela é solto; quebra do Mercado Internacional de Ações (Black Monday)
• Edita *The Virago Book of Fairy Tales*

1991 • Colapso da URSS; surge a Internet; Primeira Guerra do Golfo
• Publicação do romance *Wise Children*

1992 • Publicação da coleção de ensaios *Expletives Deleted*
• Edita *The Second Virago Book of Fairy Tales*
• Angela Carter morre em Londres, no dia 16 de fevereiro, aos 51 anos, de câncer de pulmão

"Acho difícil escrever sobre meu próprio trabalho porque não sinto que tenho a palavra final sobre o que significa um romance, ou uma história, ou mesmo uma imagem específica minha. Depois de terminar um trabalho, ele não pertence mais a mim, mas à pessoa que o lê, que trará sua própria história e experiência de mundo para influenciá-lo ao fazê-lo e irá reescrevê-lo para se adequar. Uma peça de ficção nunca é estática. Propositadamente tento tornar o que escrevo aberto e 'amigável'. Inevitavelmente, sinto-me atraída por textos que existem há muito tempo — contos de fadas, casos de homicídio, vidas de poetas — que me permitem investigá-los ficcionalmente em termos da minha própria experiência, na qual questões de gênero e classe têm grande importância. No entanto, no final das contas, minha ambição é antes uma ambição 'iluminista' do século XVIII — escrever ficção que entretenha e, em certo sentido, instrua."

Angela Carter

ANGELA CARTER nasceu no condado de Sussex, Inglaterra, em 1940, e estudou Literatura Inglesa na Universidade de Bristol. Desde jovem, demonstrou uma aptidão notável para a escrita, que mais tarde a levaria a se tornar uma das vozes mais influentes da literatura contemporânea britânica. Sua formação acadêmica e a paixão pela literatura forneceram a base para uma carreira prolífica e diversificada, marcada por uma originalidade e inventividade únicas e cujas obras são conhecidas por subverterem convenções literárias e explorarem temas de poder, gênero e identidade.

Entre 1976 e 1978, foi bolsista de escrita criativa do Conselho de Artes da Grã-Bretanha na Universidade de Sheffield. Posteriormente, de 1980 a 1981, atuou como professora no programa de escrita da Universidade Brown. Durante esse período, ela viajou extensivamente e lecionou nos Estados Unidos e na Austrália, compartilhando seu vasto conhecimento e sua experiência literária com estudantes e colegas, o que enriqueceu ainda mais sua perspectiva criativa.

Angela Carter foi amplamente reconhecida por sua obra, recebendo prêmios prestigiados como o John Llewelyn Rhys Memorial Prize por *The Magic Toyshop*, o Cheltenham Festival of Literature Award por *A Câmara Sangrenta e Outras Histórias* e o James Tait Black Memorial Prize por *Noites no Circo*. Ela também traduziu os contos de fadas de Charles Perrault e editou coleções de contos de fadas e folclore. Sua versatilidade também se estendeu ao cinema, onde escreveu o roteiro de *A Companhia dos Lobos*, baseado em seu próprio conto. Faleceu em fevereiro de 1992, deixando um legado duradouro na literatura.

JENNIFER DAHBURA é uma artista de El Salvador. Tendo sido profundamente influenciada pelo rico repertório de mitos, lendas e tradições de sua terra natal, ela busca expressar esses elementos em sua arte a partir de uma paleta de cores vibrantes e texturas lúdicas. Em suas criações, ela mergulha em temas como autoexpressão, comportamento humano e emoções, tecendo narrativas visualmente cativantes. Seu talento já foi reconhecido em diversas mídias, incluindo revistas, jornais, livros infantis e campanhas publicitárias.

LUCI COLLIN é escritora, educadora e tradutora. Tem mais de vinte livros publicados. Na USP concluiu o Doutorado em Estudos Linguísticos e Literários em Inglês e dois estágios pós-doutorais em tradução de literatura irlandesa. Já traduziu a poesia de Gertrude Stein, E. E. Cummings, Gary Snyder, Jerome Rothenberg e Eiléan Ní Chulleanáin, entre muitos outros. Para a DarkSide® Books, traduziu os clássicos *Orlando* (2022), de Virginia Woolf, *O Bebê de Rosemary* (2022), de Ira Levin, e *A Volta do Parafuso* (2024), de Henry James.

"Aquele que nos rouba os sonhos rouba nossa vida."
— VIRGINIA WOOLF —

DARKSIDEBOOKS.COM